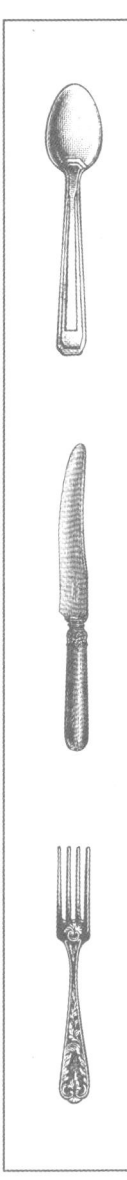

奶奶的菜谱

纳粹如何盗取了爱丽丝的烹饪书

DAS
BUCH
ALICE

Wie die Nazis
das Kochbuch meiner Großmutter raubten

［德］卡琳娜·乌尔巴赫 著
KARINA URBACH
陈琦 译

人民文学出版社
PEOPLE'S LITERATURE PUBLISHING HOUSE

著作权合同登记号　图字 01-2023-4719

Das Buch Alice: Wie die Nazis das Kochbuch meiner Großmutter raubten by Karina Urbach
© by Ullstein Buchverlage GmbH, Berlin. Published in 2020 by Propyläen Verlag.
This edition arranged through Andrew Nurnberg Associates International Limited

图书在版编目(CIP)数据

奶奶的菜谱：纳粹如何盗取了爱丽丝的烹饪书/(德)卡琳娜·乌尔巴赫著；陈琦译.--北京：人民文学出版社，2024

ISBN 978-7-02-018430-9

Ⅰ.①奶… Ⅱ.①卡…②陈… Ⅲ.①纪实文学－德国－现代 Ⅳ.①I516.55

中国国家版本馆CIP数据核字(2024)第008200号

责任编辑　汪　徽
责任印制　王重艺

出版发行　人民文学出版社
社　　址　北京市朝内大街166号
邮政编码　100705

印　　刷　三河市鑫金马印装有限公司
经　　销　全国新华书店等

字　　数　288千字
开　　本　880毫米×1230毫米　1/32
印　　张　14.125　插页3
印　　数　1—6000
版　　次　2024年3月北京第1版
印　　次　2024年3月第1次印刷

书　　号　978-7-02-018430-9
定　　价　76.00元

如有印装质量问题，请与本社图书销售中心调换。电话:010-65233595

献给维拉和奥托

也给他们一个拥抱

目 录

前言 一个陌生女人的书　　001

第 1 章　维也纳歌剧院，1938 年　　001
第 2 章　盲人父亲和糟糕的赌徒　　005
第 3 章　饥饿岁月　　033
第 4 章　终于成功了！　　054
第 5 章　上海往事，或美国的儿子　　070
第 6 章　1937 年：一位年轻女士的来访　　097
第 7 章　被迫逃亡　　112
第 8 章　盗书贼　　138
第 9 章　抵达城堡　　163
第 10 章　温德米尔的孩子们　　197
第 11 章　不幸的菲利克斯　　223
第 12 章　一个美国人出现　　242
第 13 章　考狄利娅的战争　　254
第 14 章　幸存下来！　　266

| 第 15 章　返回维也纳 | 287 |
| 第 16 章　新的开始 | 306 |

后　记	318
致　谢	321
注　释	326
档案和出处	404
文　献	416
照片资料	433
人名索引	435

前 言
一个陌生女人的书

我不会做饭。因此，对家里书架上有两本同名烹饪书这件事，我以前并不感兴趣。这两本书都叫《在维也纳是这样做饭的！》(*So kocht man in Wien！*)，书中文字和彩色照片都是一样的，只有封面上的作者名字不同。在1938年的版本上，作者名为爱丽丝·乌尔巴赫（Alice Urbach），而在1939年的版本上，作者是一个名叫鲁道夫·罗什（Rudolf Rösch）的人。

爱丽丝·乌尔巴赫是我的祖母。我很少见到她，因为她生活在美国，而我在德国。在我还是个孩子的时候，她就去世了，我对她的记忆很模糊，只是从家族流传的逸事中得知，她在20世纪30年代曾是维也纳著名的烹饪书作家，她的烹饪技术还帮她保住了性命。但从来没人详细解释过事情的原委。

在她去世多年后，我成了一名历史学家，但我从未想过要写一些关于她的东西。我的同行们将家史研究视为雷区，原因是可以理解的——研究者与相关人物缺乏情感距离。就像任何外科医生都不能给自己家人做手术一样，任何历史学家也都不应该研究自己的亲属。在颤抖的双手下，会出现致命错误。毕竟，哪个历史学家能做到无情揭露自己家族的黑暗面呢？

后来有一天，我聪明的美国堂妹卡特琳娜（Katrina，我们两个人的名字只差一个字母"t"）给了我一个装满旧信件和磁带的盒子。卡特琳娜是一位敬业的医生，也是一个务实的人。在她看来，我必须研究我们祖母的故事，这似乎是很自然的事情。但正如通常情况一样，家族中流传的逸事很多，确凿的事实却很少。当我开始阅读这些信件，并听到磁带中爱丽丝的声音时，我第一次对她所经历的事情有所了解。从那一刻起，我最想做的就是讲述她的故事。

这项研究带着我从维也纳到伦敦，再到纽约。随着地理范围的扩大，涉及的主要人物也越来越多。爱丽丝的家族枝繁叶茂，她是这个家族历史的一部分。这个家族的故事从犹太人居住区[①]开始，后来在维也纳的富豪圈子里延续。在爱丽丝生命中留下印记的，既有名人，如精神分析学家安娜·弗洛伊德（Anna Freud）或物理学家莉泽·迈特纳（Lise Meitner），也有些完全无人知晓的人，其中包括一位名叫考狄利娅·多德森（Cordelia Dodson）的美国特工、一位慕尼黑出版商，还有24名犹太儿童。在第二次世界大战期间，爱丽丝曾在英国湖区（Lake District）照顾这些孩子。随着研究的进行，爱丽丝自己的孩子——她的儿子奥托（Otto）和卡尔（Karl）的故事也变得很重要。当奥托在中国经历危险的时候，卡尔还认为

[①] 原文为Ghetto，又译作"隔都"，指犹太人隔离区。下文同。——译者注（若无特殊说明，本书脚注均为译者注）

维也纳是安全的，以为自己在很长时间内不会受到纳粹的影响。

*

随着调查研究的进行，这本书也成为对剽窃行为的指控。爱丽丝是一位非虚构类书籍作者，她的作品在 20 世纪 30 年代遭到了"掠夺"。她所遭遇的事是战后德国出版商实施的大规模欺诈行为的一部分。一些德国出版社在战后依然继续着这些侵权行为，而且至今未被调查。

爱丽丝为她的书奋斗到了最后一刻，但如果将她描述为一个历经苦难的悲惨女性形象，她自己应该也会拒绝。她希望自己的"奇遇和事迹"能够被人记住。她的儿子奥托也曾努力避免感伤。1938 年，在奥托试图将弟弟卡尔救出维也纳的那段时间，他写信给卡尔说："我想请你抛弃……所有多愁善感的情绪。绝对没有必要在信中表达感激之情。"[1]

这本书将尝试抛弃多愁善感的情绪。

卡琳娜·乌尔巴赫
2021 年 6 月，剑桥

第 1 章

维也纳歌剧院，1938 年

红—白—红，

至死效忠！

——考狄利娅·多德森，2003 年[1]

1938 年 3 月 11 日，星期五，考狄利娅、伊丽莎白（Elizabeth）和丹尼尔·多德森（Daniel Dodson）买了维也纳国家歌剧院的演出票。他们在维也纳已经待了一段时间，对这座城市相当熟悉了。尽管如此，人们还是能看出他们不是本地人。这姐弟三人与人们想象中美国上流家庭年轻人的样子完全一致：身材高大，喜欢运动，衣着随意却看得出价格不菲。大姐考狄利娅显然是这个三人小组的领头人。三姐弟的活动都由 25 岁的考狄利娅来决定，今晚她安排的活动是看歌剧。

按照考狄利娅后来的说法，在 3 月 11 日的那些事情发生后，她就决意改变自己的生活了。[2] 在那之前她一直过着备受呵护的生活，就像那一代的许多美国大学生一样，考狄利娅只熟悉安定的生

001

活状态。她的父亲威廉·多德森（William Dodson）是俄勒冈州波特兰市（Portland, Oregon）的商会主席[3]，他让自己的子女都接受了昂贵的大学教育，但他最大的希望寄托在考狄利娅身上。他给考狄利娅取了莎士比亚笔下女英雄的名字，这并非巧合。就像李尔王的女儿一样，考狄利娅·多德森最终也没有辜负父亲的期望。

考狄利娅来到维也纳的原因要追溯到几年前。上中学时，考狄利娅迷上了狂飙突进①时期的作家并决定要攻读德国文学。机缘巧合下，她进入了波特兰的美国里德学院（Reed College）学习文学；同样是机缘巧合，在那里她认识了来自奥地利的交换生奥托·乌尔巴赫。但后来的事情就不再是巧合了。在奥托的建议下，考狄利娅来到了维也纳。她认识了奥托的母亲爱丽丝和奥托的弟弟卡尔，而这份友谊后来拯救了很多人的生命。

1938年3月11日，当考狄利娅和弟弟妹妹一起走进剧院时，她不会预料到后来的拯救行动和自己在其中的作用。那天演出剧目是柴可夫斯基的《叶甫盖尼·奥涅金》（*Eugen Onegin*），开场时间是晚上七点。《叶甫盖尼·奥涅金》不是一部简单的歌剧。它讲述的是一位俄国贵族的故事。主人公奥涅金拒绝了一位名叫达吉雅娜的姑娘，不久后又因为一些无谓的琐事而在决斗中开枪杀死了一个朋友。奥涅金这个人物的有趣之处在于，在他身上看不到丝毫同理心。不久以后，一个与之类似的现象——同理心的彻底丧失——也

---

① 狂飙突进（Sturm und Drang）是德国18世纪70年代兴起的文学运动，它是启蒙运动的继续和发展。——编者注

将席卷整个维也纳，也裹挟了国家歌剧院的所有工作人员。而当晚的犹太指挥家卡尔·阿尔文（Karl Alwin），以及达吉雅娜的扮演者雅米拉·诺沃特纳（Jarmila Nowotna）很快也都无法指望得到同胞的同情了。

至于考狄利娅三姐弟为什么偏偏去看了《奥涅金》，而不是去看第二天瓦格纳的《特里斯坦与伊索尔德》（Tristan und Isolde），已经无从考证了。也许瓦格纳的票已经售罄，或者考狄利娅不喜欢瓦格纳。也可能她对歌剧不甚了解，只是像今天维也纳的游客依然会做的那样，随意买了三张时间合适的票，接着在餐厅订好了位子。总之，考狄利娅去看歌剧这件事并没有什么不寻常的地方，但演出时的气氛却与平日截然不同。几天以来，这座城市一直笼罩在紧张的空气中。3月9日，联邦总理库尔特·许士尼格（Kurt Schuschnigg）宣布举行全民公投，让所有奥地利人都有机会支持一个"自由的、德意志的、独立的、社会的、基督教的、统一的奥地利"。但在3月10日，希特勒就强行取消了公投。此时所有人都在等待局势的下一步发展。

晚上7点47分，当考狄利娅姐弟三人还在欣赏《叶甫盖尼·奥涅金》第一幕时，许士尼格发表了广播讲话。他告诉听众，他决定"向暴力让步"并立即辞职。此举为奥地利纳粹主义者扫清了道路。几个小时后，希特勒的亲信阿图尔·赛斯-英夸特（Arthur Seyß-Inquart）上台。

多德森姐弟三人也许是在第三场结束后的休息时间就已得知了广播讲话，或者最迟是在晚上10点离开国家歌剧院时，他们意识到发生了一些危险的事情。他们在维也纳的朋友卡尔·乌尔巴赫站在出口处接他们，从他的表情可以确定事情的严重性。原定去饭店就餐的计划不得不取消。

到这时为止，考狄利娅对狂飙突进文学的偏爱还纯粹是理论上的。她喜欢研究人的情绪，大学时还曾上过心理学课程。然而，在接下来的几天里，她在维也纳所经历的是一场足以冲破任何心理学课程范畴的情绪大爆炸。

1938年3月12日上午，第一批德国军队越过边界进入奥地利。3月13日星期日，德军抵达维也纳。卡尔几周以来自豪地带着几位美国朋友游览的这座城市，此时变成了一片纳粹旗帜的海洋。那是欢欣与仇恨交织的疯狂时刻。考狄利娅看到了两种不同的情绪——既有必胜的狂喜，也有彻底的绝望。令她惊讶的是这一转变的速度之快："一切都发生得如此之快，公民的权利、警察的保护，一切一直被视为理所当然的东西，瞬间都不复存在了……我开始憎恨纳粹，他们是如此傲慢，如此冷酷无情。"考狄利娅谈到当时街头的情景时，没有提及爱丽丝和卡尔的名字："对犹太人的迫害是惨无人道的。"[4] 当时考狄利娅做出了一个决定，正是这个决定改变了她的余生。她要为新结识的犹太朋友们做些事情。尽管她还不知道自己能做什么，但她已经准备好走上危险的道路了。

这个天真的女大学生在第二次世界大战期间成了一名内心强大的情报人员，就职于美国最精锐的情报组织——战略情报局（Office of Strategic Services，缩写为OSS）。而这一转变也是由于她遇到了爱丽丝·乌尔巴赫，那个身材圆润的小个子女人。

第 2 章

盲人父亲和糟糕的赌徒

> 当我看到犹太人,
> 我感到一丝苦闷。
> 当我想到其他人,
> 我便庆幸自己是犹太人。
> ——阿尔伯特·爱因斯坦[1]

这是一条狭长的小巷,一座座房屋紧紧地挤在一起,每一寸生活空间都必须利用起来。底层是商店,堆满了货物,二楼是住宅,挤满了人。这里居住着大约 5000 人,远远超过官方登记的人数。并非每个人都愿意登记,有些人是非法投靠在朋友和亲戚家里的。这条犹太巷位于维也纳以东 60 公里的普莱斯堡犹太人区(Pressburger Getto)。爱丽丝的故事就开始于这里。她的祖父萨洛蒙·迈尔(Salomon Mayer,1798—1883)在这里长大。按照家族流传的说法,迈尔 7 岁的时候就和父母一起站在小公寓的窗前,亲眼看到了书写世界历史的一刻。据说他的母亲指着外面对他说:"看下面那个骑着白马的小个子男人。整个世界都在他面前颤抖。他的名字叫拿破仑。"[2]

就像很多家族传说一样,这个故事并不太可信。虽然《普莱斯堡和约》[Friede von Pressburg,普莱斯堡就是今天的布拉迪斯拉发(Bratislava)]的确是于 1805 年 12 月在犹太巷附近缔结的,但签署者是拿破仑的外交部长塔列朗(Talleyrand)和代表哈布斯堡(Habsburger)家族的列支敦士登亲王约翰·约瑟夫(Johann Joseph Fürst von Liechtenstein)。拿破仑本人是四年后才来到普莱斯堡的。所以也许是他们记错了年份,萨洛蒙见到法国皇帝时已经 11 岁了。但这匹马的颜色也不太准确——拿破仑的战马是一匹浅灰色的阿拉伯马,名叫马伦戈(Marengo)。当然,也可能是萨洛蒙的母亲认为这匹马原本一定是白色的,只是在上一次战斗中有点脏了。[3] 在犹太人区,培养一些想象力对于驱散生活中的阴霾是非常重要的。白马听起来当然要比灰马浪漫得多。

无论萨洛蒙是否真的在 1809 年看到了拿破仑和他的马,这个场景对于他和其他普莱斯堡的犹太人来说都意义重大,其背后的关键原因在家族传说中并没有提及。这一点无须解释,因为当时每个人都知道:拿破仑代表了法国大革命,而法国已经成为许多犹太人向往的国度。那里的犹太人自 1791 年以来就被允许成为自由的法国人,他们与其他法国人的区别只在于宗教信仰不同——至少在理论上是这样。在普莱斯堡的犹太人眼里,拿破仑带着这种思想走遍了整个欧洲。这就是为什么迈尔一家在家庭记忆中将自己置于窗边，在那里他们看到了自己想要看到的东西。说到底，年份和马并不重要；唯一重要的是他们满怀希望期待着一个没有恐惧的未来。这件事对于迈尔家族来说是一种起源神话，爱丽丝的哥哥菲利克斯（Felix）后来甚至想过要写一部题为《从拿破仑到希特勒》的家族史。为此他还做过一个小小的统计，得出的结论是，在他的亲属中，离婚和罹患癌症的情况出奇地少，但有过两起自杀事件。根据菲利克斯的统计，迈尔家族中从未出过一名罪犯[4]，但有很多家庭成员成为一场世纪罪行的受害者。最终，菲利克斯没能下定决心去描述这一罪行。他的图书项目不了了之。

总之，这个家族故事开始于萨洛蒙·迈尔在窗口的一幕。萨洛蒙之所以对他的后代产生了非常重要的影响，原因之一是他在生活中总是做出正确的决定，包括娶了一个聪明的女人，一个可以与他一起成就大事的女人。安东尼娅（托尼）·弗兰克尔［Antonia（Tony）Frankl，1806—1895］就是这样一个女人，她成了家族传奇的一部分。[5] 当时在普莱斯堡的犹太人区有 30 个纺织品批发商，迈尔家族是其中最成功的商家之一，这要归功于托尼的高品位。[6] 托尼不仅工作极其努力，还生了 16 个孩子，其中只有 9 个活了下来。这种情况在当时并不罕见。不断有孩子出生、死去，这成了一种必然规律。有数不清的疾病可能导致婴儿死亡——百日咳、伤寒、腹泻、猩红热、出牙热、麻疹、斑疹伤寒。但犹太区的婴儿死亡率似乎高于平均水平。爱丽丝的父亲西格蒙德（Sigmund）将其兄弟姐妹的早逝归咎于恶劣的卫生条件。在他的回忆录中，他描述了犹太区简陋的居住条件：

公寓楼的木制楼梯摇摇欲坠、一片漆黑，楼的后半部分紧靠着山，那一侧的房间格外潮湿昏暗。排水系统很糟糕，院子狭小，空气流通极其不畅，有种浑浊发霉的气味。没有一栋房子有单独的水井。所有住户只能从两口公共水井中抽取劣质的、几乎无法饮用的水。[7]

但西格蒙德憎恶犹太区还有其他原因。他确信，他和他的兄弟姐妹们从来没有笑过。他也不记得有任何一个孩子在犹太巷玩耍过。这里只有一种感觉——恐惧。那些被迫生活在犹太区的人，是名副其实地生活在牢笼之中。每天晚上，"小巷被警察用沉重的铁栅栏封锁起来。"[8] 官方说法是，这些铁栅栏可以保护基督徒不被"危险的"犹太人所伤害。实际上，其目的是防止针对犹太人的暴力行为。这种暴力随时都可能发生。虽然普莱斯堡的人们白天也会到犹太人的商店来购买些便宜的东西，但情绪可能会迅速反转。那些早上从犹太人那里买了丝绸、针线、麻绳、刷子、纽扣和梳子的人，到了晚上可能就会对价格感到恼火。西格蒙德记得与他家合作的一位名叫菲利普·舍尔茨（Philipp Scherz）的天主教商人，这位商人常说："犹太人和猪不值得尊重，除非他们死了。"[9]

人们生活中的恐惧不仅来自充满敌意的顾客和商业伙伴，也来自随时可以把你赶出去的房东。作为一个犹太人，即使你攒够了钱，也不可以在犹太巷买自己的房子。买房只能通过一种迂回的方式来实现——让一个基督教徒出面买下房子，再与他签订用益物权合同或世袭租约。[10]

第2章 盲人父亲和糟糕的赌徒

人们对于随时可能失去一切的恐惧也传递给了孩子们。他们经常被同龄的基督教孩子殴打，而且不能抱怨，更不用说反抗了。但危险的不仅仅是外部世界，内部也不乏激烈的冲突。犹太学校的老师把自己的攻击性发泄在孩子们身上，用打骂的方式来教授知识。当然，他们与非犹太教师并没有本质上的区别，但对孩子们来说，知道自己无论在学校还是在街上都难免挨打，这使生活成为一种折磨。对犹太区居民来说，处处受制、任人摆布的感觉是种常态，这使他们要么变得听天由命，要么擅长讽刺挖苦——前者是最坏的情况，而后者是最好的情况。正是这些行为方式使西格蒙德理解了那些伟大犹太作家的作品："只有与犹太巷的'囚徒'一起生活过，一起受过苦，才能理解路德维希·伯恩（Ludwig Börne）尖锐的嘲讽和海涅的愤世嫉俗，才能理解为什么……斐迪南·拉萨尔（Ferdinand Lassalle）和卡尔·马克思刚好都是犹太人。"[11]

身为犹太人，虽然你可以离开犹太区，但犹太区永远不会离开你——西格蒙德在他的回忆录中描述犹太巷时使用的语言是如此激烈，以至于人们几乎忘记了他其实很早就已离开了那里。1842年普莱斯堡的犹太区解封时，西格蒙德才11岁。当时迈尔一家搬进了一处较好的房子里。西格蒙德和他后来出生的弟弟妹妹们也因此有了更大的生存机会。他们摆脱了恶劣的卫生条件，成长得更加健康。[12]

当西格蒙德·迈尔在1917年出版《维也纳犹太人》（Die Wiener Juden）一书时，他坚信自己所描述的那种伤痛早已成为过去："今天仍然活着的人中，很少有人还能了解真正的……犹太人隔离区。"[13] 在他看来,这种畸形的东西显然永远不会再出现了。他没有亲眼看到后来发生的事:1942 年,他的三个孩子被迫离开了普通市民的生活,退回到犹太区。他的女儿爱丽丝逃脱了这一命运,具有讽刺意味的是,这在一定程度上是由于她在家庭中一直被忽视。

*

爱丽丝对她的父亲既敬佩又畏惧。对于这两种感情她都有充分的理由:"我的父亲是一个威严的人。他个子比较小,这让他一生都很苦恼,但他用睿智弥补了身体上的不足。他从他的母亲那里……继承了清醒的头脑、坚强的意志、幽默感和绝对的优越感。"[14]

西格蒙德的梦想是成为一名律师,他曾在布拉格和维也纳学习法律。然而,一次患病使他近乎失明。由于没有人愿意雇用一个视力受损的律师,最后别无选择,只能进入家族企业。他希望至少在这个领域能有所建树。在接下来的几十年里,他与弟弟阿尔伯特(Albert)和妹妹雷吉娜(Regine)一起建立了国际纺织企业迈尔公司(A. Mayer & Co.),并向黎凡特地区(Levante)扩张。[15]1882 年,公司总部位于亚历山大港,同时在君士坦丁堡、士麦那和维也纳等地设有分支机构。[16] 迈尔兄妹的不懈努力最终得到了回报:1910 年,他们跻身维也纳和下奥地利州(Niederösterreich)1000 名富豪榜之列。[17]

尽管他的兄弟姐妹们满足于此,但西格蒙德却另有追求——他开始参与维也纳地方议会的工作。在那里,反犹主义者卡尔·卢埃格尔(Karl Lueger)成了他的对手。

第 2 章 盲人父亲和糟糕的赌徒

阿道夫·希特勒后来觉得自己在很多方面受到了卢埃格尔的启发，但"英俊的卡尔"①并非从一开始就是反犹太主义者。西格蒙德甚至认为，卢埃格尔只是为了当上维也纳市长而刻意转变立场，开始仇视犹太人："自始至终，卢埃格尔的反犹观念完全是伪装出来的。最重要的是，他心里对犹太人根本没有……种族主义仇恨。以前他不只是喜欢与犹太人打交道，甚至他结交的主要都是犹太人……在下议院……我对他说过：'我指责你并非因为你是反犹主义者，而是因为你实际上并不是。'"

但无论他是伪装的还是真实的，最后的效果都一样。卢埃格尔使反犹太主义得到了维也纳上流社会的认可。西格蒙德收到了威胁信和决斗挑战，他用一句话予以回击："如果一个人一无所长，那么他就会以反犹主义者自居。"[18]

然而作为地方政客和常为《新自由报》(Neue Freie Presse)撰稿的专栏作家，西格蒙德不仅与反犹主义者作斗争。[19] 他也将矛头对准了犹太复国主义者西奥多·赫茨尔(Theodor Herzl)。赫茨尔认为，为了应对反犹主义，犹太人必须建立自己的"犹太国家"，而西格蒙德则断然拒绝犹太复国主义思想，他赞成文化同化。爱丽丝后来写道，她的父亲和赫茨尔有过激烈的争论。[20] 但在 1897 年，西格蒙德在发表了一篇抨击赫茨尔的讽刺性文章之后，双方的论战就戛然而止了。文章背景是第一次犹太复国主义大会在巴塞尔 (Basel)

---

① 1900 年后卡尔·卢埃格尔成为维也纳人的偶像，被其追随者称为"der schöne Karl"（英俊 / 漂亮的卡尔）。

011

召开,那里被西格蒙德鄙视地称为一个"没有犹太人的城市"。他这样描述了大会的发起人:"两位才华出众的专栏作家——维也纳的赫茨尔先生和巴黎的诺尔道(Nordau)先生——突然从随机的、天生的犹太人变成了职业犹太人。"西格蒙德认为,他们主张的在巴勒斯坦建立一个犹太国家的思想将会导致这样的后果:

> 犹太人……赢得了一个很可能并无价值的家园,为此他们却真正成为欧洲各国的客居民族!而这就是最优秀的犹太人奋斗了两千年所得到的!……因此,我们认为并不存在犹太国家诞生的风险,这几乎不值得在严肃的报纸上讨论。但对犹太人及其最重要的利益来说,一个非常严重的社会危险……是赫茨尔先生。[21]

在那之后,这两个人可能再也没有交谈过。只是最后他们被埋葬在了同一个地方——德布灵公墓(Döblinger Friedhof)的以色列人区。[22]

*

西格蒙德不仅在职业生涯中奋战于多条战线,他某些阶段的个人生活也是一个战场。爱丽丝的出生要归功于一件事——西格蒙德的第一任妻子亨丽埃特(Henriette)背叛了他。19世纪70年代初,西格蒙德经常在开罗出差,在此期间亨丽埃特找了一个情人并怀孕了。西格蒙德断然决定休掉妻子,把她与情人所生的女儿加布里乐

（Gabriele）留在了身边。亨丽埃特收到了一笔经济补偿金，包括一张前往她老家小城的车票。西格蒙德惩罚她的严厉程度符合他钢铁般的性格，同时这也是那个时代典型的做法。居斯塔夫·福楼拜（Gustave Flaubert）在1856年就描写了包法利夫人这样"偷情的妇人"会有怎样的下场；1878年，列夫·托尔斯泰（Leo Tolstoy）笔下的安娜·卡列尼娜卧轨身亡；1894年，特奥多尔·冯塔内（Theodor Fontane）笔下背叛婚姻的埃菲·布里斯特结局也很不幸。喜欢小说的西格蒙德是否读过《包法利夫人》或《安娜·卡列尼娜》，我们不得而知。但这些书并不能改变什么。西格蒙德的妻子给他造成的深深伤害导致他在随后的十年都没有再婚，而是作为单身父亲独自抚养着四个孩子。[23] 最后他还是再婚了。他的第二任妻子保利娜·古特曼（Pauline Gutmann）比他年轻20岁，她心甘情愿地服从于他，成为仆人式的妻子。[24] 西格蒙德与她又生了三个孩子：菲利克斯（生于1884年）、爱丽丝（生于1886年）和海伦妮［Helene，小名穆齐（Mutzi），生于1894年］。

爱丽丝有蓝色的眼睛和浅色的头发。因此，她在人们眼中是个漂亮的孩子，但她父亲考虑的是一个更重要的问题：她有什么特殊的天赋吗？有什么值得骄傲的才能吗？

几乎所有的犹太家庭都渴望培养出一个神童。一个神童可以提升整个家庭的社会地位，可以证明自己被社会所欢迎。在养育神童这件事上，男孩和女孩之间并没有区别。任何孩子都可能是神童。也许一个孩子有潜力成为数学天才或伟大的钢琴家？当然，人们也希望为天赋加点助力。很多人为此雇用了私人教师和法国家庭教师，就连那些生活拮据的家庭也将他们的积蓄投入到培养后代上。几十年后，爱丽丝仍然可以说出哪些维也纳家庭培养出了最成功的孩子。最值得一提的是西格蒙德·弗洛伊德（Sigmund Freud）的女儿安娜（Anna），其次是律师迈特纳博士（Dr. Meitner）的孩子们：

> 他把他的三个女儿带到了我们这里，我清楚地记得，其中一个已经在上大学了。当时，这个优雅的女孩莉泽·迈特纳穿着一身洁白的衣服，看起来很单纯。我没想到有一天她会从事一个很不简单的职业——她参与了原子弹制造……她的姐妹们也很有天赋，其中一位钢琴家后来成了奥托·弗里施（Otto Frisch）的母亲，我认识奥托·弗里施时，他还是个婴儿。[25]

还有很多孩子是写作天才，比如阿尔弗雷德·波尔加（Alfred Polgars），他的母亲与爱丽丝的母亲是朋友。当然，每个人都羡慕施尼茨勒（Schnitzler）一家，他家甚至出了两个成功的儿子——医生尤利乌斯（Julius）和作家阿图尔（Arthur）。施尼茨勒太太甚至没办法假装出必要的谦虚。当人们问及她那个"有名气的儿子"近况如何时，她会反问："哪个？"[26]

爱丽丝梦想着也能像那些孩子一样有所成就。7岁时她希望成为歌星，而这曾让她的父母非常尴尬。1893年，全家人前往阿尔陶塞（Altaussee），他们每年夏天都在这里避暑。这一天，爱丽丝像往常一样在林荫道闲逛，突然发现约翰内斯·勃拉姆斯（Johannes Brahms）在散步。她立刻开始放声歌唱。这场表演可能并不成功，因为爱丽丝很快就被她的母亲拉到了一边。爱丽丝后来说："我被人发现是个神童的梦想就此破灭了。"[27]

在家族内，兄弟姐妹也有等级高下，爱丽丝的地位是比较靠下的。她的四个同父异母的哥哥姐姐被公认为天资聪颖。此外，哥哥菲利克斯勤奋努力，后来进入了家族企业。妹妹海伦妮后来实现了父亲的梦想，获得法学博士学位。而爱丽丝的一生在学历方面屡屡受挫："我很懒。后来我不得不为此付出代价。"[28]

在爱丽丝11岁生日之前，全家人都住在犹太人聚集的利奥波德施塔特（Leopoldstadt），在上奥格腾大街（Obere Augartenstrasse）32号的楼房里。楼房一层是店铺，爱丽丝的祖母、来自普莱斯堡的托尼住在二楼，西格蒙德一家住在三楼，西格蒙德的弟弟阿尔伯特住在四楼。迈尔夫妇产生了跻身上层中产阶级的野心，爱丽丝对此有详细描述：

> 这栋楼里的女士是不会自己去买菜的，买菜是妇女做的事，女士不做。女厨师们必须每天去采购，因为当时还没有冰箱来为食材保鲜……女士们也不做饭，做饭是女厨师的事。女士们也不会亲自照顾自己的婴儿，这是保姆的事。她们也不去看管稍大的孩子，这是女家庭教师的事。而女士们要做的，是购买奢侈品，互相拜访做客……午餐的时候，所有的家人都会回来，总是会先上一道汤作为前菜……然后是肉和蔬菜……每餐压轴节目都是饭后甜点。典型的维也纳式甜点是包着李子、樱桃或杏肉的团子，包什么馅要取决于季节。当然还有果馅卷。吃完

这么丰盛的一顿饭后,每个人都必须立即午休。然后孩子们又去上学了,一直上到下午四点。男人们下午也去继续工作。女士们则从下午四五点钟开始与前来拜访的女性朋友们一起喝咖啡。[29]

爱丽丝的母亲就是这样一位女士,所以她只偶尔去厨房看看,但爱丽丝却把厨房当成了家里最重要的地方。这里闻起来很香,储藏室里有甜品。在很小的时候,她就喜欢坐在凳子上,看着厨房里忙碌的人。厨房的帮工们一边做着有趣的菜肴,一边谈论着令人兴奋的话题——酒馆里的爱情艳遇或《克朗报》(*Kronenzeitung*)上的最新谋杀故事。爱丽丝的父亲是客厅里的权威,而厨房里则由女厨师说了算。她是个强势暴躁的女人,每个人都得忍受她的坏脾气,因为她的创造力至关重要。一个经验丰富的厨师可以靠着厨艺把一个家庭送到社会顶层,而女主人总是害怕好厨师被别人家抢去。[30]不仅是萨赫饭店(Sacher)或德梅尔甜品店(Demel)试图从彼此那里挖走最好的糕点师,私人家庭也不得不随时担心被挖墙脚。为了让厨师心情愉悦,女主人会密切配合她。菜单是一起研究制订的,因此端上餐桌的每道菜都是"烹饪杰作"。当然,每位女主人都梦想在大型晚宴上拿出一道独家秘制的菜肴。弗里德里希·托贝格(Friedrich Torberg)在他的《乔列什姑妈》(*Tante Jolesch*)一书中描述了这种"秘制菜谱之战"的激烈程度。乔列什姑妈以烹制卷心菜面片而闻名。在她临终前,她的一个侄女还在最后尝试让她说出菜谱:

"姑妈——您总不能把菜谱带进坟墓吧。难道您不想把它留给我们吗？您不想告诉我们，为什么您做的卷心菜面片总是那么好吃吗？"乔列什姑妈用她最后的力气稍稍挺直了身子："因为我每次都做得不够多……"

她说着，含笑离开了。[31]

在这方面，乔列什姑妈比市场营销专家们领先了几十年。她早就知道，菜肴不仅要味道好吃、品相诱人，而且最重要的是，必须稀有。在孩提时代，爱丽丝就梦想着有朝一日能烹饪出特别的东西："我的父亲不仅在精神上要求颇高，同时还是一位伟大的美食家。他的表情总是很严厉，但我刚刚长到比厨房桌子高一些的时候，我就想为他做饭，因为这样他就会对我微笑。"

爱丽丝学习烹饪是因为想取悦她的父亲，这听起来像是粗糙的厨房心理学。但这确实是唯一能引起父亲关注的方式。

父亲很少和我们说话，我们这些孩子只能在吃饭的时候见到他……如果他问我们问题，我们必须礼貌地回答，仅此而已。星期天他会带我们去散步，但在我印象中，我20岁之前他从未单独与我散过步……作为孩子，我们过着与成年人完全分隔的生活。[32]

厨房是通往成人世界的纽带。在这里，爱丽丝学到了每个人都需要的东西。她当然希望能通过烹饪赢得周围人的认可。她的尝试只产生了部分效果。随着时间推移，爱丽丝的厨艺越来越精湛。虽然西格蒙德对这些菜肴颇为赞赏，但他从未想过要把爱丽丝培养成一名出色的厨师。当时如果有人预测说，整天荒度时光的爱丽丝会写出一本畅销的菜谱，他一定会很惊讶。也许他会为爱丽丝最终觉醒并有所成就而感到欣慰，但促使爱丽丝"觉醒"的那些事，一定会令他惊愕。

*

关于爱丽丝这一代维也纳女性的陈词滥调数不胜数。古斯塔夫·克林姆特（Gustav Klimts）的画作和阿图尔·施尼茨勒的戏剧对于很多刻板印象的形成负有责任。施尼茨勒剧作中的女主角往往是一个来自维也纳郊区的"甜美姑娘"，她真诚地爱着她的贵族追求者，但她从一开始就知道，自己终究要嫁给那个无聊的守门人。与她对立的是出身上流社会、优雅华贵的妻子，她一点也不"甜美"，还经常背叛她的丈夫。爱丽丝并不符合这些刻板印象中的任何一种。她对性爱感到恐惧，这种恐惧在她那一代人中很普遍。斯蒂芬·茨威格（Stefan Zweig）和爱丽丝一样出身于19世纪80年代的一个富裕的犹太家庭，他用文字表达了她永远无法表达的东西——这一代人爱情生活的沉闷无望。在茨威格的眼里，她这样的女孩没有机会获得正常的性体验："年轻女孩们的生活完全与世隔绝，她们处于家庭控制之下，身心自由发展受到阻碍，而年轻的小伙子们又迫于一种根本没人相信，也没人遵循的社会道德而只能在背地里去干

爱丽丝（前）和她的妹妹，法学博士海伦妮·艾斯勒

些不可告人的事。"[33]

这种道德束缚导致大多数年轻男子的第一次性经历都是在妓女身上获得的。在维也纳的许多角落都站着这样"可怜的极乐鸟"——茨威格是这样称呼这些妓女的。她们短暂的"职业生涯"通常结束在医院里。各种社会阶层的男人都在消费她们，只是有的在门口，有的在维也纳较好的妓院。哪里都不安全。每一次性交易都伴随着各种巨大的、真实的恐惧，令人害怕的事情之一是性病。梅毒已经在大城市蔓延开来，还没有办法可以治愈。阿图尔·施尼茨勒的父亲约翰在维也纳大学教授医学，由于担心儿子感染梅毒，他撬开了儿子的书桌，看了他的秘密日记。16岁的阿图尔在日记里记录了他与"希腊女神"的所有经历——其中有真实的也有他幻想的。这些日记险些使他的父亲心脏病发作，他强迫儿子阅读了一本关于梅毒和皮肤病的医学教科书。[34] 那些吓人的插图起到了作用，阿图尔暂时不再去找那些"希腊女神"了。但这种煎熬他并没能忍受太久。

因此，性关系就像一场赌博，像爱丽丝这样"与世隔绝"的处女只能希望她未来的丈夫在婚前没有被染病。这并非不可能。

*

爱丽丝的一生经历过很多挫折，其中之一就是她的婚姻。在那之前，爱丽丝的日子过得很舒适。[35] 丰衣足食，也不乏漂亮的衣服。维也纳人经常说"没有丑女人，只有不会穿衣的女人"，爱丽丝也赞同这句话。像战前一代的许多维也纳女人一样，爱丽丝也喜欢五颜六色的布料、大帽子和华丽的蝴蝶结。由于她的家庭是靠纺织品发家的,她不必担心衣服不够穿。人手也绰绰有余,富裕的犹太上层中产阶级已经从贵族那里学会了请人"上门服务"的习惯。裁缝、制帽师,甚至剃须师都可以到家里来。[36] 没有假面舞会或晚宴的时候,大家会去听音乐会、看歌剧或去城堡剧院。爱丽丝喜欢外出参加活动,而且她并不缺乏吸引力。她圆润的身材和低领口下丰满的胸部在第一次世界大战前是非常受欢迎的。爱丽丝的脚确实比较大——据说这也是当时维也纳女性的特征[37]——尽管如此,她依然完全可以在婚姻市场上收获成功。但爱丽丝对此兴趣有限。她同父异母的姐姐西多妮[Sidonie,昵称西达(Sida)]和卡罗琳娜[Karoline,昵称卡拉(Karla)]都已结婚,她们似乎过得并不幸福。西多妮的丈夫尤利乌斯·罗森伯格(Julius Rosenberg)是一个颇有魅力的匈牙利人,但他经常转行,也经常为此动用妻子的财产。[38] 卡罗琳娜的境况也好不了多少。她曾与书商理查德·洛维特(Richard Löwit)结婚,主要是因为她的父亲对此人青睐有加。西格蒙德·迈尔热衷于收藏图书,因此他把女婿打造成了一个出版商——当然少不了贴补很多钱。[39] 对卡罗琳娜来说,这种安排并不理想,直到丈夫去世后她才重新绽放光彩。[40]

在爱丽丝看来,两个姐姐的经历并不值得憧憬。她不相信婚姻会改善自己的生活。未婚反而有很多好处:她可以去语言学校,可以继续上唱歌课,最重要的是可以进一步精进厨艺。她的梦想是成为第二个安娜·萨赫(Anna Sacher),或者至少开一家小餐馆:

> 我对厨艺很感兴趣,但在那个年代,一个来自良好家庭的

女孩怎么可能开一家咖啡店或餐馆呢？……其实我希望能在维也纳找一家大型蛋糕店当学徒。但当时女孩是不能从事这一职业的……我18岁时，一位女士在我家附近开了一家走高端路线的、貌似很高雅的烹饪学校……授课的老师中有一位法国糕点师，他为环城大道最好的酒店制作西点。我去这所学校上了课，那些为数不多的课程成为我人生的转折点。当时我丝毫都没有意识到，这些课程会对我后来的生活产生重要影响。这位来自环城大道的"蓝带厨师"教给我的厨艺，后来成了我的救命稻草。我还在他那里学到了精湛的甜点工艺，他的菜谱我至今仍视若珍宝。然而，当时我并不知道这个爱好有一天会对我意味着什么。那时候我学习这些新知识只是出于好玩。在父母让我展示的情况下，(我)会做一些非常特别的小点心。圣诞节或生日时，我还会在大大的礼物篮里放入自制的糖果、花色小蛋糕和其他甜点。[41]

西格蒙德认为制作甜品没有前途。像所有维多利亚时代的父亲一样，他可以决定自己孩子应该从事什么职业以及他们与谁结婚。尽管爱丽丝想方设法尽可能晚一点谈婚论嫁，但到1912年，她的最后宽限期还是结束了。当她遵从西格蒙德的决定时，她已经26岁，算是一个"老姑娘"了。她结婚只是为了让父母高兴，为了符合社会的期望。出于这个错误的动机，她嫁给了一个错误的男人。1912年12月，爱丽丝在第18/19区的犹太教堂成为马克西米利安·乌尔巴赫博士（Dr. Maximilian Urbach）的妻子。

*

乍一看，马克斯[①]·乌尔巴赫是个不错的结婚对象。他出身于大家族，家里曾出过商人、医生和律师。1908年7月1日，他在布拉格获得"全科医学博士学位"，主攻方向为儿科。[42] 爱丽丝后来写道，马克斯之所以对她感兴趣，"是因为我是个家境良好、漂亮而富有的女孩。他想开一家诊所，这需要钱"。[43]

她从未解释过他们是如何相识的，有一种可能是西格蒙德去找媒人介绍的，这应该是一位忧心忡忡的犹太父亲最后的办法了。一旦说媒成功，媒人将获得一大笔佣金。媒人可以是男性或女性，重要的是他能找到门当户对的配偶。针对迈尔这样的中上层家庭，媒人会优先推荐律师和医生；毕竟，没有人愿意让自己的女儿下嫁。未来的丈夫可以从这样的婚姻中大赚一笔。爱丽丝的嫁妆金额达到了8万克朗，这在当时是一笔巨款（一个女仆一年的收入是100到300克朗，一个大学教授的年薪是8000到16000克朗）。[44] 如果爱丽丝的婚姻真的是媒人促成的，那么迈尔一家完全有理由要求返还佣金，因为马克斯·乌尔巴赫并不像他假装的那样是个一本正经的女婿。他是个赌徒，而且有过很多情史。

*

爱丽丝后来写了两个版本的回忆录——一个是给家人的比较详

[①] 即马克西米利安。

细的回忆录，一个是给自己的非常简短的回忆录。[45] 在正式的版本中，她只用几句话提到了她的婚姻："结婚七年后，我的丈夫去世了。我不想解释我当时的感受。这个故事的重点应该是我的作为和经历，而不是我的感情。"[46] 在非正式版本中，可以清楚地看出，她为什么不愿多提。关于她与马克斯的婚姻，她写道："我早有第六感。当我在婚宴上坐下来时，我只有一个想法：哦，上帝，我做了什么！"可惜理智来得晚了几个小时。新婚之夜她迎来了一连串婚姻灾难中的第一个："我的丈夫完全不知道如何对待一个单纯的女孩……他没有亲吻或爱抚我，全程只持续了几秒钟，然后他抽了一支烟就睡着了。我当时想，我必须履行我的义务，但我讨厌它。"[47]

无论是在秘密日记还是在官方记录中，爱丽丝都叫不出马克斯的名字。她总是以一种保持距离的、非常正式的方式称呼他为"我的丈夫"。她对他从未有过爱称，而这一点也有充分的理由。与马克斯的婚姻不仅在性方面令她失望，而且还导致她的社会地位大大降低。

11岁时，爱丽丝随父母从利奥波德施塔特搬到了德布灵的别墅区。[48] "别墅区"被公认为维也纳最美的住宅区。这一带住着富有的商人和著名的艺术家。阿图尔·施尼茨勒于1910年在天文台大街（Sternwartestraße）71号买下一栋别墅，施尼茨勒的朋友、《小鹿斑比》（Bambi）的作者菲利克斯·萨尔腾（Felix Salten）也住在别墅区37号（萨尔腾后来为爱丽丝的小儿子提供了如何饲养兔子的建议）。[49]

总之，德布灵是个特别的地方，爱丽丝很喜欢自己的家。别墅的颜色是一种浓郁的黄色，也就是著名的"美泉宫黄"。所有的房间都很明亮，大花园里的苹果树枝繁叶茂，人们可以坐在树下看书。

婚礼结束后，爱丽丝不得不和马克斯一起搬到奥塔克灵区，在那之前她只是听说过这个区的名字。只有维也纳人才能明白，在1912年从德布灵搬到奥塔克灵（Ottakring）意味着什么。从地理位置上看，两个区相距并不是很远，但这两个区之间的社会鸿沟直到今天仍然难以弥合。

奥塔克灵与别墅区的环境有天壤之别。这里是一个拥挤的工人区，住房昏暗闷热。放眼望去没有黄色的别墅，也没有大大的花园，到处笼罩着一片单调沉闷的灰色。没有人种苹果树，在这片沥青的荒漠里也没有地方可以种苹果树。1911年，也就是爱丽丝婚礼的前一年，奥塔克灵地区曾因房租和食品价格的上涨而发生了严重动乱。从那以后，这里就被视为一个社会热点，对于像爱丽丝这样出身较好的女孩来说，这里肯定不是个理想的住处。尽管她的新家看起来宽敞舒适，但她所感受到的文化冲击一定是非常巨大的。

当然，爱丽丝在婚前也并没有想到自己会搬到奥塔克灵。她只知道自己要嫁的是一个刚刚建立自己诊所、必须要从底层一步步做起的医生，但究竟是多么低的底层，她似乎并没有意识到。马克斯的病人几乎连房租都付不起，更不用说花钱看病了。但奥塔克灵唤醒了爱丽丝，让她看到了工人阶级女性的生活是多么艰难：

> 工人阶级的生活条件极其恶劣。一大家子只能共用一个房间和一个厨房。房间通常紧邻嘈杂肮脏的街道，厨房没有窗户。

家庭主妇只能在这个黑暗的房间里做饭洗衣，身边围绕着孩子们。有时，当她们完全没有钱或孩子的父亲失业时，她们就会收留一个租借床位的人，让他在厨房过夜。这时，父亲、母亲和孩子们就得全部挤在一个房间里睡觉，无论他们中是否有人生病……结核病在维也纳蔓延，人们把这种疾病称为"白色死亡"。当然，那里也没有浴室或独立的厕所（只有7%的住房有单独的供水系统）。多户人家共用院子里的一个厕所。由于厕所和生活空间的拥挤，女人之间经常发生争吵，男人之间也经常打架。[50]

尽管爱丽丝所住的公寓条件要好得多，但奥塔克灵的悲伤沉闷还是让她感到抑郁。在这段时间里，唯一让她高兴的事情是第一个孩子的出生："我一结婚就怀孕了，我很爱这个小家伙。他病得很重，但在我的照顾下恢复了健康……他魅力十足，是个很棒的儿子。"[51]

*

奥托出生于1913年9月，距离第一次世界大战爆发还有十个月的时候。他生命中的第一年是他所经历的为数不多的和平年代之一。战争和动乱一直伴随着他——从维也纳到中国，从二战中的士兵生活到漫长的冷战时期，直到他去世。他父母的家里也始终笼罩着紧张的气氛。爱丽丝在她的秘密笔记中写道：

我婚姻的头两年并非完全不快乐。但后来战争爆发了，就没有机会再做饭了。从那时起,我丈夫每天晚上都去一家酒馆,在那里和一群人一起吃饭、喝酒、打牌……我和照看孩子的保姆待在家里,假装对这一切并不在意。但一个犹太男人怎么可以如此糟糕呢?我为自己做了这样一个错误选择感到非常羞愧,但我从未对任何人谈起这些。我能向谁倾诉呢?父母年事已高,也没人会去谈论夫妻间的丑事。[52]

比夫妻间的问题更糟糕的是马克斯赌博成瘾。正如阿尔弗雷德·波尔加的一句名言,世界上有两种赌徒:"有些人赌博是为了娱乐,另一些人则是因为需要钱;但不可避免的是,一段时间后,第一类人也会变成第二类人。"[53] 对爱丽丝来说,与马克斯结婚意味着她要与一个赌棍共度一生,并一点一点被他拖入经济困境。战争并没有使情况好转。爱丽丝的哥哥菲利克斯像迈尔家族的所有年轻人一样去了前线,而马克斯则被分配到后备军担任军医。[54] 但这也意味着他不是去遥远的前线服役,而是就在维也纳。爱丽丝宁愿他去很远的地方:

我不记得我最终是如何再次怀孕的。当时我尽量避免怀孕,因为我觉得可能会生出一个因酒精而畸形的孩子。但我还是怀孕了,我丈夫说,我应该去堕胎,因为他有性病。因为有了孩子,离婚是不可能了。我们过着完全分离的生活,那是一段可怕的日子。[55]

儿时的奥托

第 2 章 盲人父亲和糟糕的赌徒

马克斯究竟得的是什么性病,爱丽丝始终不清楚,也不知道他是否在结婚前就已染病并隐瞒了病情。但有一点她是幸运的,那就是她和孩子都没有被传染。1917 年 11 月,她的第二个儿子卡尔健康出生了,家人昵称他为"卡里"。"卡里"成了与他父亲完全相反的人:一个可爱的、乐于助人的男孩,他总是试图让身边的人快乐。然而,他所出生的时代是最不快乐的。

1917 年 10 月,俄国爆发了革命,维也纳也越来越频繁地出现社会动荡。饥荒和疾病肆虐,人们厌倦了战争。新皇帝卡尔一世还在试图背着德国盟友与协约国进行秘密谈判。但这些努力都失败了,他再也无法阻止哈布斯堡王朝的分崩离析。[56]

尽管每个人都渴望着战争结束,但最后战争以失败告终还是一个很大的打击。爱丽丝那一代人曾经熟悉的、对明天的确定性突然间不复存在了。她的外甥女莉莉·巴德(Lily Bader)写道:"几天来,维也纳充斥着各种传言和骚动,但皇帝于 11 月 11 日退位仍然出乎人们预料。很难想象一个没有哈布斯堡家族的奥地利,他们已经统治这个国家 600 多年了。对我们来说,这件事就像月亮从天空中辞去它的职位一样奇怪。"[57]

只有两个儿子的名字还能让爱丽丝想起君主制:大儿子是以奥托·冯·哈布斯堡的名字命名的,小儿子则是以不幸的皇帝卡尔的名字命名的。他们两人都完全没有变成君主主义者,爱丽丝在 1918 年后也对美丽的茜茜公主的故事失去了兴趣。她已经认清了奥塔克灵的现实,这里并没有什么浪漫之处。

尽管皇帝一夜之间失去了权威，但无论怎样革命，犹太家庭的等级制度仍然存在。从以下关于保罗和埃贡·埃尔温·基施（Paul und Egon Erwin Kisch）的一件往事中也可以看出这一点。1918年11月12日，愤怒的记者、满怀激情的共产主义者埃贡·埃尔温·基施试图与赤卫队一起闯入《新自由报》（*Neuen Freien Presse*）的编辑大楼。他在楼梯间撞到了他的哥哥《新自由报》的经济编辑保罗。保罗挡住了埃贡的路，问道：

"你在这里做什么，埃贡？"

"你都看到了。我们要占领你们编辑部。"

"你们？你们是谁？"

"赤卫队。"

"你们为什么要占领报社？"

"因为报社是资本主义的堡垒。"

"别干傻事了，我不会让你过去的。"

"保罗，你不了解形势的严峻性。我以革命的名义要求你让开。否则……！"

"很好，埃贡。我向暴力屈服。但我要告诉你：今天我会给布拉格写信告诉妈妈的。"[58]

听到这一可怕的威胁之后，埃贡·埃尔温·基施便退缩了。这个故事的真实性受到了质疑，尽管《新自由报》确实曾被赤卫队短暂占领过。当时一些认识他们母亲埃内斯蒂娜·基施（Ernestina

Kisch）的人发誓这件事是真实的。[59]

哈布斯堡帝国的解体也导致人们无法再买到匈牙利的廉价小麦和捷克斯洛伐克的煤炭。维也纳人现在不得不去找农民进行易货交易。爱丽丝在她的正式版回忆录中写道：

> 我的孩子们从来没有喝过鲜奶，也不知道橘子是什么样子，巧克力是什么味道。他们甚至不知道如何在没有配给卡的情况下买到面包……在战后的几年里，对食物的争夺变得异常激烈。按照官方规定，一切都还是限量供应的。那些买不起黑市商品的人就只能挨饿，或者冒险越过边境线，用最后的财产去交换食物——一件毛皮大衣换几磅黄油，一台相机换一些土豆。农民不接受钱，因为他们的钱已经多得花不完了，现在他们的家里摆满了各种以前从未见过的东西——没人会弹的钢琴，穿不了的晚礼服，或者一些他们既不会去读，也理解不了的珍贵书籍。[60]

在战后的第一个冬天，维也纳的孩子们了解到，美国是一个与这里截然不同的、富有的世界。美国援助组织向他们提供了"美国施食处"。[61]演员莱昂·阿斯金（Leon Askin）就是这些孩子中的一员。他后来描述了当时在维也纳普遍存在的躁郁情绪。学校因无法供暖而不得不关闭。孩子们在街上闲逛，常常连续踢几个小时的足球，以免自己被冻僵。谁都没有真正的球了，他们把废旧的布料卷起来，用铁丝缠住，叫它"废布球"。

虽然阿斯金来自一个非常贫穷的犹太家庭，但他仍然能够参与文化生活。在奥地利，食物是昂贵的，但文化活动人们还可以负担得起。为了节省灯光，剧院把演出时间挪到了下午，七点半就谢幕了。[62] 但没有人介意这一点。最主要的是戏剧能让人们逃离日常生活。与莱昂·阿斯金一样，奥托也喜欢以这样的方式逃避生活。两人都对芭蕾舞剧特别着迷。在国家歌剧院，他们可以欣赏《小红帽》或安徒生的《红舞鞋》，把现实抛在脑后几个小时。

也有大人躲进了剧院，看完剧再凑些钱在咖啡馆度过一个晚上。对爱丽丝来说，与朋友们外出参加这些活动是至关重要的事。

> 在我小的时候……如果没有丈夫的陪伴，女人是完全不可能去咖啡馆的。战争改变了这一切。食品、电力和取暖燃料的短缺使女人们也来到了咖啡馆。那里很温暖，她们可以打桥牌，喝咖啡替代饮品，用配给卡买一块小面包。一些男人对于女性的侵扰深感遗憾，毕竟咖啡馆曾是他们的地盘。[63]

但爱丽丝只是想尽可能地躲开她的丈夫。他们两人后来的共同经历只有一些灾祸："1920年，他在牌桌上输了一大笔钱，逼着我卖掉了漂亮的钻石手镯来还债。就这样结束了。我想，此后他只活了一个星期，因为他死的时候，我手里还有钱。"[64]

那些钱应该维持不了多久。

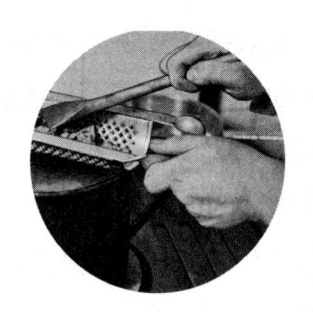

第3章
饥饿岁月

来吧,好好享受战后的时光吧。
因为很快它又要变成战前时光了。"
——沃尔夫冈·诺伊斯和沃尔夫冈·米勒
在影片《神奇的我们》① 中这样说 [1]

当一个人在德国去世,他的遗嘱会被送到遗嘱认证法庭。而在奥地利,遗嘱认证文件还有另一个名字——它的字面意思是"离弃文件"。这个词有点悲剧色彩,毕竟,被离弃通常是一种痛苦的经历。1920年4月1日,44岁的马克斯在维也纳的勒夫疗养院去世。爱丽丝很高兴他永远地离弃了自己。她一直在扮演一个知足的妻子,但这个吃力不讨好的角色需要极大的精力,爱丽丝已经快坚持不下

---

① 这是一部1958年的德国电影,德文原名为 *Wir Wunderkinder*,英文没有官方译法,民间又译作《神童》,本书英文版直接保留了电影德文名称。沃尔夫冈·诺伊斯(Wolfgang Neuss)和沃尔夫冈·米勒(Wolfgang Müller)是本片演员。

去了。马克斯的死对爱丽丝来说意味着一种解脱，但这种如释重负的感觉只持续了很短的时间。当打开马克斯的遗嘱时，爱丽丝才知道，表象和现实的差距比她担心的还要大。

这份遗嘱至今仍保存在维也纳档案馆中。这是一份超过50页的文件，从它的长度来看，人们可能会认为有一些遗产可以继承。但这种猜测是错误的。

在短暂的七年婚姻中，马克斯输光了爱丽丝8万克朗的嫁妆。清点结果显示，他只留下了以下物品：

1. 价值1960克朗的衣物，其中包括"一件深色的破旧冬衣，价值150克朗，一顶礼帽（50克朗），一件燕尾服（100克朗）"
2. 一块金表（1000克朗）
3. 现金（300克朗）
4. 医疗器械（拔牙钳、镊子等），各种小型产科辅助器材，大型和小型检查台各一个，盥洗台，带墙架的消毒器，一张写字台

马克斯还有一些外债，他欠塞普·布鲁克纳（Sepp Bruckner）15克朗，欠柯伊特家（Familie Koet）30克朗，还欠城市博物馆咖啡厅115克朗。他还给爱丽丝留下了一些匈牙利证券和一份日耳曼尼亚人寿保险公司的保单。[2]

爱丽丝没有把马克斯的死讯告诉父亲。[3]西格蒙德·迈尔当时已经88岁了，爱丽丝不想再给父亲任何刺激。爱丽丝能猜到，对

于她最近生活中的噩耗，父亲的反应会是多么震惊。他为女儿提供了丰厚的嫁妆，而现在，在短暂的婚姻之后，金钱和丈夫都离她而去。在西格蒙德·迈尔这样一个精明商人的眼中，爱丽丝显然是一个必须放弃的亏损项目。而他实际上早已经这样做了。

关于遗嘱开封的趣闻数不胜数。移民弗朗茨·玛里施卡（Franz Marischka）留下了这样一段逸事：多年来，他和他的弟弟乔治（Georg）一直希望在他们的姑妈莉莉（Lilly）去世时能继承一大笔钱。但当遗嘱打开后，弗朗茨给他的弟弟发电报说："莉莉姑妈去世了——没我的，没你的。"[4]

后来爱丽丝也有了相似的经历。在马克斯去世七个月后，爱丽丝埋葬了她的父亲。西格蒙德在德布灵公墓的以色列墓区得到了一块气派的墓碑。[5]那是一块几米高的白色半圆形石头，右上角刻着西格蒙德的名字，旁边还有足够的地方留给他的孩子们，他们有一天也应该被葬在这里（当时没有人会想到，他们后来都在远离维也纳的地方死去）。墓地散发着上层中产阶级家庭的富有气息，西格蒙德的讣告也将他歌颂成一位成功人士。《新自由报》的悼文称这位"身材矮小、眼睛半盲的男人……对维也纳的公共生活产生了巨大影响……并引起了最重要的经济学理论家们的关注"。[6]

在他的遗嘱开封仪式上，西格蒙德再次让全家人对他的话洗耳恭听。虽然迈尔的商业帝国在战后就像哈布斯堡王朝一样灭亡了，但与马克斯不同的是，西格蒙德在1920年仍留下了一些可以遗赠的财产。他非常准确地列出了这些物品，除了一些通常的贵重物品之外，还包括德布灵的别墅、一个收藏初版书籍的大型图书馆以及一些证券。[7] 遗嘱的第一个版本是 1914 年订立的。当时西格蒙德的财富约为 40 万克朗，价值相当于今天的 200 万欧元。1920 年，这些财富缩水到 19 万克朗，只相当于现在的 17556 欧元。他将这笔钱按照不同的比例分配给妻子保利娜、儿子菲利克斯，以及三个女儿——海伦妮、西多妮和卡罗琳娜。这是一份严厉家长留下的遗嘱，最顺从的孩子得到了最多奖赏。

与爱丽丝有关的部分是这样写的："我的女儿爱丽丝结婚时得到了价值 8 万克朗的嫁妆和价值 5000 克朗的家具。除此之外，我还为她的婚姻花费了大约 5000 克朗。因此，除了第三条第一款中我对她的赠予之外，她不再从我的遗产中得到任何东西。"[8]

西格蒙德第一次婚姻中的长子也受到了惩罚：阿诺德·迈尔博士（Dr. Arnold Mayer）的职业是一名日耳曼学学者和维也纳大学图书馆的管理员，这本该让喜欢藏书的西格蒙德感到高兴。然而，根据菲利克斯的回忆录，阿诺德怀有一种"犹太人的自我憎恨"，并且已经改变了信仰。对西格蒙德来说，他与长子的父子之情似乎就此结束了。[9] 阿诺德只得到了法定的份额，而西格蒙德最小的孩子海伦妮则得到了最丰厚的遗产。西格蒙德曾与她一起谈论自己的手稿和文章；她成为父亲一直期望的聪明的神童。为此，西格蒙德不仅给她留下了钱，还留下了一份特殊的纪念品："我把我的结婚戒指留给女儿海伦妮，作为给她未来丈夫的礼物。愿它给她带来幸福。"[10]

尽管他的几个孩子继承了丰厚的遗产，但这些钱很快就不值钱了。西格蒙德去世后，奥地利的通货膨胀日益加剧。1914 年时，1 克朗还相当于今天的 5.12 欧元。到了 1923 年，1 万克朗的价值就只有 4.37 欧元了。当西格蒙德的继承人在 1922 年终于收到钱时，西格蒙德的现金资产就只有区区 193 欧元了。[11] 通货膨胀吞噬了一切。

遗嘱的公布证实了爱丽丝已经知道的事情：西格蒙德并不爱她，以及她的经济状况将一如既往地糟糕。社会地位的下降看来已不可避免。她是一个 34 岁的没钱的寡妇。没有任何一个头脑清醒的男人会娶一个身无分文还带着两个儿子的女人。爱丽丝必须找到一种方法来养活她的孩子。但她缺乏自信："我确信我没有学过任何可以赚钱的本领。我曾上过声乐课和钢琴课。我跟着父母到过很多地方，以轻松愉快的方式对艺术有了一定了解。这是中上层家庭对那些没有任何天赋的女儿所常用的教育方式。"[12]

*

有一段时间，爱丽丝在经济上获益于战后出现的一个问题——住房严重短缺。她开始收留女房客，"我把我不常用的大客厅转租出去。她们用捷克克朗付款，这比奥地利克朗和先令值钱得多。这些女孩都是朋友，她们三或四人同住一个房间。我教她们为生日聚会烘焙蛋糕和饼干。"[13] 一起烘焙对爱丽丝有所帮助，烹饪总是给她一种安全感。

她丈夫的哥哥伊格纳茨·乌尔巴赫（Ignaz Urbach）则给她带来了另外一种不同的安全感。他承担了奥托和卡尔的法定监护权并认真对待这份责任。伊格纳茨似乎在各方面都与马克斯截然相反。为了让家人过上好的生活，他努力工作，对打牌和其他女人不感兴趣。他的妻子玛丽（Marie）是维也纳的天主教徒，伊格纳茨尽其所能地宠爱她和他们的孩子。[14] 他们一家人住在森森路（Sensengasse）7 号的一栋漂亮的房子里，伊格纳茨所经营的银行就在不远处的海尔登广场（Heldenplatz）附近。[15] 通货膨胀开始以来，他的工作很繁忙，但他仍然定期来爱丽丝家里帮忙。爱丽丝很高兴伊格纳茨为奥托和卡尔承担了一部分父亲的角色，但正如爱丽丝一生中屡屡发生的一样，这种平静的生活也没有持续多久。

1924 年春天，伊格纳茨身上发生了一种爱丽丝无法解释的变化。他不再是那个欣赏她的厨艺、与卡尔和奥托一起玩耍的开朗的亲戚了。虽然伊格纳茨只有 59 岁，但他似乎正在迅速衰老。爱丽丝不明白是什么导致了这种变化。1924 年 7 月 5 日，她从报纸上得知了原因。维也纳的多家报纸大肆渲染了这件事。《克朗报》（*Kronenzeitung*）将报道标题刊登在头版，《日报》（*Der Tag*）则在第五版刊登了一篇详细的文章，标题为《银行家乌尔巴赫之死——意外还是自杀》，文章写道：

> 警方正在处理一件奇案。昨天早上 8 点，乌尔巴赫银行（Bankhaus Urbach & Co）老板伊格纳茨·乌尔巴赫被发现死于贡扎加路（Gonzagagasse）23 号楼房的三层，后脑勺有一个大伤口。五分钟后，急救人员赶到现场。一个半小时后，警方调查组也到了。救援人员和警方只能确定当事人已经死亡。至于这位银行家是否死于自杀，抑或是在三楼的楼梯上突感不适，摔倒在他的律师蔡瑟尔博士（Dr. Zeisl）的办公室门前并死于受伤，就不得而知了。也许还另有原因？[16]

第 3 章 饥饿岁月

这个戏剧性的问号让人不由猜测，背后是否还有更黑暗的动机。《克朗报》首先向读者解释了死者的身份。在 1924 年 7 月的那个致命的日子之前：

> 伊格纳茨·乌尔巴赫一直享有诚信的美誉。他从事证券交易 35 年，认真履行了自己的所有职责。然而，最近 14 天以来，一直有传言说伊格纳茨·乌尔巴赫的银行陷入了财务困境。据说代理客户抛弃了公司，而银行家乌尔巴赫正在想尽办法履行其支付义务。周四下午，乌尔巴赫与他同在银行工作的儿子［罗伯特·乌尔巴赫（Robert Urbach）］一起去见了律师蔡瑟尔博士。[17]

然而，蔡瑟尔博士并没有提供多少帮助。他建议伊格纳茨去见银行协会的代表坎托尔博士（Dr. Kantor）。坎托尔博士的办公室就在蔡瑟尔博士的隔壁。伊格纳茨拒绝按坎托尔的门铃："乌尔巴赫回答说这样做没有用。他说自己已经试过了，但遭到了拒绝。"[18] 根据《日报》记者的调查，伊格纳茨结束这次谈话之后回到了他的银行并"立即命令员工整理出公司所有业务状况的详情，这项工作让大多数员工忙了一整夜。早上 6 点 45 分，乌尔巴赫收到了一封来自布拉格的电报，导致他情绪异常激动。他匆匆戴上帽子，把银行职员准备好的公司业务状况材料放进衣服的侧兜里，又急匆匆地塞了几支上好的雪茄……"[19] 那封发自布拉格的神秘电报究竟说了什么，后来并没有弄清楚。可以肯定的是，那天早上收到电报后，

039

伊格纳茨就去找他的律师蔡瑟尔博士了。然而，当他到达贡扎加路23号时，他并没有按响位于三楼的蔡瑟尔或坎托尔的门铃。他经过他们的办公室，又上了一级台阶，往四楼的方向。他在那里摘下帽子，放下手杖。也许他想用行动让大家看到蔡瑟尔和坎托尔对他做了什么。不管他做出这个决定的具体原因是什么，几分钟后，也就是早上8点，贡扎加路的楼房管理员发现了伊格纳茨·乌尔巴赫的尸体：

> 双脚向上靠近窗边，头倒在一片血泊中，就在两位律师——蔡瑟尔和坎托尔博士的门外。种种迹象都指向自杀：伊格纳茨·乌尔巴赫和他的银行面临的困境、来自布拉格的神秘电报，以及在死者身上发现的一封写给妻子的信。这封日期为5月27日的信件是用颤抖的字迹写下的。乌尔巴赫在信中说，他已经束手无策，启动破产和解程序将无法避免。签名的下面还补充了一行附言，原话是：原谅我，请求你将我火葬。这句附言的下面没有注明日期，可能这句话是乌尔巴赫在自杀前刚刚写下的。[20]

报纸随即开始讨论，谁该对伊格纳茨的死亡承担连带责任。《克朗报》的编辑认为自己知道责任在谁。该报在一篇名为《被干预委员会抛弃》的文章中这样写道：

> 上周，银行家乌尔巴赫就已经找过所谓的支持委员会

（Stützungskomitee）去申请贷款，以便能够履行其支付义务。过去的几周里，许多曾经生意兴隆的公司和银行都不得不求助于支持委员会，他们中有不少人获得了帮助，但也有很多贷款申请人被支持委员会拒绝了。银行家乌尔巴赫向支持委员会说明了情况：他的负债金额达到13亿克朗，他已经从其他渠道筹到了一些资金，但他还需要6.5亿，希望能从干预委员会（Interventionskomitee）获得这笔贷款。作为抵押，银行家乌尔巴赫提供了家里的珠宝首饰，还有两辆汽车以及曾经价值10亿克朗的证券。据证券交易所相关人士昨天透露，喜欢高谈阔论的干预委员会成员、库克斯·布洛赫公司（Kux, Bloch & Co）的布洛赫博士（Dr. Bloch）曾表示反对为乌尔巴赫提供贷款。[21]

所有业内人士似乎都清楚，同为银行家的布洛赫以这种方式清除了自己不喜欢的竞争对手。由于拒绝给予帮助，他显然对伊格纳茨的死亡负有部分责任，就像坎托尔博士和蔡瑟尔博士一样。但这种观点很难安慰到他的家人。对爱丽丝来说，这一切只意味着一件事：最后一位能保护她的男性死去了，而且是以一种可怕的方式死去。维也纳的每个人都在八卦这件事。在1924年7月的那一天，爱丽丝得出了这样的结论：她再也不能依靠男人了。男人们似乎都无法应对新时代的问题——她的父亲无法适应哈布斯堡帝国的衰落，马克斯在战争结束后彻底遁入赌瘾，就连可靠的伊格纳茨最后留给家庭的也只有悲痛。[22] 爱丽丝在回忆录中写道："我从小受到的教育让我对一家之主充满尊重和敬佩。而当伊格纳茨死后，我意识到——我完全是孑然一身。"23

这一刻，爱丽丝下定决心，以后只与女人合作。这是个正确的决定。在接下来的几年里，女人帮助她在职业上取得了巨大成功。

*

要了解 20 世纪 20 年代维也纳的政治氛围，你可以读读斯蒂芬·茨威格、弗朗茨·韦尔弗（Franz Werfel）或卡尔·克劳斯（Karl Kraus）的作品。或者你可以翻翻路德维希·赫施菲尔德（Ludwig Hirschfeld）在 1927 年出版的《导游手册没有告诉你的事》（Was nicht im Baedeker steht），如今这本旅游指南早已被人遗忘。早在第一次世界大战之前，赫施菲尔德就曾在《新自由报》上发表文章讲述自己家乡维也纳的故事，但当他准备写一本旅游指南的时候，那些文章中已经没有一句话可以用了。从前的轻松已消失不见："就算最糟糕的胜利也不会带给我们如此剧变——我们在战争中的惨败、对奥匈帝国的清算使我们经历了彻底改变。旧的奥匈帝国就像一家公司一样解散了，但维也纳的公司总部还在继续空壳运转。"24 现在赫施菲尔德再次重新审视了这个总部。他探索了这座城市，维也纳的餐馆、商店、剧院以及这里的名人和普通的当地人。像许多维也纳人一样，赫施菲尔德也是一些高级餐厅的常客，他建议他的读者一定要去萨赫餐厅转转。

有时，安娜·萨赫夫人带着她那举世闻名的斗牛犬站在萨赫酒店旁，与奥地利的最上层的贵族交谈，这种交谈每次都会演变成矛盾冲突。在萨赫餐厅门前曾发生过激烈争吵和打耳光的场面，但这些事总是发生在最封建的贵族成员之间，所以没有人真的为此担忧，人们只是会注意到，果然优雅的上层社会连打耳光也会选择在最优雅的场所。[25]

在萨赫饭店喝汤对大多数维也纳人来说依然是负担不起的，但人们可以免费旁观那些激烈争吵，赞叹行事果断的安娜·萨赫。赫施菲尔德意识到，这时社会需要的是像萨赫这样勤劳能干的女性。施尼茨勒所塑造的那些女性形象——"上层社会背叛婚姻的情场高手和底层社会的甜美女孩"——"终于可以退场了"。赫施菲尔德认为，造成这种变化的原因是糟糕的经济状况。特别是对女孩们来说——

> 她们的日子不再像文学历史上所描述的那些女性一样，只顾着开心或伤心，忙着多愁善感或一见钟情，除此以外再没有其他事情可做。如果一个女孩每天都必须 6 点起床，整理房间，给全家做早饭，坐一小时电车去上班，在办公室里坐八小时，要写写算算、打电话，还要井井有条地处理税务和医疗费用扣除等问题，这样的职场女性真的没有时间去流泪……她不再那么天真和无知，相反，她已经彻底觉醒了……她已经完全"去甜"了。[26]

爱丽丝也有相似的看法，而这样的新一代女性现在成了她的机会："大约在 1923 到 1924 年间，食物终于又充足了，"她写道，"几乎就像战前一样了！许多在战争中长大的年轻女孩不认识这些食材，也不会用它们做饭……我的机会来了，尽管我当时还没有意识到！"[27]

爱丽丝之所以能够走上经营烹饪学校的职业生涯，有三个原因：首先，因为新一代女性需要烹饪课程；其次，因为新建住房都安装了现代化的厨房；[28] 最后，因为维也纳社会的女士们又有钱举办大型晚宴活动了，她们需要为此准备餐饮。[29]

爱丽丝的妹妹海伦妮就是这些名媛之一。她所过的生活对爱丽丝来说只存在于战前的记忆中。海伦妮嫁给了富有的律师乔治·艾斯勒博士（Dr. Georg Eissler），住在第一区的一套豪华公寓里。海伦妮多才多艺，但她的才华不包括烹饪。正因为这样，爱丽丝才在穆齐①举办晚宴时全权负责了厨房的一切。她并不认为给妹妹那些有钱的宾客做饭会有失尊严。相反，她讲述了这项工作如何慢慢给了她自信。她为海伦妮的桥牌派对准备的独创美食尤为成功。在 20 世纪 20 年代，桥牌风靡一时，很多人痴迷于此。维也纳到处涌现出"桥牌室"，那是一种俱乐部和赌场的混合体。[30] 海伦妮是维也纳最好的牌手之一，她会在自己家里组织桥牌派对。派对的重头戏是爱丽丝为聚会专门研制的食物。由于桥牌派对可能会持续很长时间，而在此期间没有人愿意放下手中的牌。想要一边打牌一边

---

① 穆齐是海伦妮的小名，前文提到过。

顺便吃饱饭并不是件容易的事,于是爱丽丝发明了"桥牌一口香"(Bridgebissen)。2019年,奥地利报纸《新闻报》(Die Presse)重新发现了爱丽丝的菜谱,并将其刊发在其生活版增刊中[作者署名为鲁道夫·罗什(Rudolf Rösch)]:

> 最近流行一种带顶料的迷你小面包……就是所谓的"桥牌一口香"。正如其名,这些小面包被做成了一口大小,这样兴致勃勃的玩家们可以在不中断游戏的情况下将它们一口塞进嘴里。为了不必使用餐具,每个小面包上面都插了牙签,便于拿取……下面通常是用模具压制或是切成小巧形状的白面包或黑面包,上面摆上各种味道浓郁的小东西。"桥牌一口香"一般会放在小纸杯里,这样看起来就像面包房做的小甜点一样。做好之后通常还要快速地浇上一层冷却的液体肉冻。[31]

"桥牌一口香"在20年代大受欢迎,但爱丽丝觉得,自己职业成功的关键还要算是"花式小点心"(Petits Fours):

> 当海伦妮第一次宴请宾客并问我是否可以帮忙制作我著名的"花式小点心"时,我生命中的重要时刻来了。她的客人都是些富有的女士,她们觉得"花式小点心"很好吃,并要求我教她们厨艺。但我的小厨房里最多只能容纳五六个人,所以我必须想点办法……但我没有从商经验,也没有启动资金。我去了市中心的一家卖煤气炉和电炉的商店。我知道他们那里有一

个试用厨房。我和店主的谈话只持续了几秒钟：

"我可以每周借用这个厨房几小时吗？"

"可以，如果你支付煤气和电费的话。"

"谢谢，我会付的！"

一切就这样开始了。我在商店橱窗里挂出了开课通知：

爱丽丝·乌尔巴赫的甜点课堂
每周一和周五下午3点上课

第一个周一到了……我和我的助手米琪（Mitzi）一起站在试用厨房里。米琪当时18岁，她跟着我干了很多年，直到她结婚。她有很高的天赋，事实证明有她是我的幸运……那个星期一，我们唯一的学生是一位医生的妻子，硕大的房间里空空荡荡！我非常尴尬和紧张，没有加糖就把蛋糕放进了烤箱。但几天后，房间里就挤满了形形色色的女人——有年长的，也有年轻的，有专业厨师，也有家庭主妇，所有的座位都坐满了人。我非常高兴，我从来没有想过会如此成功。

这突如其来的成功似乎与两个方面的因素有关：爱丽丝的很多朋友口口相传，以及她不同寻常的招生方法："我总是话太多，"她略带自我批评地写道，"但正是这种不太好的性格给我带来了成功。我跟遇到的每个女人聊天，我的一半学生都是这样开始跟我学习厨艺的。"爱丽丝到处与人聊天——在火车站台上，在商店排队时，或者在政府机关办事的漫长等候过程中。她不仅自己说话，还会停下来认真听对方说话。她对人们的想法真的很感兴趣，并且在聊天中不断地积累精彩的故事。但倾听和交谈并不只是一种爱好。自从租下了那间试用厨房以后，她就把自己遇到的每一个女人看作潜在的厨艺学生，她们只是还有待被说服而已。爱丽丝成了一名战略演说家：

> 我就站在维也纳最高级的食品商店前，那些商店的橱窗里展示着漂亮的美食。各个年龄的女性们都会驻足欣赏这些精美绝伦的厨艺作品，她们完全不知道这些神奇的东西是怎样做出来的。一旦我发现一个女人对此真的感兴趣，我就会递上我的名片……随后她就一定会来我的厨艺课堂，而且不是一个人来，她会带来她的姐妹、朋友、母亲和婆婆。

爱丽丝之所以能说服别人，除了她的滔滔不绝以外，肯定还有另一个原因。那就是她看起来不像是一个严厉的老师。她的长相和蔼可亲，丰满圆润，像一位慈母。如果你问一个孩子，女厨师是什么样子的，他应该会画出一幅爱丽丝的画像。终于，她开始了一生中最重要的角色：

> 需求越来越大，每周几天的课程已经不够了。于是我在自己经常买锅的铁器店里又租了一间小屋……生活突然开始重新善待我了，我很高兴。这时我可以给两个儿子购买他们需要的

一切，除了父爱。我整天都很忙……我丰富了课程内容，加入开胃小菜、法式小点和三明治……那段时间我有很多学生，因此也突然引起了当局的注意。我可能是被其他某家烹饪学校举报的，他们嫉妒我的成功。

托贝格有句名言："在维也纳有两种饭店——萨赫和萨赫的对手。"这句话同样说出了20世纪20年代的情况。但爱丽丝知道如何自卫：

> 总之当局了解到，有一位乌尔巴赫太太是一位医生遗孀，她从未上过家政学校，却正在教数百名学生。这个女人没有营业执照，却在一家铁器店里授课！这家商店也没有举办此类活动的许可证，但它从中获利了，因为学习烹饪的学生会在那里购买乌尔巴赫太太在讲课时推荐的锅和其他厨具。当然，所有这些指控都是真实的，因此，这位从未接受过教师培训就敢当老师的"臭名昭著"的乌尔巴赫太太被传唤到了有关部门。但我的运气并不算差。[32]

她的一个学生是副市长的太太。这位副市长帮助爱丽丝获得了无可挑剔的营业执照，于是她在格戴克路（Goldeggasse）1号开设了自己的烹饪学校。学校位于一个美丽的住宅区，离美景宫（Schloss Belvedere）非常近。下课后，爱丽丝的学生们可以到公园里散步，以消耗过多的卡路里。"在几年的时间里，我的烹饪学校变得大受欢迎，"爱丽丝写道，"对年轻的姑娘们来说，上我的烹饪课已成为一段'不可或缺的经历'。我有各种各样的学生，有女演员，有贵族，甚至还有几个男学员。"

其中一个男学员是列支敦士登皇室的一位王子，"一个高大英俊的男人，他正在准备环球旅行，想学习自己做饭，这样就不至于在南美洲只能吃烤蚂蚱了"。许多女学员还从没有自己做过饭，包括美国作家艾米莉·里夫斯·特鲁贝茨科伊公主（Prinzessin Amelié Rives Troubetzkoy）、一位名叫艾伦塔尔（Aehrenthal）的伯爵夫人、前首席芭蕾舞演员格雷特·维森塔尔（Grete Wiesenthal）以及英国大使沃尔福德·塞尔比（Walford Selby）的"美丽女儿"。[33] 爱丽丝使她们都成了精通厨艺的专家。

海伦妮帮助爱丽丝招收富有的社会上流女士来学习。与爱丽丝同父异母的姐姐西多妮也尽其所能地支持她，两人年龄相差22岁，但她们仍然很亲近。家里人称西多妮为西达，她有着一头红发，眼睛有一点斜视，大家一致认为她是那种为大家牺牲自己的女人。菲利克斯·迈尔后来写道："她有一颗世界上最慷慨无私的心。"[34] 西达从她父亲那里继承了写作的天赋，她决心成为一名记者。由于她那一代的女性通常被认为不太懂政治，西达选择了一个几乎不会有男性记者与其竞争的领域——家务管理和时尚。在某种角度上说，西多妮是爱丽丝的引路人；她在第一次世界大战前就已经写过关于家务管理的文章，并举办过关于烹饪的讲座。[35] 1925年，她与爱丽丝合作出版了她们的第一本书：《美食家的烹饪书》（*Das Kochbuch für Feinschmecker*）。该书由一家名为莫里兹·佩尔斯（Moritz

Perles）的犹太出版社出版。13年后，该出版社被雅利安化了。[36]

西多妮总是有无数的点子，她用这些想法帮助爱丽丝的课程不断丰富和创新：[37]

> 我每周会邀请一位著名的厨师为我们大家做一道特别的菜。其中一位名厨是斯波克先生，一位非常优秀的老先生，他曾为弗朗茨·约瑟夫皇帝（Kaiser Franz Joseph）做过饭。皇帝去世后，斯波克成为齐塔皇后（Kaiserin Zita）和卡尔皇帝（Kaiser Karl）的甜点师。他向我们展示了他为皇室子女的生日聚会设计的最精美的蛋糕和冰激凌作品。
>
> 在这段时间，我有了组织自己的厨艺展览的想法。每年一到两次，我们会展出学生制作的最佳菜肴。我们选出100件最好的、最诱人的作品进行展示，我邀请所有报纸和杂志的记者来参观品尝，然后怀着激动的心情等待着媒体的评论。反响好极了……那时我是世界上最幸福的女人。[38]

那段时间，爱丽丝还在全城举办讲座，题目包括"职业女性的快速烹饪法"[39]"家庭主妇及其对现代饮食的看法"或"灶台边的女孩"[40]等。

报纸报道了这些讲座，《新维也纳报》（Neue Wiener Journal）以"烹饪是现代的吗？"为题，详细报道了爱丽丝的课程。这位记者对烹饪学校的许多外国女性印象特别深刻，"具有各国特色的词语表达使课程具有了丰富的世界主义形象"。爱丽丝可以混合使用英语和维也纳语授课，也可以同时使用法语和维也纳语。她的听众"怀着浓厚的兴趣学习这些用多国语言教授地道维也纳美食的课程。在这样一位有学识的女士的带领下，这些课程一定会为维也纳美食重新赢得美誉"。[41]

由于爱丽丝与外国学生有很多接触，并对国际流行趋势感兴趣，她成了第一个在维也纳提供送餐服务的人。[42]我们今天认为理所当然的外卖服务在当时还是新事物，得到了媒体的高度赞扬：

> 美国化无处不在——现在在维也纳也是如此，美食佳肴正以创纪录的速度热气腾腾地送到家中，供我们享用！（这要感谢）爱丽丝·乌尔巴赫夫人，她是格戴克路现代烹饪课堂的知名女老板……一些职业女性没有时间自己做饭、请不起女佣却又想在自家餐桌上与家人共度短暂的用餐时间，还有大批长时间连续工作的雇员、无法出门的病人，他们都可以……吃到美味的、有营养的家常菜了！[43]

爱丽丝现在经常在外忙碌，开讲座、购买食材或上门送餐。西多妮和一位保姆帮助她照顾两个儿子。卡尔是个乖孩子，但奥托在学校里不断有"麻烦"。他越长大，对周围的世界就越叛逆。1928年，他又一次从联邦理科中学带回了一份惨不忍睹的成绩单。除了体育（优秀）和地理（良好）以外，其他科目的成绩都是"及格"。他被学校视为麻烦制造者，很少完成作业，也不愿服从任何权威。他对老师很反感，老师对他也是一样。奥托认为学校并不重要。他的大脑转得很快，充满了各种混乱而发散的、漫无边际的想法。他梦想搞出一些发明，还梦想环游世界。为此，他在地理方面颇下功夫，一定要搞清楚到底哪个国家的边界在哪里，以便制订自己的逃跑计划。他会时不时给自己放个假，逃课去滑雪。夏天，他会跑去维也纳的某个火车站，就为了看火车驶出车站。西站、南站、东站、北站和弗朗茨·约瑟夫站，都成了他经常活动的地方。除了南站以外，其他车站都位于萧条破败的区域。但对于在奥塔克灵长大的人来说，贫穷并不稀奇。奥托屏蔽了周围环境的沉闷压抑，幻想着自己也成为这些手提大行李箱的旅客中的一员。行李箱上那些代表着大都市、航运公司和高级酒店的彩色贴纸特别吸引他。他偶尔会帮助搬运工装卸行李，换取一点零花钱，并在没人注意的时候撕下一些贴纸收藏起来。那些年，他积累了大量来自欧洲各国首都的贴纸，但他的收藏中最重要的一部分来自美国、日本和中国。奥托希望有一天能去那些地方。如果真的有机会远行，他将把这些贴纸贴在一个漂亮的大行李箱上，这样大家就会认为他是一个经验丰富的环球旅行者。

　　爱丽丝对奥托去火车站的事一无所知，但她注意到，奥托离自己越来越远了。这让爱丽丝产生了一个想法，让奥托更多地参与她的工作。她教奥托如何做饭，并惊讶地发现他颇具天赋和创造力。奥托16岁时还曾在她的培训课堂上帮忙。[44] 一起工作使他们母子的关系亲密了一些。尽管如此，当奥托有一天告诉爱丽丝，他要永远离开学校时，爱丽丝还是大为震惊。奥托想设计汽车，并且已经在维也纳的雷诺公司（Renault）找到了一份学徒工作。在爱丽丝看来，这是一场灾难。成功的犹太男人是不会当机械师的，他们会做医生或律师。奥托没有理会这些反对意见。他完成了学徒培训,并于1932年进入英国伍尔弗汉普顿(Wolverhampton)的联合矿业公司(United Mining Cooperation)担任技术员,为期18个月。然而,他认为这只是一个暂时的过渡办法,因为他真正的梦想是远离欧洲生活。1934年,他申请移民到巴勒斯坦,但不久后又决定去美国。[45] 奥托这种杂乱无章的生活几乎让爱丽丝感到绝望,幸好这段时间卡尔在学校取得了出色的成绩。至少他还有意成为一名医生,从而挽救家族的荣誉。回顾过去,爱丽丝写道:

> 我比任何人都更希望两个儿子能够比我更优秀!我的长子(奥托)小时候让我很担心……但他长大后去了美国,千百倍地弥补了儿时惹过的麻烦。在他小的时候,我本来应该知道他性格中有些特别之处的。但当时情况很糟糕……鲍比(奥托的昵称)进入了一所非常进步的学校读书——但即使在那里,他在行为纪律上也得到了很低的分数。他在家里从不惹事,他的保姆很了解他,知道他有了想法就必须要实现。在青少年时期,没有学校愿意收留他,因为他从不遵守规则!维也纳对他来说太小了。他是一个很棒,很可爱的儿子,但他想走出去。所以我在他22岁的时候就放他走了。[46]

1935年,奥托进入俄勒冈州波特兰的里德学院学习。爱丽丝当时不可能知道,这个决定会对她的生命至关重要。

第 4 章
终于成功了！

不，不！要先冒险，

解释总是需要太长时间。

——刘易斯·卡罗尔，《爱丽丝梦游仙境》

里德学院坐落在美国风景最优美的地区之一。主楼为都铎哥特式风格，但这栋建筑具有欺骗性。实际上，里德学院并不是像哈佛（Harvard）或普林斯顿（Princeton）那样的老牌美国大学。它在1908年才成立，从建校之初就完全没有守旧之风。时至今日，里德学院已被誉为与伯克利（Berkeley）[①]齐名的美国最进步的教育机构。里德定期举行学生抗议活动，这个传统延续了几代人。该学院还因苹果公司创始人史蒂夫·乔布斯（Steve Jobs）而闻名。20世纪70年代，乔布斯在这里发现自己对书法的热爱，这种热爱在一

---

① 即加利福尼亚大学伯克利分校（University of California, Berkeley）。

定程度上成就了他的公司设计。[1] 直到今天，史蒂夫·乔布斯仍然是里德学院最著名的学生，但在他之前，20 世纪 30 年代就已经出现了几个不太知名但同样值得关注的人物。这些学生在里德学到的东西后来引导他们走上非同寻常的道路。

在 1935 年和 1936 年，这些学生也包括爱丽丝的儿子奥托、他的朋友考狄利娅·多德森以及一位名叫埃米里奥·普奇（Emilio Pucci）的意大利贵族。这三个人在任何方面都格格不入：来自美国上层家庭的考狄利娅，贫穷的奥地利犹太人奥托，以及意大利法西斯主义者普奇。但里德学院和第二次世界大战使这三人永远无法忘记彼此。

他们之所以能有交集，是由于大学校长德克斯特·基泽（Dexter Keezer）。只要仔细看过基泽的履历，你就会产生这样的疑问：他同时接受奥托这样的犹太人和普奇这样的意大利法西斯分子免费上大学是否真的是一种巧合。基泽似乎很喜欢社会实验。总之他相信，必须使用非正统的方法，才能促使学生思考。他自己在第一次世界大战期间就开始思考。基泽来自马萨诸塞州（Massachusetts）的一个小镇，那里几乎没有任何文化上的碰撞。如果不是在 1917 年被派往法国当兵，也许他永远不会对欧洲以及像奥托和普奇这样的欧洲人感兴趣。与法国人和英国人的接触使他走向成熟，在政治上不再天真。回国后，他学习了经济学，后来为罗斯福的财政部长亨利·摩根索（Henry Morgenthau）工作，负责新政项目（New-Deal-Projekten）。[2] 1934 年，基泽成为里德学院的院长，他决定撼动这座沉睡的象牙塔。在他看来，学生们被宠坏了，亟须让他们面对更多的挑战。[3] 这不仅包括思想精神上的挑战，也包括体育运动方面的。当基泽宣布他想把最好的棒球和橄榄球运动员带到里德时，教职员工都感到震惊。而他对体育的热情也可以解释为什么他会接收像奥托和普奇这样身无分文的学生。这两人虽然无法支付高昂的学费，但他们为基泽做了两件事：他们可以向美国同学们解释在欧洲发生的事情，他们还为里德建立了一支滑雪队。

*

波特兰最重要的报纸《俄勒冈人》（*The Oregonian*）在 1937 年报道称，奥托只是在一个偶然的机会听说了里德学院："通过奥地利美国研究所的保罗·邓格勒博士（Dr. Paul Dengler），（奥托·乌尔巴赫）得知了里德学院的存在。他写信给里德的校长德克斯特·基泽，问他里德是否需要一名滑雪教练。"[4] 基泽同意了，奥托在 1935 年 9 月前往美国。结果很快证明，这是需要回报的——爱丽丝必须在维也纳接待一名里德学院的学生，她对此并不太感兴趣。"他们已经把交换生送出去了，"奥托在抵达美国后不久就给爱丽丝写信说，"我真的很抱歉，你不得不为我做出这种牺牲。但我认为这些（花费）是值得的，因为我在这里真的有非常好的发展机会。每个人都超级友善，乐于助人，让阿姨满意不会是难事。"

奥托和爱丽丝已事先商量好，使用"阿姨"这个代号来代指他的居留许可。作为交换生，他只获得了一年的签证，但他希望能够留在美国，挣钱寄给爱丽丝和卡尔。奥地利和美国当局都没有发现他有这样的打算。由于母子俩对信件能否保密没有什么信心，他们

第 4 章 终于成功了！

在信中聊的都是"阿姨"的健康状况。阿姨康复的希望有时大一点，有时小一点。

奥托不得不隐瞒的另一点是——他正在兼职赚一些钱。作为外国学生，他没有工作许可。但他私下在迈尔与弗兰克百货公司[Meier & Frank，今天隶属于美国梅西（Macy's）百货连锁店]滑雪用品部找到了一份工作。

> 我每周将有四个下午和星期六全天工作，周薪 12 美元。百货公司漂亮得难以置信，到处都是崭新的，布置非常现代化。从外面看就像国家银行的大楼，只是它要高得多。我在六楼工作。他们为我设立了一个小工坊，就在店里，顾客可以观看我是如何将固定器和金属边框安装在滑雪板上的。[5]

奥托想存下这笔钱来聘请一个能在"阿姨的事"上帮助他的律师。这份工作很可能能帮他赚到足够的钱，因为他的工坊很快就吸引了大批顾客。滑雪在当时的美国是一种新时尚，作为一个正宗的奥地利人，奥托成为百货公司吸引顾客的一大亮点。他不断地想出新的点子，将他的工坊装饰得更加引人注目。他让卡尔从维也纳寄来带有奥地利风情的滑雪海报和许多奥地利特色的针织毛衣。奥托甚至搭了一个栗子摊位，并在商场里组织了维也纳主题周。最后，他的营销理念引起了百货公司的犹太老板——弗兰克先生和迈尔先生的注意。朱利叶斯·迈尔（Julius Meier，1874—1937）不仅是一个商人，还是一名公认的伟大慈善家。尽管不属于任何党派，但他在1931年就已成为俄勒冈州的州长。当迈尔先生邀请他到州长官邸参加聚会时，奥托几乎不敢相信自己有这样的运气。在经历了维也纳的种种苦闷之后，他突然被奢华所包围。甚至他的大学房间对他来说也像是天堂。他给爱丽丝的信中写道：

> 这所大学美得无法形容，四周都是花园，到处都是鲜花，还有一种安宁的氛围……就像在另一颗星球上。我和另外两个男孩共住一套小公寓，他们都比我小一点。公寓有三个房间，有浴室，还有一个小壁炉……伙食很好，很丰盛……这里几乎所有的学生都有汽车。女孩子们都非常漂亮和聪明，很多人都去过欧洲。透过我的窗户，我可以看到学生的车道，不住校的学生就开车从这里进出。这条车道看起来像歌剧院门前的坡道。[6]

正如奥托在另一封信中向卡尔吐露的那样，他与美国女性似乎也相处得很好。虽然他和某位珍妮分手了，但已经有了一个新的女朋友，她开着一辆帕卡德（Packard）。不知道最吸引他的是汽车还是女人。[7] 尽管有这些干扰，但他的学业并没有落下，曾经辍学的奥托·乌尔巴赫一夜之间成了模范学生。他给爱丽丝写信说：

> 季度考试的所有科目我都通过了，成绩很好。心理学我学得尤其好，在全班六十人中取得了第八名的成绩。在政治学方面，我的成绩不是很好，但也高于平均水平……还有一个重大新闻：下周五我将在电台发表演讲。（节目名叫）"西北的邻居"。这个

节目每周都会向听众介绍一个学科的专家。下个星期,我将成为受邀专家。美国人真的很天真。上周(一位部长)上了节目,本周是奥托·乌尔巴赫先生。很可惜,你听不到节目![8]

作为一名刚刚被发现的专家,奥托对美国人进行了滑雪运动方面的启蒙。他一到美国就组建了里德学院滑雪队,该队后来参加了全国各地的大学校队比赛。[9]此外,他和几个助手在附近的胡德山(Mount Hood)建造了一个奥地利风格的滑雪屋。现在,大学杂志经常刊登照片展示奥托的运动创意,并发布关于他的文章,例如一篇标题为《乌尔巴赫组织飞跃一英里活动》。在他自建的干式跳台的照片上面写着:"为什么要等冬天呢?在就读于里德学院的维也纳滑雪专家奥托·乌尔巴赫的主导下,这个木制跳台已经建成,还有两个旱地滑雪场正在如火如荼地建造中,这很可能是全国首创。"[10]

令人惊讶的是,在所有这些工作中,奥托仍然能抽出时间来完成学期论文。为了使论文更加有趣,他让卡尔从维也纳寄来政治材料。他的政治文章主要参考"祖国阵线"(Vaterländische Front)组织的出版物,因此里德的学生比其他美国人更早地了解到,奥地利是一个自1934年以来由库尔特·许士尼格总理领导的教权法西斯国家。奥托还解释了为什么自1933年以来,奥地利一直依赖意大利作为保护国。他的报告也引起了心理学学生的兴趣。一个正在学习德语、法语和心理学的年轻女生特别认真地听了他的报告。她来自波特兰,与奥托同龄,非常有魅力。她的名字叫考狄利娅·多德森。

*

考狄利娅身上总是有一种应对自如的从容，这种特质一直保持到老年。她似乎永远知道在什么情况下该做什么（以及如何全身而退）。考狄利娅对高跟鞋、首饰和化妆品情有独钟，[11] 但如果你认为她很肤浅，那就错了。事实上，她非常有智慧，并决心在生活中有所作为。几十年后，考狄利娅告诉一位同事，她还在里德学院时就被招募进美国情报部门了。[12] 确切的招募时间现在已不得而知。根据她的简历，考狄利娅于 1932 年开始上大学，其间有几个学期因赴法国和奥地利短期留学而中断，最终于 1941 年 6 月完成学业。

在她后来的生活过程中，考狄利娅和奥托成了保守秘密的专家，这些秘密中也包括他们的关系。没有人知道他们是否曾经是一对恋人。但有一些线索表明，他们对彼此是多么重要。在最后一次接受采访时，考狄利娅提到，她与奥托的友情是她与纳粹政权作斗争的决定性原因。奥托没能作为时代的见证者接受采访，他没有活到那一天。但从他 20 世纪 30 年代的信件中可以看出他对考狄利娅的迷恋。他经常提到考狄利娅，尽管语言听起来有点平淡，但对奥托来说已经是非同寻常的了。他是一个写信很快的人，喜欢使用极其简洁的语言风格。然而，当谈到考狄利娅时，他的语气有了几分变化。例如，他给卡尔写道："当你收到这封信的时候，考狄利娅·多德森可能已经在维也纳了……告诉她，我经常想起她。"[13] 这话从奥托笔下写出就接近于爱情表白了。

除了两人之间的关系以外，他们在里德学习的心理学课程也在两人身上留下了长久的印记。奥托后来利用他的心理学技能审讯党卫队士兵,而考狄利娅在战争期间将这些技能用于她曾经的同学埃米里奥·普奇身上。

考狄利娅和奥托一生都在"幕后"工作,相反,普奇却成了一个公众人物。[14]战后,他成为著名的时装设计师,为杰奎琳·肯尼迪(Jacqueline Kennedy)和玛丽莲·梦露(Marilyn Monroe)等明星设计过服装。1962年,里德学院曾邀请他讲述自己的人生。他巧妙地避开了比较有争议的部分。他只告诉听众们,他有里德学院的社会学硕士学位和佛罗伦萨大学的博士学位。他称自己最初的职业规划是加入意大利外交部门,但未能实现,战争期间他曾在空军服役。他以这句话结束了自我介绍,并将其余时间用于讨论如何得体地着装。[15]这种无缝过度充分说明了普奇的智慧——他始终擅长巧妙绕开障碍。事实上,他曾是意大利空军中功勋卓著的法西斯战斗英雄,是墨索里尼女儿埃达·齐亚诺(Edda Ciano)的情人,如果他的美国听众在1962年得知这些,一定会大为震惊。还有一个事实同样会很惊人——在战争结束时一次引发轰动的情报行动中,他和里德学院一位名叫考狄利娅·多德森的女学生发挥了关键作用。但普奇在1962年选择忽略这些复杂的事情。

*

对考狄利娅来说,普奇直到战争期间才变得重要;而在奥托眼中,普奇在学生时代就已经不可忽视了。他们两人在很多方面都是竞争对手——普奇在1936年接管了滑雪队,教他的女粉丝们跳维也纳华尔兹，[16] 并写了一篇题为《法西斯主义：解释与辩护》（*Fascism：An Explanation and Justification*）的论文，为墨索里尼辩护。所有这些自然激怒了奥托。

在一份秘密简历中，普奇后来解释说，出于对意大利法西斯主义的热情，他与同学们发生了激烈的争论。这些争论始于 1935 年意大利入侵埃塞俄比亚时："在美国，人们普遍对法西斯分子抱有反感态度……由于与祖国相隔很远，我本能地做出了辩护反应。我表示，意大利对埃塞俄比亚的行动是正当的。人们反驳我，有时我无言以对，因为我准备得很不充分。"为此，他改变了自己的专业，从 1936 年起在里德学院攻读政治学。[17]

正如录取奥托一样，德克斯特·基泽同意让这个意大利人进入里德学院。他解释这个决定时说：普奇的"学术表现非常出色，而且他不介意打些零工来赚取零用钱，例如洗碗和端盘子"。[18]

*

与此同时，爱丽丝在维也纳与另一位里德学院的学生发生了矛盾。那个叫埃德·瑟夫（Ed Cerf）的人是里德学院一位教授的儿子[19]，作为交换生被送到爱丽丝这里。但爱丽丝发现，埃德是个被宠坏的自大狂，他在维也纳通宵玩乐、酗酒，还不断向爱丽丝和卡尔借钱。后来他还邀请他的美国同学比尔·麦金泰尔（Bill McIntyre）也住进爱丽丝家里，这时爱丽丝的耐心已经到了极限。她向奥托征求意见，奥托立即回了信：

第 4 章 终于成功了!

给他的父母写一封航空信,告诉他们你无法为比尔提供住处……你真的不需要那么周到和委婉。美国人不是这样的。如果我要是像他那样,人们会直接把我赶出去。在我看来,他没有返程票是非常奇怪的。请不要对这件事有顾虑……不要认为如果你把比尔送走,我就会遭受同样的待遇……请真的强硬一点……记住,在美国没有人愿意免费给我任何东西。[20]

虽然爱丽丝对埃德和比尔的事很不高兴,但 1935 年的其他事情对她来说似乎都很顺利。卡尔作为维也纳大学的医学生已经开始了第一个学期的学习,他们一起搬了家。在此之前,只有烹饪学校位于格戴克路 1 号,但自 1935 年 8 月起,爱丽丝就在格戴克路 7 号租了一套宽敞的公寓。由于奥塔克灵当时的失业率高达 50%,而且那里的社会问题每天都在恶化,所以这次搬家对爱丽丝和卡尔来说是一个很大的解脱。[21]

*

但 1935 年秋天最好的消息是,爱丽丝的第二本烹饪书出版了:《在维也纳是这样做饭的!》厚达 500 页,包含了她自 5 岁以来学到的所有关于烹饪和持家的知识。

尽可能准确地重建这本书的诞生过程是很重要的,因为这本书的出版商后来讲述了一个与真相相去甚远的版本,而后者广为流传。自 1937 年以来一直担任出版社负责人的赫尔曼·荣克(Hermann Jungck)在 1974 年的一本纪念文集中讲了他所认为的事情经过。

1934/35年，卡尔毕业于维也纳布赖滕塞寄宿高中

第 4 章　终于成功了！

目前尚不清楚他为什么要对爱丽丝案进行如此详细的描述。也许他担心出现法律纠纷，或者他想为自己辩解。他所讲述的故事开始于1934年，当时他的叔叔，也就是出版社创始人恩斯特·莱因哈特（Ernst Reinhardt）委托爱丽丝写这本书："我叔叔去了维也纳，拜访了那里的熟人，想知道谁能写这样一本菜谱。结果发现，所有烹饪学校的校长都已经出版了烹饪书，只有经营着一家小型烹饪学校的爱丽丝·乌尔巴赫太太还没有写过书。"

荣克所讲述的，听起来像是灰姑娘的故事。一个出版商发现了一个不知名的、尚未出版过只字片语的女人。找她似乎是一种权宜之计，因为"所有烹饪学校的校长"都已经出书了。而实际上，爱丽丝在1925年已经与她的姐姐西多妮一起出版了一本成功的烹饪书，当时她已被认为是烹饪界的知名人士了。也许荣克不知道这一点，但他的叔叔莱因哈特肯定知道，因为出版爱丽丝第一本书的莫里兹·佩尔斯出版社在奥地利代理了几家德国出版社，其中就包括恩斯特·莱因哈特的出版社。[22] 关于这一点荣克语焉不详，如果仅仅是这样，也不算什么问题，但他偏偏在文章中讲了更过分的话："乌尔巴赫夫人在很短的时间内整理好了她的菜谱——后来她曾经告诉我，由于她根本没有那么多菜谱，她挪用了其他烹饪书中的一些菜谱并改了菜名。"[23]

荣克这样说的目的，现在慢慢清楚了。他是要通过质疑爱丽丝作品的原创性来掩盖自己的剽窃行为。事实上，爱丽丝积累了很多素材，甚至还在1938年给荣克写了另外两本烹饪书：一本名为《无肉饮食》(*Die fleischlose Kost*)的素食菜谱和一本"高胆固醇"的《维也纳糕点》(*Wiener Mehlspeisen*)。荣克在他的纪念文章中对这两本

065

书只字未提。他有充分的理由这样做：在奥地利并入德国后，全部三部作品都以另外一个作者的名字出版了。所以，"挪用了其他烹饪书中菜谱"的人不是爱丽丝，而是荣克。[24]

在她的回忆录中，爱丽丝讲述了这本烹饪书不一样的诞生经过："我收到了来自莱因哈特出版社的一封信。他写道：'我想要出版一本维也纳的烹饪书。我的朋友 S 女士是在去加施泰因（Gastein）的火车上认识您的。她觉得您应该写这样一本书。您愿意写吗？'"[25] 爱丽丝同意了，她为能够延续家族传统而感到自豪：

> 我父亲，我的一个哥哥，一个姐姐，还有多位表兄弟，近二十个家庭成员都是专业作家或偶尔写作。就连我的儿子（奥托）也写了一个电影剧本，并把它卖给了好莱坞的一家电影公司，尽管他从事着与写作完全不同的职业……我也加入了写作的行列，当然我没有想到我的书会成为一本畅销书。[26]

荣克在 1974 年没有提到《在维也纳是这样做饭的！》成了一本畅销书，而是详细描述了该书出版过程中遇到的所有问题。在奥地利，这本书由中央图书和版画贸易协会（Zentralgesellschaft für buchgewerbliche und graphische Betriebe，缩写为 ZG）[27] 出版社出版，该出版社最初将其分成若干小册子单独销售。另外该书还引起了奥地利买家的误解，出于某种原因，他们以为作者将在奥地利全国的巡回读书会活动中提供烹饪课程。[28] 总之，根据荣克先生自己的说法，这本书带给他的只有麻烦——因为奥地利的经销商们做出了错

第 4 章　终于成功了！

误的承诺，莱因哈特出版社不得不处理相关的询问。

荣克还避而不谈该书收到的优秀书评。1935年12月，第一篇赞美该书的评论正好赶在圣诞销售旺季刊登出来："在美食烹饪界享有最佳声誉的名厨爱丽丝·乌尔巴赫现在出版了一本精美的菜谱：《在维也纳是这样做饭的！》。书名体现出其丰富的内容，但还不是全部。因为这本500多页的书包含了太多、太多的东西，几乎涵盖了所有的烹饪智慧。"[29]《帝国邮报》(*Die Reichspost*)也得出了同样的结论：

> "在维也纳是这样做饭的！"这句简洁而令人印象深刻的话是刚刚出版的……一本关于家常美食烹饪和家务管理的优秀书籍的标题，作者爱丽丝·乌尔巴赫拥有一所维也纳著名的烹饪学校，还有很多外国人来她的学校学习……在书中数以千计的菜谱中，始终贯穿着纯正的维也纳风味。在维也纳糕点的章节，爱丽丝·乌尔巴赫讲解得特别详细，这些糕点都是长期以来享誉全球的维也纳特色美食：苹果馅饼、狂欢节甜甜圈、皇帝煎饼——所有这些人见人爱的美味，在书中都能找到最佳的制作方法，而且该书还用真实的照片展示了美食诞生的每个步骤。作者拥有专业知识，她用单独一章介绍了现代营养搭配。书中还有生食、素食、减肥餐等各种特殊菜谱的讲解，对婴儿餐以及旅行餐和周末美食的介绍同样详尽和令人折服。如果你面对如此丰富多样的菜谱依然不知道第二天或者某个节庆场合该做什么菜，你只需要看看书中的附录：在那里你会轻松找到

适合一年中各种日子的、最精致又最省钱的菜品组合——比如适合茶歇、家庭庆祝活动和家庭晚宴的套餐。总之，要概括这本物美价廉的菜谱，最贴切的莫过于标题页上的那句话："在维也纳是这样做饭的！"[30]

这本书包含大量彩色和黑白照片，但不全是菜肴。有几张照片上能看到烹饪学校年轻的女学员正在搅拌锅中的食物。但爱丽丝本人却只在照片中露出过双手——比如她在揉面或切配料。除了这双手之外，她是一个"隐身"的女人。这种隐形肯定不是爱丽丝要求的。她喜欢拍照，虽然她不认为自己特别漂亮，但战后也有无数张她在高耸的蛋糕旁自豪摆拍的照片。

在厨房拍摄爱丽丝烹饪的照片时，拍全身会比只拍她的双手要容易些。那么，为什么1935年的书中没有出现她的脸？其中一个原因可能是，她的鼻子具有明显的犹太人特征。虽然乌尔巴赫这个姓氏听起来不像是犹太人（至今在犹太人和非犹太人中都有乌尔巴赫这个姓氏），但她的脸却给人完全不同的印象。而她的身世对于1935年的德国出版商来说，是绝对不愿意透露的。在同一时代，美国一些烹饪书的黑人女性作家也经历了与爱丽丝非常相似的命运。[31]她们的作者照片也被视为会损害商业利益，就像她们"听起来像黑人"的名字一样，根本没有被出版社提及。这一切都被隐去了。

1935年，爱丽丝并没有抱怨作者照片的缺失。她对自己的书太自豪了，她和她所有的维也纳朋友一起庆祝此书的出版。

但她不可能猜到后来事情的走向。

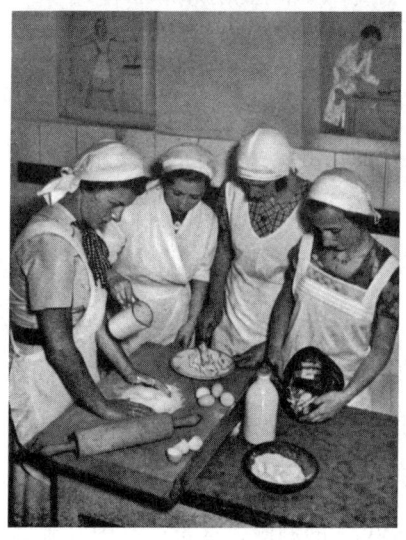

"努力学习"——《在维也纳是这样做饭的!》书中插图

第 5 章

上海往事，或美国的儿子

> 注意，信随后到。
> ——弗里德里希·托贝格描写犹太家庭
> 拍电报的极简风格[1]

"即使是现在，我也能闻到上海空气中弥漫的尸体烧焦的恶臭，还有血腥味和腐烂的味道。一切防空手段都毫无意义。没有一次能够真正击退攻击。"[2]

那是 1937 年 8 月 14 日，星期六。第一波轰炸开始于下午 4 点 27 分，炸弹落在两家酒店上。[3] 另一波炸弹袭击了"大世界"游乐园。受重伤和死亡的人数超过 2000 人，全部都是平民。后来，这一天作为"血腥星期六"被载入史册。

就在那天晚上，奥托穿上了上海义勇队（Shanghai Volunteer Corps，缩写为 SVC）的制服，这是一支国际志愿部队。1937 年 8 月 19 日的一张新闻照片显示，他和其他志愿者躲在上海昂贵的滨

第 5 章 上海往事，或美国的儿子

水长廊——外滩附近的沙袋后面，步枪已经准备好。这里的商店、餐馆和电影院都被摧毁了，那些曾是他在过去一年度过闲暇时光的地方。

但为什么奥托1937年会在上海？为什么爱丽丝要担心他再也无法活着离开这个城市？她已经不习惯于为大儿子操心了。自从奥托去了美国，他的生活似乎终于走上了正轨。他在1936年第一学期的假期里写给爱丽丝的信中洋溢着自信。他很喜欢他的暑期工作，终于能够挣到一些钱了。他在华盛顿州的灵湖（Spirit Lake）管理着一个基督教青年会的营地，那是一个如世外桃源般的地方："我现在所在的营地距离最近的人类居住区约100公里。这里有美丽的湖泊，幽深的树林，灿烂的阳光……我照顾着45个男孩，他们都在12至16岁之间。我们有一个厨师，一个医生和一个洗衣工，还有摩托艇和电灯。"[4]

奥托与孩子们相处得很好，只是与女厨师从一开始就争执不断。爱丽丝曾教给儿子许多烹饪技巧；他知道如何用很少的、省钱的食材来做出很多美味。因此，他对不好的饭菜容忍度极低。在基督教青年会的厨师一次又一次把午饭烧煳后，他解雇了她。[5]

在这个夏季的世外桃源中，只有一个问题是奥托无法解决的。他发现"阿姨的事"比预想的要复杂得多。奥托迫切需要延长他的居留证。没有这份文件，他既不能继续学习，也不能在美国工作。此前，人们可以选择前往加拿大或墨西哥，在那里等待几周后持新签证返回美国。但美国政府出人意料地终止了这种可能性。奥托在1936年6月写信给爱丽丝说："很遗憾，这次我没有任何好消息可

071

以汇报。我去了加拿大，但被拒之门外，接着我去了墨西哥，也同样遭拒。据说现在的规定是，必须有亲戚在美国才能移民。"[6] 几周后，他又写信说："现在是锻炼我耐心的时候，咒骂或生气都无济于事，从这个意义上看，这段经历很有价值。我很高兴来到这里，也就是远离奥地利，尽管我不知道未来会怎样，但我不想放弃整个世界而回到欧洲……我很高兴，除了你，我觉得自己与维也纳和奥地利没有任何联系。"[7]

在寻找一个可以暂时栖身的国家时，奥托想起了他收藏的旧贴纸，那是他小时候在维也纳火车站偷来的。他最喜欢的贴纸种类之一是中国贴纸。此时正是这个国家为他提供了一个摆脱窘境的机会。申请上海的居留许可相对容易。现在只剩下一个问题——解决路费。奥托在写给爱丽丝的信中说："明天我将与从这里到上海的航线负责人会面，我已经得到了一份在船上的工作。现在还不知道是什么工作，但我想是绞车工。这条航线运送的货物主要是木板。如果船沉了，至少我还有东西可以抓住。"[8]

奥托预计将在中国待上几个月。对他来说，最困难的事情是告别里德学院，特别是在他得知普奇将在1936/37赛季接管滑雪队之后。他只能希望这个意大利人不会试图用滑雪技术来勾引考狄利娅。

*

奥托在船上的正式头衔是"第二甲板工程师"。对于一个甲板工程师来说，他带来的推荐信令人印象深刻。其中有里德学院校长基泽和俄勒冈州州长朱利叶斯·迈尔的推荐信。[9] 奥托似乎并没有觉得这有什么不寻常。在他的世界里,有过在墨西哥边境被拒的时刻,也有过被俄勒冈州州长邀请到家里的经历。他从这些经历中学到了如何在两个世界中应对自如。在船上,他对普通的船员和官员都很感兴趣。他给爱丽丝写信说:

> 货船上的生活与人们想象的完全不同。这里更像是一个井井有条的工厂,完全没有人们通常赋予海洋的浪漫。船长根本没有什么发言权,海员联合会或者说是工会在船上的代表来决定谁负责哪项工作。[10]

还有一封写给弟弟的信说:"我与官员在一桌吃饭,相当愉快。我也有自己的船舱,有冰柜和风扇……这艘船的船长是个德国人,但他不是卐。他已经在美国待了很长时间了。"[11]

船中途停靠日本之前,奥托学会了一点中文和洋泾浜英语,"这是上海的主要语言。船上餐厅的那些中国服务员被我的发音逗得捧腹大笑"。[12] 奥托当时肯定希望,自己的中文能够应付最初的一段时间。

20世纪30年代的上海吸引着想要——或被迫——开始新生活的人。这里容易申请居留许可,也有望获得良好收入。正如一位移民到上海的女性在1936年所描述的那样:

> 他们抱着发财的希望来到中国,想攒够了钱就回家,盖一栋漂亮的房子。这就是那些德国人、英国人和其他所有人的愿望……

他们在上海定居，建造摩天大楼，植树，但一切都只是暂时的，因为他们无论如何是打算回欧洲的。有的人无法继续忍受孤独，真的回家了。但是后来他们又想念中国。他们想念阳光，想念仆人，想念这个大国。他们失去了安全感和归属感。[13]

在中国其他地区，政治局势远不如上海稳定。军阀统治压迫着人民。蒋介石和他的国民党虽然在打击军阀，但同时也与中国共产党作战。这些内部权力斗争削弱了这个国家，这种情况被日本所利用。在奥托抵达上海的五年前，即1931年，日本人以某种借口占领了满洲地区。虽然国际联盟谴责这种公然侵犯中国主权的行为，但日本并没有因此而停止侵略。1933年2月，日本干脆退出了国际联盟，并以更隐蔽的方式继续其在中国的扩张计划。与此同时，苏联、美国和欧洲大国开始更多地参与该地区事务——同样是以秘密的方式。奥托在抵达中国几个月后陷入了这种危险的混乱局势中。

起初情况还不算糟糕。1936年9月抵达上海后，奥托立即搬进了位于泡泡井路①的基督教青年会，并告诉爱丽丝自己过得很好："每月40美元，含全部食宿，还包括游泳池和图书馆。"他从这里开始了解这座城市。

上海一团糟，又脏又乱，同时却令人印象深刻。一边是大量无业的白俄难民和生活困苦的中国人，另一边是英国和美国

---

① 泡泡井路（Bubbling Well Road），即现在的南京西路，旧时叫静安寺路。

第 5 章 上海往事，或美国的儿子

富人的奢侈生活。巨大的反差。摩天大楼和泥土小屋并排而立，人力车与劳斯莱斯交错街头。这里有你能想象到的各个国家的人，其规模和混乱程度堪比巴别塔。我经常受到邀请，但我并没有结识到很多友善的人。我经常和美国商会的秘书在一起，他以前也是里德学院的学生。[14]

奥托没有向母亲提及高犯罪率和鸦片烟馆，[15]原因并不难理解。他也没有提到港口城市上海对妓女的吸引力。常有浓妆艳抹的 16 岁女子穿着具有挑逗性的衣服在街上游荡。众多的美容院从她们身上赚得盆满钵满。而普通的中国中产阶级女性也是美容院的常客，因为西方的化妆和服装在这里是特别进步的潮流。在婚礼上，中国新娘更喜欢穿着白色礼服拍照。自 1923 年起，上海就有了一家美国广播电台，为这座城市播放美国的娱乐节目，并在其中为西方产品做广告。市中心不停闪烁的霓虹灯让奥托想起了纽约的时代广场。尽管美国的影响力很强，但英国人仍然在这里占据主导地位。19 世纪中叶鸦片战争后，他们就获得了香港岛和广东、上海等港口城市的贸易权。他们把上海郊区打造成了英式乡村别墅风格，那种花园式的田园风光让人想起肯特郡。对于中国的中产阶级和上流社会来说，英国学校的教育意味着较高的社会地位，他们把孩子送到当地的英语学校，孩子们可以在那里表演莎士比亚戏剧。那些喜欢激烈和热闹的人会去看英国灰狗比赛，为此上海专门建造了一个体育场。在这里，你可以畅快豪赌，当然也可能输掉一大笔钱。

在信中，奥托也没有告诉爱丽丝上海各阶层对赌博的狂热（也

075

许他知道自己的父亲是个赌徒,所以不想让爱丽丝担心,但也有可能爱丽丝对儿子们隐瞒了这一耻辱)。只有一次,奥托在信中顺便提到自己买了一张爱尔兰彩票的事。然而,事实上,他周围的人几乎都在赌博——欧洲人、美国人和当地人。上海有数不胜数的赌博窝点,嗜赌的人们在那里一待就是好几天(就像许多吸鸦片的瘾君子以烟馆为家一样)。这种嗜好让中国的算命先生赚了大钱。他们坐在路边的小桌旁,告诉顾客应该投注哪些幸运数字。这是一个纷乱的世界,奥托在信中赞扬了乔·莱德尔(Joe Lederer)关于上海的新小说《风中的叶子》(Blatt im Wind),这本书最能描述他所经历的一切。[16] 莱德尔是一名犹太裔奥地利女记者,她曾在德国工作,1934年移居到了中国。她找到了一份育儿保姆的工作,但还没来得及适应这里就感染了肺结核,不得不返回欧洲。她小说中的主人公描述了上海的美与丑:"夏天坐在上海的花园里,蝉鸣阵阵,天空湛蓝……这里有蓝天上的白鹭,也有霍乱,有莲花,也有台风,有风筝节,还有下水道的恶臭。"[17]

对莱德尔笔下的主人公来说,比任何恶臭更让人痛苦的是孤独。那种孤独感也是奥托所熟悉的。尽管距离很远,但爱丽丝能感受到她的儿子是多么孤单。她几次提醒奥托去找他的远房表哥罗伯特·波利策博士(Dr. Robert Pollitzer)。波利策是一名医生,当时有一小批西方医生在上海工作,后来他们在战争期间帮助了数千个感染瘟疫的中国人幸存下来。[18] 对奥托来说,波利策夫妇和他们的孩子也成了他的救星。在混乱爆发之前,他们给予了他一些家的感觉。

为了挣钱,奥托在美国福特工厂做了一份低薪工作。他在给卡尔的信中谈道:"我干的可以说是全能工种。我监督所有车辆的装卸货……当工厂里有活要做时,我就去装配线上帮忙。我还画很多技术图纸,检查车辆……每个月大约有200辆车要过我们的手。"[19]

为了不让自己颓废,他努力学习语言:"我在上中文和俄语课。此外,我还尝试用大约五种其他语言进行交流……福特车间里有菲律宾人、日本人、俄国人和蒙古人。"[20]

尽管工厂里看起来很有国际性,但午餐时间,欧洲人还是会坐在自己的餐桌旁,用叉子和勺子吃中国菜。奥托很快就厌倦了这样,他想了解中国人。有些人邀请他去家里做客,他也会回请,有时花费会比较高:"我努力在各方面省钱,但为了面子我必须花不少钱,所以我没有任何积蓄。"[21] 但这些邀请还是值得的,因为他的中文有了进步:"我已经能说一些中文了,但还是会犯很多错误,而且还几乎读不懂中文。"[22]

关于奥托在中国那段时间的生活,有两个信息来源:第一个是他给爱丽丝和卡尔的信,在信中他偶尔提到他将有一段时间不能写信,因为他在中国旅行。有时他会提到想去中国某些地方。他的话很简洁:"我过几天要去天津。可能会在那里待上一两个星期。"[23] 或者"有可能我会去中国北方待上几个星期,我们在那里为中国政府运了一大批货。"[24] 只有这些模糊的信息。

第二个来源是一张奥托自己画的路线图和他用徕卡相机拍摄的一些黑白照片。地图显示了他的旅行站点和每一段的交通工具:乘坐中国欧亚航空公司的飞机到南京、北京、兰州,然后乘车到云塘、西宁,再乘飞机到开封。

077

乍一看,那些照片似乎平平无奇。照片上有风景、佛教僧侣和飞机。但实际上,他的行程却极不一般:其中几个地方位于日本占领的满洲地区,还有其他一些日本正试图建立政治势力范围的中国地区。[25] 奥托在这些危险的地区究竟做了什么?

对此有两种可能的答案——一种简单无害,另一种则不那么单纯。简单的答案是:奥托在为福特工作。福特希望与日本人做生意,包括在那些不久前还属于中国的地区。像其他大公司一样,福特将卡车卖给了中日双方,并且没有丝毫道德压力。在战争时,通过这种方式可以赚到很多钱。因此,奥托的旅行可能是纯粹的商业性质。

第二种解释要复杂一些:当时,关于日本在华活动的情报具有重要的政治价值。苏联和美国正在进行非官方合作,阻止日本在中国的扩张。[26] 因此,奥托在他不寻常的满洲和内蒙古之行中是否还拍摄了其他照片,而他后来并没有将这些照片放入相册?这些"其他"照片是为他美国驻上海领事馆的新朋友拍的,还是为他的雇主福特公司拍的?双方应该都会对这些照片感兴趣。福特需要了解最新的局势,毕竟公司要保护其在中国和日本的投资。美国政界也需要来自日占区的信息。在后来的一份担保书中,奥托表示他曾在上海兼职做过一些情报工作:"我在上海以志愿者身份加入了美国海军,成为一名情报员。"[27] 当然,在给爱丽丝和卡尔的信中,他没有提到这些事情。1937年初,他提到日本时只写道:"我收到了日本滑雪比赛的参赛邀请,但我当然不能接受。日本人特别热衷于滑雪,滑雪似乎正在成为一项国民运动。1940年冬奥会有可能会在日本举行。"[28](当时日本作为举办地已经有争议,1938年日本与中国的战争导致日本最终放弃了冬奥会。）

当然，奥托从他在满洲的旅行中非常清楚地知道，日本人想要的不仅仅是滑雪。他还猜测到日本会对中国领土发起新的入侵。[29] 然而，当他在等待日本的下一步行动时，在一个遥远的地方——维也纳——却爆发了一场事关他本人的危机。他知道，自从他离开后，奥地利的经济形势变得更加困难，烹饪学校的生意也不再像以前那样好了。但在1936年9月，他仍然认为家里的一切都会恢复正常。他在给爱丽丝的信中说："你一定在为（暑假后）重开烹饪学校而努力……希望你那里的情况至少能有一点好转的希望。等我一有工作，我就会寄钱回去。"[30]

爱丽丝写给奥托的信没有保存下来，但他对这些信的回应却保存了下来。在接下来的几周里，有一个问题不断出现：奥托想知道爱丽丝"克服困难"的情况如何，以及她是否需要"克服很多困难"。他指的主要是经济上的"困难"，但很快又增加了政治上的。爱丽丝的财务状况越来越糟，尽管她的烹饪书在销售上取得了成功。然而，她只在1935年收到过一笔一次性稿费，并没有分享到销售收入。[31] 在该书出版六个月后，她的经济状况就已经很糟糕了。[32]

*

奥地利的政治局势也恶化了。1936年7月，许士尼格和希特勒之间达成了一项协议，这项协议乍一看似乎是在加强奥地利的主权。希特勒保证，他无意干涉奥地利的内部事务，也不计划吞并奥地利。作为回报，许士尼格赦免了奥地利的纳粹分子。然而与此同时，墨

079

索里尼越来越远离奥地利，而转向希特勒。[33] 在此之前，意大利还为奥地利提供了某种程度的保护，帮其抵挡强大的北方邻国。西格蒙德·弗洛伊德在1937年3月写给一位同行的信中说："我们的政治局势似乎变得越来越糟了。""纳粹的入侵很可能会无法阻挡……不幸的是，我们以前的保护力量墨索里尼现在似乎在放任德国为所欲为。"[34]

因此，在政治上和经济上，爱丽丝的未来都岌岌可危。她必须改变自己的生活，否则就来不及了。英国似乎提供了一条出路，布莱顿（Brighton）的一家高档酒店正在寻找一位名厨，而爱丽丝已经认为这个职位非她莫属。她打算移居国外。

爱丽丝的计划让远在中国的奥托大吃一惊。他的母亲喜欢维也纳——为什么她突然想离开家乡和她所有的朋友？他知道自己不大可能阻止她迈出这一步。一旦母亲做出一项决定，她就会坚持下去。所以他试图在远方支持爱丽丝："我相信你在英国的日子不会太艰难。一开始你肯定不会喜欢那里，尽管布莱顿应该很美。"[35] 奥托现在已经非常了解移民生活，他很清楚最初几个月会有多么艰难。

1936年底，爱丽丝关闭了她的烹饪学校，退租了她在格戴克路的公寓。19岁的卡尔不得不搬到他的大学同学维利（Willy）那里。1937年2月，过完51岁生日的五天后，爱丽丝在维也纳注销了住址，前往伦敦。[36]

爱丽丝这段时间的信件已经丢失，但她两个儿子的信件证明，她在英国的工作许可肯定出了问题。奥托身在遥远的中国，感到无能为力。他给卡尔写了信：

第 5 章　上海往事，或美国的儿子

1937 年 3 月 8 日

亲爱的卡里！

　　收到了你的信和母亲的一封不愉快的信。我心情很沉重，却无能为力。不过，我已经写信给母亲，说在紧急情况下我可以电汇一些钱给她，因为我可以在这里借到一些……我很高兴你能勇敢面对，我担心你，更担心母亲。如果你钱不够花，就给我写信，在……紧急情况下，我可以每月给你寄 15 美元。[37]

　　在英国待了一个月后，爱丽丝于 1937 年 3 月回到了维也纳。这对她来说是一个巨大的挫折。奥托也对妈妈英国之行的失败感到震惊，他给卡尔写道："收到了你最近的来信，你说母亲已经回到了维也纳。糟透了。希望一切都将很快恢复正常。"[38]

　　奥托感觉到，奥地利的政治局势不会有任何好转。他想尽快回到美国，好为爱丽丝和卡尔赚更多的钱。而他似乎也很幸运：

1937 年 5 月 14 日，上海

亲爱的卡里！

　　重大消息：我已经拿到了美国的入境签证。你能想象我有多高兴吧。我在南昌待了两个星期，回来的时候，签证已经寄到了。现在还需要等两个月的时间，我才能从美国驻维也纳领事馆得到配额号码……[39]

奥托希望自己只需要在中国再坚持几个月。但偏偏就在这时，局势变得很危险。

1937年5月，上海的天气慢慢变暖了。街上出现了第一顶木髓头盔，奥托也为自己买了"这个怪东西"用于防晒。他经常旅行，头盔用处很大。与此同时，他的雇主正孜孜不倦地为战争提供卡车，奥托一直在为其工作。1937年7月，他戴着新头盔在错误的时间出现在错误的地点——北京。马可·波罗桥[①]畔响起了枪声。该桥距离北京市中心只有15公里，1937年7月7日的这一军事事件标志着中国抗日战争的开始。一些历史学家也将这一天视为第二次世界大战的开端。对奥托来说，这无疑意味着"他的"漫长战争的开始，尽管他当时不可能预见到这一点。他给爱丽丝的信中写道：

亲爱的妈妈，请原谅我长时间的沉默，这并不完全是我的意愿。你肯定已经从报纸上知道，在中国北部，中国人和日本人之间发生了严重的冲突。这一冲突已经酝酿了很长时间，福特汽车公司早就知道战争一定会爆发。最近两个月以来，双方军队一直在购买所有能买到的卡车。大约三周前，我将50辆卡车运送到了北京，中国人准备在那里接收这些车辆。我安全抵达，本应在两三天后乘火车返回上海。但那天夜里，我被激烈的枪炮声惊醒。你可以想象我当时的震惊。我没能离开北京，第二天我和其

[①] 即卢沟桥。13世纪时，意大利著名旅行家马可·波罗游历中国时见到卢沟桥，并记入《马可·波罗行纪》，因此西方人多称此桥为"马可·波罗桥"。——编者注

他所有的外国人一起去了美国领事馆,我们被安置在那里的医院。我们以为这一切会在几天内结束,但我们完全错了。第四天,我收到了来自上海的电报,得知我被安排继续帮助中国军队的运输部门验收卡车。我很不情愿地离开了领事馆医院,毕竟那里有丰盛的食物和饮料。我出发去寻找一支已经向西行进的部队。我在距离北京约10公里的丰台附近寻找了几个小时后,找到了队伍。那些车辆状况很糟,因为他们曾试图在缺油的情况下驾驶车辆。我们在一个水牛棚里搭建了一个临时车间,开始检修发动机。事情进行得相当顺利,直到日本人得到风声,开始向我们的农家小院开枪。接着所有的中国司机都逃走了,我与一个俄国人开着一辆福特拖拉机穿过稻田。我在进城时遇到一些困难,但最终还是回到了领事馆医院这个安全又富足的地方。前天我经天津前往上海,那边的情况已经有些令人担忧了。[40]

奥托没有提到他的担忧从何而来。北京和天津当时已在日本人手中,可以预料,日本人不会止步于此。因此,奥托在信件结尾处的一句话听起来过于乐观:"一个月后,我就能离开上海了,我真的非常高兴。"

接下来的一个月想必特别漫长。他回到上海后不久发生的事情非常可怕,连奥托都无法把它当作一件逸事来轻描淡写了。

那段时间,天气变得非常热,人们在屋里已经热得无法忍受。穷人在人行道上搭起折叠床,睡在外面。家里有电的人则一刻不停地开着他们的风扇。奥托晚上睡不好,白天还要拖着疲惫不堪的身体去工作,就像其他上海居民一样。每个人都渴望着降温。一些餐馆里放置了冰块,在舞厅里,你甚至可以绕着冰块跳舞——如果你还有精力跳舞的话。

闷热的天气导致人们产生一种特殊的过激反应。[41] 8月9日,一名日本中尉和一名水兵想强行进入中国的虹桥机场,被一名中国警卫人员拦下,随后发生了争执,两人被击毙。根据日本人的说法,日本军人是被中国警卫无缘无故射杀的。日本人妄称这是一场"冷血的谋杀",他们对这种"挑衅"当然必须立即做出反应,然而,这种"本能反应"却准备得很充分。日本人立即将他们的"出云号"等战舰派往上海,并停泊在黄浦江上。

在此期间,上海开始下雨,但民众并没有高兴多久。雨水变成了强风暴,电线杆被摧毁,通信不畅。对日本人来说,这是个有利情况。8月12日,他们开始从"出云号"战舰上炮轰上海。日军轰炸的目标是上海北部地区,那里几乎只有中国人居住。很明显,日本人想避免打击上海的公共租界,那里住着48000名来自不同国家的外国人。如果他们受到伤害,这将比袭击中国人的街区更让世界感到愤怒。上海居民惊慌失措,试图逃往租界。这时中国领导人面对的问题是,该如何应对日本的战争行动。当然,还有一个更重要的问题是,谁会帮助他们对抗日本人?

中国最高统帅蒋介石的夫人① 出身于上海最富有的家庭。蒋介

---

① 宋美龄(1898—2003),1936年出任国民政府航空委员会秘书长,参与组建空军。——编者注

第 5 章　上海往事，或美国的儿子

石夫人是基督徒，曾在美国读书。从那时起，她在美国就有了最好的社会关系，在这种危急局势下，她自然去向美国人求助。她的一位美国军事顾问建议她从飞机上对日本军舰进行轰炸。然而，"出云号"停泊的位置靠近租界，这意味着会有一定风险。上海是世界上第五大城市，也是人口最密集的城市。万一中国飞行员由于经验不足和天气恶劣而未击中目标该怎么办？尽管存在这些担忧，蒋介石夫人还是下令轰炸"出云号"。中国军机于 8 月 14 日起飞。

奥托那天在江边工作。那是一个星期六，在中国是工作日。他诅咒着恶劣的天气，但他还不知道 8 月 14 日会因为另外一些原因而成为载入史册的"血腥星期六"。在给爱丽丝的信中他写道：

> 日本人在上海挑起了与中国人的冲突，以便有理由带着庞大的舰队闯入黄浦江。战舰在岸边列队，开始向城市野蛮开火……那天下午，我正在江边把卡车装到船上，（这时）日本船只突然开始疯狂地发射高射炮……我们把一半的货物留在码头上，立即让船开走了。当我准备开着摩托艇返回工厂时，我（看到）中国人已经用各种船只和装满沙子的帆船完全封锁了租界上方的河道。我们的工厂与外界完全隔绝了。我去市政府报告了这一情况（因为当时电话已经断线了）。[42]

第一枚空投炸弹重 900 公斤，于下午 4 点 27 分直接落在租界区内。[43] 它击中了汇中饭店，另一枚炸弹击中了南京路和华懋饭店的一部分。起初，情况完全不明朗。遇袭者以为炸弹来自日方。上

海在 1932 年就曾经是日本空袭的目标，而现在历史似乎正在重演。这时人们已经了解了空袭的毁灭性后果。几个月前，也就是 1937 年 4 月，西班牙的格尔尼卡（Guernica）被德国秃鹰军团（Legion Condor）摧毁。西班牙内战中发生的事情这时在上海上演了，只是死亡人数增加了一倍。当时在格尔尼卡，约有 1000 名平民死于袭击，而在上海，死亡人数超过 2000 人。奥托在他的信中甚至说遇难者多达 3000 人。[44] 确切的数字今天仍然难以核实。

此后，慢慢地才有消息透露是谁投下了这些炸弹。不是日本人——而是中国人误炸了自己的城市。那些日子到处一片混乱，奥托只能偶尔在信中匆匆写下几笔：

> 我只想简单向你报个平安。每天生活在空袭之下并不舒适，但人总会习惯一切的。现在我也穿上了英国制服，在上海义勇队担任司机，这是一支由英国军方组织的很成功的队伍。局势一片混乱，能做的只有等待。你们不要为我担心，只要一开船，我就会离开这里去美国。因此，如果你有一段时间没有收到我的消息，请不要焦虑。[45]

在另一封信中，他向爱丽丝和卡尔解释说："上海义勇队是一个国际志愿者组织，英国人提供支持和装备，有大约 600 名训练有素的队员。当然，在紧急情况下，任何能带枪的人都会加入，但这并不意味着他们会开枪……"

奥托低估了志愿者的人数，事实上有 1500 人。由于某种原因，

1937年8月23日奥托给卡尔的信，信纸抬头是上海义勇队义勇队中的苏格兰人和犹太人在同一个小组中合作,还有一个俄国人的小组以及一个由美国人、葡萄牙人和菲律宾人组成的小组。他们中的大多数人以前从未穿过制服,却突然一下被迫脱离了日常生活。一个当时17岁的俄国人后来回忆说,他当时正坐在电影院里看《好莱坞牛仔》(*Hollywood Cowboy*, 1937)。电影演到一半时,银幕上出现了一条通知。所有已登记参加义勇队的男性请立即报到。当他和几个志愿者起身离开时,整个影院大厅都为他们响起了掌声。[46]

义勇队的志愿者们必须对外表现得很镇定,以免在民众中引起更大的恐慌。但这样的表演并非所有的人都能做到。一名美国记者曾看到一群义勇队成员将尸体从路上搬走。当他们看到散落的残缺肢体时,有些人呕吐起来。后来,义勇队队员们在酒吧里试图用黑色幽默和大量的酒精来应对这种情况。[47]当有人在地板上发现一根手指时,他向大家喊道:"还有人缺下酒菜吗?"

奥托处理这种情况的方式是用他的徕卡相机拍下一切。虽然后来他把这些照片粘贴到了一个相册里,但他仍然试图用简略的语言来保持距离。有一张照片显示了几辆被损毁的汽车横在街道上,他在照片下面写道:"南京路。上海的'第五大道'。一次空袭之后,繁荣不再。"另一栋被摧毁的建筑照片下面写着:"大新百货(暂时关闭)。"还有一张照片上,一个印度人的尸体挂在阳台上,照片说明是:"拍摄于8月19日。这名锡克教徒曾给我开过两次罚单。他被一个弹片击中身亡。"

但从他的相册中也能看出他有多愤怒。在其中一页,他粘贴了蒋介石夫人著名的"道歉电报":"对于不慎投掷失误的炸弹,没有

第 5 章 上海往事，或美国的儿子

人比委员长（她的丈夫蒋介石）和我抱有更强烈的谴责和悲痛。"奥托在下面放了一张尸体成堆的照片，并写道："中方的一枚500磅炸弹在这个十字路口爆炸了。蒋介石夫人说这是'不慎失误'。这张照片拍摄于8月22日，在拍摄完两分钟后，我被一块从墙上弹射的弹片击中。美联社（AP）为这张照片支付了15美元。"

其他照片的下面没有太详细的评论。其中一张照片拍摄的是一些商店，从那些门面可以看出，这里一定曾是高档商场。而现在一些尸体就躺在商店门前的街道上。奥托对此的评论只有一句话："阿玲在这里被杀害。"① 他对阿玲的身份只字未提。也许她在某个商店工作，或者属于经常邀请奥托的中国家庭，或者她是奥托的一个朋友？另一张照片显示了几具堆在一起的尸体，下面只写了一句话："爱德华七世大道（Avenue Edward Ⅶ）② 上的大规模屠杀。"48

奥托当然知道，他不能向爱丽丝透露这些细节。他在给爱丽丝的信中淡化了情况的严重性：

在英美军队介入前的最初几天，义勇队的任务是保护租界不受日本人或中国人的侵犯……我个人先是为一个高官开私家车，然后又做了各种工作……从给部队做饭到生猪运输我都干过。最危险的工作是将5000名囚犯从位于战区中央的监狱撤

---

① 音译，原文为 Ah-Ling。另据照片，该建筑实际是上海大世界游乐场，内设剧场、电影场、舞场、书场、杂耍台、商场、中西餐馆等，是民国时期著名的娱乐消遣场所。
② 即现在的延安东路，旧时中文名为"爱多亚路"。——编者注

089

Shrapnel or Bomb

Ah-Ling was Killed

　　奥托相册中的两张照片，上图是被轰炸的先施百货公司，奥托在照片下标记："榴霰弹还是炸弹？"下图是上海大世界游乐场门口，奥托标记："阿玲在这里被杀害。"

第5章 上海往事，或美国的儿子

离。撤离过程中有死伤，我很幸运，毫发无损。

他在这里三言两语所记录的事情，后来为他赢得了一枚奖章。奇怪的是，获奖原因并不是他从华德路监狱转移囚犯，而是因为他运送生猪穿过战区的壮举。对中国人来说，猪是一种特别重要的食品。对囚犯是否幸存，他们似乎反而不太感兴趣。奥托本人并不觉得自己特别勇敢。他在给爱丽丝和卡尔的信中说："我一直以为自己很勇敢。大错特错，因为我现在每天都很害怕。感谢上帝，其他人也是如此，所以这并不重要。"主要是日军空投炸弹让义勇队的志愿者们感到慌乱不安。奥托在信中接着说："上海是世界上第一个遭到现代化武器空袭的城市。你可以想象，要是敌军的飞机在欧洲国家的首都扔下几颗能够精准打击目标的 TNT 炸弹，会是怎样的场面。"[49]

奥托显然已经忘记，几个月前在格尔尼卡就已发生过类似情况。他不了解西班牙，那里的内战距离他的现实生活太过遥远。他被困在上海，认为这种破坏程度已经是前所未有的。但他意识到，自己正经历着一场未来的战争。为了记录这些炸弹的破坏力，他希望能公开发布自己拍摄的照片。那是些很好的照片，后来被刊登在几家报纸上。但他的照片中没有一张能像中国摄影师王小亭（原名王海升）的照片那样产生巨大的情感冲击。那张拍摄于 8 月 28 日的照片在一夜之间改变了西方世界对中国的态度，至今仍然令人震撼。照片上，一个中国幼童挺直上身坐在被日军炸毁的上海南站的铁轨边，身上满是烧伤的痕迹，张着嘴发出爱德华·蒙克（Edvard

091

Munch）①式的痛苦哭叫。在被炸毁的车站中间，这个孤零零的、身受重伤的孩子形象产生了巨大的冲击力。照片在美国引发了一股同情中国的浪潮，并被评为1937年的年度照片。而另一方面，日本人认为"杀婴者"的罪名是一种诽谤。他们怀疑照片的真实性，指责王小亭故意打造了这张照片——声称他将孩子单独放在混乱的环境中，并将照片修饰出硝烟弥漫的效果。日本人对这位摄影师愤怒至极，后来甚至提出要悬赏他的人头。然而，关于这一事件王小亭曾拍摄多张照片，还录制了部分影像内容，这些照片和影像记录了一位父亲正在照看几个孩子，那个受伤的婴儿最后被他抱到了安全地带。后来还能看到这个婴儿躺在担架上。因此，这个孩子受重伤是不容置疑的事实。

奥托也非常清楚，那天发生了可怕的罪行。他当时正在南站执行义勇队任务，他对事件的描述见了报，标题是"目击者奥托·乌尔巴赫讲述上海南站轰炸事件"。在这一刻，他终于放弃了简略的文风。奥托的讲述至今看来仍是他唯一一次愤怒的呐喊——其风格与照片的说明文字截然不同：

对上海火车南站的轰炸超越了现代战争中的所有暴行。8月28日，上海市政府通知日本军方高层，从即日起，每天下午三点火车会将难民送往安全地区。因此，中国军队不会在轨

---

① 爱德华·蒙克（1863—1944），挪威画家，其最著名的作品《呐喊》是表现主义绘画风格的代表作，也是当代艺术的标志性图像之一。——编者注

第 5 章　上海往事，或美国的儿子

道附近停留。日本领事随后承诺，在南站附近不会进行轰炸。作为回报，中方承诺不计划采取任何军事行动。那天，6000 名妇女和儿童正在南站等待火车将他们送入中国内陆地区，这时一个由 12 架轰炸机组成的编队出现了……整个上海惊呆了，人们看着一架又一架日军飞机向火车站投掷炸弹。接着战斗机降低了位置，用机枪扫射幸存者。中国未能出动防空部队，因为他们完全没有准备。他们遵守了协议，以便不影响难民列车的出发。我不想带有情绪，但这种令人难以置信的残暴行为只能用一个词来描述：谋杀。[50]

在这段时间，家里人也在为他担心。爱丽丝的信件没有保存下来，但卡尔和考狄利娅的信件还在。当时考狄利娅正在法国旅行，此前她一直会经常收到奥托的信件。当突然间不再有信件时，她给她在欧洲之行中认识的卡尔写道："我们正焦急地在报纸上寻找上海的消息。我希望奥托能摆脱这种乱局，不要有必须为中国打赢战争的想法。"[51]

奥托已经放弃了这个野心。他现在的确只想做一件事：逃离这疯狂的一切。一家美国报纸后来报道了他是如何成功的："'麦金利总统'（President McKinley）号邮轮停在离港口 8 英里的海面上。只能乘坐日本的小船到那里。作为登船的条件，日本官员强迫乌尔巴赫交出了他的一切，包括他的徕卡相机。但在这之前，他已经取出了里面的胶卷。这些胶片记录了发生在上海的暴行。"[52]

他一上船就给爱丽丝写了几封长信："此刻我正试着尽快忘记这一切。我的确开始恢复……我吃得很多，以至于船员说这艘船没

093

outh Station Bombing at Shanghai Described

Eye-Witness Account Given by ex-Ski Master

By Otto Urbach

It is well known that the Sino-Japanese hostilities have been a heavy strain on the civil population of Shanghai.

The bombing of the South station in Shanghai tops all atrocities ever committed in modern warfare.

On the 28th of August, the Shanghai municipal government notified the Japanese high command operating the Japanese war machine at Shanghai that from then on everyday at three o'clock trains of rufugees could be dispatched into the outlying smaller cities around Shanghai where comparative safety was to be had. Foreign consuls were guaranteed that there would not be any movement of Chinese troops on the railroad lines used for the purpose of evacuation at the specified hour.

Gentlemen's Agreement Reached

The Japanese consul duly notified the municipal government of Shanghai that the Japanese had agreed to the arrangement and promised to refrain from any shelling and bombing of the vicinity of the South station. The Chinese also agreed to refrain from any military movements during the time of the daily three o'clock evacuations.

Six thousand women and children assembled at South station ready to embark on trains going into the interior when a squadron of twelve bombers and pursuit ships roared over the station, and

station.

A shocked city of Shanghai watched one plane after another drop missile after missile among the shambles that had been South railroad station only a few moments before.

Survivors Machine-Gunned

The pursuit planes power-dived low and riddled the milling persons who were still alive with machine gun fire.

Chinese anti-aircraft batteries in the vicinity were not prepared to shoot down the Japanese planes as they had agreed to evacuate in order to permit the undisturbed departure of the trains.

I don't want to over-sentimentalize. But there is only one term for such an outrageous atrocity—murder.

The Japanese came out in the *Domei* (official Japanese news agency) with the statement that the Japanese had to destroy the South railroad station because they had expected Chinese reinforcements by rail.

Personally, I don't see how the bombing of the head railroad station could put a stop to troop movement on this railroad. The Chinese are able to use the tracks in spite of the destruction of the head station.

Diplomacy Useless

The Samurai spirit which was claimed to characterize the Japanese army does not seem to prevail within their ranks during the present encounter.

Personally, I think it is entirely wrong to adopt any of the usual diplomatic procedures when dealing with the Japanese in an effort to put an end to the undeclared war. One might as well talk Latin to a cow.

Atrocities like the aforementioned show only too clearly that, when it comes to intercourse, it won't be an intercourse of words.

Powers Not Determined

Democracy has not been able to exert a proportionate pressure on the combatants. Foreigners in the far east feel that a determined policy of the United States, France and England would have been able to stop hostilities right after the outbreak on July 10 at the Marco Polo bridge in Peiping.

It remains to be seen whether the neutrality of powers concerned will have any beneficial influence on future developments in the Pacific. Observers fear that the strengthening of the Japanese position in the north, especially Shansi, east and north Hopei, will cause a military clique of Japan to gain still more importance and popularity which they have enjoyed only to a certain degree.

It is hard to estimate where an when ambitions of Japanese high command will stop.

Normal reasoning cannot be used in estimating the final goal of Nippon. The method of the Japanese military has clearly proven that their way of thinking is so entirely different from that of the Occidental that there can be no synthesis of thought.

Shanghai street scene. A troop of Shanghai volunteers —civilians called out on emergency duty — march by the Chase Bank's barricaded windows. Sandbags have been universally adopted for protective purposes in the city.

1937年奥托为媒体撰写的新闻稿剪报

第 5 章　上海往事，或美国的儿子

有从我身上赚到什么钱。"[53]

他没有提到自己食欲大增的原因。在上海的战斗期间，他已经消瘦憔悴了。仍在欧洲的考狄利娅给卡尔写信说：

> 我收到母亲的信，她告诉我奥托已经抵达（波特兰），并且已经去我家里吃过晚餐了。他终于摆脱了中国的乱局，重回美国他很开心。母亲说他很瘦，因为他之前一直忙着从城里疏散妇女和儿童。我父亲觉得可以在胡德山的新酒店帮他找一份工作。我真的希望他能得到这份工作。在经历了这么多艰辛之后，他需要休息一下。[54]

考狄利娅的下一封信表明，奥托的健康状况比她最初猜测的要糟糕得多："我母亲给我写信说奥托得了盲肠炎，必须去医院。这个可怜的孩子运气真的差极了，但如果他能留在波特兰工作，一切都会好起来的。也幸亏他是在波特兰而不是在中国那种极度混乱的情形下得了盲肠炎。"[55]

奥托在波特兰的医院里度过了他的 24 岁生日，想着如何为他的盲肠炎手术筹措 100 美元。但他更担心的是他在上海的朋友们，特别是波利策夫妇和他们的孩子们。自从火车站被炸后，奥托断定日本人将对民众犯下更多罪行。出于这个原因，他多次接受采访，在采访中他描绘了最黑暗的中国图景。一家报纸以他的逃亡经历作为封面故事，打出了这样的标题："双重难民——先逃离故乡奥地利，现在又逃离战区上海"[56]。

从所有的采访文章中可以看出，奥托认为最重要的是提高对日本的警惕。在一篇标题为"日本在愚弄世界"的文章中，他称上海只是一个次要战场，日本军队将在未来三个月内占领整个中国东北部地区。[57] 尽管高估了日军的进攻速度，但他正确判断了日本的野蛮行径。采访结束后几个月，即 1937 年 12 月，日本人占领了南京。据统计，他们在那里杀害了 30 万平民，并进行了长达六周的大规模强奸。

奥托及时地逃离了战争。他已经不可能再去上大学了，他现在必须尽快挣钱。他在明尼苏达州的滑雪器材制造商伦德公司（C. A. Lund）找到了一份设计师的工作，现在终于可以给爱丽丝寄钱了。尽管如此，他却有很长一段时间无法从中国的记忆中走出来。他想记录这些事件——也是为了告诉奥地利读者。他在给弟弟卡尔的信中说："随信附上一份我匆忙写下的手稿。我不知道它是否达到了发表的标准。也许你可以与维克多·波利策（Victor Pollitzer）取得联系……因为他与新闻界关系很好。如果你能发表这篇稿子的话，稿费你留下就好。"[58]

1937 年圣诞节前不久，奥托再次收到来自上海的邮件。这是一个转发包裹，先是被送到密歇根州的福特汽车公司，然后由于某种原因被转发到香港，最后送到了奥托在明尼苏达州的新工作地点。包裹里有一枚上海义勇队为特别英勇的队员颁发的奖章。[59]

奥托高举这枚奖章拍了一张照片。但此后不久，他在多次搬家中把照片弄丢了。他不再需要奖章作为留念，他终于找到了面对这些经历的方法。他开始学习日语，遵循了孙子的智慧："知彼知己，百战不殆。"

第 6 章
1937 年：一位年轻女士的来访

> 每个维也纳人都面临的问题是：
> 你在维也纳已经无法忍受，
> 但在其他地方你也无法忍受。
> ——赫尔穆特·夸尔廷格 [①]

在英国只逗留了一个月之后，爱丽丝于 1937 年 3 月回到了维也纳。她在回忆录中没有提到具体发生了什么，她不愿被人同情。但此时她的窘境已无法掩饰。她在维也纳既没有公寓也没有烹饪学校，不得不从头开始。卡尔现在和他的德国同学维利·舒尔特斯（Willy Schultes）住在维德纳古特尔（Wiedner Gürtel）的一个小公寓里，爱丽丝不想成为卡尔的负担，也不想麻烦她的姐妹们[1]。她先是搬到了她最好的朋友宝拉·希伯（Paula Sieber）那里。这两个女人从

[①] 赫尔穆特·夸尔廷格（Helmut Qualtinger, 1928—1986），奥地利演员、作家。

20 世纪 20 年代起就认识，而且年龄相仿。宝拉也有过和爱丽丝相似的、灾难般的婚姻经历。儿子出生后，她的丈夫立即找了其他女人。对此，宝拉的反应比爱丽丝要坚决得多。她离了婚，独自抚养孩子。宝拉是个超级电影迷，所以她产生了将自己的热爱变成职业的想法。宝拉与她的姐姐塞尔玛（Selma）一起，于 1914 年在约瑟夫施泰德大街（Josefstädter Straße）开设了"皇宫影院"（Palastkino）。[2] 这个名字给人富丽堂皇的感觉，内部奢华的红色天鹅绒扶手椅和金色装饰也确实有点像一个豪华歌剧院。如同剧院一样，皇宫影院里也有一个现场乐队，为银幕上的无声电影营造效果。[3] 宝拉喜欢戏剧性的电影，她的个人生活在某些阶段也非常戏剧化。20 年代初，她再婚嫁给了律师赫尔曼·希伯（Dr. Hermann Sieber）博士，并有了第二个儿子彼得（Peter）。[4] 但这段婚姻也很短暂，赫尔曼·希伯在 1926 年死于一场车祸，宝拉现在和爱丽丝一样，成为两个儿子的单身母亲。

总之这两个女人有很多共同点——她们必须养活自己的孩子，在经济困难时期经商谋生。就像爱丽丝提供送餐服务一样，宝拉对于新趋势也有敏锐的嗅觉，她试图用尽可能灵活的方式满足观众的愿望。1929 年，当有声电影进入维也纳电影院时，她迅速为她的影院更换了必要的技术设备（电影院的音乐家们对此颇为不满，他们因被解雇而在维也纳各地抗议）。

宝拉和爱丽丝努力互相帮助，特别是当一个人的经济状况比另一个人差的时候。1937 年，宝拉的生意显然更为成功，所以爱丽丝搬到了她和 16 岁的彼得·希伯的家。希伯家族住在施雷夫格路

(Schreyvogelgasse)3号,这是一座维也纳新文艺复兴风格的优雅房子。对爱丽丝来说,希伯家的公寓很有吸引力,其中一个原因是这里离她最喜欢的咖啡馆兰德曼(Landtmann)非常近。

爱丽丝刚回到维也纳,她和卡尔就收到了奥托从中国寄来的信件。他的大学同学考狄利娅·多德森打算来维也纳,奥托催促他们尽快为她找到最好、同时也最便宜的寄宿房。奥托希望考狄利娅的首次维也纳之行能圆满成功。为此,他让卡尔承担起导游的角色,并提醒他:"请不要忘记,要非常有礼貌。她的家人……对我特别好,经常邀请我到她家做客。"[5]

哥哥的提醒让卡尔觉得有点委屈。奥托似乎不知道他现在已经长大成人了。卡尔现在是一个19岁的医科学生,当他对一个女孩有好感时,也不会再脸红。虽然他对维也纳的夜生活不是很了解,还不敢去跳舞,但现在这种情况就要改变了。他的朋友维利会帮他。他们是在中学的最后一年认识的。从外表上看,维利与卡尔正好相反——身材高大魁梧,令女人痴迷。他不是犹太人,但他讨厌纳粹分子。卡尔相信,他和维利一起将带给考狄利娅一段精彩的维也纳之旅。

当卡尔和考狄利娅在 1937 年 4 月初次见面时,他们不会知道,他们的美好青春只剩下一年就要结束了。然而,他们已经预感到这 11 个月——从 1937 年 4 月到 1938 年 3 月——会有一些不同寻常。关于这一点,卡尔写了一篇日记,考狄利娅当时的信件也被保存了下来。从其中的只言片语可以感觉到,他们周围的环境正慢慢变得危险。但他们第一次见面时还没有这种感觉。考狄利娅写给卡尔的信中说:

> 我将于4月9日从威尼斯乘火车抵达……我相信你一眼就能认出我。我可能看起来像一个典型的美国游客：我有深色的头发和眼睛，个子很高，穿着米色带毛领的衣服。我只能订三等座，因为我在意大利已经花了太多钱。[6]

她的描述很贴切，但当卡尔在四月的那个晚上在月台上等待时，他脑海里突然出现了一个令人不安的想法：

> 如果她毫无魅力，我应该怎么办？……如果要带一个乏味的女孩在维也纳逛两星期，那就太可怕了。但不，这不可能。我哥哥对女人的品位总是最好的……后来，火车终于到了，车身上写着"威尼斯－的里雅斯特－克拉根福特－塞默灵－维也纳（Venedig-Triest-Klagenfurt-Semmering-Wien）"，人们满脸欢喜地走下车……我沿着车厢走，寻找她……突然，我听到了我的名字，她正透过车窗望出来……她超出了我所有预期……浓密的深色头发，灵动的深色眼睛，漂亮的面容和美丽修长的手，甚至红色的指甲也很适合她，虽然我原本不喜欢女孩涂指甲油的……我和她握手，脑子里拼命搜索着英语单词……她的行李多得惊人，我不得不叫来行李搬运工。[7]

搬运工是维也纳的一种特色。1927年，赫施菲尔德曾在他的另类旅游指南中描述了找搬运工的正确方法。他说，一下车就应立即寻找身穿蓝白大衣的男人,并尽可能大声、有力地呼喊:"搬运工!"你要喊得坚定有力,因为这些搬运工永远都供不应求。下一个挑战是理解他们的方言:"Habns a großes a?(你的屁股大吗?)"这句话的意思并非你可能认为的那样,而只是:"你有大行李吗?"接着,就得去找出租车了。据赫施菲尔德的说法,出租汽车比老式的出租马车更合算。虽然车站前也有马车,但他们已经"濒临灭绝,如果这时候有生意送上门,他们就会狮子大开口"。

卡尔既租不起马车,也租不起汽车,他选择坐有轨电车。考狄利娅对一切都很感兴趣。2003年,她写道:"这第一次短暂的逗留让我很着迷,我爱维也纳,我爱两个年轻的学生卡尔和维利,他们带我认识了真正的维也纳。"[8]

实际上,卡尔和维利想邀请这位客人第二天晚上到他们的公寓吃饭,但由于他们不确定美国女性对这种邀请的反应(维利在这方面有过不好的经验),而且他们也对自己破旧的住处感到羞耻,所以他们反复多次讨论了这个问题。最后他们鼓起勇气邀请了她,并且打扫好了卫生。考狄利娅真的应邀来吃晚饭了,卡尔准备了他的特色菜——维也纳炸猪排,维利用奥地利和美国的国旗装饰了桌子。考狄利娅带来了她的美国唱片。关于这些唱片,卡尔写道:"它们听起来太棒了。感觉就像弗雷德·阿斯泰尔(Fred Astaire)带着《百老汇旋律1936》(*Broadway Melody of 1936*,1935)[①] 走进了我们的

[①] 弗雷德·阿斯泰尔(1899—1987),美国电影演员、舞蹈家、舞台剧演员、编舞、歌手。他有长达76年的大银幕演出生涯,是影史上最具影响力的舞蹈家之一。《百老汇旋律1936》是好莱坞歌舞片,1935年由米高梅公司拍摄。——编者注

公寓。我们现在就身处第 42 街和百老汇街！"

只有一个问题：卡尔在期末放假前要参加考试，他很紧张。在奥地利联邦国（Bundesstaat Österreich）[①]，大学不仅仅做研究和教学，还要对学生进行公民教育。每个学生都必须参加关于世界观的必修课，并须通过"奥地利国家理论及历史基础"考试。卡尔当时甚至还没有看那 120 页的教材，而他离口试只剩下 24 个小时了。他想到，可以让爱丽丝在这段时间里陪着考狄利娅："但我担心她们会如何相处。考狄利娅是一个来自完全不同世界的年轻美国女孩，而我的母亲是典型的维也纳人，具有她那一代人的所有魅力和所有缺点。但另一方面，她们又都习惯了与外国人打交道。"[9]

这值得一试。他把这两位女士带到萨赫咖啡馆，爱丽丝首先给考狄利娅讲了她对美国人（不多）的印象。66 年后，考狄利娅写下了这次见面：

> 第一次到维也纳时，我认识了爱丽丝·乌尔巴赫，并了解到她在烹饪界的名声。她很直接地告诉我，美国人给她的印象不是最好的。我想她与……埃德·瑟夫有过不愉快的经历，他来自里德，是奥托的交换学生。显然，埃德的行为就像一个被宠坏的、顽劣的少年。[10]

爱丽丝的直率让考狄利娅很开心。在接下来的几年里，她成功

[①] 奥地利联邦国，通称"Ständestaat"，是奥地利第一共和国在 1934 年至 1938 年间的延续，当时是由法西斯主义的祖国阵线所领导的一党制国家。

地改善了爱丽丝对美国人的印象。

作为一个犹太母亲，爱丽丝自然希望卡尔能顺利通过考试。当卡尔离开萨赫时，爱丽丝在他身后喊道："你从来没有挂过科，卡尔！"在考狄利娅面前，这句话让卡尔感到无比尴尬。但爱丽丝还是对的，卡尔通过了考试，因为他已经记住了足够多的爱国词句以及关于奥地利的光荣历史。从现在开始，他可以全心全意陪伴考狄利娅了。白天，他带她参观维也纳的所有景点，晚上他们和维利一起穿行于各个酒吧。他们的第一站是维也纳新建成的绅士街（Herrengasse）大楼。在大楼 16 层有一个玻璃塔，那里开了一家高档舞厅。[11]卡尔绝不会独自去那里，但和考狄利娅和维利一起，似乎就很正常。他第一次喝了鸡尾酒，并很惊讶这么一小杯酒竟然如此昂贵。尽管如此，所有的投资都是值得的：

> 考狄利娅穿着黑色的裙子……她是如此优雅，奥托真的很有品位。我很高兴她在这里，而他在上海……当维利和考狄利娅下楼跳舞时，隔壁桌的一个男人用英语和我说话，问我们是不是英国人。我犹豫了一下，然后说："不，我们是美国人。"我对这个谎言感到有点羞耻，但这要比长篇大论地做一番解释要容易得多，而且假装成美国人的那一刻感觉也不错。我可以看到邻桌的人们脸上写满了羡慕。但我的良好感觉并没有持续多久。他们中的一个人以前曾去过纽约。他的英语比我差，但他开始问问题，我告诉他我不了解纽约。我站起来，走到栏杆前，看着下面人头攒动的舞池。考狄利娅和维利抬头转向我，我真

希望我会跳舞。

卡尔此时还不太确定,为什么自从考狄利娅到来后,他感到如此开心。由于她比卡尔大四岁,卡尔得出结论,自己不可能爱上她。人不会爱上比自己大的女人。尽管如此,考狄利娅的一切似乎都让他感到兴奋,他自豪地把她介绍给他的朋友们。他对其中的一次相聚作了非常详细的描述:

我的一些德国朋友邀请考狄利娅和我去吃晚饭。之后,考狄利娅问我:
"这些德国难民是犹太人吗?"
"是的,怎么了?"
"没什么,我只是想知道。"
我突然想知道考狄利娅是否知道我是犹太人。
这很扎心,但我看着她说:
"你知道我是犹太人吗?"
"不,卡尔,我不知道。"
"这对你有区别吗?"
"卡尔,你现在应该慢慢了解我了。这个问题对我几乎是一种侮辱。"
"谢谢。"
她用一种充满理解的眼神看着我,然后说:
"你认为纳粹会来奥地利吗?"

第6章 1937年：一位年轻女士的来访

"也许吧。"

"如果那样的话，你会怎么做？"

"问题不大，到那时我已经大学毕业了，反正我毕业后也准备离开的。"

"去哪里？"

"当然是去我哥哥那里。"

"我在想，你在美国会不会快乐，卡尔。"

"为什么会这么想？"

"那里的生活不一样，更现实，不是很浪漫。"

"这正是我想要的，我想我在那里会非常快乐。但当然，这一切都只是梦想。我还不知道我会去哪里。"[12]

这段对话中令人惊讶的一点是，奥托显然对他的美国朋友隐瞒了关于他家庭的一个重要细节。尽管他在里德学院花了几个月的时间与其他学生讨论法西斯主义，并写了关于"祖国阵线"的文章，但他从未透露，自己作为一个犹太人就是法西斯主义的真实受害者。除了大学校长基泽和俄勒冈州的犹太州长之外，似乎没有人知道这件事。相比之下，卡尔对自己身世的态度则更为开放。他甚至和考狄利娅一起去迈尔家族的起源地度过了一个周末。在一个美丽的初春日子里，他们从维也纳乘船沿多瑙河向普莱斯堡驶去。卡尔完全忘记了这是一个节日："当我们驶过捷克斯洛伐克边界时，我看到岸边的房屋上装饰着社会民主党的红色旗帜。我已经有几年没有在维也纳看到这些旗帜了。那一刻，我身处一个多党制的、依然热烈庆祝五一节的国家,那种感觉很好。"[13]

在奥地利联邦国,五一节庆祝活动已于 1933 年被废除,取而代之的是亲政府的游行。这是卡尔梦想有一天能够去其他地方生活的另一个原因。与考狄利娅去普莱斯堡游玩,对他来说意味着体验一个周末的不同生活。卡尔对捷克斯洛伐克非常了解;他以前经常与他的表哥波尔迪〔Poldi,即利奥波德(Leopold)〕及他的孩子们一起在亚诺维茨(Janowitz)过暑假。[14] 波尔迪在第一次世界大战期间曾是俄国的战俘,从那时起,他就一直生活在担忧中,担心家里的每个人是否有足够的食物。他经常给维也纳的卡尔寄钱,并敦促他一定要学习捷克语。波尔迪是一位捷克爱国者,他拒绝说德语。为了不让他失望,卡尔的确在努力提高自己的捷克语水平。

卡尔的捷克语足以应付普莱斯堡之行,考狄利娅对此印象极为深刻。卡尔梦想着能陪同她继续去欧洲其他地方旅行,翻译她需要的一切。当然,他在考狄利娅面前只字未提这个想法。复活节假期结束后,他们开车回到了维也纳。在考狄利娅离开维也纳的那天,卡尔送给她一份临别礼物:一个装有 16 支切斯特菲尔德(Chesterfield)香烟和 4 支骆驼(Camel)香烟的烟盒。他花了很长时间才把它们凑齐,在维也纳,美国香烟是紧俏商品。考狄利娅也送给卡尔一份合适的纪念品——她带来的一张美国唱片。她承诺还会回来,但卡尔沮丧地写道:"有一天我想乘坐这趟火车去美国。总是与人告别而自己留下来,是很难过的。"[15]

当卡尔与爱情擦肩而过的时候,爱丽丝则不得不克服更加枯燥的现实问题。她不可能永远和宝拉·希伯住在一起。1937 年 4 月,她找到了解决办法。一位犹太医生在席津（Hietzing）经营一家疗养院，他正在为他的患者寻找一个好的营养餐厨师。于是，爱丽丝搬进了位于施派辛格路（Speisinger Straße）111号的那栋漂亮的建筑里，她得以在那里生活和工作了近一年，直到疗养院的经营者在1938年逃亡。[16] 这只是一份半职工作，但她乐在其中。她贡献出了自己对健康饮食的想法，并计划重新开办烹饪学校和提供送货服务。她在1937年秋季的《新自由报》上登出一则广告："爱丽丝·乌尔巴赫太太的现代烹饪课程将于10月1日开课，新址位于第3区的下维杜克街（Untere Viaduktgasse）57号，送餐到家，上好美味。"[17]

爱丽丝知道，从秋天开始，她将迫切需要这笔额外收入来维持自己和卡尔的生活。她自己从不舍得度假，但在1937年的夏天，她的积蓄甚至不够让卡尔去旅行。她感觉到，自称"没有恋爱"的卡尔很想去法国找考狄利娅。但爱丽丝也希望，他完成学业后生活就能马上得到改善。为了加快这一进程，卡尔在1937年夏天决定完成强制性的大学营。在奥地利法西斯主义时期，自1936年以来，每个大学男生都必须完成大学营的训练，从而"在身体和精神上武装起来"。这背后的想法是打造一种可以替代国家社会主义的意识形态，将学生培养成"新奥地利人"。[18] 卡尔认为自己已经是彻头彻尾的奥地利人了，但他希望能尽快解决掉这件事：

> 我偏偏选在解剖学考试前的夏天参加大学营，我所有的朋友都说这实在太疯狂了。但我认为远离书本，做一些法律规定必须做的事情是很好的……当我和其他学生一起到达训练营地

时，我很惊喜。我们被安置在一个湖边的古老修道院内[19]……一位上校军官给我们上了一堂关于纪律的课……训练相当枯燥，我们总是重复同样的事情……防毒面具训练很不舒服，每动一下就会出一身汗，一开始你觉得自己会窒息，但后来就习惯了。一天早上，我第一次坐在一挺重型机枪后面，我很紧张，周围有太多噪音，导致我忘记了如何正确瞄准。我们都认为反正自己也用不到枪，这些训练在我们看来就像一个游戏或一种运动。[20]

卡尔尽可能地享受在营地的这段时间。他爱那片湖光山色，他跟同学们一起去游泳和划船。其中一个同学带着手风琴，不用夜间值勤的晚上，他们就会一起唱歌。这是一个夏日的世外桃源，直到有一天晚上，教官来到我们睡觉的营房，大喊道：

"所有人在10分钟内穿上制服到练兵场！"[21] 我们不知道发生了什么。我把营地制服套在了睡衣外面，希望一会儿就能回来睡觉。我们（在练兵场）上一边等待一边讨论可能发生的情况。突然，中尉来了，他用严肃的语调发表了讲话："我已经让你们中的一个同志回家了。有人向我报告说，今天他用希特勒的纳粹礼接待了一位德国摩托车手。我在第一次讲话中就警告过你们，我们这里不容忍政治。我将向上级报告此事。你们可以回去睡觉了。晚安。"这一事件就像一颗炸弹一样砸下来。其实我们都知道我们中间有纳粹分子，但我们只是没有多去想它。现在我觉得这里的生活没有那么快乐了。

唯一让卡尔高兴的是,终于有了考狄利娅的消息:

> 在营地的最后一周,我收到了考狄利娅的信。那是一个蓝色的信封,同桌吃饭的几个男生对此发表了一些愚蠢的评论。这让我很恼火,我脸红了。我一吃完饭就走开了,好去静静地读这封信。她在信中讲到了巴黎、昂贵的商店、咖啡馆和她所遇到的美国女孩。我突然意识到,我已经很久没有看到衣着漂亮的女人了,感觉自己就像一个生活在北极的人收到了一封文明社会的来信。

考狄利娅并不只描述了优雅的女人。她对世界博览会特别感兴趣。有些展馆还没有完工,但苏联和德意志帝国的展馆已经矗立在那里了:

> 那两个展馆极其巨大,而且奇怪的是,两座建筑面对面而建。但它们本身看起来却没有一丝一毫的怪异,只是给人一种危险的感觉。在苏联馆的房顶有两座巨大的雕像,一男一女手持锤子和镰刀正在向前行进……而这两座雕像的正对面就是德国馆房顶上引人注目的巨鹰雕塑,它象征着第三帝国。[22]

这两个展馆的设计者后来都被授予了金质奖章,苏联馆由鲍里斯·伊奥凡（Boris Iofan）设计，而阿尔伯特·施佩尔（Albert Speer）则设计了尚武风格的德国馆。卡尔不确定他是否真的想看这些建筑，但他给考狄利娅发了一张自己戴着防毒面具的照片作为回应，她对此评论说："你戴着它看起来太棒了。"[23]

1937年秋天，新学期又开始了，卡尔偶尔会帮助爱丽丝提供送餐服务。日子平凡而单调。后来，他终于收到了一封有趣的来信。是奥托从波特兰寄来的：

> 我不知道你是否已得知，多德森家的所有孩子今年冬天都会到维也纳去。考狄利娅的妹妹想到维也纳学习音乐。考狄利娅和她的弟弟丹尼尔今年冬天也要去搞一些研学项目。我知道你会很高兴，因为你和我一样对美国人充满热情。请向妈妈打听一下，一流的声乐课程需要多少钱，再了解一下音乐厅学院的收费情况。将这些信息直接发送给W.B.多德森先生，地址是俄勒冈州波特兰市，波特兰商会，用航空邮件。我为此附上一美元……如果你能为多德森姐弟三人在维也纳做点什么，我将非常感激。我指的是帮他们建立更多的社会关系。我已经很久没有收到妈妈的亲笔信了，尽管我已经发了两三封信和一封电报……发生了什么事？即使妈妈很忙，我相信她至少可以给我写几句话吧。姨妈们也没有消息，我觉得自己好像被封锁了一样。我一直得不到真正的答复，这让我很生气，也让我失去了写信的兴趣。[24]

奥托不知道这个消息让卡尔多么激动。考狄利娅会和她的弟弟妹妹一起来，在维也纳待上一整个冬天。1938 年将是美妙的一年。

66 年后，考狄利娅写下了这段时光："1937/38 年的冬天是我们浪漫学生梦的终点。我们和学生团体一起唱：'红—白—红，至死效忠。'"不久之后发生的事情让她看清了现实："现实并不美好，但情况就是这样。"[25]

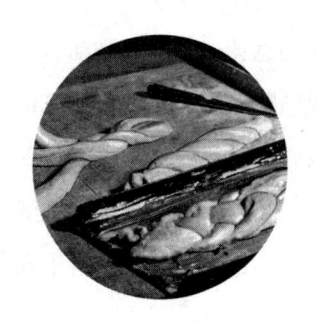

第 7 章
被迫逃亡

> 我们写书,
>
> 我们救死扶伤,
>
> 我们忠于国家,
>
> 但我们却遭到驱逐、
>
> 掠夺、折磨和嘲笑。
>
> ——恩斯特·洛塔尔[①],1938 年 12 月

纽约,1962 年。在爱丽丝位于纽约的小公寓里,奥地利救济基金的表格放在餐桌上。它已经在那里放了好几天了,还未填写,这令她自责。爱丽丝将它搁置的时间越长,对自己的责备就越大。当然,她已经通读过,读了好几遍。她发现自己无法回答其中两个简

[①] 恩斯特·洛塔尔(Ernst Lothar, 1890—1974),奥地利作家、戏剧导演和制作人。1938 年纳粹德国吞并奥地利后,洛塔尔逃亡瑞士和法国。上面的引文出自他创作的一首移民歌曲《以诗代言》(*Ein Gedicht statt einer Ansprache*)。——编者注

第 7 章　被迫逃亡

单的问题，而且她不明白为什么。为什么她忘记了这些重要的事实呢？这一点都不像她。她的记忆力一向惊人，能背诵数页诗歌，记住每一个电话号码。但现在她的记忆中缺失了一个关键的片段。准确地说，是整整六个月。只要她一想到 1938 年 3 月至 10 月这段时间，她的脑海中就会出现一团迷雾。六个月，整个 1938 年的夏天，似乎都被抹去了。当然，爱丽丝猜测到了为什么这段记忆会丢失，但她无法向自己承认。

她在打字机里放入一张纸，再次阅读那些问题：

第 7 个问题：1938 年 3 月 13 日的确切住址。

德国入侵后不久，她住在哪里？是在施派辛格路 111 号，还是又住进了宝拉·希伯家里？爱丽丝只是把她曾经住过的地址打印了出来。宝拉的公寓：第 1 区，施雷夫格路 3 号。她在后面打了一个问号。

然后是第 8 个问题，这个问题更难回答：移民或被驱逐出境前在奥地利的最后住址。

同样只有一团迷雾。她曾在一个小旅馆里住过一段时间，但后来呢？1938 年 10 月她又藏身在宝拉家里了吗？她已经不记得了。所以一开始她写的是"同上"，后来她又画掉了，并在后面手写了她妹妹海伦妮的地址："最后几天：第 1 区，艾本多夫大街 10 号（Ebendorferstr. 10）"，后面又是一个问号。[1]

写下海伦妮最后的地址时，爱丽丝很难过。海伦妮一直是兄弟姐妹中最聪明的一个，她是个法学家，相信正义和法律，她不会理解生活在法律真空的地方意味着什么。

113

爱丽丝当时并不知道，为了这份问卷调查而绞尽脑汁是完全没有必要的。维也纳当局清楚地知道她什么时间在什么地方生活过。每一次搬家都有记录，直到今天，爱丽丝的住址都可以在登记处查看，只需支付少量费用即可。她在逃离奥地利之前的最后五天确实是在海伦妮家里度过的。文件简明扼要地记录着：

1938年10月24日至1938年10月28日：第1区，艾本多夫大街10/12

注销：迁往英格兰[2]

爱丽丝这段时间记忆的缺失当然是有重要原因的。是失忆症让她活了下来。实际上，那段时间发生的事情经常被人提起，但爱丽丝自己却始终无法用语言表达出来。那段经历与她"不做受害者"的决定不相符。她的回忆录中只说："我应该多写写希特勒时代在维也纳的那几个月，但我根本无法写。那是一段多么可怕的记忆。走在街上时，你永远不知道自己是否会无缘无故地被逮捕……我逃走得还算早，那些留下的人遭受的痛苦要多得多，他们或被驱逐出境，或遭受酷刑和杀害。"[3]

1938年3月，奥地利被"并入"德意志帝国，但主权国家奥地利的终结在几周前就已经开始了。1938年2月12日，联邦总理库尔特·许士尼格签署了《贝希特斯加登协议》(Berchtesgadener Abkommen)，并将纳粹分子阿图尔·赛斯-英夸特纳入其内阁，担任内政部长，从此开始了漫长的政府倒台过程。奥托在美国关注着

第 7 章 被迫逃亡

事态的发展，并在 2 月 10 日就已经给卡尔写信：

> 我对奥地利最近的政局变化感到非常不安。我希望是美国报纸在夸大其词，希望事情并不像他们所描述的那样。无论如何，你必须做好准备，也许要在其他地方完成学业了。你可以相信我，我会尽可能地帮助你。当然，你也可以考虑去布拉格或瑞士。我的物质条件当然不足以支付你的所有费用，但如果没有别的办法，我会尽我所能。[4]

奥托认为，一个亲纳粹的政权在奥地利上台只是时间问题。他知道这对他的家庭意味着什么。但他也明白把爱丽丝和卡尔带到美国会有多困难。美国政府降低了入境配额，只有非常富有的移民才能绕过这一障碍。

当奥托开始制订计划时，卡尔似乎还没有认识到形势的严重性。1937 年 12 月，他还和维利为多德森姐弟三人举办了一个盛大的欢迎会。从那时起，他就每天都兴高采烈。伊丽莎白（莉斯贝思[①]）·多德森比她的姐姐考狄利娅还要漂亮，而且她只比卡尔大一岁。这种年龄差在他眼里似乎完全可以接受，因此他决定，考狄利娅将继续做他的精神伴侣，而莉斯贝思将成为他新的迷恋对象。20 岁的丹尼尔·多德森也给卡尔的生活增添了趣味。他很帅，尽管他的美国女友露西娅（Lucia）随后也跟到了奥地利，他还是非常频

[①] 莉斯贝思（Lisbeth）是伊丽莎白的昵称。

考狄利娅和莉斯贝思，1939年前后

繁地给几个维也纳女性"上德语课"。卡尔帮助丹尼尔搞定了这个冒险游戏,可能也是因为他觉得露西娅不是特别聪明。她每天都要强调几次,奥地利的一切是多么"奇妙、美好和令人惊叹"。[5]

*

维也纳发生的爱情小插曲很有趣,但这一切开始让奥托担心。他给卡尔写信说:"但请不要开始混日子,也不要爱上某个美国女孩,除非你能跟她结婚。否则,当她们离开时,你会头疼……"[6] 奥托已经在美国生活了很久,知道美国女性对于恋爱关系有何期待。虽然奥托对他可能有一些误解,但对卡尔来说,确实不能在私事上浪费时间了,尽快通过考试已经成了性命攸关的大事。1938 年 2 月的政局已经相当危急,谈情说爱过于奢侈。

1938 年 2 月 24 日,总理许士尼格发表了演讲,那是一场汇集了勇气、绝望和虚假希望的演讲,结尾几句话是:"到此为止,不再让步!至死效忠!红—白—红①!奥地利!"[7]

根据考狄利娅的回忆录,这句话成为接下来几天的流行口号。多德森姐弟与卡尔和其他志同道合的人一起,穿行在维也纳街头,高呼:"至死效忠!红—白—红!"[8] 爱丽丝不会跟着喊,但这时她也是生平第一次站在了总理一边。她当然希望他能展现出抵抗希特勒的力量。

然而,"红—白—红"的死亡来得比预期更快。3 月 9 日,许士

---

① 红、白、红是奥地利国旗自上而下三个横长方形的颜色。——编者注

117

尼格出人意料地宣布，将在 3 月 13 日对奥地利主权进行公投。然而，希特勒和赫尔曼·戈林（Hermann Göring）在 3 月 10 日取消了公投。同时，他们加快实施吞并计划。维也纳的每个人都意识到局势已经恶化，情况十分危急。尽管如此，3 月 11 日的周五，多德森姐弟三人还是按计划去国家歌剧院观看了柴可夫斯基的《叶甫盖尼·奥涅金》。卡尔和维利待在家里听着收音机。晚上 7 点 47 分，他们听到了许士尼格的辞职演讲。讲话只有三分钟长。当死亡在门口时，总理决定让他进来。他将向纳粹暴政让步，将权力移交给了赛斯 - 英夸特。他在演讲结束时说："此时此刻，我用一句德语，一句衷心祝愿的话向奥地利人民告别：上帝保佑奥地利！"[9]

卡尔当时 20 岁，但那晚他感觉自己像个百岁老人。他还是出发前往国家歌剧院，去接回了多德森姐弟。在街上，奥地利纳粹分子已经在高呼："一个民族，一个帝国，一个领袖！胜利万岁！胜利万岁，胜利万岁！"他们的愿望在第二天就实现了。1938 年 3 月 12 日，纳粹国防军开进奥地利，海因里希·希姆莱（Heinrich Himmler）乘飞机抵达维也纳，开始对政治对手和犹太人开展"清理工作"。那些日子，考狄利娅显然试图用照片记录下维也纳的氛围。几周后，她用有些笨拙的德语给卡尔写了这封信："我终于想起来，政变当晚，那个英国人［罗夫（Rofe）］拿着我的相机跑来跑去，到处拍照。那个愚蠢的家伙说自己是专业人士，然后他就把我的相机拿走了。现在我一想到这件事就非常生气……"[10]

那些照片都没有保存下来，后来也没有人记得这个英国人罗夫到底是谁，但有足够的照片和影像资料可以证明接下来几天发生了什么。3月14日星期一，在教堂的钟声中，希特勒进入维也纳。一个欣喜若狂的维也纳女人这样描述那一天：

> 如果你没有亲眼见过，你真的无法想象那种欢呼声！摩托车、坦克和汽车的队伍只要一停下来，女孩们就会扑向士兵，在千万人的欢呼声中亲吻他们。因为这次我们连车顶上的位置都找不到，所以我们飞快地跑到了玛利亚希尔夫大街（Mariahilfer Straße），一望无际的游行队伍正在向那里走去……我们马上就在街上的第一排找到了一个位置。夹道欢迎的人群让马路变得很窄，以至于军车通过时非常考验车技。我们六个人站在那里，像疯子一样大喊大叫，挥舞着我们的旗帜，与士兵握手，向他们打听情况。[11]

在同一时间，附近的那些小路上还发生着另外一些并不欢乐的事情。

直到1938年3月，爱丽丝和卡尔在他们的信件中从未提及"反犹主义"这个词。当然，这并不意味着他们没有经历过。只是他们对此已经习以为常，反犹主义对他们来说是一种嗡嗡作响的背景噪声，就像耳鸣一样。有时令人痛苦，有时又很轻微。维也纳反犹主义的头领卡尔·卢埃格尔已于1910年去世，但他的思想仍在延续。爱丽丝的父亲西格蒙德·迈尔未曾亲眼看见卢埃格尔的支持者是如何在20世纪20年代成为"奥地利纳粹分子"的。迈尔从来不认为曾经与他同一党派的卢埃格尔是真正的反犹主义者，他一直认为卢埃格尔只是个机会主义者。但对于纳粹分子他却不可能这样评价。他们对犹太人的憎恨是一种绝对的信念：他们憎恨从东方来到奥地利首都的犹太人，因为他们贫穷；也憎恨那些早已扎根维也纳并功成名就的犹太人，因为他们富有。这是混合了厌恶和嫉妒的复杂心理。在战后的苦难岁月中，富裕和贫穷的犹太人似乎都变得更加引人关注。维也纳的律师和医生突然因姓氏而被怀疑是犹太人，每个留着鬓角卷发的小贩似乎都在从事不正当的生意。爱丽丝早已都不属于富有的犹太人，但也不属于来自东方的贫穷犹太人。她介于两者之间的某个位置。如果有人问及她的身份，她可能会惊诧片刻，然后回答：一个维也纳人。她的父亲曾劝导她要保持信仰并在此基础上接受同化。爱丽丝的儿子们接受了割礼，在节假日他们偶尔会去犹太教堂。对爱丽丝来说，这样就足够了。她没有更多时间去考虑自己的犹太身份，她必须工作。

当然，她非常清楚周围正在发生什么。作为一个电影迷，她在 1924 年看过默片《没有犹太人的城市》(*Die Stadt ohne Juden*，1924)，其中汉斯·莫泽尔（Hans Moser）扮演一个疯狂的反犹主义者。[12] 影片开头的场景对爱丽丝来说尤为熟悉。影片根据犹太记者雨果·贝陶尔（Hugo Bettauer）的同名小说改编，内容是关于犹太人是否属于维也纳的问题——这正是爱丽丝父亲一生的主题。在影片中，一位名叫施韦德费格的联邦总理将所有犹太人赶出了维也纳，不久之后，当地的文化和商业生活就完全崩溃了。咖啡馆沦为啤酒馆，剧院只上演农民的滑稽闹剧，每个人都穿着罗登呢大衣，再也没有人给小费了。但影片的结尾是宽容的。汉斯·莫泽尔扮演的反犹太主义者被送进疗养院，犹太人则被重新召回维也纳。然而，在现实中，人们对这种召回的等待是徒劳的，作者雨果·贝陶尔也没有得到多少怜悯。1924 年，在影片首映几周后，他被一个纳粹分子枪杀了。

1938 年 3 月 12 日的事件超出了维也纳犹太人曾经有过的任何经验。奥地利导演恩斯特·豪瑟曼（Ernst Haeusserman）总结说："德国和奥地利在反犹主义方面的区别在于，德国人因为是纳粹而成为反犹主义者，但奥地利人因为是反犹主义者而成为纳粹。"[13]

这当然是事实，但现在这场仇恨狂潮的爆发还有另一个具体原因。在奥地利对纳粹进行封禁的时期，这里的纳粹分子们曾经服刑，他们被迫成群结队地清理路上的纳粹标语。这些"屈辱"的经历使他们更加残暴。现在他们想彻底与他们的老"对手"算账。他们使用了在德国成功试行过的各种方法，并增加了一些细化的施虐手段。无数的照片显示，戴着帽子穿着大衣的人们，在大喊大叫的纳粹分子和旁观者的强迫下，跪在地上清理人行道。这些所谓的"擦地党"是对奥地利联邦国时期清理队的报复。"擦地"成为一种新的国民运动。1961 年的舞台剧《卡尔先生》（*Der Herr Karl*）对此进行了最好的解释。[14] 卡尔先生是一个虚构的普通维也纳人，他沉浸在关于德奥合并的回忆中：

> 我还记得，大家都聚集在那里，站在环形大道和英雄广场上。那气氛就像在酒馆里，一个巨大的酒馆，气氛隆重而狂热……警察戴着万字符袖章站了起来，很时髦……你能感觉到

某种气势……社会保障房的楼里有一个犹太人,叫特南鲍姆。抛开出身他就是个不错的人。有人在人行道上写下了反对纳粹的东西……特南鲍姆必须把它清理掉。不只他,其他犹太人也要干……我把他带到那里去清理。楼房管理员笑了,他总是嘻嘻哈哈的……战后,特南鲍姆回来了。有一天我在街上遇到他,说:"很荣幸见到您,特南鲍姆先生。"他没有看我。我再次问候他……他还是没有看我。然后我明白……他生气了。但是当时必须有人把那些字擦掉。楼房管理员也不是纳粹……人们今天所说的一切,都错了。那是一段美妙的、美丽的……我并不是怀念那段时间。我也并没有从中得到什么。其他人的生活条件都改善了。当时他们找到了生计,得到了雅利安化的企业,有房子、有公司、有影院。而我只是把一个犹太人从楼里带了出来,我是受害者。其他人发了财。而我是个理想主义者。[15]

对于维也纳的反犹太主义(以及像卡尔先生这样的人),奥托太了解了,但身在遥远的美国,他只能隐约猜测到现在维也纳正在发生什么。他给爱丽丝和卡尔的信在寄出时就已经赶不上局势变化了。

1938年3月13日

亲爱的卡里:

我对奥地利的局势非常担心,希望不会出现动乱。奥地利发生什么对我个人来说是完全无所谓的,但对你们来说会很严重。请照我在上一封信中写给你的去做(在布拉格找一个大学上)。要是我或你有钱的话……几个星期后你就可以到我这里了，但我们必须要面对现实。有两三千美元你就可以过来了，但这些钱从哪里来？我一定会尽一切可能……如果你到了这里，我也许能把你安排到某个大学，但这件事也需要一些时间来解决。你要小心，记得给我寄报纸，好让我知道究竟发生了什么。在这段时间要振作起来！ [16]

爱丽丝应该是在同一天给奥托写了一封心情沉重的信。她告诉奥托，自己不仅失去了在席津疗养院的工作，而且还失去了她的小狗菲多。奥托以一种大大咧咧的方式回复了她：

1938年3月28日

亲爱的妈妈：

我很晚才收到你3月（13日）的来信……我很遗憾那只小狗死了。菲多是一只很可爱的狗，我相信要适应没有它的生活会非常困难。你失去工作非常令人难过，因为你喜欢那里。但我们已经无法改变什么。我急切地等待着卡尔去布拉格的消息。我愿意在经济上尽可能地帮助他。如果你紧急需要钱，我也可以给你寄一些。虽然我自己手头也很拮据，但如果有必要，我应该可以凑到一些。……除此之外，现在我只能希望你们在维也纳不会遇到什么不愉快的事。

真诚的，奥托 [17]

即使以奥托的标准来看,这封信淡定随意的态度也是不寻常的。他的语气之所以听起来比平时更加随便,是有原因的。他知道所有来自国外的信件都会被拆开,至于爱丽丝和卡尔可能会遇到的"不愉快的事",他绝对不会去解释自己的真实想法。由于爱丽丝和卡尔似乎不明白在信件中公开交流有多危险,因此奥托在 4 月 10 日明确地在页边空白处写道:"**信件会被阅读!回复要谨慎**。"[18]

弗里德里希·托贝格讲过,当时的移民们开始发明一种秘密语言。像"盖世太保"这样的恐怖之词变成了"老师","集中营"变成了"音乐厅"。所以会出现一些奇怪的句子,比如"可怜的西吉叔叔已经在音乐厅里坐了两个星期了"或"昨天我们被老师叫去了大都会酒店(Hotel Metropol)"。(这背后的意思很清楚,因为盖世太保在 1938 年将大都会酒店用作其在维也纳的总部。)[19] 托贝格试图用笑话来记录这个时代的绝望,他讲述了两个维也纳朋友在 1938 年与对方通信的故事。其中一个人已经逃到了国外,另一个被困在维也纳的人把自己伪装成了狂热的纳粹分子:"现在美好的时代到来了。刚刚,市中心又有一些犹太商店被雅利安化了。我们把那些店主带到普拉特公园,让他们在那里做做运动。这是一个美妙的景象,对这些吸血鬼来说,这种景象还是太少了。我希望我很快能再给你这样的好消息。希特勒万岁!你的萨米·格吕茨威格。"[20]

现实与讽刺文学所写的几乎没有任何区别,爱丽丝的哥哥菲利克斯后来也遇到了这样的交流问题。[21]

*

第 7 章 被迫逃亡

1938 年 3 月，让爱丽丝悲伤的不仅是失去狗和工作。对她打击特别大的是，卡尔被大学开除了。他原本希望在纳粹到来之前能够完成学业，但希望最终破灭了。卡尔本人非常愤怒和绝望，他现在只想离开这个城市。考狄利娅在 66 年后写道："卡尔再次救了我们。他安排我们去了阿尔贝格山（Arlberg）下的莱希（Lech），我们与沃尔夫一家住在一起。我想我们当时完全没有意识到莱希是个多么美丽的地方，这对我们来说是个多么完美的解决方案。"[22]

但厄运似乎也跟着他们到了莱希。多德森一家和卡尔热衷于滑雪，他们忽略了村民的警告。就在他们到达的几天后，卡尔、丹尼尔烦人的女友露西娅和莉斯贝思·多德森遭遇了一场雪崩。事情发生时，考狄利娅正站在滑雪道的边缘："我记得我眼看着（他们三个）消失了，然后我只看到一个滑雪板的尖端伸了出来，接着是一只胳膊和一根滑雪杆。"[23]

卡尔与喋喋不休的露西娅被埋在了一起，这对卡尔来说绝不是件开心的事。但在那一刻，连露西娅都闭上了嘴以节省氧气。她在被救出来后才开始说话。但与席卷全国的政治雪崩相比，莱希的雪崩微不足道。卡尔当然知道，他不可能永远和多德森姐弟一起躲在山上。他必须返回维也纳，想办法和爱丽丝一起早日离开奥地利。多德森姐弟暂时不想回去，他们已经看够了维也纳咆哮的纳粹大军，更愿意继续向阿特尔高地区（Attergau）的圣格奥尔根（St.Georgen）进发。考狄利娅于 1938 年 4 月从那里写信给卡尔："我对你所遇到的各种困难感到非常难过和不安。你没有办法来这里吗？这里是如此安宁和美丽，可以让人几乎忘记其他事情。"[24]

卡尔的回信没有保存下来，因为考狄利娅为了安全起见销毁了他的信件。就像奥托一样，她也警告卡尔在写信时要注意语言："卡里，也许最好不要写那么多反对我们'朋友'的东西。我想这里（圣格奥尔根）和维也纳之间的信件不会被拆开，但为了你自己的安全，还是小心一点。"[25]

*

"移居"（emigrieren）一词是主动动词。它暗示着自己有动力去有做某事，也就是说主动移民。但在 1938 年，没有人是自愿移民，他们是"被移居"的。作曲家格奥尔格·克莱斯勒（Georg Kreisler）坚持将移民描述为一种被迫的行为——他在 1938 年"被迫逃离"[26]了。没有人自愿经历这一切。然而，经常有人问，为什么"那些犹太人"不早点离开？对于这样的问题，可以引用剧作家约翰·内斯特罗伊（Johann Nestroy）的话来回答——"事后每个人都是一个好的先知"——或者也可以提出反问：如果没有人愿意收留，犹太人应该往哪里逃？即使是那些找到目标国家的人也会遇到另一个问题：逃亡所需的钱从哪里来？当局巧立名目的收费和征税，使准备移民的人遭到层层盘剥。当时有"犹太财产税"，有"帝国逃离税"，有"黄金贴现银行税"和"犹太社区强制收费"。

尽管如此，人们还是想尽办法离开。奥地利被德国吞并之后，人们立即开始搞各种盖章的文件。现在没有什么比在正确的文件上盖正确的章更重要的事情了。若想去美国，就需要一份担保书，也就是说，必须找到一位美国公民，他要向美国当局书面承诺为该移民提供经济支持。在接下来的几年里，奥托为家人提供了多份担保书，但由于他收入不高，而且还没有美国公民身份，这些声明并没有什么分量。必须拿出比奥托·乌尔巴赫的保证书更有说服力的东西才行。

每个想要移民国外的人都在拼命地试图想起国外的亲戚或朋友。就连最短暂的接触也要从记忆深处挖出来。在纽约或得州有没有认识的人？爱丽丝的外甥女莉莉·巴德在绝望中想起了她在挪威度假时遇到的两个美国女人。她们之间只说过三次话，但她还是给她们写了一封信。令她惊喜的是，莉莉最后居然从她们那里得到了一份担保书，从而离逃离这个国家又近了一步。如果你在国外没有熟人，就必须有点创意了。一个特别有创造力的难民搞到了一本美国电话簿，给所有和他同姓的人写了信。虽然他与任何一个收件人都没有关系，但其中一个收件人居然给他寄来了担保书。但是，即使你凑齐了所有的文件，也必须考虑到当局的独断专横。莉莉·巴德的女儿、当时13岁的多丽特（Dorit）经历了父母被"捕猎"的过程，她是这样描述的：

> 在纳粹入侵奥地利的第二天，世界陷入了黑暗……我周围的大人们突然面如土色，窃窃私语，忙着一些我们不理解的事情。[27]……有一次，我们孩子不得不陪同父母去一个政府机构。我记得那是一栋灰暗的建筑，墙皮已斑驳脱落。螺旋形的楼梯连接着好几层楼。每个台阶上都站着一个家庭。每次有申请人走出办公室，楼梯上的人就往上走一个台阶。那些下楼的人要么兴高采烈、如释重负，要么悲伤欲绝。在那栋灰暗的楼里，我们站了几个小时，一级级台阶向上挪。没有人说话。楼梯上

笼罩着一种冰冷的、令人恐惧的沉默……当我们最终排到办公室时，我看到父母的脸上露出了极大恐惧。他们是坚强的人，通常不会在孩子面前表现出他们的忧虑，我以前从未见过他们这样。这让我很害怕。[28]

爱丽丝本人在 1937 年 2 月就已经体验到获得英国工作许可是多么困难。现在一切似乎都在重演，但她已无法承受再次失败。她再次与宝拉和彼得·希伯一起住在施雷夫格路，但宝拉所住公寓可能会被雅利安化，这个问题威胁着他们。由于公寓位于高端的第一区，他们不得不准备好接受纳粹的某个"有功之臣"对它的觊觎（在 1938 年 3 月至 1939 年 5 月期间，维也纳大约有 44000 套住房被雅利安化）。同时，爱丽丝还担忧着姐妹们的处境。西多妮的丈夫尤利乌斯·罗森伯格身患重病，而当时犹太人不能再由"雅利安人"医生治疗。尽管西多妮竭尽全力想维持尤利乌斯的生命，但他还是在"德奥合并"发生五个月后，即 1938 年 8 月 10 日去世了。[29] 此时西多妮和卡罗琳娜都是寡妇，在维也纳已无牵挂，她们想离开这里。但她们已经 70 多岁，几乎不可能找到一个接收国。在迈尔家的兄弟姐妹中，只有爱丽丝、她的哥哥菲利克斯和她的妹妹海伦妮·艾斯勒仍然有能力工作。这三个人现在都在想办法离开希特勒的"东部边疆"①。奥托仍然认为，最好是去捷克斯洛伐克：

---

① "东部边疆"（Ostmark）是纳粹德国在 1938 年到 1942 年间的宣传用词，代指"德奥合并"后的奥地利。

第7章 被迫逃亡

1938年4月24日

亲爱的妈妈:

我一直期待着听到你们的消息,尽管我收到的信都会被打开。卡里的事目前我们无能为力。我个人认为,他最好在欧洲读博士,因为要让他进入我这边的大学几乎不可能。如果现在来,他只能去一所学院(College)至少读两年,而这我们基本上是负担不起的。但如果他有博士学位,也许就更容易过来,到时候只需要通过一个国家考试……如果有可能的话,卡里应该在布拉格完成他的学业。与在美国相比,你们在欧洲的话,我可以在经济上更好地帮助你们,因为美元更值钱。[30]

但不久之后,奥托就明白了,捷克斯洛伐克将是希特勒的下一个目标。吞并奥地利后,纳粹政权于1938年4月对布拉格政府发动了一场宣传战(正如戈培尔在日记中所记录的那样,希特勒早在1938年3月20日就在内部宣布要"粉碎"这个邻国)。[31] 当时在德国流传着这样几句诗:"四月希特勒随心所欲,五月就会拿下捷克斯洛伐克。"此时奥托意识到,卡尔最好马上到美国来:

1938年5月8日

亲爱的卡里:

我将在一两个月内给你寄一份担保书。当然,还要看驻维也纳领事是否认为它足够有分量。我个人觉得只有我的担保书

129

是不够的，因为我没有足够的现金。……我可以帮你找……一份工作。不过，你在领事馆时，不要提这些，只强调你将在这里完成你的学业……我会为你在某个学院搞到一份……许可……你觉得你与多德森一家的关系是否足够好，可以去找他们做担保吗？请人为其他人出具担保书是很困难的……还有几点你需要注意：不要在领事馆说你有希望在美国工作［因为有劳工排除法（contract labor exclusion cause）］。也不要提有人在经济上能够帮助你移民。必须得让人看起来你自己有足够的钱来支付路费并在一段时间内维持生计。如果事情顺利，我会在这里用你的名字开一个银行账户，而你必须谎称你已经把钱汇过去有一段时间了。这很重要……无论如何，你必须耐心等待，因为被拒绝一次就会很糟糕。在最坏的情况下，你可以在布拉格再申请一次。但在那里你必须隐瞒你在维也纳被拒签过的事实……

　　真诚的，奥托[32]

　　奥托在这封信中违反了他自己谨慎说话的写信原则；他已筋疲力尽，忘记了自我审查。

　　卡尔现在唯一的办法就是请求多德森一家为他提供担保书，尽管这样做让他觉得很难堪。丹尼尔·多德森结束滑雪假期回到维也纳后，搬到了维利和卡尔家暂住。于是，卡尔的机会来了。奥托那边也取得了进展。

第7章 被迫逃亡

1938年6月5日，密歇根州阿尔皮纳酒店（Alpena Hotel）

亲爱的卡里：

我收到了你的上一封信，你说丹尼尔·多德森住在你那里。最近，我已经与我的公司说好，让他们给我开一份工作证明，你在提交担保书的同时提交这份证明。我还要过几天才能寄出担保书，但我会尽可能地加快进度。我想请你抛弃信中所有多愁善感的情绪。绝对没有必要在信中表达感激之情。我当然知道，你盼望着能离开奥地利，我也在尽我所能实现这一目标……

代我真心问候大家，奥托[33]

1938年6月16日，奥托终于找到了一位公证员对他的担保书进行了公证。公证文件中指出，他在伦德公司担任设计师和技术顾问，每月赚取240美元，除了需还清车款之外，没有任何债务。他希望使他的弟弟卡尔·乌尔巴赫能够入境美国，以完成其医学学业。奥托在担保书中说，他将为他弟弟承担全部的经济和道德责任，直到他取得博士学位。[34]

多德森夫妇也没有抛弃卡尔。[35]考狄利娅从圣格奥尔根给他写了一封信，她用德语写道："卡尔，你可能会在秋天去美国，这是真的吗？那简直太棒了。我母亲写信说，他们正努力想办法帮你离开奥地利。"[36]

但是，对包括卡尔和爱丽丝在内的所有难民来说，仍然面临巨大障碍。在1938年7月的埃维昂会议（Konferenz von Évian）上，几乎所有与会国都拒绝接受来自德国和奥地利的犹太难民。

尽管此次会议由富兰克林·罗斯福（Franklin D. Roosevelt）发起，但他本人并未出席。犹太复国主义领袖哈伊姆·魏茨曼（Chaim Weizmann）总结说："世界上似乎只有两种国家：一种是犹太人无法生存的国家，一种是不允许他们进入的国家。"[37]

埃维昂对纳粹来说是一项尤为巨大的成功。一份纳粹内部报告，即《帝国情况报告》(*Meldungen aus dem Reich*)，满意地指出：

> 埃维昂会议……向全世界表明，犹太人问题绝不仅仅是由德国挑起的争端，它是一个对当今世界政治具有重要意义的问题。尽管埃维昂会议参会国一致反对德国对犹太人问题的处理方式，但除了美国之外，没有一个国家宣布原则上愿意无条件接收任何数量的犹太人。值得注意的是，澳大利亚代表甚至谈到了犹太移民对他们自己种族的危害。[38]

尽管美国代表团没有说出这种反犹主义的话语，但实际上美国最后什么也没做。恰恰相反，在会议结束后，入境美国变得更加困难了。奥托认为爱丽丝没有机会，建议她集中精力找一个欧洲国家。[39]

尽管爱丽丝确实在尝试移民英国，但一想到自己不仅与奥托分离，现在还要与卡尔分离，她就感到恐惧。她现在也想去美国。因此，卡尔写信给他的哥哥：

> 昨天我收到了你（7月23日）的信……当然，我对母亲的事很不安。她把所有的希望都寄托在能在不远的将来到美国

去。我希望以后能找到一些办法。妈妈不一定要做家庭用人。但你说得很对，我必须先过去，然后我们再想办法。妈妈也明白这一点。我希望她这段时间能在英国找到一份工作。如果找不到，那就非常悲惨了。虽然你在信中说，母亲在欧洲比在美国更好，因为你可以更好地资助她，情况的确如此，但仍很难实现。她不能去匈牙利、瑞士、捷克斯洛伐克、意大利、巴尔干半岛、荷兰、比利时、法国。也不能去北欧各国。所以你看，她几乎无法进入欧洲的任何一个国家。但也不能留在这里，因为首先，迟早会被驱逐出境，其次——不是我多愁善感——这在心理上真是无法忍受。等着我的消息吧。妈妈现在也在努力想办法出境，希望能在英国找到靠谱一些的出路……多德森先生和担保书仍然没有消息。因此我经过深思熟虑后，鼓起勇气亲自写信给他。我首先非常礼貌地感谢他为我所做的一切努力，然后拜托他，如果还未寄出担保书的话请通过华盛顿特区寄出，因为它会在那里接受检查，否则的话，担保书会被从维也纳退回华盛顿进行检查……当然，你可以想象，信我已经尽可能礼貌地写了。我希望在本月底能收到多德森先生的答复……如果你去纽约，如果有机会的话，请你去见一个名叫阿瑟·霍洛维茨（Arthur Horowitz）的人。地址是纽约布鲁克林米勒大街190号（190 Miller Aven. Brooklyn N. Y.）。他是我的一位同学，也是非常好的朋友。如果由于某种我完全想不到的原因，多德森一家无法帮助我，我就得找别人了。[40]

133

考狄利娅似乎认为担保书只是走个形式而已,她在 1939 年 8 月 8 日给卡尔写信时,还在用德语讲述她的旅行:"我们这周要去萨尔茨堡参观一个音乐节——今年的萨尔茨堡很糟糕。只有'德意志帝国人',那些丑陋的人。整个气氛已经被破坏了。有人怀疑,'他们'根本就想舍弃萨尔茨堡,而把一切都集中在拜罗伊特(Bayreuth)。"[41]

拜罗伊特音乐节是否会取代萨尔茨堡音乐节,对卡尔来说是个奢侈的问题,与他的现实几乎没有关系。多德森的担保书仍未到达,他现在一天比一天焦虑。奥托不得不安慰他:

拜托,卡尔,不要焦急。我向你保证我会帮你过来,你知道我已经在全面推进此事。不要(绝望),要对你未来在美国生活保持期待。最主要的是,要练好英语。答应我,如果你没有机会说英文,每天至少要读一些英文。这是最重要的事情。[42]

在卡尔一心想着担保书的时候,奥托试图用合办滑雪旅馆的梦想来分散他的注意力:"我的最新计划是这样的……我想在为伦德工厂工作的同时,[在拉科尼亚(Laconia)]建一个小型滑雪旅馆。这听起来很像幻想,但如果你我携手合作,实现起来并不难。拉科尼亚的位置很好,在一个湖边。冬天这里是个滑雪胜地,有点像塞默灵。"[43]

奥托并不是唯一一个梦想将奥地利滑雪胜地的魅力带到美国的移民。美丽的女演员、移民海蒂·拉玛(Hedy Lamarr)也抱有同样的想法。在 20 世纪 50 年代，她成功地将科罗拉多州（Colorado）的阿斯本（Aspen）小镇变成了一个高端的冬季运动区。时至今日，政治家和商界领袖还会相约在这里——就像在达沃斯一样——举行滑雪后的会谈。

当奥托和卡尔在憧憬他们未来的美国生活时，爱丽丝的移民之路也有了一线转机。她与她在英国的表姐罗斯（Rose）取得了联系，罗斯比她大 20 岁。罗斯的母亲雷吉娜·斯奎尼纳（Regine Squarenina）曾经在 19 世纪与她的两个哥哥西格蒙德和阿尔伯特·迈尔一起带领他们的家族企业在国际上取得了突破。罗斯年轻时在维也纳接受过钢琴培训，并成为一名古典钢琴家，她本想留在奥地利，但在 1901 年，她与丈夫阿道夫·兰德斯坦（Adolf Landstein）一起搬到了伦敦。在那里，他们将自己的姓氏改成了英国化的兰德斯通（Landstone），并成立了一家雨伞公司。尽管英国天气多雨，但公司生意并不太好，也许这是因为罗斯把主要精力放在了音乐上，她的一只耳朵仍然生活在维也纳。在她看来，英国是一片音乐沙漠，她只有靠奥地利的唱片才能活下去。当纳粹在德国掌权时，她几乎已经脱离乏味的生活而沉浸在唱片中了。1933 年时，尽管罗斯已经 70 岁高龄，但她决心要活着看到希特勒灭亡，也希望她在德国和奥地利的所有朋友都能坚持到那一天。他们中确实有许多人（尽管不是全部）由于罗斯的不懈努力而幸存下来，[44] 其中包括迈尔家、兰德斯坦家和斯奎尼纳家族的 12 名成员。罗斯的儿子查尔斯·兰德斯通（Charles Landstone）后来成了著名的剧作家和戏剧制作人，他在回忆录中描述了母亲如何乞求无数的企业家朋友为移民开具虚假的劳动合同，并不知疲倦地去政府部门提交签证申请。[45] 英国官员很难拒绝一位为达到目的而决心在办公室门外扎营的老太太。查尔斯·兰德斯通后来给他的自传起了个贴切的名字《我不请自来》(*I Gate-Crashed*)。[46] 他从母亲那里学会了不请自来。

多亏果敢的罗斯，爱丽丝对移居英国燃起了新的希望。奥托在9月兴奋地给卡尔写了一封信："妈妈有希望去英国真的让我喜出望外，因为即使她在英国没有工作，我也可以寄给她钱，至少够她勉强生活下去。英镑是很便宜的。"[47]

1938年9月的纽伦堡党代会之后，对爱丽丝和卡尔来说，加倍努力离开这个国家变得更加重要。9月12日，希特勒在闭幕演讲中对捷克斯洛伐克发出了新的威胁。战争似乎迫在眉睫。首相内维尔·张伯伦(Neville Chamberlain)前往德意志帝国进行最后的谈判，卡尔一定是担心边界随时会被封锁，他给奥托发了一封绝望的电报，奥托回复说："当然，收到你的电报后，我就立即全力以赴行动起来。我希望能在几天内把所有必需的文件寄到维也纳。这段时间请不要气馁，保持耐心。我相信我们很快就会见面的。"[48]

9月30日，张伯伦对希特勒的绥靖政策取得成功。《慕尼黑协定》以牺牲捷克主权为代价暂时阻止了一场战争。多德森姐弟在法国得知了这一消息，当时他们正在去港口的路上。由于战争可能即将爆发，他们的父亲已命令他们立即返回美国。在船上，他们收到了卡尔和维利的电报，上面写着："Hurrahforpeace（和平万岁）！"[49] 在那一刻，卡尔并没有想到他的表哥波尔迪，对这位捷克爱国者来说，世界在9月30日这一天坍塌了。[50] 卡尔只是为战争在最后一刻被制止而欣慰。与往常一样，考狄利娅对事件的反应最为冷静。船一停靠纽约，她就写了回信：

> 是的，和平万岁，但你们必须在另一场危机爆发之前离开。你们明白吗？卡里——我父亲已为了担保书的事写信给华盛顿。我想你很快会得到一些消息。但是，看在上帝的分上，请不要放弃希望，你的上一封信吓到我了。听起来好像你不指望再见到我们了。拜托，拜托，卡里，振作起来，保持勇敢。我们都希望在美国见到你，也希望听到维利到达英国的消息。不要让我们失望。

莉斯贝思补充说："离开之前再好好看看你的周围吧。你不会再看到这样的欧洲了。"[51]

10月底，爱丽丝经过漫长的周折后终于离开了这个国家。她不得不将卡尔、她的兄弟姐妹和宝拉·希伯留在维也纳。但她确信至少卡尔会很快动身去美国。奥托在1938年11月也相信这一点："听说妈妈到了英国，我很高兴，而且我们肯定很快就会……在美国见面。"[52]

奥托错了。他的最后一封信从未送达卡尔。维利代收了这封信。他很绝望。卡尔从11月10日起就失踪了。

第 8 章

盗 书 贼

一只猛禽,

它的爪子深入到我的内心：

它偷走了我还没有想到的东西。

——卡尔·克劳斯

1913 年，埃贡·埃尔温·基施发表了报告文学《抹大拉收容所》（*Magdalenenheim*）。这是布拉格一家收容"堕落女孩"的机构。基施在报告中描述了他访问该收容所的经历。女监管带着这位记者穿过大楼，用丰富的语言向他描述了她对这些被庇护者的鄙视。当基施进入其中一间劳动室时，女孩们认出了他并热情地打招呼："埃贡来了！……给我一支烟，我们这里买不到……向巴西利亚酒吧的小伙儿们问好。"到这里，访问突然被叫停了。

二十多年后，在移民过程中，基施发现一个名叫汉斯·乌特·哈姆（Hanns ut Hamm）的人抄袭了他的故事。汉斯·乌特·哈姆是北德方言作家和纳粹分子汉斯·雷默·史蒂芬（Hans Reimer Steffen）的化名。他只是把基施报道的背景从布拉格改成了汉堡。在他的版本中，女孩们说着北德方言，不是与"埃贡"而是与"她们的汉斯"打招呼。凭借这篇报道，汉斯在汉堡市组织的短篇小说比赛中赢得了1000帝国马克。

也许他做出的改动还不够多，因为后来有人发现他们所赞美的原来是一部"犹太作品"，这让哈姆/史蒂芬陷入了困境。然而，这种情况并没有持续多久，在战争期间，他得以继续出版搞笑故事，如《前线笑声》（Hier lacht die Front）。然而，对于潜在的纳粹抄袭者来说，汉斯的经历提醒了他们：叙事文本显然不太适合抄袭，因为尽管所有原版书都被烧毁了，但太多人还记得其中的故事。非小说类书籍更适合被剽窃。[1]

时至今日，书籍的雅利安化问题仍无人研究，甚至没有一个统一的概念来描述这一过程。到目前为止，"雅利安化图书"（arisierte Bücher）的表述被用来指代纳粹犯下的另一项罪行——对犹太图书馆的掠夺。[2] 而对于犹太作家和出版商作品所进行的知识财富掠夺，却没有人做过系统的研究，尽管这件事要严重得多。

造成这种情况的原因之一是1933年的焚书行动，纳粹的这一行动似乎解决了问题：不受欢迎的作家的书籍被直接销毁。自1933年11月，帝国文化院（Reichskulturkammer）的新规定开始在德国生效。1935年5月，相关规定再次收紧。[3] 禁止出版"有害和不良的文学作品"，即"与纳粹帝国的文化和政治目标相违背"的书籍。[4] 这看起来似乎解决了问题，但这些规定非常模糊。在幕后，围绕"谁来决定纳粹图书政策"的问题,一场权力之争激烈展开。至少有七个纳粹机构认为自己应负责这项工作。[5] 责任的混乱对出版商来说既是个麻烦,也是个机会。只要有良好的社会关系,找对联系人,他们就能在这个体系中浑水摸鱼,找到可乘之机。爱丽丝的出版商赫尔曼·荣克在 20 世纪 70 年代回忆说:

> 直到战争结束时,出版社的作品都没有接受过预审。纳粹原本打算审查的……还为此设立了一个党的机构,要求所有手稿在印刷前都提交给该机构。然而,事实证明,面对大量提交的手稿,机构不堪重负……这个机构后来解散了。纳粹规定:每个出版商应为其出版的东西承担个人责任。换句话说:出版社仍然可以完全独立地决定生产(尽管要自己承担责任),这种情况一直持续到战争开始后。在战争期间,出版社必须向宣传部申请印刷用纸。[6]

操作上的灵活性使得出版商的角色发生了改变。从 1933 年起,他们是否为了迎合新政权而在忖度服从中进行了自我审查?毕竟,其他公司也同样快速地接受了新的政权,出版商为什么要与他们不同呢?出版商不必信服希特勒就能在新政权下继续工作并获得经济利益。[7] 沃尔克·达姆(Volker Dahm)在谈到德国书商协会(Börsenverein der deutschen Buchhändler)时说:"书商的行业协会(表现出)如此明显的政治谄媚,以至于纳粹认为书商会自主实行'一体化'。"[8] 书商协会在 1933 年就承诺"在'犹太人问题'上……'毫无保留'地执行帝国政府的命令"。[9]

然而，在一篇关于第三帝国出版业的文章中，出版商克劳斯·绍尔（Klaus G. Saur）强调了纳粹政权的镇压对众多德国出版社的负面影响，以及纳粹党的中央出版社弗朗茨·埃尔出版社（Franz Eher Verlag）的强大。[10] 1933年后，正如绍尔所说，"约有800名出版商和书商"流亡国外，[11] 但随着他们的离开，"雅利安"出版商也少了不受欢迎的竞争对手。很快，他们欣然填补了对手消失造成的缺口。从商业角度来看，这是理想的状况。

对于犹太人的非小说类书籍，他们也找到了一个有利可图的解决方案：如果把这些书简单地撤出市场，将是个亏本买卖，因为"非小说和纪实小说属于第三帝国最成功的图书类型"。[12] 找到一个办法继续出版这些书才能获利。只需盗取即可。这是一个合乎逻辑的想法，毕竟犹太人从1933年起就在这个国家逐渐失去了法律保护。在这里，他们的知识产权就如他们的物质财产一样任由摆布。这意味着，每个"雅利安"作者和每个出版商现在都可以获得这种知识产权而不必担心任何后果。

这正是爱丽丝的书在1938年所遭遇的事情。它有了一个新的作者。

到目前为止，只有少数出版商公开了他们的档案。如果向出版社提出查询请求，得到的解释通常是，档案在二战期间被毁掉了。一家儿童出版社的负责人是这样措辞的："大部分出版社以一场大火的形式告别了纳粹。"[13] 为了复原爱丽丝案件真相，我向恩斯特·莱因哈特出版社提出查看档案的请求，出版社负责人的助理在2018

141

年通过电子邮件表示遗憾,说关于爱丽丝·乌尔巴赫的"档案已经不在了"。她表示,该出版社在战争期间曾离开德国,在瑞士继续运营了几年,后来又返回德国。但由于经历了那些"兵荒马乱",现在就"只剩几份文件了""很多东西都已丢失"。[14]

要知道,恩斯特·莱因哈特出版社在 1974 年和 1999 年还根据战前和战争时期的档案材料出版了两本纪念刊物。因此,出版社的说法并不可信。事实上,在 2020 年爱丽丝的事情曝光后,又有一些案卷浮出水面。

并非所有出版商面对档案查询要求时都如此排斥。历史学家安格莉卡·柯尼希斯埃德(Angelika Königseder)女士就曾调查了德古意特学术出版社(Wissenschaftsverlag de Gruyter)。她发现这家出版社从 1933 年起就采取了初步行动,试图出钱清退犹太作家。[15]例如,出版社就向语言学家汉斯·施佩伯(Hans Sperber)提出了这样的建议。施佩伯与爱丽丝年龄相仿,同样来自维也纳。1933 年,作为一名犹太人,施佩伯在科隆大学的任教资格被撤销,不久之后,他的出版社对于保留其作者身份产生了严重顾虑。施佩伯已在德古意特出版过一本书,这时他还担任着《特鲁伯纳德语词典》(*Trübners Deutsches Wörterbuch*)的"总负责人"。为了这个宏大项目,施佩伯特意拒绝了赴美做研究的机会。1933 年,在词典的筹备工作期间,他收到了编辑的来信:"非常抱歉,我想请您退出词典的出版工作,至少是在官方层面上。"

作为安慰,施佩伯得到了 500 帝国马克的报酬。出版社允许他继续为词典写文章——但要匿名。[16]施佩伯受到了深深的伤害,即使后来移居国外也无法使他摆脱这种屈辱感。而出版社却继续使用施佩伯前期工作的成果继续推进项目，并按照纳粹的路线改写了词典的其余部分。

施佩伯受到的对待还不算苛刻的。该出版社对其他犹太作家只是用些安慰的空话搪塞和拖延："等政局稳定下来再说。"

然而，在出版社内部，语气却是毫不含糊的。该社1939年在一份会议纪要中总结了以下几点：

1. <u>新版书籍要贯彻雅利安主义</u>（根据纽伦堡法律）。

2. 对<u>非雅利安</u>书籍进行检查，评判是否可以转化为新的雅利安版本。

3. 避免在广告册等材料中<u>宣传</u>国内犹太人的书籍。特此决议。[17]

第2点特别有意思。"非雅利安"的书籍如何才能转化为"雅利安"书籍？人们创造了一种方法，爱丽丝的出版社也采用了这种方法。

*

恩斯特·莱因哈特出版社以其历史为荣。1899年，瑞士人恩斯特·莱因哈特来到慕尼黑，开了一家书店。他与作家里卡达·胡赫（Ricarda Huch）成为朋友，并决定成立一个小型出版社。该社的主题方向在当时是非常进步的。他出版了关于性、精神病学和健康饮

143

食的书籍。该社的许多作者是社会学家或犹太人，其中最著名的是皈依天主教的心理治疗师阿尔弗雷德·阿德勒（Alfred Adler）。出版社的一位女作家、左翼时事评论员埃尔加·克恩（Elga Kern）在她的《欧洲杰出女性》（Führende Frauen Europas）一书被禁前不久被迫移居国外。[18] 尽管恩斯特·莱因哈特是书商协会的董事会成员，[19] 但他私下里对纳粹分子持批评态度。然而，从1937年开始，出版社的导向发生了变化。莱因哈特意外去世，出版社交给了他的侄子——瑞士人赫尔曼·荣克接管。

一张战后的肖像照片显示，荣克神情严肃，脸部棱角分明，戴着黑色角框眼镜。[20] 他祖上是瑞士牧师，荣克也有点像人们印象中的严厉传教士形象——强硬似乎已经牢牢刻在他的脸上，这是他很早就养成的特质。荣克1904年出生在阿尔萨斯（Elsass）的魏森堡（Weißenburg）。这个出生地就已让他学会了适应变化，因为魏森堡曾在法国和德意志帝国之间多次易主，就像一场残酷的乒乓游戏。它在1871年归属德国，第一次世界大战后又成为法国领土，第二次世界大战期间又回到德国，在1945年后最终属于法国。经历了一段时间政治属地的交替后，荣克家族离开家乡，搬到了瑞士。在那里，赫尔曼·荣克成为瑞士"候鸟运动"（Wandervogel）的成员。在1923年高中毕业考试之前，他的学业都进行得很顺利，但此后便中断了学业。在他的回忆录中，荣克对此只是一带而过："由于我的父亲（他经营一家文具店）在通货膨胀中丧失了财产，我的叔叔恩斯特·莱因哈特建议我成为书商，继承他的出版社，因为他没有结婚，也没有孩子。"[21]

父亲的破产对赫尔曼·荣克来说一定是一种屈辱的经历。现在他不能读大学了,他必须挣钱。但他很快意识到,他叔叔给他提供了一个多么好的机会。恩斯特·莱因哈特是一个慷慨的人,在接下来的几年里,他为侄子的教育投资很大,帮助他在巴黎和纽约完成实习,然后让他在出版社稳定工作。20世纪30年代,荣克又学习了几个学期的法律,但他在1937年莱因哈特去世后就辍学了。从那时起,荣克以严格的态度管理着这家出版社。他发现自己所面临的情况并不理想。他的叔叔几十年来成功地出版了许多犹太作家的作品,而现在这些作品成为一种负担。荣克很快发现,其他学术出版社也面临类似的问题。他们曾出版过犹太人创作和主编的系列作品和专业书籍。这种"犹太过剩"的情况当然与犹太家庭特别看重著书立说和教育文凭的传统有关,这是犹太人的一种生存策略:几个世纪以来,犹太人必须面对物质财富随时可能被夺走的现实。关于他们对这一现实的反应,剧作家大卫·马梅特(David Mamet)是这样描述的:"两千年来,我们一直准备着有人来敲我们的门,说:'好,现在该跟你们算账了。'于是我们开始思考:有什么东西是他们不能抢走的?答案非常简单:教育。"[22]

教育似乎是"防盗"的。爱丽丝的父亲曾经反复提醒他的孩子们,迈尔家族是靠教育和努力工作才脱离犹太贫民区的。他还把这些经历写成书,从而进一步强化了他的观点。对于这个"读书民族"来说,家庭中有一位作家就意味着很高的社会声望。人们坚信,书籍将永远存在。由于爱丽丝没有获得文凭,出版两本书令她尤为自豪。尽管她的父亲没有活着看到这些作品的出版,但这些书给她的感觉是，自己最终没有完全辜负父亲的期望。但实际上，就连作者身份也会被盗，许多犹太作家不得不经历这一切。

*

希特勒刚上台，犹太法学家马克斯·弗里德兰德（Max Friedlaender）就在一家书店里偶然发现了一本新的法律出版物。它的标题《律师法评论》(*Kommentar zur Rechtsanwaltsordnung*) 听起来非常"令人期待"。当弗里德兰德开始阅读这本评论时，他觉得格外熟悉。尽管导语中声称，犹太人把德国的律师职业带到了最低的"道德水平"，现在国家社会主义者将永远改变这种状况。但令人惊讶的是，这本书正是剽窃了一名"没有道德"的犹太人的作品。

读了……半小时后，我发现20多处明显的抄袭。不是一字不差地整句复制，而是我们书中内容的摘录，用词略有不同，但完全再现了我们的思路，甚至包括整体的逻辑顺序和段落划分。另外，在一些其他人尚未涉及或看法角度完全不同的问题上，这本书直接引用了我们的结论而未说明理由，就好像这些结论自然而然就是唯一正确的。这确实是打击犹太思想和犹太文学的一种新形式：一边贬低这些思想和文学，一边又不提名字地加以复制，并将其作为雅利安人的创作来大加称赞。[23]

此事特别有趣的一点在于，是谁剽窃了弗里德兰德的作品。剽窃者是一个名叫埃尔温·诺亚克（Erwin Noack）的人，他最初在哈勒（Halle）担任律师，自 1931 年以来便热情追随纳粹，并在纳粹上台后迅速得到了一个大学教授职位。后来他升任帝国律师协会副主席，宣布了"德国律师界的去犹太化"。[24] 他本人也从"去犹太化"中获益颇丰。他的同行、人民法院院长罗兰·弗赖斯勒（Roland Freisler）明确赞扬了诺亚克的工作并得出结论："德国律师界（不得不）接受一个可耻的事实，即律师专业法（此前）被犹太人评论过。"现在，"德国的评论"终于出现了，这要感谢埃尔温·诺亚克。[25]

令人惊讶的是，弗里德兰德保持了他的幽默感，他回忆此事时说："另外，在同行圈子里，大家很快就知道了该如何看待这本小册子；它经常被称为'小弗里德兰德'。[26]"

另一个更为著名的法学家案例与民法典评注《帕兰特》（Palandt）有关，该书由历史悠久的 C.H. 贝克出版社（C.H.Beck Verlag）出版，是其法律短评系列丛书中的第七卷，目前已印发 80 版次。2013 年，史蒂芬·雷贝尼奇（Stefan Rebenich）和乌韦·韦塞尔（Uwe Wesel）研究了 C.H. 贝克出版社的历史，也关注到了《帕兰特》。[27]

奥托·帕兰特从 1938 年起担任该民法典评注系列的主编，他是帝国司法部的一名纳粹高官。2021 年夏天，一批法学家、政治家和记者经过多年研究讨论后，为这部作品完成了更名，[28] 因为调查表明，整个短评系列的观点和构思均出自奥托·李卜曼（Otto Liebmann）。李卜曼是一位专注于法学书籍的德国犹太出版商。但 1933 年他被迫卖掉了自己的出版公司。买方就是 C.H. 贝克出版社，这些新购得的书目让他们成功获利，而奥托·李卜曼——正如史蒂芬·雷贝尼奇所写的那样——"在法学和出版业的集体记忆中被抹杀了个人成就。"起初,李卜曼反对将那些短评的思想拱手让人,而将其归于律师阿道夫·鲍姆巴赫(Adolf Baumbach)名下。但他的反抗毫无效果。[29]

此外,贝克出版社还将李卜曼的名字从他1896年创立的《德意志法学家报》(Deutsche Juristen-Zeitung)中删除。纳粹律师卡尔·施密特(Carl Schmitt)接手了这份刊物。

法律出版物是贝克出版社的重点,但其他部门也有"不寻常的收购":1944年,商人路德维希·莱纳斯(Ludwig Reiners)出版了《德语风格艺术:德语散文教科书》(*Deutsche Stilkunst: Ein Lehrbuch deutscher Prosa*)。这本书主要是根据犹太作家爱德华·恩格(Eduard Engel)的作品编写的。[30]与弗里德兰德的情况一样,句子被简单地改写,例子则原封不动地挪用。莱纳斯的优势在于,被剽窃的作者恩格也无法再为自己辩护——他已于1938年去世。尽管恩格的原著不是在贝克出版社出版的,但出版商自然可以认为,在纳粹国家没有人会站出来维护他的版权。甚至连《德语风格艺术》这个书名也被原样采用,以借势进一步提高销量。市场效果非常好,这部抄袭作品在商业上大获成功,在德国一直畅销到战后。剽窃者路德维希·莱纳斯甚至在1956年登上了《明镜》杂志的封面故事,文章对他的作品大加赞扬。

然而,在专业文献的雅利安化中,最轰动的案例之一是一部医学著作:《克瑙尔的健康百科》(*Knaurs Gesundheitslexikon*)。这本实用的参考书于1930年首次出版。其创作者犹太医生约瑟夫·勒

第 8 章 盗书贼

贝尔（Josef Löbel）在战争爆发后失去了编者身份。删除他的名字需要有特别厚颜无耻的胆量，因为勒贝尔是他那个时代的艾卡特·冯·希施豪森（Eckart von Hirschhausen）[①]。作为一名医生、作家和记者，勒贝尔被视为幽默的科普大师，他在柏林、维也纳和布拉格的报纸上发表过精彩诙谐的文章，并写过多本备受欢迎的医学畅销书，这些书已被翻译成 16 种语言。此外，勒贝尔还关注健康启蒙教育：他呼吁尽早发现癌症并宣传摄入维生素。勒贝尔甚至作为一个角色出现在约瑟夫·罗特（Joseph Roth）的小说《拉德茨基进行曲》（*Radetzkymarsch*）中——他就是智慧的慈善家斯科沃罗内克博士（Dr. Skowronnek）的原型。小说中的斯科沃罗内克博士来自弗兰岑斯巴德（Franzensbad），勒贝尔确实每年夏天都在那里做水疗医生，冬天他则在柏林或维也纳生活。医学历史学家彼得·沃斯温克尔（Peter Voswinckel）发现，彼得·希伦（Peter Hiron）从 1940 年起接手了《克瑙尔的健康百科》。希伦是纳粹党成员、医学博士赫伯特·沃尔克曼（Herbert Volkmann）的化名，他立即对百科书进行了雅利安化。他添加了诸如"遗传健康""种族"和"战争毒气中毒"之类的条目，删除了诸如"拘禁性精神障碍"（纳粹在这一时期造成了很多这样的病例）、"同性恋"等词条，安全起见还删除了"自大狂"。[31]

希伦/沃克尔曼在雅利安化专业文献方面有很好的先例可以参

[①] 艾卡特·冯·希施豪森（1967— ）是当今德国著名的电视主持人、喜剧演员、医学科普作家。

考：在他把勒贝尔的百科书据为己有之前不久，他已经"顶替"了另一位犹太作家瓦尔特·古特曼（Walter Guttmann）博士。这同样也是一次惊人之举，因为古特曼的教科书是公认的权威之作，并且与勒贝尔的作品一样，有多种翻译版本。古特曼最重要的出版物之一是《医学术语》（*Medizinische Terminologie*），自 1902 年首次出版以来，他一直在对该书进行改进完善。在前言中，古特曼将此书称为其"毕生之作"。正如彼得·沃斯温克尔发现的，古特曼在第 29 版时被剥夺了毕生之作。这一侵占没有留下任何记录。这本书卖得非常好，而身无分文的瓦尔特·古特曼在 1941 年自杀身亡。[32]

这一绝望之举将他与约瑟夫·勒贝尔联系在了一起。两人都被同一个人掠夺，最后都选择了自尽——勒贝尔在妻子被纳粹驱逐之后，于 1942 年在布拉格结束了自己的生命。

将专业文献雅利安化的方法不仅被大型出版商使用，也被恩斯特·莱因哈特这样较小的出版商使用。该社的两位作者成为受害者：爱丽丝和一个名叫保罗·韦塞尔（Paul Wessel）的博士。两人终生素未谋面，也不知道他们有着共同的命运：两人都是恩斯特·莱因哈特出版社非小说类图书的犹太人作者，后来都逃亡英国，他们在战后都为要回自己的书而奋斗。

保罗·韦塞尔博士的故事开始于慕尼黑大学。韦塞尔经营着一家所谓的强化补习班，为大学生提供私人辅导材料。学生们在"强化班"中备考，老师把上学期的所有材料再次"强化灌输"进学生脑中。保罗·韦塞尔在他的补习班中专攻自然科学专业，他给医学生传授必要的物理学、化学、植物学和动物学知识。为此，他开发了一套讲义，包含四个部分："基本内容、要点复习、测试题和答案。"

20世纪30年代初，保罗·韦塞尔决定将他的讲义出版成书。当时，赫尔曼·荣克的叔叔，即出版社的创始人恩斯特·莱因哈特还在世。1933年4月4日，他与保罗·韦塞尔就《医学生物理学复习资料》（*Repetitorium für Physik für Medizinstudenten*）订了第一份出版合同。合同规定，后续将开发更多的书目。在接下来的几年里，以《莱因哈特自然科学纲要》（*Reinhardts naturwissenschaftliche Kompendien*）为名出版了一套九册的丛书。保罗·韦塞尔负责丛书的规划并亲自编写了其中几本。其他几本书他聘请了他补习班中的教职人员：马克斯·奥特博士（Dr. Max Ott）负责有机和无机化学卷，菲利克斯·帕加斯特博士（Dr. Felix Pagast）负责编写动物学卷。两人都采用了韦塞尔的设计理念，并照此完成了手稿。

所以，就像爱丽丝一样，保罗·韦塞尔也是老出版商恩斯特·莱因哈特发现的作者。而且就像乌尔巴赫这个名字一样，韦塞尔这个姓氏听起来也不像犹太人。毕竟人人都知道国家社会主义运动的烈士霍斯特·韦塞尔（Horst Wessel）。然而，保罗·韦塞尔博士与霍斯特·韦塞尔没有亲属关系。更糟糕的是，根据《纽伦堡种族法》，他被认定为半个犹太人。

*

荣克在出版社纪念刊中详细描述了他在1937年与韦塞尔的第一次会面。他声称，保罗·韦塞尔当时穿着党卫军骑兵标准制服出现在出版社："他后来告诉我，他借用制服是为了给我留下好印象并暗示他的雅利安人血统。"按照荣克的说法,韦塞尔曾解释说,他正计划去中国旅行,因此想指定一个关系很好的熟人维奥拉·里德勒·冯·帕尔博士(Dr. Viola Riederer von Paar)代替他履行"出版合同的所有权利和义务"。因此,1937年5月7日,帕尔、韦塞尔和荣克之间签订了一份三方合同。从那时起,里德勒·冯·帕尔夫人成为该系列图书的主编。[33]她的名字取代韦塞尔出现在每一册书上。例如,关于动物学的单册上写着:《大学动物学》(*Zoologie für Studierende*),欧根·菲利克斯·帕加斯特(Eugen Felix Pagast)/维奥拉·里德勒·冯·帕尔编著。

保罗·韦塞尔的名字从他自己编辑的丛书中消失了。只是在他编写的物理学单册中保留了他的名字,同时在旁边加上了里德勒·冯·帕尔夫人作为共同作者。

荣克关于1937年与韦塞尔会面的故事听起来像一出糟糕的滑稽剧。保罗·韦塞尔真的穿着党卫军的制服出现在出版社吗?他为什么要因为一次中国之行就对出版社做出如此大的让步呢?真的是他想出了三方合同的主意,并提议由里德勒·冯·帕尔担任联合主编吗?

维奥拉·里德勒·冯·帕尔于1930年至1935年在慕尼黑学习医学,因此很可能曾经是韦塞尔补习班的学生。然而,1937年,她在莱因哈特出版社出版了一本关于纳粹遗传学说的书。[34]作为半个犹太人,韦塞尔一定知道自己有可能因为这种遗传学说而被关进集中营。那么,他会将自己的出版权转让给一个专门从事种族研究的女人吗?也许保罗·韦塞尔有严重的犹太人自我厌恶心理,两人确实像出版商荣克所说的那样是很好的朋友。然而,更有可能的是,是荣克提出了这个解决方案,目的是使整个系列有一个无懈可击的"雅利安"主编。可能他还打算把里德勒·冯·帕尔夫人打造成出版社的科学新星。她现在有了自己的系列图书,那么她关于遗传的书也可以借此进行推广。在荣克的故事版本中,他还忘了提及里德勒·冯·帕尔夫人是他本人的好朋友。她出身下巴伐利亚地区(Niederbayern)的老牌贵族家庭,1943 年曾帮助荣克将出版社的藏书转移到安全地方,使其免遭轰炸。荣克亲自将无数的箱子运到里德勒·冯·帕尔家族的城堡里。据荣克说,这些书中有一些"以后一定还会畅销的、有价值的书"。[35] 这些"有价值的书"中一定包括了韦塞尔和爱丽丝的作品,因为荣克在战后立即就将它们重新投入了市场。

*

在与荣克的谈话之后,保罗·韦塞尔于 1937 年逃到了瑞士。然而,在荣克的故事版本中,这一事件的转变完全出乎意料——毕竟,他应该以为韦塞尔会去中国。他的结论是,这里的环境对韦塞尔来说"越来越不安全了"。这种措辞让人联想到正在躲避抓捕的罪犯,实际上,荣克在后文中确实把韦塞尔描述为一个骗子形象。虽然他多次强调韦塞尔的知识对这套丛书来说无足轻重,但他似乎确实需要这位作者的最后一册书。1938 年,荣克甚至专门为此前往苏黎世。到达那里时,他发现韦塞尔在经历了逃亡之后已经筋疲力尽了。荣克在回忆中愤愤不平地声称,当时韦塞尔还试图把一份有缺陷的文稿推给他："他给我看了一份内容庞杂的手稿，但我翻阅后发现，其中大部分是由他的物理学书中的内容拼凑而成。"这种说法的真实性有多少，很难核实。据荣克的说法，他随后拒绝了这份手稿。

我们可以想象，当保罗·韦塞尔在1938年与荣克见面时，他一定处于非常绝望的境地。他没有获得在瑞士进一步居留的许可，因此不得不逃往英国。在那里，他和爱丽丝一样生活贫困，从未从自己的作品中获得任何收入。

然而，他的物理学书以及他打造的整个图书系列在战争期间都卖得非常好。1974年，荣克甚至在他的出版社纪念刊上自豪地描述了这一成就。由于战争期间对医生的需求越来越大，"丛书中的每一本销量都有增加，因此不得不一再重印。"[36]（韦塞尔的物理学书在西班牙也很成功。荣克在他的纪念刊中没有提到，这本书在1942年被翻译成了西班牙语。）

有趣的是，关于韦塞尔的故事，在出版社后来的一期纪念刊中没有再提到荣克所讲的版本。1999年纪念刊的作者是赫尔曼·荣克的儿子克里斯托夫·荣克（Christoph Jungck）。他只写道：

> 事实证明，（恩斯特·莱因哈特）开发的一个项目特别有前途，即出版一套基于备考讲义的自然科学概要。其中最成功的是一本简明的物理学教材……它很快就达到了相当大的印刷量，并被允许一直出版到战争中期，因为它被归类为对战争具有重要意义的书籍。[37]

第 8 章 盗书贼

这里没有提到保罗·韦塞尔的名字。但还是再次取笑了他："在我父亲接管出版社后不久，上述物理学概要的作者穿着党卫军制服出现。后来发现，他是半个犹太人，借来这套衣服只是为了给人留下好印象……这一事件没有造成进一步的后果；这名作者及时逃到了英国。"[38]

在这个版本中，保罗·韦塞尔的故事有一个圆满的结局，他仍然可以"逃脱"。关于三方合同和里德勒·冯·帕尔夫人的"稻草人"替身角色，这里也只字未提。只是在 1999 年，出版社不得不为她关于遗传学的书找一个解释。克里斯托夫·荣克对他父亲出版这样一本书的动机表示同情："我们有权利，可能甚至有义务以我们今天的认知来阅读当时的作品。但若我们太快地将判断转变为道德谴责，就会出现问题。"[39] 因此，即使在 1999 年的纪念刊中，出版社也没有对粗暴的种族理论进行道德上的谴责。

遗传学专家维奥拉·里德勒·冯·帕尔在战后多次获得很高的荣誉。罗马天主教会授予她教皇勋章"为教会与教宗服务奖章"（Pro Ecclesia et Pontifice）。1971 年，德国明爱协会（Deutsche Caritasverband）授予她"荣誉金针"（Goldene Ehrennadel）。相反，保罗·韦塞尔则有着完全不同的命运——我们后面还要讲到。

总之，"稻草人"方法在 1937 年非常有效，而荣克在不久之后又有机会再次使用这一办法。1938 年 3 月的事件对荣克来说是一件幸事，因为现在生意变得更好做了："后来德奥合并，向奥地利发货当然要容易得多，因为这时一切都可以直接在慕尼黑完成。"[40]

只是乌尔巴赫夫人现在成了一个问题。在此之前,她一直是个外国人,但现在所有奥地利人都成了德国公民,并受纽伦堡法律管辖。荣克决定,从现在开始,爱丽丝不能再做她自己图书的作者了。1974 年,他简要地说明了自己的判断:"奥地利被吞并后,我认为必须给这本菜谱寻找新的作者,因为爱丽丝·乌尔巴赫是犹太人。否则的话,这本菜谱就无法再销售了。"[41]

*

关于"稻草人"的故事,爱丽丝只从她父亲的童年记忆中了解过。在普莱斯堡犹太区,犹太人是不允许拥有房屋的。但人们会想办法通过"稻草人"来买房。然而这也存在一个风险:你永远无法完全确定"稻草人"是否会遵守合同。

爱丽丝坚信,自己永远不需要亲身体验这种方法。父亲在犹太区的经历在她看来就像一个邪恶的古老童话,大人们用这个故事来吓唬孩子们:要感激一切,你们祖先的生活是如此艰难。

当稻草人在 1938 年的第三帝国"复活"时,犹太人经历了一种似曾相识的感觉,令人毛骨悚然。一夜之间,爱丽丝就不再是她自己书籍的作者。她在 20 世纪 70 年代写道:"当希特勒的法律封杀犹太作家时,这本书才刚刚出版三年。我的出版商把我的书一字不差地抄给了另一个作者。"[42]

直到 2020 年发现了新的信息来源后,我们才得以重建当时的情况。1938 年 9 月,当爱丽丝为逃亡英国做准备时,她收到了来自慕尼黑的邮件。他们给她发了一份"声明"。从这份声明中可以看出,在这段时间爱丽丝又为该出版社写过两本菜谱，但尚未出版。一本素食烹饪书《无肉饮食》和一本《维也纳糕点》。出版商已经向爱丽丝支付了稿酬，现在要求她放弃这两本新书的版权："将所有的出版权和著作权，以及提供给出版社的图片均转让给慕尼黑的恩斯特·莱因哈特出版社。"还要求爱丽丝将《在维也纳是这样做饭的！》一书的版权免费供出版社使用。[43]

所有在1935年纽伦堡法律生效后签订的、导致财产损失的合同，今天已不再被承认，并属于纳粹受害者赔偿法的补偿范畴。因为至少是从那时起，犹太人就迫于压力不得不将自己的财产以远低于其价值的价格出让，这样的事情在当时每天都在发生。

1938年3月22日，奥地利刚刚被吞并后，出版过爱丽丝第一本菜谱的奥地利佩尔斯出版社就成了雅利安人的目标。理查德·霍利内克（Richard Hollinek）迫使佩尔斯家族交出了他们最重要的期刊之一《医学周刊》（*Medizinischen Wochenschrift*）。从大屠杀中幸存下来的保罗·佩尔斯（Paul Perles）回忆说，他和他的家人"拿到了一封需要签字的文件，内容是说，维也纳《医学周刊》将被转让给霍利内克，以换取对未付账款的豁免。我们被告知，如果所有者（我的父亲和叔叔）不签字，该杂志将被纳粹党立即停刊，下周霍利内克将以不同颜色的封面出版该杂志。他们要求我本人承诺，在几周内无偿向霍利内克夫妇示范如何经营该杂志。（当）我询问如果我拒绝会怎样时，霍利内克说，我们会有办法说服你的"。[44]

爱丽丝则要幸运得多。赫尔曼·荣克没有威胁她。1938年秋天，为了离开维也纳，她会签署任何东西。然而，她似乎与保罗·韦塞尔一样相信这种安排只是权宜之计，荣克先生今后会继续公平行事。她错了。

荣克现在已经获得了为爱丽丝的书指定新作者的权利。里德勒·冯·帕尔夫人在保罗·韦塞尔事件中扮演的角色，现在被赫尔曼·荣克赋予了另一个人，而且竟然是一个男人。荣克本人在1974年写道："我找到了（新的作者）鲁道夫·罗什，他不仅修订了这本书，还将乌尔巴赫夫人的菜谱，包括其中一些高热量菜谱，按照现代标准（符合现代营养学知识）进行了改良，因此，这实际上是他自己的作品——尽管是以乌尔巴赫夫人的菜谱为基础的。"[45]

事实上，有些地方确实有改写、删减和一些补充。但奥地利历史学家和烹饪类书籍专家瓦尔特·舒伯勒（Walter Schübler）在精确比较了两本书之后得出了这样的结论：

> 罗什将内容进行各种拼接重组，在各个餐饮类别中将照搬过来的菜谱改变了顺序，稍微改动了章节标题——掩饰的意图显而易见。他还重新组织了每章导语中的措辞，删除了如"周末度假房菜谱"或"旅游便携餐"等简短的段落。然而，除了200幅插图之外，还有很多长达几十页的章节都被一字不差地全盘照搬，或者只做了极小的改动。[46]

最重要的删除部分是爱丽丝1935年的"序言"，她在其中强调了维也纳美食的国际性。原书是这样说的：

第 8 章 盗书贼

维也纳美食享有国际声誉是实至名归的。它品类丰富，变化繁多，因为曾经的奥匈帝国是一个多彩的民族混合体，奥地利美食从中汲取了丰富的营养……比如果馅卷和炖牛肉是匈牙利的发明，波希米亚丸子和很多精美的小吃都源自法国菜。[47]

像"多彩的民族混合体"和"国际声誉"这样的词是不受纳粹欢迎的。原来的"序言"被一个完全不同的"前言"所取代。在其中，鲁道夫·罗什以令人惊讶的说法称赞了自己："编纂这样一本菜谱需要大量的细致工作。"

接着，他感谢了两位女助手——玛丽亚·格哈特（Maria Gerhardt）和埃尔弗里德·高尔（Elfriede Goll），感谢她们在这项艰苦工作中给予的"积极帮助"。之所以提到她们，也许是为了解释为什么书中所有照片只露出了一双女人的手——爱丽丝的手。罗什的前言结尾是这样的："现在，这本书正在走进德国所有大区……它见证了，在帝国的第二大城市，人们（在烹饪艺术方面）也有卓越的成就。"[48]

因此，荣克自称对爱丽丝的书所进行的"现代化"改编，其实指的是文本的纳粹化，包括"德国大区"的说法以及关于维也纳已经成为帝国"第二大"城市的论断，在与时俱进方面确实是无人能及的。带有犹太名字的菜谱也被删除了，比如"罗斯柴尔德饼干""罗斯柴尔德蛋饼"或"雅法蛋糕"。外国菜肴名称也被德国化："帕门蒂尔牛排"被赋予了一个"土生土长"的菜名："牛排配土豆泥"；"惠灵顿牛排"改名为"睡衣牛排"。

至于"将乌尔巴赫夫人的高热量菜肴按照现代标准（符合现代营养学知识）进行了改良"的说法是不正确的——毕竟，这本书出版仅仅三年，除了典型的高热量维也纳甜点外，它还提供了大量关于健康饮食的建议。多年来，爱丽丝一直在做关于素食和均衡营养方面的讲座。而出版社删除的部分则是一些明显可以看出是由女性撰写的段落，比如在该书的第二部分，爱丽丝对家庭管理提出了非常个人化的建议。她的建议充满了细腻的感情，完全不像是出自一位男性作者的手笔。例如，在爱丽丝"关于家庭主妇与女佣的关系"这一节中有一小段被删除了："每个家庭主妇在与女佣打交道时都应该记住，与女佣相比，你处于优势地位；你有一个稳定的、安全的家，而女佣随时都有可能应你要求离开这个家，常常不知道在哪里能再找到工作和住所。"[49]

这种思维方式听起来可能不够男性化（而且随着战争的开始，也不再符合对待波兰强迫劳工女性的方式）。爱丽丝的解放思想也从书中消失了。被删除的部分包括这样一句话："一些女性还没有意识到，（家庭主妇）对国民经济是有贡献的，因为全国消费金额中有十分之九是由女性支出的，大部分钱都经过她们的手；但也正因如此，她们应该而且必须接受教育，以应对她们艰巨而责任重大的职业。"[50]

罗什删除了这些言论，只采用了爱丽丝关于节俭的一句话："首先买必需的，其次是有用的，然后是带来愉悦的，最后才是多余的。"

总之，罗什的书有 60% 的内容是剽窃爱丽丝的作品。

第 8 章 盗书贼

*

爱丽丝的书现在成了一个男人的作品。但这个人是谁呢？

在 1939 年至纳粹政权结束期间出版的所有版本中，鲁道夫·罗什被介绍为"长期在维也纳工作的主厨和帝国农业协会（Reichsnährstand）成员"。（当然，后一个身份在战后被删除。）但德国联邦档案馆（Bundesarchiv）在调查研究中，没有发现鲁道夫·罗什是帝国农业协会的成员。[51] 帝国文学院（Reichsschrifttumskammer）中也不存在鲁道夫·罗什的名字。理论上说，他必须在那里登记为成员，才能获准出版书籍。

鲁道夫·罗什并不是一个罕见的名字。20 世纪 30 年代，在德国和新的"东部边疆"还有许多鲁道夫·罗什加入了纳粹党。他们的党员卡上列出了职业等信息。这些名叫鲁道夫·罗什的人中有商业雇员、工人、司机、锁匠，甚至还有一位少将，但没有主厨。只有一个年龄相符的鲁道夫·罗什有奥地利背景：他是一名来自萨尔茨堡的商科硕士，1939 年至 1945 年在德国国防军（Wehrmacht）服役。[52] 他不太可能在此期间还兼职做厨师。鲁道夫·罗什会不会只是一个化名，甚至是荣克凭空捏造的一个"幻影"？据今天莱因哈特出版社的女社长说，关于鲁道夫·罗什的档案已经不在了。但她相信，鲁道夫·罗什是真实存在的人，而不是出版商虚构的。[53]

如果罗什既不是帝国农业协会成员，也不是"维也纳主厨"，那么最大的可能是，他是慕尼黑人。在 1932、1933 和 1935 年，有

161

一个名叫鲁道夫·罗什的人曾经三次出现在慕尼黑电台的节目中。根据电台杂志记载,他在节目中聊过西梅团子和葡萄饮食疗法。[54] 因此,完全有可能是荣克在1938年决定将这个罗什打造成一名图书作者。这也是其他出版社所用的方法。于是,就像纳粹党员沃尔克曼/希伦一样,罗什也在一夜之间变成了畅销书作者。

第9章
抵达城堡

"我将永远不会忘记这恐怖的一刻。"

国王继续说。

"你会忘记的,"女王说,

"除非你为它立一座碑。"

——刘易斯·卡罗尔,《爱丽丝梦游仙境》

在伦敦的布鲁姆斯伯里区(Bloomsbury),离大英博物馆非常近的地方矗立着一座名为"沃本之家"(Woburn House)的建筑。20 世纪 30 年代末,这座宏伟的建筑是犹太难民的第一个落脚点。[1]为了让难民做好入住的准备,英国政府拍摄了一部关于沃本的资料片,其中一些没有关联性的片段被保存下来。[2]在一个镜头中,可以看到一对奥地利难民夫妇进入大楼。这两人大约 40 岁,衣着得体。男人穿着一件整洁无瑕的保暖大衣,女人的深色衣服上打了一个大大的白色蝴蝶结。接下来的一幕在导演的要求下重复拍摄了多次：两人与一个沃本英国员工面对面坐着。那名员工的德语说得很好，他们进行了以下对话：

员工："您之前在瑞士？"

男子："是的，我在瑞士。"

员工："您是在没有签证的情况下入境的？"

男子："是的，我必须在48小时内离开维也纳，在那段时间内我不可能拿到签证。所以我不得不穿过福拉尔贝格（Vorarlberg）……和我妻子一起翻山越岭地逃亡。"

工作人员："您是怎么入境英国的？"

男子："我只能非法入境……从山那边过来的，我对那片山很熟悉，以前常去那边游玩。我希望这条路不会遇到边检员……"

这时导演从画面外打断了拍摄，并要求重复这一幕。在下一个片段中，这位不知名的难民更详细地解释了他不得不逃离的原因。他被监禁了五个星期，在获释时签署了一份声明，表示自己将立即出境。他和妻子在早上五点冒险翻山逃了出来，他们希望在那个时间碰不到边防人员。在男人说话的时候，他的妻子一言不发地坐在他旁边。在拍摄之初，她还显得很镇定，但在问话的过程中，她的身体慢慢瘫软下去，似乎羞愧得想要消失。而她也确实从下一个镜头中消失了。这时镜头只对准她的丈夫，一遍又一遍讲述逃跑的故事显然也令他感到不适，但他仍努力保持镇定，直到导演最终对拍摄效果表示满意。

爱丽丝在沃本之家也经历了类似的程序。与电影片段中那位奥地利移民女性一样,爱丽丝也喜欢在衣服上打上俏皮的蝴蝶结。然而,除了这个女性化的细节之外,爱丽丝并不是那种像小女孩一样脆弱的、会在公共场合情绪失控的人。至少在表面上,她表现得像一个不会被任何事情动摇的坚强女性。她一定也觉得沃本之家的经历有伤尊严,但这时的她已经有了一些巧妙掩饰羞辱的经验。她非常清楚自己的处境:她没有回程票,英国是唯一愿意接纳她的国家。

她喜欢聊天,可以想象,她在沃本之家当值的工作人员面前是如何喋喋不休。也许是这位工作人员在听了大量相关和不相关的信息之后已经筋疲力尽,于是挥挥手让爱丽丝尽快通过。也许他只是抽空给了她一本信息手册,其中列出了所有关于难民的重要规则。这本小册子有一个繁冗的标题:《英国逗留期指南:为每个难民提供的有用信息和指导》(*Für die Zeit ihres Aufenthalts in England：Hilfreiche Informationen und Anleitungen für jeden Flüchtling*)。这本小册子是由一些犹太人组织与英国政府商定制作的。从它的标题可以看出,当时英国希望这只是一个临时解决方案,并没有准备让难民在英国逗留太久,但他们在英国期间,应该要遵守某些规则。爱丽丝明白作为一个难民应该怎样做。由于记忆力出色,她很快就记住了这本册子里的内容。在接下来的几年里,她一直严格遵守所有的规则——而受她监护的孩子们却并不都喜欢这样。

这本小册子分为两部分。左页是英文,右页是德文翻译。爱丽丝忽略了右手边的一页,她研究了前面几段,内容是要让难民不要再害怕警察。这也是迫切需要的。许多移民都有过这样的经历：他们熟识多年的社区警察眼睁睁看着犹太居民遭受虐待，看着他们的家和店铺被抢劫却无动于衷。当时，警察制服就代表着逮捕、暴力和监禁。后来很多难民儿童描述说，当英国警察友好地向他们微笑时，他们无比惊讶。这正是宣传手册的第一个重要信息："警察是您的朋友，无论您在哪里，警察都愿意随时为您提供帮助。"然而，另一方面，人们必须接受一定程度的管控。每个难民若更换住处，都必须在搬迁后 48 小时内重新登记。

此外，犹太社区还敦促所有难民遵守以下提示：

1. 立即利用空闲时间来学习英语及其正确发音。

2. 不要在街上、公共交通工具上或餐馆等公共场所说德语。磕巴的英语也要好过流利的德语——而且不要大声说话。不要在公共场合阅读德国报纸。

3. 不要批评政府的制度规则或任何英国习俗。不要谈论"这一点或那一点德国做得有多好"。

4. 不要加入任何政治组织或以其他方式参与政治运动。

5. 不要因大声说话、奇特的举止或衣着而引人注目。英国人不喜欢作秀，不喜欢与众不同或不合常规的服饰和举止。[3]

爱丽丝开始轻声说话。安全起见，她再次检查了她的衣服，看看是否有颜色鲜艳的。她找不到任何出格的东西，她已经好几年没能买漂亮的衣服了。因此，她没有任何引人注目的危险。

第 9 章　抵达城堡

但另一点更重要：根据内政部的规定，爱丽丝必须能够证明自己是受雇的女佣，她才可以在雇佣关系存续期间留在英国。除此以外她不得从事任何其他职业。

早在 1937 年第一次逗留英国期间，爱丽丝就已经注意到，英国的用人很短缺。只有很少数的英国妇女愿意做女佣："女孩们更愿意在工厂工作，晚上可以出去玩。她们讨厌有个整天对她们发号施令、规定她们该穿什么的女主人。工厂工作的收入较低，因为女孩们必须自己支付食宿和服装费用，但她们更喜欢这种相对自由的生活。"

现在，英国政府向难民颁发了家政服务的工作许可［家政许可（domestic permits）］，用以填补英国劳动力市场的这一空缺。但情况并非一帆风顺。爱丽丝是这样描述的：

> 曾经身为富人和中产阶级的犹太人现在接手了这些家政工作。对于那些一生从未亲自整理过床铺，也没有洗过一次杯子的女人来说，突然间要打扫浴室的地板是很困难的事！对男人来说，情况还要更糟。他们曾是律师或银行家，习惯于一直被人服侍的生活，而现在他们不得不充当仆人或管家。而对英国的家庭主妇来说也不容易，因为家里突然来了这样一些完全不合格的工作人员。对于那些一直从事裁缝、制帽等工作的女孩来说，这种转变倒并不是非常困难。但她们也不允许从事原来的工作，只能做家庭女佣。[4]

不难想象，爱丽丝会做厨师。在沃本之家，人们可以了解到有哪些工作机会。工作人员很快就给爱丽丝介绍了一份工作。这个职位听起来很有吸引力：她将在林肯郡（Lincolnshire）的哈拉克斯顿庄园（Harlaxton Manor）工作，那是一座城堡。

*

哈拉克斯顿庄园是一个很大的乡村庄园，距离伦敦有两个小时的车程。自 20 世纪 70 年代以来，这座宫殿式的庄园一直是古装剧的热门电影取景地。剧中的维多利亚式马车沿着长长的坡道驶向正门，穿着钟式裙的女士们漫步穿过连接着各个房间的、看不到尽头的长廊。这座建筑有一些古怪的戏剧特色，因此像《鬼入侵》（*The Haunting*，1999）和《豪门怪杰》（*The Ruling Class*，1972）这样的电影在这里拍摄也就不足为奇了，这类电影中的主人公通常会慢慢地陷入疯狂。1938 年末到 1939 年初的那个冬天，爱丽丝开始在这个乡村庄园工作，她很快就相信，庄园的女主人可能头脑不太正常。

为了做好工作前的充分准备，爱丽丝想先了解有关英国食物的一切。她确信自己已经很好地掌握了英语。她在学校里读过莎士比亚和拜伦的作品，认为自己已经为任何可能发生的情况做好了准备。然而，在她第一次去采购食品后，她开始对自己的英语产生了怀疑。寻找果酱的时候她发现，在英国，与德语"果酱"（Marmelade）一词拼写几乎相同的"marmalade"指的是一种由柑橘类水果制成的苦味果酱。在她看来，她的英语老师显然是失败的。但果酱并不是她遇到的唯一问题。还有许多英语单词也令她迷惑。在英语中，"biscuit"是指饼干而不是海绵蛋糕（德语：Biskuitkuchen）。她所知道的维也纳的海绵蛋糕更像是英国的"司康饼"。英语中的"cakes"可以是小蛋糕（德语：Kuchen），也可以是大奶油蛋糕（德语：Torten）。而英语中与"Torten"拼写相近的"tarts"却并不是指大蛋糕，而是水果挞（爱丽丝在很长一段时间里不知道，这个词也可以指妓女）。此外，"花式小点心"（Petits Fours）在英国几乎无人知晓，即使有人知道，也会认为它制作起来过于复杂和耗时。让爱丽丝特别震惊的是，英国人允许儿童随意吃冰激凌，而且家长们不认为这有任何危险。在维也纳，冰淇淋被视为热量炸弹，孩子们只有在过生日或看完牙医后才被允许吃一次。就连英国流行的果冻布丁对爱丽丝这样的甜点师来说也是一种"烹饪罪行"。

弗里德里希·托贝格描述了20世纪30年代欧洲大陆人对英国菜的印象："公认的难以下咽。"[5] 对于像爱丽丝和托贝格这样习惯于奥地利、匈牙利、捷克以及犹太食物的维也纳人来说，英国菜属于品味等级的最底层。如果一个奥地利人不幸只能在这里吃饭，那么只有一个办法可以生存：必须找到一家符合犹太教规的洁食餐厅。只有在那里才能吃到好吃的肉食和糕点，因此在这些餐馆里饥肠辘辘等餐的宾客并不全是犹太人。

爱丽丝意识到自己进入了一个美食荒漠，但她必须保留自己的意见，除非她想冒失去家政许可证的风险。毕竟是英国将她从纳粹手中拯救出来的，如果嘲笑这个国家的饮食习惯，将没有人愿意雇佣这样的人做厨师。

爱丽丝努力不让自己的不快表现出来，但这有时很难做到。她的名字取自《爱丽丝梦游仙境》，而现在爱丽丝的世界也像故事中的仙境一样完全颠倒了。自从奥地利被吞并后，生活就发生了反转：以前她曾在自己的烹饪学校里雇佣员工，并在《在维也纳是这样做饭的！》一书中用了一整段话来描述应该如何友好地对待女佣。而现在，爱丽丝自己成为受雇女佣，而且她很快就发现，自己受到的对待并不友善。这种体验主要来自于她的第一个雇主，哈拉克斯顿庄园的主人维奥莱特·范德埃尔斯特（Violet Van der Elst）。

在今天的英国，几乎没有人记得范德埃尔斯特夫人，然而在20世纪30年代末，她是一个闪闪发光的人物，在英国报纸的八卦专栏中永远占有一席之地。崇拜她的人都叫她维奥莱特。她出身平平，极其努力地向上打拼。她生于1882年，母亲是一位洗衣女工，最初她自己也是一名洗衣女佣。但因为她漂亮聪慧，后来从仆人一跃成为舞者。[6]她在一些名声不太好的场所表演，在那里遇到了她的第一任丈夫亨利·内森（Henry Nathan）。内森是一名犹太工程师，比维奥莱特大15岁。娱乐酒吧里的工作在她看来没有什么前途，因此她接受了亨利·内森的求婚。婚姻为她提供了物质上的安全感和跻身中产阶级的机会。

尽管亨利·内森带来了启动资本，但最终是维奥莱特自己用这些资本创造出了财富。她从做洗衣工的时候就开始研究肥皂，那时她就有了开发自己产品的想法。她发明了一种男士用的剃须泡沫，后来又发明了几种女士面霜。1927年亨利·内森去世后不久，维奥莱特与她的经理和秘密情人、比利时人约翰·范德埃尔斯特（John

Van der Elst）结婚。他们一起扩大了业务，并发明了一种非常成功的润肤露，名为"道格"（Doge）。一切都很顺利，直到 1934 年约翰也去世后，维奥莱特患上了严重的抑郁症。从那时起，她就变得让人难以忍受了。

*

1938 年 11 月，当爱丽丝到达格兰瑟姆（Grantham）火车站时，她对自己未来的雇主及其在化妆品行业的成就还一无所知。自从逃离维也纳后，爱丽丝就买不起任何昂贵的护肤霜了。毕竟，她还有很多比面部护理更棘手的问题。

抵达格兰瑟姆后，她要做的第一件事是到当地警察局报到，登记她的新住址。她的登记信息是：爱丽丝·乌尔巴赫，维奥莱特·范德埃尔斯特夫人的厨师，居住于格兰瑟姆城堡。

这个地址是维奥莱特·范德埃尔斯特为她的哈拉克斯顿庄园起的一个梦幻的名字。1937 年，哈拉克斯顿庄园曾在《乡村生活》（Country Life）杂志上挂牌出售，当维奥莱特看到这些照片时，当场就想把它收入囊中，为她收藏的豪宅再添新品。这座乡间别墅坐落在一个美丽、巨大的公园里，里面有几个湖泊和池塘。它有着复古风格——建筑师在 19 世纪 30 年代按照伊丽莎白时代的风格设计了它。传说范德埃尔斯特夫人的报价击败了几个潜在买家，包括温莎公爵（Duke of Windsor）和亨利·福特（Henry Ford）的儿子等名人，但这不太可能是真的。[7] 那些讲究的英国客户不会对这样一所既没有电也没有自来水的房子感兴趣。然而，维奥莱特并没有被这种小

171

事所吓倒。在一年内，她安装好了电灯，设计修建了八个浴室。她不是一个喜欢低调的人，她迅速将哈拉克斯顿打造成了一座城堡，并以最近的村镇格兰瑟姆为其命名。[8]

最初，维奥莱特没有足够的家具，还无法入住城堡，于是她开始疯狂购物。按照她的一贯风格，采购之旅从最高端开始——起点是白金汉宫。与一位古董商斡旋之后，她买下了亚历山德拉王后曾经送给她姐夫沙皇尼古拉二世的挂毯，上面的图案描绘了四季的变化。从此，范德埃尔斯特夫人对挂毯产生了极大兴趣。多年来，她又买了一百多块挂毯（据估算，这些挂毯总共价值3万英镑，在当时算是一笔巨款）。她还对中世纪情有独钟，因此格兰瑟姆城堡的走廊上装饰着骑士盔甲和古代武器。

她最让人叹为观止的采购之一是一盏枝形吊灯，它由150盏小灯组成，安装在大理石大厅。这盏捷克斯洛伐克产的吊灯原本是马德里皇家银行定制的。然而，1936年西班牙内战爆发后，吊灯就无法交付了。现在，范德埃尔斯特夫人以低廉的价格买下了它，并告诉所有来访的客人，她拥有世界上最大的吊灯。在下面的壁炉架上，放着她第二任丈夫的骨灰盒。现在，女仆们最重要的任务之一就是每天擦拭这个骨灰盒并用鲜花装饰它。

这座装修豪华的城堡将成为爱丽丝的新家。在格兰瑟姆警察局，她把自己姓氏的拼写说了好几遍。这也是一个典型的移民经历：" '怎么拼？'这是一个无法避免的、令人感到耻辱又极度憎恨的问题。"[9]在后来的很多年中，拼读名字对爱丽丝来说变得像例行公事一样轻车熟路，当然，她总是带着浓重的维也纳口音。

第 9 章　抵达城堡

*

当爱丽丝离开警察局时，一个刚才也站在队列中的男子用德语向她打招呼。他的名字叫亚瑟·潘（Arthur Pan）。与爱丽丝一样，他也出身于业已沉没的哈布斯堡君主制国家。潘最初来自匈牙利，是一名画家，他画的温斯顿·丘吉尔（Winston Churchill）至今仍很有名。然而，在 1938 年，这一切还很遥远，当时他只有一个客户：范德埃尔斯特夫人。潘告诉爱丽丝他与这个女人相识，她曾委托他画了一幅肖像。这并不是一段特别愉快的经历。在画像时，范德埃尔斯特夫人是一个要求极其苛刻的模特。她坚持要穿一身黑色并坐在一把几个世纪前威尼斯总督登基时坐过的椅子上，尽管后来那个总督被判处了死刑。范德埃尔斯特夫人自认为非常有绘画天赋，因此她在所有的艺术细节上都想要有发言权。尽管她对最终产品表示满意，但到付款时，还是出现了纠纷。众所周知，维奥莱特·范德埃尔斯特总是在拖延很久后才支付服务费，还经常根本不支付，她因此多次被告上法庭。曾经有一次，她拒绝向一位女画家支付肖像画的报酬，因为她认为那幅画缺乏魅力。在法庭上，她的长篇申诉信被当庭宣读："（画中）我的头发太多了，我的脸下半部分画得不好。我的下巴棱角分明……我的手（实际上）很漂亮，而不是骨骼突出……"[10]

在阿瑟·潘的画像中，范德埃尔斯特夫人看起来比实际年龄更年轻、更苗条，所以他不必担心收到警告信。最终他也得到了酬劳（尽管经过了漫长的谈判），他告诉爱丽丝，他甚至受到邀请在格兰瑟姆度过圣诞假期。这并没有让他感到多么期待,但他向爱丽丝保证,他一定会去厨房看她。

他们告别后,爱丽丝必须启程前往格兰瑟姆城堡了。由于拖着沉甸甸的行李箱,她很难步行到达城堡,所以司机破例去接她。这是一次有趣的乘车经历。根据爱丽丝的回忆,光是在通往城堡大门的坡道上就开了 15 分钟(她在这一点上似乎有点夸张,这段路大约有 1.6 公里长,所以车子一定开得很慢)。这里的司机通常不允许搭载员工,因此所有的用人都有自行车。然而,爱丽丝不会骑自行车,所以她在这里工作期间一次也没有离开过城堡。

爱丽丝是在哈布斯堡君主制下长大的,尽管她对美泉宫非常熟悉,但格兰瑟姆城堡的规模还是给她留下了深刻印象。城堡有自己的橘园花房,里面种满了奇异的花朵和在冬季会开花的桃树。城堡总共有大约 100 个房间,似乎没有人数过确切的房间数。爱丽丝一到这里就意识到,对于如此多的房间来说,这里的工作人员太少了。大多数房间从未被打扫过,仆人们与城堡古怪的女主人之间似乎长期处于敌对状态。

从气氛上看,格兰瑟姆城堡与《唐顿庄园》(*Downton Abbey*)中虚构的格兰瑟姆家族大相径庭。电视剧中的格兰瑟姆一家人是很和善的,他们关心仆人,令人感动。而维奥莱特·范德埃尔斯特则完全不同,她对工作人员极其不信任。她不仅因拖欠账单而经常被起诉,自己也常作为原告出现在法庭上。在几起诉讼中,她指控员工偷窃衣服、珠宝、支票、挂毯和皮草。她考验仆人的方法之一是将纸币放在地毯下(或许也是为了检验仆人是否打扫了那里),然后等待仆人的反应。一位女仆对此非常愤怒，她把纸币钉在了地上。这个女仆对范德埃尔斯特夫人特别反感，因为她曾多次在凌晨三点叫女仆起来去换床单。

工作人员还不得不忍受范德埃尔斯特夫人在情绪爆发时乱扔东西。因此，没有人会同情她。一天晚上，当范德埃尔斯特从楼梯上摔下来时，管家压低声音说："我希望她把脖子摔断。"就连与她有过些许特殊关系的年轻秘书雷（Ray）后来也承认，范德埃尔斯特夫人要求仆人们对她绝对服从，她像对待"奴隶"一样对待她的员工（雷本人也不得不忍受她吃醋时上演的闹剧）。

家仆们将范德埃尔斯特夫人视为共同的敌人，因此他们之间非常团结。爱丽丝后来从未提及与她的同事有任何矛盾。这种团结在当时绝非寻常。许多英国仆人都会排斥像爱丽丝这样新来的女同事。1933年至1939年间，有2万名犹太女性逃到了英国。她们都在寻找仆人的工作，而英国的员工则担心自己的收入会因此而减少，于是有一些人加入了极右翼运动。30年代末，支持英国法西斯联盟（British Union of Fascists）的英国仆人数量急剧增加。他们都以坚定的反犹主义者自居。[11]

格兰瑟姆城堡里并没有什么反犹主义气氛。这也可能是因为范德埃尔斯特夫人身边的两个重要人物——她的秘书兼情人雷以及她的司机——都是犹太人[12]。爱丽丝似乎终于安全了，远离了奥地利的恐怖。但她知道，自己还远远没有真正逃出维也纳。卡尔仍在等待着他的担保书。只要卡尔还被困在奥地利，爱丽丝就无法获得自由。

自1938年11月10日以来，爱丽丝就一直没有卡尔的消息。

她知道每封信都会被打开,她当然不会直接询问,这样会让卡尔陷入险境。爱丽丝能迅速理解卡尔的每一句话,但他没有再传来任何消息。她感觉到,一定发生了什么可怕的事情。

1938年11月9日,卡尔与几个朋友一起庆祝他的21岁生日。派对只能在家里举行,因为犹太人那时被禁止去餐馆和咖啡馆。由于卡尔被大学开除,他很少见到他的同学们。但维利继续陪伴着他,两人仍然同住一个小公寓。他们并不知道,在卡尔生日聚会的同时,德国的犹太教堂被烧毁,犹太商店遭到抢劫。在他们的庆祝活动结束几个小时后,即11月10日凌晨4点,所有维也纳的党卫军编队和纳粹冲锋队都接到同样的行动命令,即尽可能多地逮捕犹太人。奥地利人加入"大屠杀工作"虽然较晚,但热情却更饱满。当卡尔在11月10日离开家去办理最后一份离境文件时,他并不知道等待自己的是什么。

> 我早上6点起床,以确保能排在队伍的最前面。在去犹太移民局的路上,我看到了报纸的标题"冯·拉特[①]先生死了,犹太人将会为此付出代价"。我很震惊,但我在想,他们还能再把我们怎么样。拿到美国领事馆的信和我的船票之后,我就

[①] 恩斯特·爱德华·冯·拉特(Ernst Eduard vom Rath, 1909—1938),德国外交官,1938年在巴黎被一名17岁的波兰裔犹太青年赫舍尔·格林斯潘(Herschel Grynszpan)枪击身亡。这场刺杀成了纳粹展开"水晶之夜"行动的借口。该行动从11月9日持续至10日凌晨,纳粹在德国全境大规模袭击、抓捕犹太人,捣毁他们的教堂和商店。这场行动被认为是纳粹对犹太人有组织的屠杀的开始。——编者注

第9章 抵达城堡

觉得自己安全了。八点钟,我到了犹太移民局,发现情况不对。没有人排队。我马上转身想要离开。这时一个穿着便服的人走到我面前,问我来这里做什么。我告诉他我还有一份文件要拿,他说,"进去拿吧。"这时跑已经来不及了。到处都站着人,他们看起来像盖世太保的官员。我推开门,在楼梯的两边分别站着长长一排强壮的男人,他们都穿着纳粹冲锋队制服。第一个人抓住我的外套大喊:"我们抓到你了。"我转过身,他开始用拳头打我,一拳接一拳,用靴子踢我的脸和后背。但我感觉不到疼痛,只有极度的惊惧。他们顺着楼梯把我扔上扔下,似乎玩得很开心。[13]

冲锋队的人玩腻了之后,把卡尔推进了一个小房间。卡尔看到面前大约有二十个人,有男人、女人和孩子。一些人在哭。一个冲锋队的人坐在办公桌前接听电话。他用讽刺而礼貌的口吻告诉每个来电话的人:"很遗憾,我们的电话系统今天有问题,我无法帮您接通您想找的部门。您最好亲自来一趟。或者给我您的地址,我派人过去找您。"

这个男人有浓重的普鲁士口音,卡尔确信没有一个维也纳犹太人会上当。任何头脑清醒的人现在都会避开移民办公室。但他自己已经没有机会了:

> 我们站在那里等着,等了很久。后来,一个盖世太保官员命令所有16岁以下的妇女和儿童离开。一个男人说他有心脏

177

病，问他是否也可以离开。那名纳粹警察说："闭嘴。我们知道你的肮脏伎俩。我们会治好你的病。"他向冲锋队人示意，说："把这只猪带上，治好他的心脏病。"我们被赶进了几辆在门口等着的卡车里。冲锋队的人说："如果你们惹麻烦，我会开枪打死你们。不过我们早晚都要打死你们的。"一位老人情绪失控，开始大声哭喊。他已经有一个儿子被关进了达豪（Dachau）集中营，他自己也刚刚从纳粹监狱获释。后来我在集中营再次见到他时，他已经疯了。卡车把我们带到了一所监狱。在奥地利被吞并之前，那里是一所维也纳学校，但现在希特勒需要更多的监狱而不是学校。我们在那里待了五个晚上。[14]

卡尔并不知道，这时他的舅舅菲利克斯·迈尔也身处类似的境遇中。他们两人都是 11 月维也纳大屠杀期间被捕的 6500 个男人中的一员，此外还有 200 名妇女被抓。菲利克斯于 11 月 10 日在位于德布灵大街（Döblinger Hauptstraße）39 号的公寓被捕，公寓被洗劫一空。[15] 与卡尔一样，随后几天他也被多次转运，关押在几个不同的临时监狱中。菲利克斯最初被关押在波兹兰路（Porzellangasse）的骑术学校，后来被送到肯永路（Kenyongasse）的一所学校，然后又被关进卡拉延路（Karajangasse）14 号的另一所学校里［后来的联邦总理布鲁诺·克赖斯基（Bruno Kreisky）就曾于 1938 年 4 月被关押在这里］。[16] 卡拉延路的囚犯大部分都去了达豪集中营，但菲利克斯很幸运，他被转移到伊丽莎白大道（Elisabethpromenade）上的一栋楼里，并于 11 月 28 日从那里获释，这可能是通过伪造文件和贿赂纳粹官员实现的。他的远亲弗兰齐丝卡·陶西格（Franziska Tausig）后来写到这种方法："当时维也纳出现了几个神秘机构，不时有囚犯的亲属找上门，后来这些办公室的地址被悄悄传开了……"弗兰齐丝卡在那里花大价钱购买了虚假的担保书，以证明她的丈夫可以移民。[17] 菲利克斯的妻子一定也为他做了类似的事情。至于他在监狱之旅中究竟经历了什么，后来他没有告诉过家里的任何人。只有从他1956年提交给奥地利救济基金的申请中可以找到一丝线索。他在申请中解释说："我在（肯永路）监狱受到了严重虐待，导致我出现了神经紊乱（幻觉）。"[18]

卡尔没有他舅舅那么幸运。他留在了维也纳的一所监狱里：

> 在最初的两天，一辆接一辆的卡车驶来。地板上已经没有地方可以坐下了。盖世太保时不时会在夜间进行检查。一个星期天早上，一个男人失去理智，从窗户跳了出去。指挥官过来告诉我们，由于这次可耻的事件，我们必须罚站两个小时。在那之前我一直认为，两个小时一动不动地站着是不可能做到的，但是我发现……与后来等待我们的事情相比，这只能算是一项很好的训练。我们中的一个人有心脏问题，倒在了地上。没有人能帮他，谁都不敢动。之后，指挥官告诉我们，如果我们再有一个人敢跳窗，他就会射杀我们中的十个人。我们相信他会的。

11月的维也纳大屠杀非常残酷，所以维利早就猜测，卡尔一定出事了。发现卡尔没有回家之后，维利试图通知爱丽丝的兄弟姐妹和乌尔巴赫家的所有人。[19]但他花了一段时间才联系到他们。后来，奥托从美国给他的"雅利安人"伯母玛丽·乌尔巴赫写信说：[20]

> 我今天收到了卡里的朋友维利的来信……他在信中告诉我，卡里在本月10日消失得无影无踪。这应该是与我母亲在维也纳留下的一笔债务有关。整个事情还很不明朗，虽然我想立即有所行动，但在不明真相的情况下，我能做的事情也不多……我非常担心卡里的情况，完全想不出有什么原因会导致这样的事情。据说卡里已经有了去美国的船票，虽然不知道他是否拿到了美国签证，但我非常确信，美国领事馆已经给他开具了签证。我今天联系了一位维也纳律师，看看他能否帮上忙。他是哈特博士（Dr. Hardt），我相信他有很好的社会关系。[21]

在奥托写这封信时，卡尔已经被转移走了：

> 星期一早上，一个冲锋队的人过来说，我们偷了几条毯子，必须赔偿。其实我们自始至终就没有过一条毯子，但每个人还是都交了赔款。后来又有一个人进来说，盘子被偷了。我们又一次付了钱。如果你没有钱，就得有人替你付钱。不久之后，他们又把我们像牲口一样装上车……这时我还抱有希望，以为自己终于可以在法庭上陈述案情了。我确实进入了某种法律程序。首先，一位穿着制服的医生问了我一个问题：
>
> "健康吗？"

第 9 章　抵达城堡

"是的。"我说。于是一个党卫队的人把我推到另一个房间。一个盖世太保的高级官员坐在写字台后面,那种姿态仿佛他就是上帝。他问我采取了哪些措施来离开这个国家。这时我还坚信自己将在 10 分钟内就能获得自由。我给他看了美国领事馆给我的传唤书、我的护照和船票,并告诉他我将于 12 月 20 日离境。

"很好,"他说,"你还有很多时间。"

然后他在我的文件上写了一个大大的红色字母 D。"D。"他对一旁等待的党卫队人员说。接着我又被一把推回了走廊,被迫面对墙壁站着。

"不要动,不要说话。"

……然后一个声音在我身后说:……

"你们这些猪猡想杀死我们德国人?你们等着瞧吧。你知道现在要去哪里吗?"

"不知道。"我说。

"达豪,我的朋友。"

我无法相信。我不愿意相信。这不可能。达豪!这个词意味着屠杀、死亡、地狱。晚上,火车拉着我离开西站的时候,我相信了,这是真的。

爱丽丝无法帮到卡尔,那段时间对爱丽丝来说是痛苦的创伤。当她从英国报纸上了解到"帝国水晶之夜"之后,她设法联系到她在维也纳的同父异母的姐姐卡罗琳娜(昵称"卡拉")。卡拉告诉她,

181

无数犹太人被捕入狱，包括卡尔和菲利克斯。卡罗琳娜认为，卡尔现在可能已经像其他许多人一样被带到了达豪。（每个人都知道达豪意味着什么。维也纳有这样一句话："沉默是金，说话是达豪。"[22]）

*

对爱丽丝来说，这是她生活中最灾难性的消息。她的生活中并不缺乏灾难，她经历过 1938 年 3 月到 4 月的第一波残酷的逮捕潮，因此可以大致想象此时发生的事情。[23] 但她无能为力，她困于英国的一座城堡中，与家人完全隔绝。除了罗斯·兰德斯通，她不知道在英国有谁可以帮助她。到那时为止，她连与雇主交谈的机会都没有过，也没有机会用她的厨艺给雇主留下印象。她从其他仆人那里了解到，维奥莱特·范德埃尔斯特体重超标，正在严格控制饮食，只吃吐司和苹果。虽然维奥莱特每天在健身自行车上锻炼几个小时，但她的体重并没有减轻。因此，大家怀疑她每晚都会悄悄去储藏室里暴饮暴食。

爱丽丝的主要工作是为家里的客人烘焙，并准备圣诞菜单。格兰瑟姆城堡在圣诞节期间准备办一个大型聚会。维奥莱特·范德埃尔斯特喜欢与一群落魄的贵族交往，这些人常被称为"揩油者"，他们会陪同富有的女主人去法国赌场。此外，维奥莱特还与当地的政治家来往，好让这些政治家帮助她竞选议会席位。她想参加工党竞选，力主在英国废除死刑。[24] 就像在化妆品销售中一样，她在竞选中也使用了最新的营销策略。只要有被告被判处死刑，她就开始大量收集反对者的签名。行刑当天，她自己开着劳斯莱斯到监狱，

Nov 27. 1938.

Liebe Tante Marie:

    Ich erhielt heute einen Brief von Karlis Freund Willy mit dem er zusammen wohnte, in dam er mir mit teilt das Karli am 10 dieses Monates spurlos verschwand. Es soll angeblich im Zusammenhang mit irgend einer Schuld sein die Mutter in Wien hinterlassen hat. Die ganze Sache ist sehr unklar und obzwar ich sofortige Schritte unternehmen will kann ich nicht viel tun ohne genau zu wissen was geschehen ist. Ich waere Dir vom Herzen dankbar , falls Du mir per Flugpost all Details mitteilen wuerdest. Karlis Fr Freund Willy hat sich angeblich mit irgendwelchen Verwandten in Verbindung gesetzt. Ich weis nicht mit wem, aber ich bin ziemlich sicher das er Robert von diesen Vorfall informiert hat. Ich schreibe Robert ebah auch einen Brief um Ihn zu bitten mir mit Auskunft zu bitten.

    Ich bin schreklich besorgt, was mit Karli los ist und ich kann mir absolut keinen Grund vorstellen , der zu so etwas fuehren koennte.

    Karli hat angeblich schon sene Fahrkarte nach Amerika und obzwar ich nicht weiss ob er sein amerikanisches Visum hatte glaube ich zimlich bestimmt das das Amerikanische Consulat ihn das Visum erteilt hat.

    Ich setze mich heute mit einem Wiener Rechtsanwalt in Verbindung um zu sehen ob er etwas tun kann. Sein Name ist Dr. Hardt und ich glaube das er ueber gute Verbindungen verfuegt.

    Geld kann ich im telegrafischen Wege umgehend anweisen falls es notwendig ist. Ich moechte aber das Geld nur an jemanden wirklich vertrauenswuerdigen schicken. Bitte teile mir mit wenn etwas gebraucht wird. Wenn du mir ein Cable sendest brauchst du nur den Betrag zu telegrafieren und ich weis dann schon was gemeint ist. Ich gebe dir weiter unten meine Adresse unter der ich fortweahrend erreicht werden kann. Ich hoffe das Du diese schweren zeiten so gut wie moeglich ueberstehst. Ich kann mir vorstellen wie euch allen zu mute sein muss.

    Dir im voraus dankend verbleibe ich Dein Neffe

Otto

Otto B. Urbach , 2306 Hampden Ave St. Paul, Minn. Diese Adresse ist fuer
                        U.S.A.   Briefe.

Urbach,Northland Ski Co , St. Paul,Minn.   Diese Adresse fuer Cablegramm

奥托写给"雅利安"伯母玛丽·乌尔巴赫的信，1938年11月27日用扩音器发表反对死刑的演讲。在她演讲期间,会有一架专门为此而包租的飞机在监狱上空盘旋,飞机后面拖着一条漆黑的横幅。但人们的注意力很快就会从飞机上再回到地面,因为范德埃尔斯特夫人的支持者和警察之间每次都会发生扭打。只有在宣布犯人已死亡,抗议人群高呼"主啊,请与我同在"之后,秩序才能恢复。之后,范德埃尔斯特夫人多半会因闹事而被捕,在看守所里度过几个晚上。

*

因此,尽管范德埃尔斯特夫人性格古怪,但她的社会形象深入人心。她的行动在妇女参政论的悠久历史中留下了一笔。最终,英国在1964年废除了死刑,这其中也有范德埃尔斯特夫人的功劳。

然而在1938年,包括爱丽丝在内的大多数仆人都认为,范德埃尔斯特夫人反对死刑的运动是一场狂妄自大的闹剧,而她自导自演了一个伟大的斗士形象。在仆人们的眼中,维奥莱特根本不可能是个好人。爱丽丝没有多想就同意了这种看法,毕竟他们都是共患难的同伴。她对范德埃尔斯特夫人的商业成就也有误解,认为是她的第一任犹太丈夫建立了这个化妆品帝国,而作为遗孀的她现在只是在"挥霍"这些钱财而已。

在两位女士的首次会面之前,所有这些传言都成为不好的铺垫。耽搁了一段时间后,维奥莱特·范德埃尔斯特接待了她的新厨师,两人从一开始就互相看不顺眼。这对范德埃尔斯特夫人来说很正常,她基本上从不信任女人,对待客人的妻子也很冷淡。对她来说,只有男人才是平等的对话伙伴。

与范德埃尔斯特夫人相反，爱丽丝更喜欢与女性打交道。自从经历了与马克斯的灾难性婚姻之后，她一直回避男人。也许她曾经希望能以某种方式与范德埃尔斯特夫人和谐相处，毕竟她们是同龄人。但这两个女人之间的社会差距太大了。她们的生活轨迹几乎是完全相反的两个方向：范德埃尔斯特夫人从洗衣女工变成了百万富豪，而爱丽丝从上等家庭的女儿变成了女仆。

一见面爱丽丝立即注意到女雇主对自己态度冷淡，但她还是开口寻求了帮助。她告诉维奥莱特·范德埃尔斯特，有一个名为达豪的集中营，她的儿子正在那里经历着可怕的事情。范德埃尔斯特夫人听了这个故事，说她会给希特勒写一封信。爱丽丝大吃一惊，她认为这会给卡尔带来更大的麻烦。后来回想起来，她确信范德埃尔斯特夫人从未写过这封信："否则卡尔会当场被杀。"在她眼里，范德埃尔斯特夫人一直是个"超级有钱、超级肥胖且超级疯狂的人"。

*

在11月一个阴霾的日子，卡尔抵达了达豪。[25] 作为"欢迎"仪式，他和其他新来的人被勒令在严寒中立正7个小时。然后有人登记了他们的个人信息，给他们拍了三张照片并剃光了他们的头发。卡尔在1939年写道：

> 所有这些工作都是由非犹太囚犯完成的。他们都是政治犯，穿着深色条纹囚服，佩戴着红色三角形标志。他们都对我们很和善。有一个人问我多大了，然后说：不要害怕，小伙子。保

持幽默，斗争到底。庆幸吧，你是犹太人，你肯定会比我们更早获释。然后他给了我一块面包。

卡尔估计，大约有 8000 名非犹太人和 12000 名犹太人被关押在达豪。今天我们知道，在 1938 年 11 月的大屠杀之后，大约有 11000 名来自奥地利和德国的犹太人被带到这个当时已经人满为患的集中营。

我们被禁止与雅利安囚犯交谈，但我们总能找到办法。我从来没有遇到过比这些囚犯更好的人。那里有各个社会圈层的人，从工人到大学教授。我们还从他们那里得知，在拉特被刺杀前三个星期，达豪就已经开始为我们的抵达做准备了……在接下来的几周里，我们被迫在营地中连续几个小时齐步走或原地罚站。暴风雪和冻雨来了。每周大约有 30 人在行进或列队时死去……集中营里有一家医院，里面有党卫队的医生，但只有发烧超过 40 度才会被送去医院，那时通常已经太晚了。

夜晚和白天一样可怕：

晚上，我们躺在稻草上，像沙丁鱼罐头一样挤在一起。地方极其狭窄，只要一个人转身，其他人也必须跟着转身。探照灯整晚都（在窗外）照来照去……我们被允许每月写两次明信片……第一张明信片是口授给我们的："我很健康，一切安好。"

第 9 章 抵达城堡

当然，所有寄到达豪的信件都会被审查，虽然我们的亲属在信中措辞谨慎，但审查员仍然乐此不疲地将信件和明信片剪碎，让我们无法阅读。

卡尔被押送到达豪的行动是由一个名叫弗朗茨·诺瓦克（Franz Novak）的人组织的。诺瓦克是第一批纳粹党徒之一，他曾参加过 1934 年推翻陶尔斐斯（Dollfuß）政府的政变，政变失败后他就失去了奥地利公民身份。与许多奥地利纳粹分子一样，他把"德奥合并"看作一个复仇的机会。他终于可以找维也纳所有曾经妨碍他的人算账了。犹太人和社会主义者在他的复仇名单上名列前茅。1938 年秋天，诺瓦克在维也纳的犹太移民中央办公室（Zentralstelle für jüdische Auswanderung）工作，办公地设在罗斯柴尔德宫（Palais Rothschild）。尽管中央办公室最初加快了批准出境的速度（当然免不了先没收移民申请人的资产），但在 1938 年 11 月的大屠杀之后，纳粹的策略发生了变化。他们要求将男囚从维也纳运到达豪，诺瓦克的高光时刻到了。他孜孜不倦地将满载囚犯的火车发送到集中营，给他的上级留下了深刻印象。他卓越的组织才能和高成功率尤其令他的上司阿道夫·艾希曼（Adolf Eichmann）感到满意。艾希曼后来带着诺瓦克去了布拉格，准备以维也纳模式为基础在那里开设下一个犹太人移民中心办事处。正如历史学家伊娃·霍尔普弗（Eva Holpfer）所说，诺瓦克最终在布拉格一路高升，成为艾希曼的"运输专家"。[26]

跟卡尔一起被诺瓦克押送到达豪的还有著名的奥地利讽刺作家

弗里茨·格伦鲍姆（Fritz Grünbaum）。到达达豪的时候，格伦鲍姆已经 60 岁了，因此他活下去的希望远低于卡尔这样的年轻人。格伦鲍姆的健康状况从一开始就不好，但他在达豪的一些名言却被流传下来。当食物又一次被限量配给时，他说："没钱就不要养犯人。"[27]

卡尔大概很快就得知著名的格伦鲍姆就在集中营里。然而，他在 1939 年写达豪情况报告时没有提到任何名字，以免危及他人。关于囚犯中的著名人物，卡尔只说："我见到了几个奥地利内阁成员。那里有来自德国各地的人，可以听到各种方言。我在那里的时候，也有来自苏台德地区的运囚车。"与卡尔的情况一样，格伦鲍姆的亲友们也尽了一切努力想救他出来。弗里德里希·托贝格写信给一位朋友说：

> 根据他（格伦鲍姆）的妻子从维也纳送到国外的最新消息，只有一种办法可以救他：必须给他搞到一份附有美国工作合同的担保书。显然，这是纳粹当局在肆意刁难。当时通行的做法是，囚犯用"立即离开帝国领土"作为条件来换取释放，但针对格伦鲍姆，纳粹当局想再增加一些难度，因此他们附加了条件，需要格伦鲍姆"在有工作担保的情况下立即离开美国"。[28]

在美国，谁会给一个 60 岁的卡巴莱①艺术家一份就业合同呢？

---

① 卡巴莱（Cabaret）是一种歌舞小品剧，以讽刺喜剧为主，表演场地主要为设有舞台的餐厅或夜总会，观众一边就餐一边观看表演。

第9章 抵达城堡

相比之下，奥托帮助他21岁的弟弟则要容易一些。战后，奥托和托贝格相识并争夺过同一个女人，[29] 但在1938年，他们面对的问题则要严重得多。他们拼命地想把自己非常亲近的人从达豪监狱中救出来。筹措赎金似乎是一种选择，但这种情况发生的频率和成功的比例至今难以查清。即使是官僚作风极为严重的纳粹机构也没有将此类收入登记入账，受贿者当然更不会留下记录。格伦鲍姆的妻子无论如何也拿不出这些钱。弗里茨·格伦鲍姆原本出身于一个富裕的艺术品商人之家，除了丢勒（Dürer）的画作之外，他还收藏有大量埃贡·席勒（Egon Schiele）的作品，但这一切都已不见了，纳粹已经将他的家庭财产掠夺一空并将其换成了大笔外汇。[30] 即使托贝格和他的美国朋友们最后弄到钱或工作合同，当局是否会批准格伦鲍姆离开仍然是个问题，因为他是纳粹掠夺艺术品的目击者。而且就算他移居国外，他也可以凭借毒舌口才和机智幽默对纳粹政权造成重创。因此格伦鲍姆遭受了漫长的折磨，1941年他曾试图自杀。最终，他死于这次自杀未遂所造成的伤害。

卡尔并不是一个有名望的囚犯，而且他还有奥托和多德森一家的帮助，他们想尽一切办法救他出来。1939年1月，奇迹发生了：

一天早上，有人叫我的号码。我被释放了。我简直不敢相信，这太突然了，我哭得像个小孩，根本停不下来。下午五点，集中营的一个头目来给我们讲话，他的最后一句话是："如果你在德国停留期间把这个营地的事告诉别人，我们会把你带回这里，我可以向你保证，你不会有第二次机会离开。我们不在乎你在国外说什么，因为没有人会相信你们……"然后我们在两名纳粹冲锋队员的陪同下，走出了营地。

卡尔换乘了好几趟火车才到了维利在维也纳的住处。他的样子一定很吓人，剃了光头，憔悴不堪，但维利很高兴终于再次见到了他。他立即给爱丽丝发了一封电报，然后就去购物。在接下来的几个星期里，卡尔免费住在维利这里，维利尽其所能地照顾他。卡尔必须每天出去一次，到当地警察局报到。他现在有一个月的时间离开这个国家。他把出狱后的第一封信寄给了爱丽丝：

星期五晚上

亲爱的妈妈！冒着这封信无法到达你手中的危险（因为发给你的电报被退回来了），我给你写下这封信，我能写信之后，这是第一封。我昨天上午抵达了维也纳。我安然无恙！当然，我也很难受，因为给你们带来了难以言喻的担忧和麻烦，但这确实不是因为疏忽造成的，而是命运。为了救我出来，罗伯特（·乌尔巴赫）和这里所有其他亲戚，还有在美国的鲍比（奥托的昵称），他们所做的一切真的千言万语也说不尽。我对你的现状不太清楚，希望能尽快了解详细的情况。我在2月15日要做一个体检。17日我可能会去鹿特丹……请原谅我就写到这里。我写不下去了。变化太突然了，我现在依然很紧张，依然心有余悸，瑟瑟发抖。希望很快会好起来。爱您，卡里[31]

第 9 章 抵达城堡

与此同时,奥托正忙于安排卡尔的出境事宜,他给卡尔写信说:

> 我们在这里采取了所有可能的措施,我希望你很快就会好起来,能够再次享受生活。所有的人都在不断询问你和你维也纳朋友的情况,希望能为你们做点什么。麦克纳里参议员(Senator McNary)已经通知了美国领事馆,我希望能给你寄去他的接待信。[32] 我将在近期把钱寄出。真诚祝福,奥托[33]

他附上了考狄利娅混杂着英语和德语的信:"我们非常高兴地得知,卡里安然无恙地回到了维也纳。"[34]

卡尔只是 1939 年初突然从达豪释放的众多囚犯之一。由于所有的囚犯档案都被销毁了,[35] 现在集中营纪念馆的档案中只能查到他的囚犯编号"28194"以及他被关进集中营和释放的日期。[36] 几十年后,关于卡尔为什么在 1939 年从达豪获释,乌尔巴赫家族中仍然流传着各种说法。一个被提及最多的版本与他的堂姐安妮(Anni)有关。她是玛丽和伊格纳茨·乌尔巴赫的女儿,后者在 1924 年因其银行面临倒闭而自杀。安妮是一个特别漂亮的维也纳女人,由于她的母亲是"雅利安人",而且据说认识与纳粹党有关系的人,所以是安妮把卡尔从达豪"捞出来"的。根据这个故事,她正是凭借自己的女性魅力让一个纳粹高官心生同情的。[37] 这个版本在 70 年代末突然成为一个家族传奇故事也不足为奇,因为这个情节很容易让人联想到电视连续剧《大屠杀》(*Holocaust*),片中梅丽尔·斯特里普(Meryl Streep)饰演的角色为了拯救她的犹太丈夫

191

而与一名党卫军军官睡觉。然而，安妮当时在维也纳，她不太可能对达豪产生什么影响。因此事实真相可能要比传说平淡得多。1939年初，只要囚犯能拿到移民许可，纳粹就可以安排出狱，而奥托当时已经在想办法解决此事了。卡尔失踪时，奥托聘请了维也纳的律师哈特博士，他可以证明卡尔已经获得了担保书和出境许可证。可能哈特也不得不为此行贿，这一推测来自下面这封奥托1939年2月写给卡尔的信：

> 我昨天收到波尔迪（他们的捷克表哥利奥波德）的电报，他告诉我给你请律师的费用是1500美元。我没有这么多钱，目前也不知道我能做些什么来筹集这笔钱。我不知道这个要求是哈特博士还是其他什么人提出的。在我看来，哈特博士不可能提出这样疯狂的要求[38]。

奥托或波尔迪最后一定是设法筹到了钱。这将是波尔迪能给他最喜欢的表弟卡尔最后的帮助。当希特勒于1939年3月占领了"捷克斯洛伐克的剩余部分"后，这位捷克爱国者自杀了。

维也纳的犹太社区为卡尔的船票提供了丰厚的补贴，[39] 他终于在1939年2月17日登上了前往荷兰的火车。他非常喜欢荷兰："整个国家的空气中都充满自由。我再次感受到人们的友善，对一个犹太人的友善，这种感觉难以置信。"[40] 他从鹿特丹出发，开始了荷兰到美国的行程。在船上的几个星期里，他感觉自己仿佛置身于弗雷德·阿斯泰尔的优雅影片中，就像他曾经在宝拉·希伯的皇宫影

第 9 章 抵达城堡

院里看到过的一样:

> 亲爱的妈妈!
>
> 我收到了你星期二的来信……今天是我上船的第一天,我现在刚刚吃完一顿从未听说过的早餐,正坐在吸烟室里。你一定想不到,与我同一个船舱的人也叫 K. 乌尔巴赫。他是乌尔巴赫讲师的侄子,来自布拉格。我们发现对方时,都开怀大笑。在荷兰度过的五天非常精彩,我还去了海牙和阿姆斯特丹。说实话我很遗憾这么快就要继续上路了。震撼一个接着一个。生活又变得美好了。你问我过去经历了什么,我只能回答:地狱。在我的生活中不可能再发生更糟的事情了。但我无法详细写出所有可怕的事情。一想那些,我的脑子就僵住了,也许以后会有所改变的……船上的乘客大多是移民,除了库尔特·乌尔巴赫(Kurt Urbach),我还没有机会更好地了解任何人……我很高兴,你似乎终于找到了你想要的东西(爱丽丝得到了管理犹太难民儿童福利院的工作),而且你干得很愉快。尽管工资是少得可怜,但这并没有那么重要,只要你开心就好。毕竟,如果你遇到困难,我们寄一些钱给你应该不会太难。我故意不写未来的打算,我们走一步看一步吧。(最主要的是)我们都希望能够相聚。……我到现在还不能完全相信我是自由的,这真的很美妙。只是一想到还有很多人留在那里,我就很难过,心里会涌上一股浓浓的苦涩滋味。
>
> 祝一切安好,卡尔 [41]

突然间，卡尔又变回了一个年轻人，他只想忘掉已经发生的一切。有时他也确实成功了。在船抵达纽约前不久，他写信给爱丽丝：

1939年3月6日

我吃了很多东西，现在胃口很好，在这里恢复得很快。我的头发又长出了一些，已经没有人能看出来我来自哪里，尽管来自达豪这件事其实令我骄傲，因为我挺了过来……船上的生活当然是很理想的。电影、游戏、舞蹈、调情、阅读。我一刻都没有感到无聊……库尔特·乌尔巴赫和我一起到处与人搭讪。现在大家都认识了船上的两个乌尔巴赫……一切都如在电影中看到的那样……如果我现在像一个见多识广的旅行常客一样，把这一切都讲得稀松平常，这显然与我的感受不太相符。这一切就像一个童话，我从一个大洲跳到另一个大洲……船上的气氛和人际关系都很好，丝毫没有拘束和沉闷的感觉……昨天船上有个很棒的普林节[①]，荷兰人和美国人也参加了（他们是基督徒），还有船长和军官。感觉不错。大厅装饰着美国国旗，还有代表荷兰和犹太民族的颜色。啊，能重获自由真好。只是我还需要重新适应一下，因为我总是惊讶于每个人都可以自由活动。[42]

[①] 普林节（Purimfest），也称普珥节，该节日是为纪念和庆祝古代流落波斯帝国的犹太人从灭种的灾难中幸存。——编者注

像所有移民一样，卡尔在埃利斯岛（Ellis Island）第一次踏上美国土地。[43] 另一位维也纳人，演员莱昂·阿斯金在他的回忆录中描述了这个地方让他感到多么惊讶。他记得以前报纸上的照片展示了一群穷困潦倒的人。因此，他的想象中的埃利斯岛是一片混乱和肮脏的，但他吃惊地发现，这里一切都井然有序，身边不断有人在做清洁。最让他印象深刻的是，这里有一名犹太警察。他这辈子从来没有见过这样的事情。在他的家乡，犹太人是永远不可能成为警察的，阿斯金得出结论说，他到了天堂。[44]

*

卡尔在纽约与奥托的朋友们待了几天，然后乘坐大巴横穿美国到达波特兰。[45] 奥托安排他里德学院朋友弗朗西斯·墨菲（Frances Murphy）采访了卡尔。他一定要让全世界都知道集中营里发生了什么。在美国的舆论斗争中，特别重要的一点是要强调被纳粹政权监禁的不仅仅是犹太人。在达豪，政治犯的勇敢给卡尔留下了深刻印象，他对此的叙述也被纳入文章。墨菲将文章进行了匿名化处理，以防危及任何人的安全。尽管这篇文章最终在俄勒冈州的主流报纸《俄勒冈人》上占据了一整版，但影响却很有限。当时有几家美国报纸在刊登目击者的报道，但这些文字无法与美国孤立主义者的影响力相抗衡。[46] 这些孤立主义者包括美国优先委员会（America First Committee）的富人们，如英雄飞行员查尔斯·林德伯格（Charles Lindbergh）和汽车之王亨利·福特。这两个人都认为犹太人将利用煽动性宣传将美国推入另一场战争。普鲁士王储威廉（preußische

Kronprinz Wilhelm）早在 1933 年就已经在《纽约先驱论坛报》(New York Herald Tribune）上表达了这一观点，孤立主义者欣然支持这位名望颇高而为纳粹做宣传的人物。[47] 由于这种宣传和来自孤立主义者的压力，美国没有增加移民配额，也没有像英国那样制订"家政服务许可证"的救助计划。"儿童转移计划"的想法在美国也失败了。

*

采访结束后，卡尔以屋顶工和消防员的身份工作，以筹集自己在里德学院的学习的费用。他试图忘记集中营，到战后，他一直不知道弗朗茨·诺瓦克——那个把他和弗里茨·格伦鲍姆发配到达豪的人——在 1969 年终于被奥地利法院判定有罪。诺瓦克的最终刑期是五年。阿道夫·艾希曼的这位"运输专家"自始至终都没有表现出丝毫悔意。

第 10 章
温德米尔的孩子们

> 欧洲大陆有好的食物，
> 英国有好的餐桌礼仪。[1]
> ——乔治·迈克斯[①]

1939年1月，范德埃尔斯特夫人做出了一个决定，因为她发现，只要像爱丽丝这样的糕点师在格兰瑟姆城堡工作，她的减肥计划就不可能成功。晚上偷偷溜进储藏室吃蛋糕的可能性简直太大了。范德埃尔斯特命令这个维也纳女人离开。爱丽丝并不太介意被解雇。当时维也纳美食在英国非常流行，移民的求职申请中如果有"奥地利"一词，就有很大机会找到工作。突然间，英国到处都是维也纳厨师。一则求职广告上写着"糕点师（维也纳人）在求职。有经验

----

① 乔治·迈克斯（George Mikes，1912—1987）是匈牙利出生的英国新闻记者、幽默作家，以其对各个国家的幽默评论而闻名。上面的句子出自他的幽默文集《如何做一个英国人》(How to be a Brit)。

的厨师",另一则广告说:"两个奥地利人想当厨师和客厅女佣。要求小家庭。拒绝粗鲁"[2]。

像爱丽丝这样真正的维也纳名厨自然立刻就找到了新的工作:政治家安东尼·艾登(Anthony Eden)的嫂子艾登女士正在紧急寻找女佣。艾登家族对犹太难民毫无偏见。不仅如此,安东尼·艾登还拒绝接受英国对希特勒的绥靖政策,并因此于1938年辞去了外交大臣的职务。在爱丽丝的眼中,安东尼·艾登似乎是少数几个明白不能与纳粹这样的"流氓团伙"谈判的政治家之一。为他的嫂子工作对爱丽丝来说是一种荣誉,但不久后她就被伦敦的一个医生家庭以更好的条件挖走了。[3] 在伦敦生活对她来说似乎特别有吸引力,因为位于韦斯特伯恩台(Westbourne Terrace)的奥地利中心已于1939年3月开门营业,它为思乡的移民提供了一点维也纳的气氛。除了"最实惠的奥地利食物和饮料"之外,人们还可以在这里阅读德语书籍,以便宜的价格修理鞋底,最重要的是可以听讲座。移民中有一些人在国内曾是某个领域的权威人物,现在只需支付少量的入场费,就能听到他们关于艺术、科学、音乐和文学方面的讲座。[4]

爱丽丝在业余时间一有空就会去奥地利中心。在经历了过去几个月的惊吓之后,她的状态似乎正在慢慢改善。她在伦敦有了一份稳定的工作,卡尔获得了自由,而她的哥哥菲利克斯也有望获得一张来英国的签证。尽管如此,噩梦仍然在晚上困扰着她。她的姐妹卡罗琳娜、西多妮和海伦妮还被困在维也纳。[5] 爱丽丝必须做些什么来避免自己被内疚所吞噬。她想起了沃本之家的信息手册。其中的第8点是这样说的:

第10章 温德米尔的孩子们

犹太社区相信,您会保持最好的犹太品质,保持尊严,帮助和服务他人。请您投入精力,用您的特殊才能来帮助那些比您自己更不幸的人、您身边孤独的难民、儿童和老弱病残人士。

相比于为伦敦富人做饭,爱丽丝知道她可以做更重要的工作。当沃本之家邀请她在纽卡斯尔(Newcastle)管理一个难民儿童福利院时,她没有多加思索。她终于可以做一些有意义的事情了。

*

利奥·拉普(Leo Rapp)是一个来自慕尼黑的男孩。他去英国时,母亲给他带了很多实用的东西,包括一条皮裤、几个枕套和一双对他来说大了几号的鞋子。然而,最重要的是,拉普夫人希望利奥能在英国完成他的学校作业。因此,她在他的手提箱里放了几本教科书和字典,以及一个卡尺。以防万一,还带了一本家庭相册来抚慰思乡之情。[6]

利奥的行李基本上没有非常特别之处。只有那双超大的鞋子表明离家时间会比较长。另外,箱子里还有两件不寻常的东西:一个经文匣和一本祈祷书。

拉普夫人不仅希望利奥在英国做作业,还希望他不要忘记自己的犹太信仰。

据估算,有150万儿童死于犹太大屠杀。利奥·拉普很幸运。他是逃到英国的1万名儿童中的一员。在1934年至1945年间,美国只接收了 1400 名无人陪伴的儿童，而英国的态度则不同。1938 年 11 月 21 日，即"帝国水晶之夜"发生后的第 12 天，英国下议院决定允许无签证的犹太儿童进入该国。从那时起，在英国和荷兰一些个人的推动下，转移儿童的工作开始了。关于这场救援行动的故事被人们津津乐道。[7] 尽管历史令人悲痛，但这次行动是一个伟大的成功故事。因为令人惊讶的是，这些孩子中的大多数后来都在自己的生活中有所建树。虽然他们完全有理由绝望，他们并没有。相反，几乎所有的人最后都有了自己的职业并建立了家庭。他们之所以能够坚持下来，从他们的行李中可以看出一些原因。当时孩子们的行李必须登记在一份表格清单中，因此我们了解到其中一些行李。例如，一个男孩带的彩色扑克牌上绘有勃兰登堡门（Brandenburger Tor）和其他德国地标；有些孩子则带着他们最喜欢的动物布偶——就像朱迪斯·克尔（Judith Kerrs）的著名小说《希特勒偷走了粉红兔》（*Als Hitler das rosa Kaninchen stahl*）中的情节一样。多年之后，很多玩具都丢失了，但有一件东西几乎没有人丢失：家庭照片。那些照片提醒孩子们记住两件关键的事情：父母爱他们，父母最大的希望是他们能够开始更好的生活。所以孩子们除了继续前进没有别的选择。放弃并不是一个选项。

然而，如果有人认为这些孩子回归正常生活的道路是一条坦途，那就太天真了。情况恰恰相反。战争年代对他们来说是一段情感上的曲折历程，一些孩子出现了阶段性的严重心理问题。他们在寄养家庭和福利院的照管人也面临这些问题。爱丽丝和宝拉·希伯就是这些照管人中的一分子。这两个人几乎选择了一项最为艰巨的工作。

第 10 章　温德米尔的孩子们

根据彼得·希伯的研究，建立"难民之家"的想法是在 1938 年 11 月产生的。在"帝国水晶之夜"之后，沃本之家要求英国的所有犹太社群接收来自德国和奥地利的受迫害儿童。纽卡斯尔的一个小型社区团体响应呼吁并立即决定采取行动。该团体的领导人是萨默菲尔德（Summerfield）先生，他是一位犹太珠宝商，在纽卡斯尔拥有一家店铺。他是一个非常普通的人，却做了一件了不起的事——他在一夜之间建立了一个私立的"儿童之家"。在这件事上给予他支持的是他的妻子和他在纽卡斯尔的朋友们：已经投身于妇女志愿服务的丽塔·杰克逊（Rita Jackson）、丽塔·弗里德曼（Rita Freedman）夫人和她的丈夫华莱士·弗里德曼博士（Dr. Wallace Freedman）、诺莉·柯林斯（Nolly Collins）、艾克·柯林斯（Ike Collins）以及威尔克斯（Wilkes）夫人。这些家庭的住址相距仅几条街，儿童之家的前几次成立会议在他们的客厅举行。他们是一群有行动力的人，希望能快速地帮助孩子们，因此省略了一切繁文缛节，甚至不浪费时间做会议记录。

他们的第一步是在当地犹太教堂宣读捐款倡议书。在两名拉比的帮助下，他们筹集到足够的钱在泰恩茅斯（Tynemouth）的珀西公园路（Percy Park）55 号租了一栋房子。泰恩茅斯小镇在纽卡斯尔郊外，价格便宜一些。然而，珀西公园路的房屋状况并不是特别好。彼得·希伯描述了委员会成员如何向他们所有的朋友和熟人寻求帮助："他们雇了工匠来翻修房子和暖气……犹太社区的每个人都为他们捐赠了可能需要的东西，卡车把家具用品运到泰恩茅斯。"[8] 其中包括窗帘、地毯、20 张床和摇篮、床单、厨具和带有字母 m 和 f

的餐具（m代表乳制品，f代表肉类），后者是因为儿童之家要符合犹太教规。纽卡斯尔在20世纪30年代的经济萧条中遭受了重创，尽管如此，委员会还是设法为孩子们筹集了足够的食物、衣服、外套和鞋子。

房子布置好以后，接下来的问题是要接收谁——男孩还是女孩？经营一个男女兼收的儿童之家在道德上是很棘手的，随后他们就"谁更急需帮助"的问题进行了长时间的讨论。在当时的纽卡斯尔，许多失业的年轻女孩不得不独自在街头挣扎度日。萨默菲尔德的小组担心这也可能发生在犹太难民女孩身上，在最坏的情况下，她们还会遭到虐待。所以大家决定，收留20到24个女孩。

但是谁来承担管理儿童之家的任务呢？在纽卡斯尔，没有人自告奋勇。委员会向伦敦的沃本之家征求意见，得到的答复是，虽然有几位移民女性可能适合担任该职位，但没有人比爱丽丝·乌尔巴赫更适合。丽塔·杰克逊随后代表委员会前往伦敦会见爱丽丝。两个女人一拍即合。[9] 虽然工资微薄，而且对爱丽丝来说，比当时挣得更少了，但她想到了信息手册的第8条，她同意了。

这是一个非常疯狂的想法。除了厨艺，爱丽丝根本不具备做这项工作所需要的条件。虽然以前也曾被奥托逼到绝望的边缘，但爱丽丝仍然对孩子抱有强烈的理想主义观点，她相信女孩肯定会比她"野蛮"的儿子更容易抚养。她唯一关心的是儿童的人数规模，她问委员会是否可以再请一位监护人——她的老朋友宝拉·希伯。逃出奥地利后，宝拉的精神状态很差。正如所有犹太电影院一样，她的皇宫影院在德奥合并后立即被雅利安化。根据当时《电影杂志》

（ *Kinojournal* ）的报道，1938年10月，维也纳已有55家电影院被移交给"有功劳的党员同志"。同年12月，除两家电影院外，其他全部完成了雅利安化。[10]

电影院被没收，也意味着唯一的收入来源被夺走，这只是宝拉在维也纳的遭遇之一。对她打击最大的是11月的大屠杀。抢劫者闯入她在施雷夫格路的公寓，砸毁物品并强迫她收拾行李。在经历了重重困难之后，她终于带着儿子彼得离开了奥地利，但和她一起经营电影院的姐姐塞尔玛被困在了维也纳。在这些创伤性经历之后，宝拉宁愿永远躲在英国的影院里，沉浸在幻想的世界中。爱丽丝阻止了她的逃避消沉。她不允许宝拉放弃。她知道她的朋友有时会沉迷于幻想，但她坚信宝拉需要一份新的工作，而且她能为儿童之家做出重要贡献。在维也纳时，爱丽丝眼中的宝拉是一个出色的商人，有很好的组织能力。这样的技能对儿童之家非常有用。爱丽丝计划让宝拉接管行政工作，而她自己则担任"宿管"，即儿童之家的管理人。

虽然宝拉和爱丽丝是两个能干的女人，她们都懂得努力工作，但从今天的角度来看，她们似乎完全不适合管理儿童之家。她们两人都没有照顾儿童团体的经验，更不用说学习过相关专业知识了。后来事实证明，这确实是一个不足之处，因为她们将要照顾的孩子们内心都充满了惊恐，而且极度不快乐。这些孩子被迫一夜之间离开熟悉的环境，不得不生活在一个她们听不懂语言的国家。爱丽丝和宝拉完全低估了情况的严峻性，这一方面是由于她们天真的热情，另一方面也是由于纽卡斯尔委员会的承诺。萨默菲尔德先生和他的朋友们曾向她们保证，孩子们只是暂时需要她们的帮助。几个月后，孩子们的父母就会来接他们，到时候儿童之家就可以关闭了。在1939年夏天，没有人意识到，所谓的"几个月"会变成七年。

彼得·希伯17岁时跟随母亲宝拉来到纽卡斯尔。作为一个男孩，他不能住进儿童之家，只能借住在委员会在附近安排的一个寄宿家庭里。尽管如此，他还是试图尽力帮助宝拉和爱丽丝。彼得·希伯在他后来的报告中列出了1939年夏天到达该院的所有女孩。[11] 其中一个孩子是来自维也纳的9岁女孩丽斯·谢尔泽（Lisl Scherzer）。今天她以阿丽莎·特南鲍姆（Alisa Tennenbaum）的身份生活在以色列，她的客厅墙上挂着一张儿童之家的照片。她兴致勃勃地给我们讲述了在英国的那段时光。去往英国的路并不容易：丽斯的父母在维也纳拥有一家杂货店。就像卡尔的遭遇一样，丽斯的父亲摩西·谢尔泽（Moshe Scherzer）在1938年11月也被发配到达豪。1939年1月底，他被释放，但被要求必须在一个月内离开德意志帝国。丽斯描述了当她的父亲从达豪回来时，她是多么惊诧："我看到一个没有头发的、哭泣的男人，我想，那不是我爸爸！"随后谢尔泽先生再次使出浑身解数，为丽斯在儿童转移计划中争取到一个难得的名额。1939年8月22日，她与其他许多维也纳儿童一起踏上了一列开往荷兰的火车，然后乘船前往哈里奇（Harwich）。接着在又一次火车旅行之后，她在伦敦坐了人生第一次地铁。当她终于到达国王十字（King's Cross）车站时，沃本之家的一名工作人员正在等待她。这位女士给了丽斯一些水果，把她送上了另一列火车，再三叮嘱她在纽卡斯尔下车。[12] 在此之前的旅途中，丽斯一直是与

一大群儿童在一起,而现在没有人陪她了。这种情况使她害怕极了。她在火车上惊慌失措:

> 我妈妈给我带了一本德英词典,但我不知道我该从哪里下车。我哭了起来,坐在我对面的男人穿过整列火车,问所有乘客是否会说德语。最后他找到了一位上了年龄的女士和一位神父,那位女士明白了我的意思。我问她,"纽卡斯尔是什么?"她说:"你一个小时后就会到纽卡斯尔。"那位女士实际上要去爱丁堡,但她和牧师还是在纽卡斯尔陪我一起下了车,找到了前来接我的人。

迎接丽斯的是宝拉·希伯,她们两人乘出租车前往泰恩茅斯:"天很黑,我非常害怕。当我们到达儿童之家时,门口站着八个3到9岁的女孩。"[13]再次见到其他孩子,丽斯松了一口气。爱丽丝已经烤好了她最拿手的饼干来安抚女孩的情绪。这起了作用,过了一会儿丽斯就平静下来。但是给饼干的方法并不适合所有人。彼得·希伯讲述了新来的孩子们在最初的几周是多么艰难:"大一点的孩子一开始几乎一言不发,年幼的孩子们则哭个不停。所有人都被噩梦所困扰。宝拉和爱丽丝每晚都要起床来安抚孩子们。"[14]夜晚很难熬,但白天的日子也好不了多少。所有的孩子每天都在等待父母的消息:"邮递员的到来意味着希望或失望,这已成为每天的常规日程。"[15]

1939年8月29日,就在最后一个孩子抵达几天后,希特勒宣布了他对波兰的领土要求。英国已承诺向波兰政府提供军事支持,

205

每个人都明白这意味着什么。自 8 月 29 日以来，儿童之家的收音机就一直在开着。回首往事时，彼得·希伯写道："爱丽丝、宝拉和孩子们每天忧心忡忡，只能吃下一点东西，几乎无法入睡。"[16]

9 月 1 日，希特勒入侵波兰，英国现在不得不做出反应。尽管气氛紧张，爱丽丝还是试图在儿童之家里营造出一种正常的感觉。丽斯的十岁生日快到了，爱丽丝正在筹备一场特别的庆祝活动。她曾在自己的烹饪书中详细描述过哪种蛋糕、冰激凌、华夫饼和三明治最适合孩子们的生日派对："尤其是在做三明治这件事上，年轻人可以表现出令人惊奇的创造力。"她还非常重视装饰："一张色彩缤纷、布置喜庆的餐桌，为每个孩子准备的小礼物……以及精心设计的娱乐节目，这一切会把气氛烘托到极致。"[17]

但最终，娱乐节目不得不取消。尽管如此，大家后来都记得丽斯的十岁生日——1939 年 9 月 3 日。那天上午 11 时 15 分，英国首相张伯伦在英国广播公司（BBC）发表了简短讲话，称希特勒对于英国要求其从波兰撤军的最后通牒未作回应。因此，英国与德国进入交战状态。紧接着，警报声响彻全国。这种声音震耳欲聋，但人们在不久后就习惯了。丽斯的回忆是从警报声开始的：

> 9 月 3 日是一个星期天。突然，警报器响了，我对露特（Ruth）说，"哦，我的生日音乐！"露特说，"你傻吗？那是警报！"以前我在维也纳从未听到过警报声。两位监护人喊道："姑娘们，到收音机这边来，国王要发表重要声明了。"接着乔治六世宣布英国进入战争状态。[18]

第 10 章 温德米尔的孩子们

这对儿童之家的每个人来说都是一场灾难。只有少数人的父母成功逃到了英国——丽斯和赫尔佳（Helga）的父亲以及伊尔莎（Ilse）和埃迪特（Edith）的母亲。[19] 其他孩子的父母，包括爱丽丝和宝拉的姐妹，现在都被困住了。

丽斯生日过后，儿童之家发生了一些变化。英国人最初预计德国会入侵英国，爱丽丝和宝拉也对此深怀恐惧。她们处理掉了所有的德语书籍，并让孩子们撕毁她们的德语信件。如果纳粹要来，不要有任何东西表明你来自德国和奥地利。这是一种怪异的过度反应，因为如果纳粹国防军士兵真的出现在纽卡斯尔，宝拉和爱丽丝浓重的口音几乎骗不了他们（更不用说孩子们只会说几句碎片式的英语了）。而在英国，人们不仅害怕入侵者，也害怕已经生活在这里的德国人。他们中的任何一个都可能是间谍。所有的德国人和奥地利人都必须防备被当作"敌国侨民"而遭拘禁。爱丽丝本人没有问题；内政部解除了她的嫌疑，理由是她的两个儿子生活在美国，她被认定为"反纳粹者"。[20]

几十年后，丽斯仍然记得那些日子的恐慌："我们当时是敌国侨民，监护人指示我们不要在外面说任何德语。只能说英语……每天下午都有一位女士来这里教我们英语。"[21]

并不是每个德国难民都接受过如此高强度的英语课程。直到1941年，伦敦流亡报纸《时代镜报》（*Zeitspiegel*）还在有奖征集关于"难民英语"的最佳笑话。报纸举出的示例多少有点像电影《卡萨布兰卡》（*Casablanca*，1942）中著名的对话场景：

"How much the cauliflower?"（花椰菜多少钱？）

"Sevenpence."（七便士。）

"Such much? Too much! For sevenpence I can become a cauliflower round the corner！"（这么贵？太贵了！给我七便士，我可以马上变成花椰菜！）[22]

尽管很幽默，但爱丽丝绝对不希望"她的"孩子们那样说英语。虽然她自己仍然会犯语法错误，但她的英语词汇量很大。她坚持让孩子们在抵达后几天直接去一所英语学校。今天教学中所用的"沉浸式教学法"，即完全沉浸在另一种语言和文化中，在当时还只有很少人知道。爱丽丝是在维也纳的语言学校里了解到这个概念的，但孩子们很难接受这种方法。尤其是来自捷克斯洛伐克的女孩达莎（Dasha），她完全跟不上。宝拉·希伯会说几句捷克语，但其他孩子不会。现在达莎不得不通宵学习英语，因为没有人可以将那些新单词翻译成她的母语。丽斯也觉得无所适从。在泰恩茅斯修道院学校的第一天，她一个字也听不懂：

第一节课是几何。老师来到我的书桌前，发现我没有写下任何东西。她拉着我的耳朵，让我站在全班同学面前。她拿起教鞭说："伸出手！"她正要打下去，一个女孩站起来说："她和其他几个孩子是从儿童之家来的。"老师放下了教鞭问我："你住在哪里？"

"珀西公园路55号。"

她拥抱了我，后来帮我做了功课。[23]

第 10 章 温德米尔的孩子们

爱丽丝不希望她所看护的孩子们被边缘化,她的目标是全力帮助她们融入社会。爱丽丝已经将沃本之家信息手册的第 5 点烂熟于心:"英国人对良好礼仪的重视程度远远超过任何财富。您会注意到,英国人对最微不足道的服务都会说'谢谢'。"[24] 因此,爱丽丝非常重视良好的英式礼仪和得体的着装。她绝不允许孩子们衣冠不整。宝拉·希伯教她们立即缝补袜子上的每个洞,并不断帮她们织补衣服。对那个年代来说,孩子们的穿着总是无可挑剔的。

除了纽卡斯尔委员会,官方的犹太援助组织也来看望了这些女孩,并保存了关于她们的档案。2018 年以后这些档案已开放,可供人查阅。[25] 这些档案揭示了一些细节,比如孩子们多久会接受一次体检和心理健康检查。玛格特(Margot,生于 1924 年)的档案一直记录到 1947 年。她的父亲是法兰克福的一名屠夫,母亲是家庭主妇。1939 年,玛格特来到了爱丽丝和宝拉的儿童之家。她的健康状况被评估为良好,但她贫血,必须服用一些营养补充药剂。玛格特是儿童之家里年龄最大的女孩,她渴望有同龄人,因此爱丽丝和宝拉与犹太难民委员会商量,介绍她认识了其他来自但泽(Danzig)的难民女孩。在那些年里,爱丽丝和宝拉多次与犹太难民委员会联系,以解决个别儿童的问题。同时,她们不得不为这个儿童之家的基本生计而奋斗。

1939 年末至 1940 年初的冬天冷得可怕。泰恩茅斯老房子的水管爆裂,整个儿童之家被水淹了:"乌尔巴赫夫人和希伯夫人竭尽全力与我们这些孩子一起把水弄出去,"露特后来写道,"但很快就发现我们不能继续待在那里了。"[26] 由于没有暖气和自来水,孩子们只能被安置在附近的私人家庭里。露特在那里非常不开心,几天后就跑回爱丽丝和宝拉身边。她们让她留了下来,并最终设法使房子恢复了供暖,所有其他女孩也可以回来了。但恶劣的天气带来了另一个问题,孩子们得了百日咳和流感。为了减少感染风险,两位监护人把卫生放在了最重要的位置。爱丽丝曾在她的烹饪书中写道:"家庭主妇的全部活动都是在与三个敌人作斗争:饥饿、寒冷和污垢。"[27] 然而,与污垢的斗争绝非易事。所有的清洁工作都不能阻止孩子们从学校把虱子带回家。尽管女孩子们强烈抗议,但她们最终还是被剪成了男孩式的短发。

虱子是个麻烦,但真正危险的情况是一个女孩染上了白喉。很快,儿童之家一半的人都进了医院。[28] 马克斯虽然是个糟糕的丈夫,但他给了他妻子基本的医学知识。现在,这些专业知识派上了用场。白喉过去之后,爱丽丝还救了一个阑尾破裂的女孩。[29]

在那段时间里,爱丽丝叫救护车的频率增加了,但比肚子痛更难诊断的是孩子们的情绪问题。爱丽丝以前在烹饪学校的学生安娜·弗洛伊德的理论为她在儿童教育的迷宫中指引了方向。1936年,安娜·弗洛伊德曾为维也纳工人家庭的儿童创办了一所幼儿园。事实证明,她选的时机非常不好。在奥地利被吞并后,她不得不和父亲一起逃到伦敦,一切重新开始。她成立了一个新机构:汉普斯特德战争托儿所(Hampstead War Nurseries)。这里收留了来自伦敦东区的单身母亲的孩子。[30] 战争爆发后,安娜·弗洛伊德还与其他专家一起讨论相关问题,包括如何用最好的方法将儿童从被轰炸的城市转移到农村?应该将孩子们安置在寄养家庭还是福利院中?弗洛伊德对此的看法很明确。她拒绝将儿童"像对待士兵一样,简单地将孩子强行安排进陌生的家庭中"。[31] 她认为，孩子们应以年龄划分并以学校小组的形式得到分别安置。爱丽丝和宝拉遵循这一建议，将"她们的"孩子分成三组：低龄，中龄和大龄。

根据弗洛伊德的观点，分组集体住宿的另一个好处是让孩子们的饮食习惯更好。在她的战争托儿所中没有发现进食障碍的情况，但据她的评估，这种情况在家庭中较为常见。爱丽丝也经历过类似的事情。在她的儿童之家中，一些孩子后来患上了神经官能症，但进食障碍从未出现过。[32] 爱丽丝在她的烹饪书中曾描述过共同用餐的重要性："吃饭通常是所有家庭成员聚在一起的唯一机会，而这短暂的时间应该是家庭日常生活中的休息站。"[33]

爱丽丝特别重视早餐。每天早上，她都会为孩子们准备瑞士麦片，当时这种特产在英国还不为人知：[34]

> 特别重要的一点是，让孩子们有足够的时间吃早餐，这样她们就不会因为害怕迟到而饿着肚子跑掉。由于所谓的"学校紧张症"，一些孩子常常会把匆忙吃下的早餐吐出来，或者拒绝吃早餐。如果孩子们能够有足够的时间从容地吃完每天第一顿重要的饭，就可以避免发生这种情况。[35]

爱丽丝烹饪用的阿加炉（Aga-Herd）成为儿童之家的焦点，炉子甚至有了自己的绰号——"乔"（Jo）。对于女孩们来说，乔就像这个家庭的一个额外成员，她们收集木头让炉子保持燃烧。爱丽丝每天要在"乔"面前站好几个小时，她很开心地看到大一点的孩子们对烹饪感兴趣。每月她会允许一些女孩帮忙做一次饭。丽斯特别幸运,她赶上了一个星期四,每周中的这一天会烤酵母蛋糕。直到今天,丽斯仍然在每周四烤酵母蛋糕。

总之,一起做饭和吃饭很重要。此外,爱丽丝和宝拉还采纳了安娜·弗洛伊德的另一条教育原则,即尽可能让父母参与进来。弗洛伊德在她的研究中发现,福利机构中经常被母亲探望的孩子比其他孩子更平和。战争期间,这些母亲中有许多人在工厂倒班,值班时间很长,但弗洛伊德仍然鼓励她们尽可能多地来看望孩子。她还努力为孩子们寻找男性榜样。由于一些孩子的父亲被征召入伍或因其他原因离开了家庭,安娜·弗洛伊德说服了空袭预警员和她身边的其他男性与孩子们共度时光。[36]

爱丽丝也尝试了类似的方法。儿童之家中有四个孩子的父母住在英国。丽斯的父亲在皇家轻工兵团(Royal Pioneer Corps)服役,爱丽丝邀请他尽可能常来儿童之家吃饭。丽斯为他感到骄傲:"我父亲对我说:你把所有女孩的名字以及她们想要的生日礼物写下来。所以我写道:英加(Inga)喜欢蝴蝶结发饰,玛格特喜欢画画。然后他给所有20个女孩带来了礼物。"[37]

赫尔佳的父亲也参与了孩子们的日常生活。当附近的一家酒店招聘厨师时,他应聘了。尽管他这辈子从未做过饭,但爱丽丝还是设法通过速成课程让他为面试做好了完美的准备。他得到了这份工作,能够继续探望孩子们。[38]伊尔莎的母亲玛格丽特也尝试与她的女儿保持密切联系。她在维也纳参加过爱丽丝的一门烹饪课程,从各方面来说,这对她都物有所值。她后来告诉她的孙女,她凭借烘焙糕点的技能活了下来。事实上，她在海灵岛（Hayling Island）上富裕的山德·吉德（Shand Kydd）家族中找到了一个仆人的职位，并在整个战争期间成功地做着烘焙饼干的工作。[39]

尽管环境恶劣，但大人们还是希望至少能为孩子们创造一种安定的感觉，因此她们决定为儿童之家换一个地点。

纽卡斯尔位于英格兰东北部，对战争非常重要的工业设施就位于这里。在1940年夏天，这些设施成为德军空袭的目标。那段时间警报声每晚都在呼啸。儿童之家的一个年幼的孩子罗尔后来回忆说，她有很多次在半梦半醒之间被抱进防空洞。1940年7月至1941年12月期间，有400名平民在"纽卡斯尔闪电战"中丧生。爱丽丝、宝拉和犹太委员会决定将整个儿童之家转移到湖区的温德米尔（Windermere）。他们的新址让人联想到《小熊维尼》中著名的"百亩林"（100 Acre Wood）——儿童之家的地址叫作"温德米尔，森林区，南森林"（Southwood, The Wood, Windermere）。

在英国，工业城市纽卡斯尔和湖区的温德米尔小镇是两个最截然相反的地区。湖区至今仍然是英国人的度假天堂，在这里你可以徒步旅行，拍摄美丽的湖泊，并跟随湖区诗人的作品回到19世纪。儿童之家的孩子们可能不知道威廉·华兹华斯（William Wordsworth）和塞缪尔·泰勒·柯勒律治（Samuel Taylor Coleridge）的诗，但她们知道《小熊维尼》。维尼熊和克里斯托弗·罗宾[①]应该

---

① 克里斯托弗·罗宾（Christopher Robin）是《小熊维尼》故事中的男孩角色，他是维尼主要的人类朋友。

住在肯特郡的森林,但这对她们来说并不重要,她们认为她们的温德米尔森林与小熊维尼的森林是一样的。温德米尔没有警报声,她们现在住的房子有点像克里斯托弗·罗宾的家:那是一座靠近森林的魔幻般的大别墅。杜鹃花丛在门口盛开,所有卧室的窗户都能看到大花园,花园里有一条小溪流过。20世纪80年代之后,丽斯描述这所房子时仍然带着一种主人的自豪感:"我们有一个大阳台,一楼有一个餐厅和一个客厅,我们在客厅做作业。二楼是卧室,我们有自己的床和桌子。"[40]

*

搬过去后,孩子们马上探索了周边地区,她们在附近散步和游泳(并不是所有的女孩都喜欢游泳——露特描述了她差点在温德米尔湖中淹死的事)。作为影迷,宝拉·希伯允许所有孩子去当地电影院,只要她们愿意就可以经常去看。白天,她们在附近的圣玛丽教堂学校上学,不需要支付费用。"最早的几年我们在那里上学,"丽斯说,"但我们长大一些后,委员会对我们说:'我们不知道你们的父母在哪里,也不知道战争会持续多长时间。我们没有足够的钱来资助你们接受更高一级的教育。现在请考虑一下,你们想做什么样的学徒工。'"[41]

这是意料之中的事。沃本之家的信息手册中就已建议所有移民家庭"培养男孩从事农业和手工业,女孩从事护理和家政服务的技能……不要指望将这些年轻人培养成医生……或律师。难民中已经有太多的学者,超出了目前的需要"。[42] 对于温德米尔的孩子们来说,无法继续上学是很可怕也很令人失望的事。她们中的一些人来自受过良好教育的中产阶级家庭。在正常情况下，她们会去上文理高中，但在英国，学校教育只在14岁之前是免费的。因此，在1938年时，80%的英国儿童在这个年龄离开学校，只有百分之一的人能够上大学，或是上私立学校，或是通过奖学金进入大学。尽管1944年提出了一项新的法案，规定18岁之前可以享受免费教育，但这项法律直到战后才得以实施，因此难民儿童并没有受益于此。大多数难民孩子不得不像他们的大部分英国同龄人一样离开学校。

一些女孩，比如露特，找到了资助她们继续上学的亲戚。埃尔菲（Elfi）和丽斯就没那么幸运了，她们开始了学徒生涯。埃尔菲为即将开始学徒而苦恼，而丽斯则与她不同，丽斯很期待能学习一门实用的职业技能。此前她已经从宝拉那里学会了缝纫，她想要成为一名裁缝。一直教导女孩们要在课堂上努力学习的爱丽丝，对于她们将要提前结束学校生涯感到震惊。她曾在20世纪30年代初参加奥地利妇女党，积极争取妇女权利，并为自己没有上大学而遗憾终生。她很欣赏像她姐姐海伦妮那样上过大学的女性，当然还有奥托在里德学院的朋友考狄利娅。而现在，"她的"孩子们不能再学习外语和数学，而是要骑着自行车去温德米尔做学徒。这时爱丽丝已经非常清楚地体会到，从事低薪工作的生活是什么感觉。1941年，她已经55岁了，过去一段时间的操劳已经显现在她的脸上。家务和沉重的责任使她变得苍老，满头金发已经全白。尽管她对外仍然表现得精力充沛，但实际上却已精疲力竭。她不断怀念起维也纳和从前的生活。

温德米尔的难民儿童，后排右二为丽斯·谢尔泽

第10章 温德米尔的孩子们

思乡之情笼罩着儿童之家的每一个人，而孩子们遭受的痛苦最深。随着战争一年年持续，她们再次见到父母的可能性变得越来越小。爱丽丝和宝拉认为，处理这些恐惧的最好方法是压抑它们，但事实证明这是一个错误。在战争年代，女孩们身上突然出现了令人担忧的行为。这是从马里昂（Marion）开始的。她是这群孩子中年龄较大的孩子之一，来到这里时处于严重的精神创伤状态。当别人问她一个问题时，她常常会在一句话的中间停下来，显出精神恍惚的样子。爱丽丝的结论是，她患上了癫痫"小发作"（petit mal）[1]。这是当时对癫痫患者意识丧失症状的称呼。宝拉和爱丽丝不知道如何帮助马里昂，当这个女孩对一门秘书课程表现出兴趣时，她们松了一口气。为了更好地让马里昂集中注意力，她们允许马里昂每天下午在宝拉·希伯的办公室里单独学习。几天后，宝拉发现，在马里昂来过以后，办公室里的钱不见了。由于那段时间儿童之家还发生了其他几起失窃案，马里昂被约谈了。她承认了偷钱的事实。当被问及她用这些钱做了什么时，她只是回答说，烧了。尽管这听起来很奇怪，但两位监护人相信了她。她们知道马里昂并不是贪财，而是受到了严重的创伤。爱丽丝在20世纪70年代仍然对这个故事念念不忘：

> 我照看的一些孩子在四岁时就被迫离开父母生活，她们后来再也没有见过父母，因为那些可怜的人已被纳粹杀害。她们

---

[1] 也称"失神发作"。

承受着没有父母的悲哀,也没有家和其他能带来安全感的东西,于是出现了各种问题以及欺骗行为。只要还能收到父母的来信,大多数孩子的表现都很正常。她们收到的最后一封信通常会说,"爸爸妈妈现在要去很远的地方旅行了",然后通信就停了。此后女孩们就会出现许多神经系统异常的行为。一个害羞的女孩从 8 岁时开始尿床……另一个善良的、有教养的女孩(马里昂)在 15 岁时突然变成了小偷,偷窃所有能偷的东西——钱、肥皂、信纸。

此前已经有多个孩子反映过马里昂的盗窃行为。[43] 两位监护人现在必须做点什么。她们联系了当地的医生。在医生建议下,马里昂被送去接受精神治疗。她的档案显示,到 1943 年,她的"发病"情况消失了,更让爱丽丝高兴的是,马里昂开始接受护士培训。1944 年,马里昂获得了英国护照,战后她移居澳大利亚,继续从事护士工作。[44]

*

安娜·弗洛伊德在她的研究中发现,年龄较大的孩子经常会"将已失联的父母理想化,而这给教育造成了困难"。弗洛伊德强调,对于青春期的孩子来说,拥有父母是多么重要,即使他们会与父母作斗争。[45] 而年纪较小的难民儿童对于分离创伤的反应则会不同。爱丽丝和宝拉就遇到这样一个例子。罗尔(Lore)出生于 1933 年,她的哥哥瓦尔特(Walter)出生于 1927 年,他们来自柯尼斯堡

(Königsberg)的一个律师家庭。他们在伦敦有个叔叔，但叔叔无法收留他们。罗尔很想家，最初她还能收到父母来自红十字会的信件。战争结束多年后，她讲述了自己在温德米尔的经历。那时她经常发脾气，然后哭着入睡。她会因为最微不足道的小事哭起来，然后带着她的娃娃躲进游戏的世界。从1942年开始，就不再有红十字会的卡片送来，她的精神状态迅速恶化，[46]她开始尿床了。

爱丽丝和宝拉尝试了所有当时常用的方法来改掉她尿床的习惯。她们晚上不再给罗尔喝任何东西，夜里会叫醒她，让她上厕所。爱丽丝、宝拉和其他孩子帮她一起清洗床单。但情况并没有改善，于是爱丽丝决定向安娜·弗洛伊德寻求帮助。在20世纪70年代，她回忆了这次拜访："我在英国（再次）见到了安娜，当时我带着我们的一个小女孩。她是个害羞的孩子，刚在儿童之家过了她的六岁生日。我和她一起去了伦敦，他们问她是不是不喜欢儿童之家，是否想去其他地方。但一切办法都没有用。"

宝拉和爱丽丝被这个问题弄得不知所措，一筹莫展。尽管如此，罗尔在战后还是不想离开儿童之家。然而，犹太委员会找到了她在新西兰的亲戚，并支付了罗尔和她的哥哥瓦尔特的路费。移居新西兰的罗尔继续给爱丽丝写信，有一天她提到她在一位同学家过夜。爱丽丝立刻明白了这意味着什么，并询问"问题"现在是否已经解决。罗尔回答说："是的，我现在很好。"这个消息一定让爱丽丝如释重负。直到20世纪70年代，爱丽丝还自豪地说，所有女孩都开始了正常的生活："她们在学校都表现出色，现在都结婚了。她们寄给我她们孩子的照片，有些人住在纽约，我会去看望她们。我感觉自己像个'名誉祖母'。"[47]

爱丽丝终生保留着这些信件和照片。一张照片是埃尔菲和露特，上面写着赠言"友好留念，永远心怀感激的埃尔菲和露特"。[48]1940年8月，爱丽丝在送给埃尔菲的一张照片背面写道："希望你能记住我，就像我会永远记得你。你的爱丽丝·乌尔巴赫"。[49]

20世纪90年代，彼得·希伯给所有还在世的孩子们发去了一份关于儿童之家那段经历的问卷。大多数受访的孩子认为，爱丽丝和宝拉在艰难的条件下已做出了她们的最大努力，只有两个孩子对监护人的评价是批判性的。[50]

多丽特·惠特曼（Dorit Whiteman）为了写《背井离乡》（*Die Entwurzelten*）一书也曾寄送过问卷，但她的采访对象范围更大，既包括儿童福利院的孩子，也包括曾在寄宿家庭生活的孩子。惠特曼询问了三个温德米尔的孩子。其中一个对爱丽丝和宝拉只是一笔带过（"她们还可以"），另一个则写道："两个我都不喜欢。那个厨师又矮又胖，另一个非常严厉。"相反，第三个孩子则表示非常喜欢爱丽丝："我很爱她。直到她去世我们都有联系。我丈夫和我在1979年去看望过她……我现在还有她的书《在维也纳是这样做饭的！》。和她写给我的最后几封信一样，这本书是我的珍藏。"多丽特·惠特曼很快就明白，胖胖的厨师指的是谁："那是爱丽丝，我的一个姨姥姥。我以前不知道她在英国管理过儿童之家。我还记得在七月一个炎热的日子里，她来过我纽约的家，当时她已经八十多岁了。她过来是为了教我烤饼干。她忙碌了一整天，我和我的朋友们在热气腾腾的厨房里只待了三个小时就受不了了，而爱丽丝奶奶又继续干了三个小时……当然，也许三个曾经的难民儿童对爱丽丝奶奶的评价都是对的。也许她活跃热情的行为方式并不是每个人都喜欢。也许她与某种性格的孩子相处得较好而与其他孩子则不太好。也许她并不知道该如何处理某个孩子身上的特殊问题。对她个人的不同评价说明，同一个人会给不同的人留下完全不同的印象。"[51]

两位监护人把这张照片送给孩子们作留念（左边是爱丽丝，右边是宝拉·希伯）

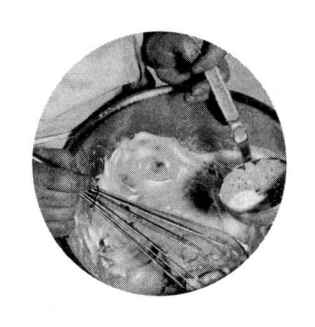

第 11 章
不幸的菲利克斯

下雨——这事他们擅长！

——匿名移民[1]

与爱丽丝一样，菲利克斯也经历了命运的急转直下。在维也纳监狱饱受虐待后，他终于在 1939 年 5 月抵达英国。爱丽丝把他安顿在儿童之家附近，地址是：纽卡斯尔市，布莱克希尔（Blackhill）区，奥克伍德路（Oakwood）78 号。[2] 这所房子属于宗教团体贵格会（Quaker），该团体曾支持儿童转移计划，也曾帮助过犹太成年人。

1939 年，共同的逃亡经历让菲利克斯和爱丽丝走得更近。早在孩提时代，他们就曾共同对抗过自卑感。菲利克斯描述了他们在强势父亲管教下的苦闷："父亲严厉、强硬、犀利，母亲温柔、多愁善感、浪漫……有时，当我不得不处理自己内心的冲突时，我就会想：现在我爸爸在和我妈妈争吵。那是我可以想象的最严格的富裕市民家庭环境。"[3]

就像爱丽丝的婚姻一样，菲利克斯的事业也是由父亲安排的。在汉堡和伦敦接受商业培训后，本想学习语言的菲利克斯不得不在开罗的家族企业工作。[4] 第一次世界大战期间，他在战斗中度过了四年，几乎从没有离开过前线。直到他父亲在 1920 年去世，以及迈尔公司倒闭才让他获得了自由。菲利克斯第一次可以按照自己的意愿生活。1922 年，他娶了一位名叫海伦妮·波拉夏克（Helene Pollatschek）的维也纳女孩。五年后，当他们的儿子托马斯（Thomas）出生时，菲利克斯感到平生最大的幸福。[5] 虽然他仍然在一家贸易公司工作，但他会用业余时间写诗和一些猜谜书。他所有的手稿都在 1938 年的大屠杀之夜被毁，爱丽丝后来只记得其中几个谜语："如果我消失了，就会有恨，有爱，有和平，有战争，会有世上存在的一切。当我出现时，一切就都结束了。你以为我是一个幻影，一个梦，哦不，你可以触摸我，我是真实存在的。我是什么？"[6] 答案是：剧院幕布。

在大屠杀之夜消失的不仅有手稿，还有菲利克斯从他父亲那里继承的大量藏书，其中包括许多初版书。迄今为止，在维也纳经济大学（Wirtschaft suniversität Wien）图书馆中只发现了这些被盗书籍中的一本。[7]

1939 年，菲利克斯在纽卡斯尔找到了避难所，对此他心存感激，但他无法停止想念留在维也纳的妻子海伦妮。他把她独自一人留在了维也纳，这个想法不停折磨着他。菲利克斯试图安慰自己，在英国他至少可以看到 12 岁的儿子托马斯。托马斯在上寄宿学校。[8] 筹措学费很困难。菲利克斯在英国找不到工作，只能靠爱丽丝和贵格会的资助维生。1939 年，他 55 岁，这里的一切都与他在维也纳的

第 11 章　不幸的菲利克斯

往日生活截然不同。爱丽丝意识到，相比自己，对于像菲利克斯这样敏感的男人来说，社会地位的衰落更难以忍受，至少她还有收入。每当爱丽丝能抽身离开儿童之家几个小时，她就会去看哥哥，试图讲一些趣事让他开心起来。但在 1940 年 5 月，这样做已经没有用了。这个月，菲利克斯的生活再次发生了变化。后来，他在一段未发表的小说片段中回忆了这些往事。在关于 1940 年的章节中，一切都是真实发生的故事，唯一改动的是人物的名字。在书中，菲利克斯·迈尔化身为一个名叫"乔治·鲍尔"（Georg Bauer）的人。鲍尔所经历的一切，都是菲利克斯在 1940 年经历过的：

这个月上旬总是在下大雨。但是今天，1940 年 5 月 10 日，一大早就阳光明媚。时间还早，在盖茨黑德（Gateshead）宽敞的房子后面的大花园里，树叶上还有水滴落下。贵格会教徒把这所房子用作难民之家。房子里，大家都还在睡觉。突然，两辆警车开过来，几名警察走下车。（他们）闯进屋子，吵醒了睡眼惺忪的人们……在二楼的一个房间里睡着三个难民——一个来自维也纳的中年男子，一个来自布拉格的高中老教师和一个来自汉诺威的年轻人。他们很快穿好衣服……然后走下楼。当他们中的第一个人走进客厅时，一名警察说："你被捕了。"[9]

他指的是那个维也纳人，他的名字叫乔治·鲍尔。鲍尔耸了耸肩，他根本没有把整件事当成多么严重的事。

很快所有的难民——大约有二十几个——都聚集在了一起。警察说了几句简短的话（他看起来很尴尬，而且整件事情显然不合他的意愿），要求他们将必需品装进一个可以携带的小手提箱中，因为现在他们都将被转移。他们有 15 分钟时间准备。警察没有回答大家提出的任何问题。他只是说他们很快就会知道一切了。这些难民对命运中的意外转折处于半麻木状态，大概还带着昏昏睡意，大家开始匆忙收拾行装。与此同时，难民之家创办委员会的几位女士也出现了……她们告诉那些被捕的人……说她们确信他们都是英国的朋友而不是纳粹分子，她们希望大家很快能再见面。女士们往每个难民手里塞了一些零用钱。然后难民们都被装上车拉走了。首先到了警察局；在那里，每个人都接受了简短的审问，每个人都按照要求把口袋里的东西放在桌子上。鲍尔把他的东西摆成了两堆，小刀、火柴和剃须刀片放在一堆，其他东西放在另一堆。他把第一堆东西推给了警察。

"你怎么知道的？"警察微笑着问道。

"我是坐牢老手了。"鲍尔回答说，脸上也同样带着微笑。[10]

自从 11 月的大屠杀以来，菲利克斯确实已经熟知"监狱礼仪"。然而，这一次明显不同。他在英国不是囚犯，而是"被拘禁者"，没有人威胁要杀了他。尽管如此，情况依然非常令人不适。被捕的不仅是菲利克斯，还有宝拉·希伯 19 岁的儿子彼得。1940 年 5 月和 6 月，大约 3 万名奥地利人和德国人在英国被捕，他们被视为"敌国侨民"，其中包括菲利克斯和彼得。他们的被捕给爱丽丝和宝拉造成了更大的心理压力，她们过了很长时间才了解到菲利克斯和彼得的情况。[11]

在被拘禁者中，年轻人通常比年长者更容易适应状况。22 岁的弗朗茨·玛里施卡是个玩世不恭的人，他将这段经历描述为一次有趣的历险。他带去了他的手风琴，演唱他最喜欢的歌曲给同被拘禁的人们找乐子：《维也纳，维也纳，你是我的唯一》(*Wien, Wien, nur du allein*) 和《是的，研究女人太难了》(*Ja, das Studium der Weiber ist schwer*)。[12]［作为歌剧编剧维克多·莱昂（Viktor Léon）的孙子，他很擅长歌唱。］而当时 56 岁的菲利克斯则无法轻松地接受拘禁。他的化身乔治·鲍尔——

在大厅里走来走去几个小时，总是从一头走到另一头。他无法相信，这些英国人，这些冷静、理智、善意的人，会突然做出如此激烈、不公正和不合理的行为。"纳粹囚禁了我三次，现在又轮到英国人，"他想，"他们看不出我是他们的朋友吗？这是对信任的破坏。"[13] 他无法让自己平静下来。这里看不到报纸，这让他感到紧张和不安，正如其他所有被拘禁者一样，他们对世界上正在发生的事情完全一无所知。他们知道德国人入侵了荷兰和比利时，（但是）最近这几天发生了什么？这不仅是英国人的事，同样也是我们的事。甚至更关乎我们。难道没有人可以向愚蠢的内政部解释这一切吗？大家都这么想……

各种谣言满天飞……有一次，罗森菲尔德来找鲍尔，说他收到了一个英国朋友寄来的包裹。那个包裹里有一双鞋，鞋里塞了一份旧报纸……那是一份《每日邮报》(*Daily Mail*)，头条标题是"Intern the lot！"[14]（把他们都关起来！）

现在鲍尔明白了发生的事情，他想，"这明显是一个的群体性歇斯底里的例子。这很不英国。好吧，这就是战争……"[15]

菲利克斯（或者说是鲍尔）和其他被拘禁者一起被转移到利物浦时，他感受到了民众激愤的情绪：

我们被命令下车，列队，接着又在刺刀的押送下往前走。（被拘禁者）队伍自然引起了巨大的轰动。由于看到了刺刀，围观者一定认为这些人都是……危险的破坏者，因而也做出了相应的反应。他们大声呼喊和咒骂，街头的顽童在被拘禁者身边大叫着跑来跑去，几乎就要把砖块扔向他们。这一切让人想起罗马的凯旋游行。他们不是直接穿过城市，而是绕道而行，显然是想向公众展示一番。大约一个小时后，他们到达了目的地——这段路如果走直线只需要大约15分钟。他们走进了一个仓库模样的大厅。鲍尔走近那位和善的军官……"对不起，先生，但我们刚刚经历的是我见过的最不英国的行为。"

军官点点头，"我同意，这很恶心，但这不是我们的错。地方警察负责这件事。他们答应过我们用大巴运输的。我们会把这件事报告给我们的上级。"

鲍尔想，这也很英国，典型的英国式公正。被拘禁者聚集在大厅内，围成一个半圆，指挥官站在半圆的中央。他是个少校，上了点年纪，微胖，有一张和蔼可亲的脸。令所有人惊讶的是，他以一口流利的德语开始讲话……显然，这个友好而善解人意的人知道自己面对的并非敌人，这非常令人欣慰，而且守卫士兵们的行为方式总是向指挥官看齐的……

指挥官知道这些难民非常渴望得知外界的消息：

突然，指挥官的临时办公室里响起收音机的声音，据说是指挥官忘了关掉。那是 BBC 的新闻，但不是英语，而是法语，而据说指挥官并不懂法语……大厅里一片寂静，每个人都屏住了呼吸。当报道说到奥斯瓦尔德·莫斯利（Oswald Mosley）被捕时，大厅里爆发起一阵欢呼。然后收音机被关掉了。

对于菲利克斯和他的同伴们来说，这个消息意味着巨大的解脱。法西斯领导人莫斯利［以及他漂亮而冷酷的妻子、希特勒的拥护者戴安娜·米特福德（Diana Mitford）］的被捕非常清楚地表明，英国人不再容忍英国法西斯联盟。在此之前，被拘禁者没有收到任何消息，因此他们并不知道首相温斯顿·丘吉尔也已开始处置其党内亲德的绥靖派政客。但犹太难民依然在拘禁中，他们被从一个营地遣送到另一个营地。菲利克斯在手稿中描述了简陋的住宿条件："光秃秃的土地上堆着一些草袋，除此以外一无所有。有一次，有人不知在哪里找到一枚生锈的钉子，他把钉子敲进墙里，把自己的大衣挂在了上面。大家就说，他有了一套带家具的公寓。"

菲利克斯在这里表现出令人钦佩的坚忍，他所描述的地方是兰开夏郡伯里（Bury，Lancashire）附近的沃夫米尔斯（Wharth Mills）。从其他记录中我们知道，当时那里的条件是极其恶劣的。房子里到处都是老鼠，没有厕所，只有几个桶供2000名男子共用。[16] 在兰开夏郡的海顿（Huyton）有另一个情况类似的临时营地，那里有四名被拘禁者自杀，另有两人自杀未遂。[17]

在接下来的几个月里，菲利克斯经历了几名不同的营地指挥官，并非所有指挥官都像那个播放几分钟新闻的人一样通情达理。据说，一位指挥官在被拘禁者从他身边列队走过时说："奇怪。我没想到纳粹中还有这么多犹太人。"

菲利克斯/鲍尔迫切需要这样的逸事来分散思念妻子的痛苦。他在故事中描述了自己的担忧，尽量不带感伤：

> 一小群作家……聚在一起，很快就开始了一场生动、诙谐的对话，这场景似乎更适合出现在维也纳的中央咖啡馆，而不是英国的监狱里。但欢乐只是表面的……（已婚者）非常不快乐，没有人知道他们的家庭会发生什么。偶尔有这个人或那个人收到家里的消息，只要还有消息传来，就说明太太们还是自由的。佩尔格（Perger）[18] 问鲍尔，他的妻子是否也在英国。
>
> "可惜她还在维也纳。"
>
> "哦，太遗憾了，"对方说，"怎么会这样？"
>
> "你知道，我当时必须尽快离开。但我只办下了自己的一张许可证，伦敦有个人把她的事情搞砸了，所以我只能一个人走。我们有一份美国的联合担保书，但排号仍然遥遥无期。所

以我在这里等,她在维也纳等。当然,我在伦敦也尽了一切可能为她争取许可,但这在战时实在太困难了。是的,如果她在某个中立国家的话就有可能,这一点有人明确跟我讲过。但怎样才能把她带到一个中立国呢?"

"你有她的消息吗?"

"有,她的信通过瑞典,有时甚至通过纽约转过来。哈,真够快捷的!到目前为止,还没有排到我们的号。感谢上帝,她现在日子还过得去。"

除了这次谈话外,菲利克斯/鲍尔尽量不用他个人的烦恼给朋友们增加负担。唯一让大家真正感兴趣的话题是战局:

> 被拘禁者依然被切断所有的消息来源,佩尔格曾经鼓起勇气问一个和善的少尉……是否有来自战区的好消息。少尉回答说:"可惜没有。消息都不是很好。但我们也没有指望在最初的五年内能有好消息。"

只要英式幽默还存在,就还有希望。菲利克斯慢慢恢复了对英国人的信心,但并不是每个人都和他一样有信心。对于遭受监禁这件事,许多人无法释怀。菲利克斯的手稿中提到,就连拘留营的在押人员代表、基督教徒施密特博士(Dr. Schmidt)有时也会感到绝望:

> 让(施密特博士)感到愤愤不平的,不是被囚禁,也不是

恶劣的住宿条件，甚至不是可怜的食物，而是"偏偏被英国人囚禁"这件事。"我在这个国家已经15年了，我热爱这个国家，热爱这里的人民，我不想生活在其他任何地方，我娶了英国人为妻，英国人没有比我更好的朋友了。这一切到底是为什么？"

鲍尔对他说："您试试换种方式看待这件事。想象一个男人和他的妻子结婚多年，生活一直很幸福。妻子一向理智，但有一天这个女人受到不好的外部压力，突然歇斯底里大发雷霆，声称这个男人想要她的命。这个男人应该立即与她离婚吗？还是应该用冷静和关爱耐心地等待她恢复理智呢？"

施密特博士很感激他的回答，他与菲利克斯/鲍尔成了朋友。但营地里还有一位牧师［菲利克斯给他起名叫"哈姆斯（Harms）牧师"］，他是个坚定的纳粹分子，不断散布虚假信息。比如"他声称英国政府和王室已经逃往加拿大……反纳粹者对哈姆斯产生了极大的愤慨，但人们还是决定不让英国人注意到此事"。

菲利克斯/鲍尔听说有一天他们都将被转移到马恩岛（Isle of Man），他如释重负。[19] 此前英国政府已在海滨大道附近的一批酒店、旅馆和高尔夫球场周围拉起了铁丝网，里面总共有60栋房子。[20] 对被拘禁者来说，这意味着住宿条件将有很大改善：

> 年轻人争先恐后地挑选最好的房间……鲍尔很幸运，他有一张自己的床，大多数人不得不与别人共用一张双人床……整栋房子和各个房间的陈设虽然简陋，但勉强算是人道了……在

一些房间里甚至还有自来水。[21]

同样被拘禁的画家兼作家弗雷德·乌尔曼（Fred Uhlman）则不那么兴奋："为了节省遮光物，有人想了一个'绝妙'的主意，将窗户涂成蓝色，将灯泡涂成红色，结果白天房间里就像水族馆一样昏暗，晚上感觉就像在妓院。"[22] 弗朗茨·玛里施卡与乌尔曼和菲利克斯/鲍尔同时在马恩岛，他还是一如既往地快活。他记忆中最有趣的事发生在岛上的医院。想要请病假，就必须得到一个叫乔纳森·西尔伯曼（Jonathan Silbermann）的人的尿液。西尔伯曼患有糖尿病，他想出了一个赚钱的点子，将自己的尿液装在小瓶中出售。很少有人能买得起这种"西尔伯曼药水"，但如果你有幸得到它的话，你甚至可能因严重糖尿病而被提前释放。西尔伯曼本人早就可以获释了，但他直到"尿出了"一大笔钱之后才离开营地（据称他用这笔钱在伦敦开了一家餐馆）。[23]

弗朗茨·玛里施卡和菲利克斯都是维也纳人，他们当时可能被安置在同一所房子里了。同一类的拘禁者通常会被分在一个组，以避免争吵。马恩岛上最大的团体是：

> 德国和奥地利的犹太人，其次是东方犹太人[24]，但也有一所天主教牧师和新教牧师的房子……还有一所房子里都是真正的纳粹分子……他们表现得毫无顾忌，感觉自己就是胜利者。那所房子里可以看到万字符。有一次，一个纳粹分子甚至威胁佩尔格说要击毙他。如果有人将此类情况报告给英国官员，只会

233

被粗暴地驳回。被拘禁者之间的秩序要靠他们自己来维持。值得一提的是，哈姆斯牧师是最先被释放的那批人之一。直到很久以后，才有人询问获释者，他们当时是否发现有可疑活动。[25]

在邮政审查方面，对于被拘禁者中的纳粹分子和犹太人，英国人也没有区别对待。[26] 不过即使是最好的审查员也不可能发现一切。菲利克斯的"另一个自我"鲍尔在信中这样委婉地描述了可怜的口粮配额："这里的食物既丰富又美味，经常让我想起施泰因（Stein）的大型机构。"英国的审查员们不会知道，施泰因是奥地利最大监狱的所在地。然而，除了糟糕的食物之外，被关押者更担心的是，如果德国人入侵英国，会发生什么：

> 没有人知道德国人是否会入侵，以及何时从何地入侵。如果发生这种情况，在马恩岛登陆绝非不可能。因此，政府派了一个特派团给马恩岛的指挥官，指挥官承诺如果有危险，会及时将囚犯运走。大家都很高兴，没人愿意在党卫队的监督下去纽卡斯尔挖煤。

菲利克斯/鲍尔高估了纳粹入侵的可能性——同时他也低估了英国人的能力：

> 随着时间的推移，囚禁生活变得越来越压抑。透过营地一侧的铁丝网可以看到海边长廊，人们会站在那里充满渴望地向

外看。早上，大家会看着士兵在海滩上操练。然而没人会觉得英国军队是现代化的、组织得当的。那一切给人的印象简直是外行在玩票。鲍尔的朋友普雷格（Preger）苦笑着说："情况会好转的。英国人已经决定改用火器了。"那里的人总是神经过度敏感，一句不小心的话就会引发一场恶性争吵。长期生活在同一个男性社会中是很难的。透过铁丝网的某些位置可以看到长廊和路过的女人，那些位置总是人群密集。

每个人都渴望触摸。一名被拘禁者发现了一只小猫，大家都很喜欢它。为了给小猫起一个合适的名字，他们想了好几天。与德语"拘留敌侨"读音相仿的"因特妮达"（Internida）入围，但最后大家同意用"小瑞丽斯"（与 release 谐音，寓意"释放"）。

人们对释放梦寐以求，于是用讲座来分散自己的注意力，免得总是去想这事。弗雷德·乌尔曼描述了大家有多么自豪，因为营地里有三十位来自牛津和剑桥的讲师，他们争相提供内容丰富的讲座："当威廉·科恩（William Cohn）教授关于中国戏剧的讲座与埃贡·韦尔斯岑（Egon Welleszens）对拜占庭音乐的介绍在时间上冲突的时候，该怎么办？……也许人们更愿意听尊茨（Zuntz）谈论《奥德赛》或弗里登塔尔（Friedenthal）讲莎士比亚的戏剧。"[27] 被拘禁的艺术家中最著名的是达达主义者库尔特·施维特斯（Kurt Schwitters）。他的讲座特别合时宜，因为这时候"每个人都在过着超现实主义的生活。两千名'敌侨'在这里为'我们仁慈的乔治六世国王和我们仁慈的伊丽莎白女王'的胜利而祈祷，还有什么能比这更符合达达主义呢？"[28]

事实证明,菲利克斯的经历比其他人更接近达达主义。在营地里有一个与他同名同姓的人。这另一个菲利克斯·迈尔在他后来的拘禁经历中扮演了重要角色。他们两个人一直被混淆。一开始是搞错信件,这倒并无大碍。后来年轻的菲利克斯被驱逐到加拿大,而老菲利克斯留了下来,没有再去想那个同名的人。然而,在此期间,爱丽丝和贵格会已成功地让一名英国议员过问了菲利克斯的案件,他向内政部施加了压力。接下来发生的事情又被菲利克斯描述为他的"另一个自我"鲍尔的故事:

> 这位议员写信说,预计鲍尔将在几天内被释放。鲍尔满心焦急地等待着。随后,议员又发来一封信,说已经安排释放鲍尔了。鲍尔焦急地等了一周又一周,一直等了一个月。但所有等待都是徒劳,什么也没有发生。有一天,他惊讶地听说,与他同名同姓的那个被驱逐到加拿大的年轻人被带了回来并获释了。显然是有人因为姓名而混淆了他们,鲍尔当然很生气,他疯狂咒骂这件事。他再次写信给议员,议员答应调查此事。然而,又过了好几个月,问题才得以澄清……从那时起,鲍尔在营地里常被称为"那个本不应该继续待在这里的人"。

菲利克斯被囚禁了近一年后,他再次经历了转移,被送往马恩岛的另一个营地。鲍尔也是如此:

> 他们与军官中的友好人士道别,向山上的另一个营地行进。

第 11 章 不幸的菲利克斯

这是一次糟糕的在押人员交换。另一个营地实行着最严格的纪律。令人痛苦的是,新的指挥官蔑视囚犯,态度恶劣。据记载,他曾经使用过诸如"Feeding time for the Jews(犹太人喂食时间)"的说法。在那里,对最轻微的疏忽施以严厉惩罚是每日司空见惯的做法。据说这位指挥官……曾在爱尔兰起义中领导黑棕部队(Black and Tans,一支特别残暴的英国部队),他似乎还一直生活在那样的情绪和时代中。住宿条件也很糟糕。一个人开玩笑说,他的房间里有自来水。他说得没错,在下雨时确实如此……鲍尔只在这个营地待了两星期,然后他等来了期待已久的释放。抛下很多善良的同志让他很难过,他几乎为自己受到的优待而感到难堪。但当他在道格拉斯(Douglas)登上船,而守卫突然无声无息地消失时,他还是非常高兴的。然后,船终于起航,他自由了。

菲利克斯于1941年3月14日被释放。在拘留营待了一年后,他终于再次见到了儿子托马斯和妹妹爱丽丝。但没有海伦妮在身边,他仍然觉得自己只是半个人。他让"另一个自我"体验到了这种感觉:

> 他已经多次收到他妻子的消息,但这些信息一点也不能让人安心。那些信是经过瑞典转寄的,海伦妮在信中巧妙而隐晦地告诉他,情况越来越糟……然后很长一段时间都没有消息,接着又是一封来自瑞典的信。但这条信息过于隐晦,鲍尔竭尽全力仍然无法理解,这让他感到绝望。但无论如何,她仍然活

着,并且仍然自由……

然后菲利克斯/鲍尔收到了一封意思更加明确的信:

那是一封告别信。不是非常简洁明了,但能看出她的绝望和不甘。信中说,关键问题是她还能否来得及离开。她从美国领事馆了解到,过几天就轮到她的号码了,但如果不是紧接着的一两天,那就太晚了,那样她将被遣送到波兰。她已经收到盖世太保的传票了。因此她写信向他告别。

鲍尔仿佛受到了可怕的打击……他觉得需要做些什么,他想大叫,他的无助使他愤怒……怎么办?该怎么做?他在伦敦的美国领事馆有一个熟人,于是鲍尔去找了他。是的,这是真的,维也纳美国领事馆很可能在未来几天关闭。[29] 领事馆的人与鲍尔握手,等待他离开。但鲍尔愣愣地站在那里,他无法思考了,他像木头人一样站着,只知道有东西在痛,痛得他要哭出来。不可能的,一定能有办法,有些事情是人类所不能容忍的。领事馆官员同情地把手放在他的肩上:"只要有生命,就有希望。我相信奇迹,你也应该试着去相信。"鲍尔走了。这时的他是一个迷失的人。他一直在想,"我活不下去了。活着还有什么意义呢?等着看希特勒被绞死吗?他确实赢了,至少是战胜了我。"

自 1938 年以来,菲利克斯一直是一个不幸的人。但这时,一个让他无法相信的奇迹真的发生了。他收到了妻子的电报:"我得

第 11 章　不幸的菲利克斯

救了。明天我会坐船到纽约。吻你。"

就在海伦妮险些被遣送到波兰，美国驻维也纳领事馆马上要关闭之前，她收到了签证。1941 年 5 月，她登上了前往美国的船。[30] 爱丽丝激动地与菲利克斯一起庆祝了这一奇迹。尽管她的哥哥和嫂子要再等三年才能最终在纽约重逢，但他们知道彼此都很安全。不幸的菲利克斯最终还是有些幸运的。

尽管对英国充满了感激，但菲利克斯始终无法完全摆脱一种感情。他依然思念着维也纳。1942 年，他给爱丽丝寄了一首诗，描述了自己的想法。[31] 这首诗在今天看来可能显得脆弱伤感，但当时爱丽丝很快就把每一句都背下来了。因为这首诗也完全描述了她的感受。

思　乡

再一次，我想从卡伦山俯瞰

城市，多瑙河，远处的马希费尔德。

再一次，我想站在英雄广场中间，

再一次站在唐纳喷泉①前。

再一次听那久违的乡音响起，

动听而熟悉，

庭院那边的厨房敞开着窗，

---

① 卡伦山（Kahlenberge）是维也纳市郊一座海拔 484 米的山丘，在山顶可以俯瞰维也纳；马希费尔德（Marchfeld）是维也纳盆地北部的一片区域；英雄广场（Heldenplatz）和唐纳喷泉（Donnerbrunnen）都是维也纳城内的名胜。——编者注

那里有个唱着小曲的维也纳姑娘。

再一次,我想在郊外漫步,
那里有低矮的灰色老屋,
一切都像老朋友一样熟悉,
就连未曾见过的也没有距离。
哦,维也纳的冬天!白雪覆盖着街道,
蓝天上温暖的阳光照耀。
每一个维也纳人都记得你,
亲爱的维也纳,从未有人把你忘记!

……
此刻我坐在陌生的桌边,
听着陌生的声音,吃着陌生的餐点。
当然,我对这里的人民心怀感激,
在最艰难的时刻,他们的庇护给了我生机。
人民很善良,只是这片土地黯淡无光,
我需要温暖,需要太阳,需要光亮——
在这里,我依然像个过客在异国他乡,
毕竟,老树不能被移植到远方。

再一次,我想——但想这些又有何用?
死去的已经死去,无法重生。

第 11 章　不幸的菲利克斯

我的孩子还小，他们大概还能习惯
把异国当成家园。
世界很大，处处有人在生活，
没有一个国家未被阳光照耀过。
但我的家乡永远无法被代替，
因为我只有在维也纳才能生活，才能呼吸！[32]

第 12 章
一个美国人出现

> 我是剑,
> 我是火焰。
> ——海因里希·海涅

爱丽丝梦想着经历一个像菲利克斯夫妇那样的奇迹。她无法想象思念配偶是什么感觉,但她想念着两个儿子。有时她与宝拉·希伯想象与孩子们重逢的情景。后来,在 1944 年,意想不到的事情终于发生了。一个穿着美国制服的人出现在湖区。他的外表多少有点像演员大卫·尼文(David Niven)。就像尼文一样,他抽着烟斗,留着窄窄的胡子,动作不紧不慢,看起来是个处变不惊的男人。爱丽丝有将近九年没有见过他了,尽管他姿态轻松洒脱,但她还是在一大群人中认出了他。他们分别时,他还是一个叛逆的 22 岁年轻人,那时他讨厌维也纳,一心只想离开那座城市。他的直觉是正确的。站在爱丽丝面前的是她的大儿子奥托。

第 12 章 一个美国人出现

他的到来不仅是给爱丽丝的一份礼物,也证明了对纳粹德国的战争迎来了转折。1944 年,奥托与 50 万名美国士兵一起抵达英国,支持盟军进攻德国本土。幸运的是,他不在 6 月 6 日的诺曼底登陆部队中,人们预计那些士兵生存的机会是相对渺茫的。奥托有飞行员执照,因此为空军工作。空军将他分配到了战略轰炸调查团,该组织负责评估空袭对德国的影响。这样安排是有道理的,因为他对轰炸非常熟悉。1937 年,他自己在上海曾遭遇轰炸,从那时起他就知道站在受害者一边是什么感觉。

战略轰炸调查团位于伦敦附近的泰丁顿(Teddington),距离爱丽丝将近 480 公里。即使在今天,从伦敦到湖区的火车行程也需要 6 个小时。在 1944 年,这段旅程可能更加费时费力。火车上挤满了士兵,座位不足,平民被警告不要"轻易出游"。到处张贴着海报,上面用指责的语气写着这样的问题:"你们的旅行真的有必要吗?"

对奥托来说,肯定是有必要的。他不在乎去见爱丽丝的旅程要花 6 个小时还是 16 个小时。他必须在被派到德国之前见到她。

爱丽丝本想立刻把奥托的事告诉儿童之家里的所有孩子。但她很清楚,有些女孩已经感到自己被忽视了。如果她的儿子现在出现了,她们会怎么说?这是否会引发更多的嫉妒情绪?毕竟这里的气氛已经相当情绪化了。所有的孩子都在等待那一刻:等待一个家庭成员出现,等待某位得以成功逃离纳粹政权的亲人,无论是哪一位。随着战争一年又一年地继续,这个梦想变得越来越遥不可及。因此,爱丽丝隐瞒了她的长子已经来到英国这件事。总之,没有一个孩子后来记得曾在温德米尔见过奥托。只有爱丽丝的记录显示,他曾经

243

来看过她，以及这次见面对她意味着什么。[1]

奥托已经不小了，但尽管他故作从容，爱丽丝一定还是感觉到了他内心一如既往的躁动不安。他有一种摩拳擦掌，蓄势待发的感觉，但现在驱使他的不再是对冒险的渴望。这场战争已经成为他的战争，他有很多理由要打这场仗。

奥托自 1944 年 4 月就拥有了美国国籍。经过九年的时间和许多曲折，他终于成了一名美国人。作为报答，他必须表明自己愿意为美国而牺牲。这并不是一笔非常糟糕的交易，因为除了获得美国护照之外，他这样做还有另一个理由———一个情感上的理由，那就是参军终于给了他反击的机会。许多犹太移民后来说，他们最渴望的就是与纳粹政权作斗争。"我的上级严肃地问我，是否能接受与自己出生的国家作战，"一名犹太士兵回忆说，"我只是笑了笑。我不想被安排在太平洋战场……我想到欧洲作战。"[2]

对于犹太士兵来说，与希特勒的战争是一场关乎个人的战争。即使是那些原本一生不会自愿拿起武器的移民，这时也坚决要求参军。维克多·布隆伯特（Victor Brombert）是战后一位受人尊敬的浪漫主义学者，他写道："我曾经满腔热血……但我的热情在奥马哈海滩（Omaha Beach）消退了。"[3]

像所有美国士兵一样，布隆伯特和奥托的脖子上挂着一个被戏称为"狗牌"的标签。除了个人身份证号码和血型外，这个身份标签还注明了宗教信仰。犹太士兵佩戴了字母"H"，代表 Hebrew（希伯来人）。在战斗中，这个字母可能带来致命的后果。带有"H"的俘虏会立即被德国人枪杀。如果没有"H"，还有希望在战俘营中幸存（但在那里，犹太人也要担心在彻底搜身时被发现接受过割礼）。由于被德国人俘虏的风险很高，美国犹太士兵可以决定是否要在他们的"狗牌"上标注"H"或标明其他宗教信仰。[4] 英国军队中则没有这个选项：每个犹太士兵都会被直接宣布为英国圣公会教徒。为了安全起见，德国移民还被赋予了英文姓名［例如，即将离开马恩岛的弗朗茨·玛里施卡改名为弗朗西斯·马什（Frances Marsh）］。[5] 而这样的实用主义做法在美国军队中并不存在。

不知道奥托是否选择了在其身份标签上注明"H"。由于他不久以后就开始以一个代号在军队中工作，因此可以推测，他早在1944年就已经假称自己是天主教徒了。尽管他从未退出过犹太社区，但他后来在德国的登记文件中总是将自己的宗教信仰登记为"天主教"。[6] 他从未准确解释他所谓的皈依天主教发生在何时何地。但他当时确实为自己的基督徒身份做好了充分的准备，并且很快就记住了一些祷告词。这些词今后会用得上。

再次见到爱丽丝时，奥托有很多话不能说。"Careless talk costs lives"，意思是"粗心说话会让人丧命"，这句警示语当时出现在无数公共建筑外面悬挂的海报上。军队人员不许讨论军内事物，与家人谈论也不行。所以爱丽丝知道她其实不应该问奥托他在美国或英国的工作，但她很好奇。她是一位希望了解情况的犹太母亲。她此前听说了一些事，比如卡尔的维也纳朋友赫尔曼·邦迪（Hermann Bondi）参与了对战争很重要的研究工作。[7] 她想知道是否儿子也在做同样令人兴奋的事情？但奥托只能让她失望了，他没法跟邦迪比，后者当时正在一个秘密地点改进英国雷达技术，后来成了剑桥教授赫尔曼·邦迪爵士。[8] 而奥托所做的事始终不为人知。

根据迄今为止公开的关于奥托的少量军队记录，他于 1943 年 1 月 11 日在新罕布什尔州（New Hampshire）入伍。至于他 1944 年出现在英格兰看望爱丽丝之前究竟在做什么，至今还无法确定。在他的军队生涯中，他拥有两个人员编号：一个是普通士兵，后来又有一个完全不同的编号，是反情报队（Counter Intelligence Corps，缩写为 CIC）的一名情报军官。由于反情报队里还有一个与奥托同姓的人，这也给调研工作增加了困难。另一个人是鲁道夫·乌尔巴赫（Rudolf Urbach）上尉。当奥托被派驻到某地工作时，鲁道夫也经常出现在同样的地方，这样的情况发生了多次（美国、德国和后来的日本）。乍一看，人们可能会认为鲁道夫·乌尔巴赫是奥托的化名，但实际上这个人是真实存在的。1908 年，鲁道夫·乌尔巴赫出生于杜伊斯堡（Duisburg）的一个犹太家庭，比奥托大 5 岁。[9] 这两个乌尔巴赫彼此没有血缘关系，但他们似乎利用了名字的相似性来联合完成一些工作项目。

这种合作应该是 1943 年 5 月在科罗拉多州时就已经开始了。吕迪格·冯·韦希马尔（Rüdiger von Wechmar）是科罗拉多州特立尼达营（Camp Trinidad）的战俘，后来成为联邦德国的外交官，他确定自己曾见过担任审讯军官的奥托。在韦希马尔的自传中，他描述了自己在 1943 年到达科罗拉多并结识奥托的经历："（我们）与美国司令员的军官们合作，其中有乌尔巴赫中尉，战后我在德国再次遇到他，那时他是美国 3M 公司的代表。"[10]

奥托后来确实为 3M 公司工作过，并与韦希马尔很熟，但韦希

第 12 章 一个美国人出现

马尔记忆中在科罗拉多州见过的人真的是奥托吗？到目前为止，只有照片显示鲁道夫·乌尔巴赫曾经在那里工作过。[11] 因此，也许韦希马尔搞错了，或者鲁道夫和奥托在那时就已经作为一个团队在工作。无论如何，奥托对坐落于落基山脉（Rocky Mountains）附近的特立尼达营地周围的景观非常了解。战前，他曾想过在这里建一个滑雪酒店。特立尼达战俘营所在的位置风景绝佳，但营地当然不是一个疗养院。它由一排排长长的简易房组成，这些房子是为了接收第一批德国战俘而在最短时间内匆匆搭建的。在此之前，英国人不得不独自承担接收战俘的重任，但现在他们得到了美国人的支持。美军在对待战俘方面没有什么经验，最初对这项任务感到不知所措。但他们还记得有一种非常特殊的武器现在可以使用——没有任何一个其他国家有美国这么多的移民，这些移民了解敌人的语言和文化。来自德奥两国的移民比任何心理学家都能更好地理解和分析他们曾经的同胞在想什么。他们是理想的审讯官。

奥地利卡巴莱艺术家格奥尔格·克莱斯勒后来用一句话解释了他为美国军队所做的工作："所有懂德语、意大利语或日语的人都被派去侦察敌军情况。"[12] 大多数移民在马里兰州（Maryland）的里奇营（Camp Ritchie）接受培训。汉斯·哈贝（Hans Habe），"里奇男孩"（Ritchie Boys）中最著名的人物，后来这样写道：

> 里奇营……位于蓝岭山脉（Blue Ridge Mountains）脚下，是世界上最奇怪的军营。在这里，一切都被秘密所包围，一半的人都是乔装活动。你会看到整个连队穿着纳粹国防军的制服

247

行进；日本狙击手——他们是美籍日本人——蹲在树枝上；在营地的一个区域，假扮党卫队士兵的人在操练。他们不分昼夜地学习：学敌后侦察、审讯战俘、分析航拍照片，还要学反间谍、民族学、心理战、情报分析……每天的新闻会在食堂用餐时以十五种语言通过扩音器宣读。[13]

这是一支有创意的部队。包括马塞尔·普拉维（Marcel Prawy）和恩斯特·豪瑟曼在内的一些维也纳戏剧界人士，以及后来的名人如亨利·基辛格（Henry Kissinger）和J.D.塞林格（J. D. Salinger）都曾在里奇营和类似机构接受过情报人员培训。早在他们被派往德国作战之前，他们就已在美国战俘营的德国士兵身上试验了他们的审讯技术，科罗拉多州的特立尼达营就是其中之一。1943年，正是在那里，像鲁道夫（可能还有奥托）这样的移民首先见到了在非洲被俘的、埃尔温·隆美尔（Erwin Rommels）的士兵。这是一次角色互换的会面。丧失了权力的纳粹军官坐在他们从前的受害者对面。然而，犹太审讯专家们只字未提自己的德国血统。例如，鲁道夫·乌尔巴赫假装说着带有美国口音的德语。[14]要想获得正确的信息，这种伪装很重要。《日内瓦公约》规定，战俘只需提供他们的个人资料。但美国人当然想要从他们身上了解更多。这就需要创造力——而谁能比富有想象力的维也纳"咖啡馆文学家"更有创意呢？

例如，在亨特堡（Fort Hunt）有一个战俘营，最暴力的纳粹国防军士兵会被发配到这里。这个战俘营发明了一种让囚犯开口的有效方法——"俄国待遇"。囚犯会被告知，由于缺乏合作，他们将不得不被移交给苏联联络官。随后，一位讲俄语的移民出场扮演这个"联络官"的角色。在亨特堡，囚犯的牢房会被窃听，所以今天我们知道，一个名叫海因里希·施佩尔（Heinrich Speyer）的纳粹通信兵给他的战友讲了自己被"残酷的苏联联络官"审讯的情况："那里有个自称特派员的人，当他出去时，把手放在我的肩膀上，说：'伊万·伊帕诺维奇（建议）你签字。你会见到伊万·伊帕诺维奇的。'……接着他说：'你会真正了解俄国的。我们会用探照灯把你的眼睛烤焦。'"[15] 可以想象，通信兵施佩尔签字了。

特立尼达营地没有亨特堡那样多的狂热分子，但在这里，也有坚定的纳粹分子恐吓那些对希特勒发表负面言论的俘虏。奥托的熟人吕迪格·冯·韦希马尔就是遭遇恐吓的俘虏之一。他的政治立场并不安全，因为像他这样的"叛徒"屡屡遭到谋杀，营地管理部门觉得有必要保护那些对纳粹持批评态度的囚犯。一直到1945年5月，特立尼达营地的德国军官还在计划谋杀叛变的同胞。[16] 如果韦希马尔没记错，奥托真的在科罗拉多州工作，那么他早在1943年就已经在学习一种技能，那就是识别纳粹狂热分子，将他们从大量随波逐流的人群中筛选出来。后来在被占领的德国，他将这种技能练得炉火纯青。

奥托与爱丽丝重逢时，不能与她谈论自己的工作，而她对此除了接受也别无选择。但有一个问题她无论如何都想知道答案：自1942年以来，她一直没有收到她在维也纳的三个姐妹西多妮、卡罗琳娜和海伦妮的消息。她知道1941年菲利克斯的妻子在最后一刻逃往美国，躲过了被驱逐到波兰的命运。关于东欧集中营有很多传言。这些集中营里的人能存活下来吗？奥托是否了解更多相关信息？这可能是爱丽丝问奥托的最沉重的问题。他是怎么回答她的？

战后多年，有人问安娜·弗洛伊德，她的几位年迈的姑妈为什么会被杀害。她的回答是："纳粹想要她们的房子。"[17] 抢到住房后，下一步可想而知的做法就是，灭掉抢劫案的证人。除了安娜·弗洛伊德的几位姑妈之外，从1938年起，爱丽丝同父异母的妹妹卡罗琳娜和西多妮也被列为无家可归的老年妇女。她们起初借住在朋友家，后来被安排进了集体宿舍。她们最后的共同地址是1942年位于穆尔纳路（Müllnergasse）的维也纳犹太教会堂。[18] 如果巴尔杜尔·冯·席拉赫（Baldur von Schirach）没有在1942年成为纳粹党大区长官的话，她们或许还能在战争中幸存下来。

席拉赫的美国母亲艾玛·米德尔顿·冯·席拉赫（Emma Middleton von Schirach）在儿子被任命为"东部边疆"的大区长官后兴奋地写下这样的文字："是的，我为我的儿子感到非常自豪，他很忙……有很多事情要做。他想让维也纳成为一个领先的文化和音乐中心，而且事情已经有了良好开端。"[19] 席拉赫最重要的文化措施是将奥地利的犹太人驱逐出境，让他们去送死，其中包括西格蒙德·弗洛伊德和爱丽丝的姐妹。1942年7月14日，西多妮和卡罗琳娜被从穆尔纳路押送到特雷津集中营（Theresienstadt）。这批押送一共有1009人，其中950人被杀害，59人幸存到战后。西多妮和卡罗琳娜的名字又一次出现在押送名单上。两个月后，1942年9月21日，西多妮的生日当天，她和她的姐姐以及其他老人一起被送往特雷布林卡（Treblinka）。这趟从特雷津到特雷布林卡的

第 12 章 一个美国人出现

转运共押送了 2002 人，其中只有一人幸存。[20]

奥托当时还不知道这些细节，但他猜到姨妈们在东部难民营中生存的机会微乎其微。爱丽丝的妹妹海伦妮和她的丈夫也没有什么希望。[21] 他们最后已知的地址是罗兹犹太人居住区（Getto Lodz）。

在 19 世纪，罗兹算是一个新兴的工业城市，对于犹太农村人口颇具吸引力。当时人们去罗兹是为了娱乐消遣或找个好生计。在犹太人的笑话中，这座城市成了一种"应许之地"。1915 年，犹太编剧弗里茨·勒纳-贝达（Fritz Löhner-Beda）根据阿图尔·马塞尔·韦劳（Artur Marcel Werau）的音乐创作了一首歌曲《罗莎，我们去罗兹》（*Rosa, wir fahr'n nach Lodz*），其中就暗示了这一点。勒纳-贝达是传奇的高产词作家，他为无数轻歌剧和热门歌曲创作了歌词，比如《我把心遗失在了海德堡》（*Ich hab mein Herz in Heidelberg verloren*），以及《你是我心中所有》（*Dein ist mein ganzes Herz*）。而他关于罗兹的歌曲后来以一种奇怪的方式获得了"重生"。

2019 年 1 月，喜剧演员沃尔夫冈·特雷珀（Wolfgang Trepper）出现在北德意志广播电台（NDR）的一档讽刺节目中[22]。他扮演自己，一个来自鲁尔区（Ruhrpott）的脾气暴躁的家伙，在节目中回顾 70 年代的童年。其中有一段是，他痛斥那个时代无聊的德国热门歌曲。他提到，迪特·托马斯·黑克（Dieter Thomas Heck）在 1974 年的热歌榜节目中甚至捧红了维基·莱恩德罗斯（Vicky Leandros）的歌曲《特奥，我们去罗兹》（*Theo, wir fahr'n nach Lodz*）。新的歌词确实比勒纳-贝达的版本还要乏味：

251

> 特奥，我们去罗兹，
> 起床，你这懒惰的土拨鼠，
> 在我失去耐心之前
> 特奥，我们去罗兹
> 我们要好好庆祝一番
> 一场让我们忘记全世界的庆典
> 特奥，我们去罗兹

从歌唱艺术的角度看，这首歌乏善可陈，因此特雷珀在节目中咆哮：

> 特奥，我们去罗兹！去你的！特奥不想去罗兹。是她想……如果你想在半夜去波兰，你就自己去吧，你这个蠢女人！罗兹到底有什么，那里什么都没有，那里从来没有发生过任何事情。你见过有旅行社的牌子上写着"去罗兹购物"吗？罗兹什么都没有，那是个超级无聊的地方，没有人愿意待在那里。罗兹从来没有发生过任何重要的事情，那里永远死气沉沉。

然而，在这一点上，特雷珀大错特错。第二次世界大战期间，罗兹发生了许多重大事件。1974年，即战争结束后不到30年，《特奥，我们去罗兹》在德国取得成功时，仍有许多纳粹国防军和党卫队士兵清楚地记得战争期间在罗兹发生过的事。但他们没有兴趣公开它。1940年至1944年间，罗兹的犹太区利兹曼施塔特

（Litzmannstadt）约有 43000 人因饥寒交迫而死亡。对于大多数被驱逐者来说，这里是前往奥斯维辛集中营（Auschwitz）或马伊达内克集中营（Majdanek）的中途休息站。

1974 年，当《特奥，我们去罗兹》走红时，没有人问过有多少人在罗兹被杀害。这首歌的原创者勒纳－贝达也无法再对新歌词发表评论。1942 年 12 月 4 日，在法本公司（IG Farben）的一个负责人谴责他的工作方式太拖沓后，勒纳－贝达被殴打致死。[23] 勒纳－贝达的死给流行音乐产业带来的好处是，这首歌得以重新填词，现在去罗兹的人是维基·莱恩德罗斯。

*

爱丽丝对海伦妮被杀害的具体情况一无所知。奥托决定不给她讲这件事。但是，他无法阻止爱丽丝在战后得知卡罗琳娜和西多妮的遭遇。她们一起被毒气毒死了。在回忆录中，爱丽丝只有一句话提到了此事，她写道，两人"在死去时紧紧相拥"。[24] 当然，没有证据能够证明这个拥抱，但这样想会让她好受一点。

也有可能真实情况确实是这样。

第13章
考狄利娅的战争

> 里德学院教会我分析思考
> 并收集尽可能多的事实。
> 这项训练
> 对于情报工作来说非常有用。
> ——考狄利娅·多德森[1]

还有一个故事奥托在1944年也没有告诉他的母亲,那就是考狄利娅·多德森也将很快抵达英国。这件事奥托不能告诉爱丽丝,否则她会坚持要与考狄利娅见面的。她们两人第一次见面是1937年在萨赫咖啡馆,她当时完全低估了这位年轻的美国姑娘。此时爱丽丝已经明白,如果没有考狄利娅的帮助,卡尔活不到现在。所以她亏欠考狄利娅很多,但奥托在1944年没能让这两个女人见面。除了几个同事以外,没有人知道考狄利娅的伦敦之行。这是她秘密生活的一部分。

第13章　考狄利娅的战争

如果不曾目睹奥地利被吞并，考狄利娅可能永远不会成为美国战争特工组织——战略情报局的雇员。正如她自己所说，那段经历影响了她的整个余生："从那一刻起，我开始憎恨纳粹。"[2]1938年10月，她回到美国后，最初对纳粹政权无能为力。她只是一名大学生，她知道大多数美国人反对在欧洲开展军事行动。直到1939年9月战争爆发时，她的同胞依然不愿意支持英国对抗希特勒，考狄利娅不得不接受这一事实。

她希望公众舆论能够转变，那段时间她继续在里德大学学习德语、法语和心理学。1941年12月7日，日本轰炸珍珠港时，她刚刚毕业。几天后，希特勒向美国宣战。风向终于有了转变，考狄利娅立即去了华盛顿。她的第一份工作是在作战部。考狄利娅与她的弟弟丹尼尔[3]以及奥托一样，都属于空军，她最重要的情报任务是将有关德国空军的信息翻译成英文并加以分析评估。考狄利娅的分析工作做得很好，评估结果也被采用，但做了三年的案头工作后，她还是希望被派往欧洲执行作战任务。从1944年3月起，关于盟军马上就要进攻欧洲大陆的传言日渐盛行。考狄利娅身边越来越多的朋友被派往英国，考狄利娅相信她在那里也会比在安全的华盛顿有更多作为。

*

1944年6月6日，考狄利娅与数百万美国人一样听到了罗斯福总统的广播讲话——诺曼底登陆已经开始。考狄利娅知道，最初的伤亡会非常大。这时她再也无法忍受继续留在华盛顿了。当时有

255

1941年，考狄利娅·多德森在里德学院毕业典礼上

一个很适合她的空缺：

"伦敦 X2 部门长官秘书兼助理。该职位要求对 X2 报告的分析和传递具有高度责任感，有自己的判断力和很强的主动性。希望能有优秀的法语和德语水平。"[4]

战略情报局局长威廉·唐诺文（William Donovan）于 1943 年创立了一个名为 X2 的部门，作为与英国的联络处。[5] 在战略情报局中，X2 被视为"精英中的精英"。考狄利娅最想要的就是这份工作。她的推荐信令人印象深刻，她的上司 E.R. 勒罗伊（E.R.LeRoy）为她背书，里德学院的讲师亨利·F. 皮特斯（Henry F. Peters）、E. 巴恩哈特（E. Barnhart）也力荐她，当然还有德克斯特·基泽。[6]

考狄利娅的面试记录中有一些内容保留了下来，记录中对她的描述如下："单身，在国外没有亲属，想到海外做出自己的贡献，喜欢旅行。聪明，给人留下很好的印象，看起来高效务实。X2 将雇用她，年薪 2600 美元。"[7]

考狄利娅终于可以启程前往欧洲了。但当她于 1944 年 11 月抵达伦敦时，她已经认不出这座城市了。她已听说这里遭到了轰炸，但现实比想象的要残酷得多。她在 20 世纪 30 年代的学生时代所经历的那个充满活力的伦敦已不复存在。人们面容憔悴，衣着破旧，到处都是瓦砾和弹坑。1944 年 1 月到 5 月，空袭再次发生，人们对战争感到厌倦。在繁荣和安全的美国，考狄利娅可以随时买到食物，也习惯了暖气和电力的稳定供应。而在伦敦，这些都是罕见的，她不得不穿着大衣、戴着手套坐在办公室里，思考去哪里可以为周末弄到一些吃的。

但她还没来得及适应英国的条件，就于 1944 年 12 月接到了任务前往瑞士。没有人向她解释需要她去做什么，但她的薪水发生了变化。在那之前，她和所有其他员工一样一直定期领取工资，但从 1944 年 12 月 1 日起，她的工资由一个秘密基金支付。这个"爬行动物基金"（Reptilienfonds）的目的是掩盖她在瑞士真正的老板。[8] 雇佣考狄利娅的这个男人在战争中扮演了令人称道的角色，但后来却作为中央情报局（CIA）局长将自己的功劳毁于一旦，留下了不光彩的名声。他就是艾伦·杜勒斯（Allen Dulles）。[9]

纽约律师杜勒斯并非一个心思细腻的人，心理学和文化差异也不是他最感兴趣的东西。但他很聪明，总能结交到需要的人，身边这些人会告诉他，他的对手（和盟友）正在想什么。他手下最优秀的战略情报局特工都曾长时间在国外生活过并能理解不同国家的社会。考狄利娅符合这样的条件。[10]

在去见杜勒斯的路上，考狄利娅还扮演了一名"导游"。她的"旅行团"很不寻常，这群人都是已被策反的德国战俘，他们将被秘密送回德国从事间谍工作。筹备这次行动的人是考狄利娅和奥托的朋友彼得·维托尔（Peter Viertel）。[11] 战争结束后，维托尔毫无保留地将其中一个"旅游"任务写成了一部剧本。1951 年，电影《血战莱茵河》①（Entscheidung vor Morgengrauen）[12] 风靡全球。考狄利娅后来回忆了他们"旅游任务"中出现的各种问题。[13] 飞机摇摇欲坠，

---

① 《血战莱茵河》是中文版译名，该片英文原名直译为《黎明前的决定》（Decision before Dawn）。

如果不是飞行员很有经验，他们绝不可能在那样恶劣的天气条件下降落在里昂。这座城市被视为安全之地，已于1944年9月获得解放，但参与计划的每个人依然很紧张。直到将战俘送至德国并最终越过瑞士边境后，考狄利娅才恢复了镇定。这里没有灯火管制规定，她可以再次打开车灯在夜间行驶。那是圣诞节前不久，路边的房屋灯火通明，散发着瑞士的繁荣气息。她尽情地享受着这样的正常生活："我们在一家优雅的餐厅吃晚餐，马提尼酒是用真正的玻璃杯而不是纸杯装的，餐巾是亚麻布做的，而不是手帕。"[14]

但她的新工作比马提尼酒更令人振奋。1944年圣诞节前两天，她在伯尔尼（Bern）的绅士街（Herrengasse）23号报到。23号是一栋庄严的房子，自1690年建成以来已多次扩建。门铃旁边的名牌上写着：艾伦·杜勒斯，美国大使特别顾问。艾伦·杜勒斯租用这座建筑并不是出于历史兴趣，而是因为它有一个可供来访人员秘密进出的单独入口。在他的安排下，房子前面的路灯在晚上不会点亮。他有充分的理由这样做。瑞士人和所有敌对的情报机构都对他这里的来访者感兴趣。

考狄利娅先是与杜勒斯的主要顾问之一保罗·C.布鲁姆（Paul C. Blum）合作。考狄利娅在50年后回忆说："我们住在希尔伯霍夫公寓（Haus Silberhof）。保罗在角落里的房间，我在他旁边的房间……我们有一台瑞士打字机，打字不是我的强项，保罗不得不接受这一事实……我们最大的问题是对垃圾进行秘密处理。"[15]

瑞士官方是中立的，但考狄利娅很快就了解到，不同地区的中立性有所不同："苏黎世是亲德的，但日内瓦……是反纳粹的。德国人在瑞士建立了一个非法的纳粹党,瑞士警方将这些人视为叛徒并在调查其成员信息,收集相关材料。他们想知道正在发生的情况,而这也正是我们想要的。"有时会出现荒诞的一幕:互相敌对的两个派别同时在伯尔尼最高档的酒店贝尔维尤宫(Hotel Bellevue Palace)用餐:餐厅的一侧坐着战略情报局的人,而另一侧坐着海因里希·希姆莱手下帝国保安局(SD)的特工。[16] 近距离接触有其好处。考狄利娅帮助保罗·布鲁姆招募到一名保安局女特工,[17] 她还参与了布鲁姆最重要的任务之一:查明纳粹官员转移黄金的渠道,这些官员在战争结束前试图紧急将黄金偷运到列支敦士登、西班牙和南美。[18] 布鲁姆在银行和商界有各种各样的线人,除了他的团队之外,他不信任任何人:"我们是一个紧密合作的小团体,"考狄利娅后来说,"而且我们会一起喝酒,有时并非工作需要。"[19] 尽管如此,他们还是成功了。1946年9月,布鲁姆、考狄利娅和他们的战略情报局同事威廉·胡德(William Hood)因查获纳粹黄金而获得晋升。[20]

考狄利娅不仅参与布鲁姆的任务,同时也直接为艾伦·杜勒斯工作。杜勒斯对她的学生时代很感兴趣,尤其是她1937年的意大利之行:

卡尔和考狄利娅的友谊始于1937年4月9日维也纳的一个火车站。当时,卡尔已经记下了考狄利娅乘坐的确切车次,这列车从威尼斯出发,途经的里雅斯特、克拉根福特、塞默灵、维也纳。他没有详细问她在意大利做了什么,可能是因为他认为美国人在意大利总是做同样的事情:参观废墟、教堂和博物馆。考狄利娅的确也完成了这些行程,但在常规旅游路线之外,她还去找了她在里德学院同学埃米里奥·普奇·迪·巴森托（Emilio Pucci di Barsento）的父母。这样做的原因纯粹是出于好奇。

在里德学院，普奇和奥托唤醒了考狄利娅对滑雪和欧洲政治的兴趣。他们两人在滑雪时的快速下坡方式几乎一模一样，但在政治上，他们却持有截然不同的观点——奥托看到了法西斯主义的危害，普奇则为它辩护。考狄利娅想两方面都了解一下。

普奇家族是意大利最古老的贵族家庭之一，自1480年以来一直住在佛罗伦萨的普奇宫（Palazzo Pucci）。考狄利娅1937年见到埃米里奥的父母后，得知他小时候有一位英国家庭教师。青少年时期，埃米里奥·普奇对美国社会模式和意大利法西斯主义都充满热情，这是一个他永远无法完全解决的矛盾。15岁时，为了参加体育比赛，他加入了法西斯青年组织——国家巴利拉组织（Opera Nazionale Balilla，缩写为ONB），后来又以大学生身份在米兰加入了法西斯大学团体（Gioventù Universitaria Fascista，GUF）。[21]

去过意大利后，考狄利娅开始相信奥托对法西斯主义的批评是正确的。普奇在政治竞争中败下阵来，但在情爱方面却比奥托有优势。考狄利娅觉得这个意大利人一生都极具吸引力，"他身材修长，非常优雅，是一名出色的运动员。他滑雪水平高超，会击剑，也很擅长跳舞。"[22] 他不光在考狄利娅的眼里充满吸引力，里德学院的女生大都记得普奇。只有少数人后来对他没什么印象了，原因之一或者说主要原因是他不适合一夫一妻制。一位同学回忆说："有些女人看到他就特别兴奋，而另一些女人则竭尽全力与他保持三米的距离。"[23]

261

普奇的职业生涯比他的爱情生涯更精彩。1937年在里德提交题为《法西斯主义：解释与辩护》的论文后，[24]他游历了亚洲，几个月后才返回意大利。根据他后来向战略情报局提供的信息，那次回国后他第一次看到了法西斯政权的阴暗面。"我意识到我在国外期间将法西斯主义理想化了。面对所有政府部门的公然腐败和无能，我体会到了可怕的幻灭。"[25]

但普奇仍然是一位意大利爱国者，他接受了战斗机飞行员的培训。在1938年的一次滑雪旅行中，他遇到了墨索里尼的孩子们，并与他们成了朋友。最重要的是，他与已婚的大女儿埃达·齐亚诺建立了亲密的情人关系。埃达只比他大四岁，喜欢运动，颇具魅力。意大利公众将她视为百分百支持她父亲的"现代"法西斯主义者。甚至在1930年她与齐亚诺伯爵结婚时，她也对着镜头进行了法西斯式的敬礼。经过埃达的介绍，普奇甚至在1943年夏天与墨索里尼进行了一次私人会面[26]，他本希望向墨索里尼说明意大利航空部腐败情况，但未能实现。普奇回到了前线。1943年，他的神经已经非常脆弱，只有在上机之前用药物"柏飞丁"（Pervitin）进行强烈刺激后，他才能执行飞行任务。[27]

1944年还在伦敦的时候，考狄利娅就在一份加密电报中注意到了普奇这个名字。她向她的上级解释说，她在里德学院上学时就认识普奇，她还曾于1937年在意大利拜访过他的父母。[28]普奇对美国人很重要，因为他和埃达·齐亚诺拥有他们迫切需要的东西：墨索里尼的前外交部长、埃达的丈夫齐亚诺伯爵的日记。战略情报局的任务之一是为以后的战犯审判收集尽可能多的材料。这些日记被认为是潜在的证据，因为有传言说，齐亚诺记录了他与德国外交部长约阿希姆·里宾特洛甫（Joachim Ribbentrop）和其他几个纳粹领导人的所有谈话内容。他们想掌握这些信息。1943年，齐亚诺失宠于墨索里尼，被关进了监狱。他的妻子埃达也与她的父亲决裂。她现在把丈夫的日记藏起来，并试图用它们来要挟父亲释放他。普奇当时在尽力帮助她，而正是电报中的与此相关的信息引起了考狄利娅的注意。这符合她在里德认识的普奇。

可能很少有人会冒着生命危险去救情人的丈夫。但普奇不是一个普通的男人，而埃达·齐亚诺也不是一个普通的妻子。1944年初，他们两人差点让希姆莱的保安局特工安排释放齐亚诺，以此作为条件来换取这些日记。但希特勒发现并阻止了这项交易。1944年1月11日，根据其岳父墨索里尼的命令，齐亚诺在维罗纳（Verona）被处决。埃达用一句不寻常的话向她的孩子们传达了这个消息："爷爷让人击毙了爸爸。"[29]

在这种混乱的情况下，唯一继续站在她身边的人是普奇。交易失败后，他把埃达和她的孩子们送到了瑞士边境，她还随身带着部分日记，但随后普奇就落入了保安局手中。后来，在写给战略情报局的秘密报告中，他这样描述保安局的"审讯"：

> 我不想提供关于我如何被刑讯的详细情况。酷刑是一种如此屈辱的经历，甚至谈论它都是另一种屈辱。我只能说，酷刑持续了八个小时，我的头骨骨折，一个耳朵鼓膜破裂，我被按在水里，直到昏厥。[30]

此后不久，保安局改变了策略。他们把普奇派往瑞士，让他说服埃达交出日记。普奇对法西斯主义的信仰现在彻底被击碎了，到达瑞士后，他立即尝试与盟军取得联系。但英国人对他不感兴趣，这又一次的打击终于使普奇倒下了。他被送入一家瑞士医院，那里的医生发现他身负重伤。直到这时，艾伦·杜勒斯才任命考狄利娅为普奇的"处理人"（情报负责人）。经历了种种磨难的普奇住在瑞士疗养院，考狄利娅的探望当然令他非常兴奋。她的目光加速了他的康复，考狄利娅也很高兴再次见到他："我的投入超出了正常工作的范围。我们甚至在采尔马特（Zermatt）赢了一场舞蹈比赛。我们一起滑雪，在噼啪作响的炉火前谈论我们的大学时代和正在侵蚀意大利的法西斯制度。"[31]

他们的关系发展良好。拿到日记的工作也有所进展。普奇同意去意大利取回其余的日记，但在此期间，一部分日记已经落入保安局手中。幸好由于普奇的帮助，埃达·齐亚诺仍保留着五卷。她也住在一家疗养院里，由瑞士情报部门看守。

现在必须说服埃达将这些日记交给艾伦·杜勒斯。普奇竭力劝说她，最后埃达在她的疗养院里接待了杜勒斯。经过长时间的谈判，两人同意在完全保密的情况下拍摄1200个完整页面，以后将其出版成书。这项交易是盟国的一项重要公关成果。国际新闻界发表了这些日记的摘录，它们在纽伦堡审判中成为指控里宾特洛甫的证据。

齐亚诺的日记只是战略情报局和反情报队在纽伦堡向检察官提供的罪证材料中的一部分。在某些情况下，为了获得材料不得不做出很大的妥协。但最终这些材料还是发挥了作用，至少有一些罪行极其严重的纳粹战犯被定罪。[32]

考狄利娅应该对自己在日记行动中的作用感到满意。采尔马特的舞蹈表演绝对值得。

第 14 章
幸存下来！

这一天是我们的。

恶犬已经死了。

——1945 年 5 月 1 日，英国广播公司引述
威廉·莎士比亚戏剧《理查三世》中的一句话

1945 年 5 月 5 日，丽斯·谢尔泽从儿童之家骑车到她工作的裁缝店，她在中途遇到了送电报的邮差。她没想过可能会有她的邮件，因此她继续往裁缝店骑去。没过多久，她正忙着给一位顾客的衣服包边，露特冲进店里大喊："你必须马上回家，有你的电报！"这个消息让丽斯惊慌失措。她的父亲正在英国军队服役，她想到，会不会是在战争的最后时刻父亲出了什么事，于是她急忙赶回儿童之家："两位监护人已经准备好茶和镇静药片在等我。"

爱丽丝、宝拉和丽斯一起走进隔壁的房间，把电报递给她。电报来自瑞典，是寄给她父亲的，因为此前他登记了儿童之家作为他

的通信地址。丽斯读到父亲的名字后松了口气,因为这意味着他本人没有出事。她打开信封,读道:

"斯德哥尔摩。45年5月4日,谢尔泽。
你的妻子得救了;由红十字会从德国送来。"

今天丽斯已经是一个老妇人,但谈到那一刻她依然会喜极而泣。那一刻她意识到父母幸存下来了:

我是儿童之家唯一一个有父亲的女孩,[1] 现在我的母亲也回来了! 19个女孩站在门外等我。我能听到她们低声说,"为什么丽斯不出来告诉我们电报里写了什么?"我对监护人说,我该怎么向其他人解释电报的内容呢?她们都没有父母,而我如此幸运。最终我还是出去告诉了她们。大家都为我感到高兴,并说,也许我们很快也会听到一些消息。但她们再也没有听到任何好消息。

在接下来的几周里,爱丽丝和宝拉不得不更频繁地从柜子里拿出镇静药片。从5月8日战争结束后,除了这封电报以外,传到儿童之家的都是坏消息。爱丽丝很担心这里的气氛,她禁止孩子们看报纸,一到新闻时间就关掉收音机。她要求大一点的孩子看电影时等正片开始再进去,因为每部电影放映前都会播放英国的《百代新闻》(*Pathé News*),这是报道每周政治事件的新闻片。在整个战争期间，她们都允许孩子们观看《百代新闻》，但现在，片中开始涉及集中营的内容。当爱丽丝听说要放映一整部解放集中营的电影时，她明确禁止大家去电影院。彼得·希伯描述了当时发生的事情："一个年龄大一点的女孩还是偷偷溜进了电影院。影片一开始，她就晕倒了。工作人员竭尽全力帮助她。当地警察随后用车将她送回了儿童之家。"[2]

多年来，爱丽丝和宝拉一直觉得，她们管理的不是儿童之家，而是一个孤儿院。而这时，这显然已经成为事实。她们只能与犹太援助组织一起寻找女孩们的远亲。但有几个孩子无论如何都不想离开儿童之家，爱丽丝和宝拉作为她们父母的唯一替代人，又继续照顾了她们很长一段时间。一些资料记录了事情的经过，包括犹太难民委员会的一份档案，这份档案一直到战争结束后还在继续记录。档案显示，玛格特·H. 在1945年已经21岁了，但她仍想留在儿童之家。战后所记录的档案条目中既有悲剧色彩，也有一些平淡的流水账：

1945年7月14日：贝尔根－贝尔森集中营（Bergen-Belsen）名单上发现了贝拉·H. 这个名字。我们正试图查明她是否是玛格特的母亲贝拉·H.。

1945年7月16日：我们将这些信息带给了玛格特，并告诉她，一旦有任何新消息，她就会收到通知。

1945年11月1日：乌尔巴赫太太通知我们，玛格特已订婚并准备结婚。我们通知乌尔巴赫太太，诺伊曼拉比（Rabbi

第 14 章 幸存下来!

Neuman）将很快与我们联系，讨论流程细节。

1946年2月26日：玛格特辞掉了工作，想在旅馆帮忙。她想切除扁桃体。（伦敦的）犹太医院给她预约了手术。她已经解除了婚约。

1946年4月13日：乌尔巴赫太太被告知手术进展顺利，并询问玛格特何时可以回家。宝拉·希伯感谢犹太委员会（在伦敦）照顾玛格特。

1946年6月3日：收到红十字会的消息。玛格特询问的两个人已被驱逐到里加（Riga），大概是在41年11月22日。[3]

1946年6月6日：通知乌尔巴赫太太。她必须将这条信息传达给玛格特。

1946年8月9日：玛格特在斯坦福山（Stamford Hill）找到了一份美发师的好工作。

1947年4月16日：玛格特与正在军队服役的内森·D.（Nathan D.）订婚。他是一名犹太难民，是基布兹（Kibbuz）的成员。这就是玛格特不想移民美国的原因。

1947年5月29日：玛格特收到了结婚嫁妆（来自犹太委员会）。[4]

也就是说，儿童之家没有在1945年立即被撤销。情况正相反。根据彼得·希伯的说法，它被用作中转站，接待来自其他收容所的儿童。总之，到1946年10月，爱丽丝和宝拉一共照顾了40个女孩。[5]

安娜·弗洛伊德似乎也记得温德米尔和爱丽丝的工作。在集中

269

营解放后，她与援助组织合作，该组织将一群难民儿童从波兰带到了英国。她从爱丽丝那里知道湖区的乡村是多么宁静怡人。这些来自集中营的孩子现在也被安置在温德米尔附近，希望美丽的乡村至少能让他们在身体上有所康复。这些孩子住在湖边，在卡尔加斯（Calgarth）住宅区。[6] 宝拉和爱丽丝可能与这些孩子没有联系，她们正忙于自己的儿童之家，身体已不堪重负。她们早已约定，永远不会放弃她们所照顾的孩子，但到1946年，犹太委员会筹集到了足够的资金将那些年轻的女孩送到远房亲戚那里，这时宝拉和爱丽丝可以重新考虑自己的未来了。宝拉想留在英国，但爱丽丝梦想着有个新的开始。

*

在奥斯维辛集中营流行着一个词，用来形容一个物质极大丰富的地方：这个地方被称为"加拿大"。如果有人问，如何能在集中营中找到女子管弦乐队的乐器时，就会有人回答：加拿大。"加拿大"的官方名称是"财物仓库"。从囚犯身上拿走的所有东西都被收集到财物仓库里，包括他们的保暖大衣和藏在里面的贵重物品。"加拿大"成为财富的代名词，是所有囚犯向往的地方。[7]

爱丽丝的命运无法与集中营中的姐妹们相比，但她也有一个向往的地方。它就在加拿大旁边，叫作美利坚合众国。吸引她的不仅是这里的繁荣，最重要的是这里已经成为她儿子和哥哥菲利克斯的新家乡。爱丽丝现在想和他们在一起。她最大的梦想是移民美国。作为一名新的美国公民，奥托终于能够完全为她担保，多德森一家的帮助也加快了她的移民进程。由于富有的威廉·多德森在华盛顿的职位与政府关系密切，他的意见最终发挥了决定性作用。他向移民当局详细描述了爱丽丝的两个儿子是如何融入美国的：

> 当奥地利被吞并，犹太人血统的人们被纳粹虐待时，我的孩子们要求我帮助卡尔·乌尔巴赫逃出奥地利并将他带到美国。我为他提供了一份担保……我们给他在大学里找到了一个位置……从里德学院毕业后，他在芝加哥的西北大学主修化学……他非常聪明，生活节俭……他的哥哥奥托·乌尔巴赫曾在空军服役，目前在欧洲驻美国的某个机构工作。他非常爱国、充满活力，自信果敢。[8]……我还没有见过他们的母亲，但我的三个孩子在维也纳认识了她。她是营养学方面的专家，曾在维也纳和伦敦工作……我从我的孩子和其他来源了解到，她是一位能干和受人尊敬的女士……由于她年事已高，两个儿子都希望她可以来美国，这样当她无法再工作时，她的儿子们可以照顾她。[9]

多德森的报告给当局留下了印象，爱丽丝终于可以预订前往纽约的船票了。1946年10月16日，她在南安普敦登（Southampton）上了伊丽莎白女王号。这艘船以乔治六世国王的妻子命名，她曾在战前为该船举行了落成典礼。然而，这却不是爱丽丝预想中横跨大西洋的豪华邮轮旅程。这艘船此前被改装用于部队运输，直到1946年才作为商业客船进行"处女航"——爱丽丝就在这次航程中。爱丽丝享受旅途的每一分钟。她特别兴奋的是，这艘船的船长是一位名叫詹姆斯·比塞特（James Bisset）的爵士。1912年，比塞特曾作为一名年轻的军官帮助救援过泰坦尼克号上的幸存者。[10] 过去几年，爱丽丝曾仔细研究过在紧急情况下谁的做法正确，谁的做法失败。与比塞特一起旅行对她来说是一次令人安心的经历。她安全抵达纽约。

*

今天的美国仍然是年轻人热衷的移民国家。只要你身体健康，能够长时间工作，就可以达到良好的生活水平。但那些生病或年老的人却无法指望得到多少支持。由于社会保障体系漏洞百出，每个美国人都生活在持续的担忧之中，人们害怕失去工作并随之失去医疗保险。刚到埃利斯岛上，体弱多病的人就被筛选出来遣送回家了，无论他们在原籍国将面临怎样的命运。反过来，如果你看起来精力充沛并且有工作能力，你就不必担心。当爱丽丝1946年乘船抵达纽约时，她并不完全符合充满活力的理想移民形象。在战后的照片上，她是一个疲惫不堪、努力微笑的女人。她的头发全白，穿着简朴。据猜测，她应该没有给移民官员留下好印象。如果爱丽丝没有得到有影响力的多德森一家的推荐，她可能不会这么快就被放行。她自己也很清楚这一点。她特别为自己的大衣感到羞耻："当我到达纽约时，我的嫂子（菲利克斯的妻子海伦妮·迈尔）来接我，她对我说的第一句话是：'你的外套看起来像是救世军的衣服！'"[11]

这是一个残酷但非常恰当的说法。服装在美国是极大丰富的，但在英国仍然要定量配给。爱丽丝穿着一件不成形的粗布大衣。她

第14章 幸存下来!

再也没有一件可以引以为豪的东西了。经过这些年的贫苦生活,她几乎忘记了她的家庭对得体的衣着有多么重视。由于迈尔家族是靠纺织业发家的,对所有家庭成员来说都有一条不成文的规定:迈尔家族的男人要穿毫无瑕疵的西装,迈尔家族的女人则要穿优雅的套装并戴上相配的帽子。那时每次在维也纳散步都是一场表演,你不仅代表你个人,也代表着公司。尽管那些日子已过去很久了,但在纽约,爱丽丝决心重新对自己的外表多加关注。在美国,即使钱很少,也是有可能做到这一点的。百货公司的商品琳琅满目,爱丽丝不敢相信自己又看到了这么漂亮的东西。她的嫂子海伦妮挣得不多,菲利克斯也只能靠低薪的办公室工作勉强度日,但两人从外表上都看不出贫困。

后来爱丽丝在纽约住得离他们两个很近,但在1946年,她只想做一件事:重新和卡尔在一起。他在芝加哥的西北大学(Northwestern University)学习,爱丽丝特地去看他。那一定是一次奇怪的重逢。她记忆中的卡尔是一个腼腆的20岁男孩,但卡尔现在28岁了,他经历了很多。他曾在达豪集中营待过,在美国靠打零工维持生计,同时也以创纪录的最短时间获得了化学博士学位,这是一个对战争很重要的学科。这些经历让他更加自信,现在他终于可以学习他真正想学的专业——医学。在分开多年后,他们为了重新认识对方,决定干脆搬到一起住。卡尔在芝加哥一家大酒店给爱丽丝找了一份营养师的工作,她开始重新学习一个陌生国度的食材名称和计量单位。[12]

爱丽丝为美国丰富的衣服和食品所折服,与此同时,奥托正在德国经历着相反的事情。他看到了饥饿的民众、被炸毁的城市和被解放的集中营里堆积如山的尸体。他的特工同事、记者汉斯·哈贝这样描述了1945年与德国人的第一次重逢：

> 我遇到了所有的……现象……有懦弱的机会主义者，这些人昨天还在宣扬要坚持到最后一刻，今天却急切翻出自己的英语知识；有绝不讨好我们的勇敢的抵抗斗士；有不可救药的纳粹，他们试图用小规模的破坏行动来推迟不可避免的结局；有民族主义者，他们冷漠地看着自己气数将尽的国家走向毁灭；也有渴望和平的爱国者。[13]

这里是一个阴暗污浊的世界，混杂着各种人性的堕落。奥托的大多数战友都想尽快回归平民的工作，这并不奇怪。但奥托一刻也没有打算回归。在看到集中营里的情况后，他已经无法再回到原本的生活中了。

这时爱丽丝的两个儿子又有了完全不同的选择。卡尔试图通过正常的生活来忘记一切。他不允许纳粹影响他的未来。而奥托则相反，他从未建造起他在1938年所梦想的滑雪酒店。在接下来的30年里，他所做的一切都与战争有关。

像他那一代的许多男人一样，奥托从不谈论自己的内心感受。只有他平实的情报报告透露出他在战后德国看到了什么。这些报告存放在华盛顿的国家档案馆，其中包括一份以奇特方式闻名于世的文件：敖德萨报告。奥托在1946年报告的关于前党卫队成员组织（简

奥托（中），右边是一位美军少校，大约摄于1946/47年

称敖德萨）的情况被研究多年，后来弗雷德里克·福赛斯（Frederick Forsyth）在其小说《敖德萨档案》（*The Odessa File*）中对相关内容进行了改编。

*

从 1946 年初开始，奥托在斯图加特（Stuttgart）的反情报队第一区工作。[14] 反情报队并不像考狄利娅的战略情报局那样被视为精英组织，但执行的任务是相似的。最初，反情报队是为打击间谍活动而设立的，但在战后满目疮痍的德国，它不得不承担各种警务工作——从黑市管制到搜寻战犯。其中一些战犯藏身于所谓的"DP 营"，即收容流离失所者（displaced persons）的营地。这些营地一片混乱。在这里，曾经的集中营囚犯随时都可能遇到冒充流浪者的党卫队成员。这些人没有证件或持有伪造的证件，讲的故事没有人能够核实。当时各种非法交易和犯罪司空见惯，而 DP 营则是暴力的温床。奥托和反情报队的同事们承担了一项吃力不讨好的任务，即查明谁对自己的身份说了实话，而谁在撒谎。出于这个原因，反情报队经常将自己的人（主要是德国难民）偷偷带入营地以获取信息。同样的方法也被用在关押党卫队成员的监狱营地。奥托在 1946 年所写的著名的"敖德萨报告"中讲述了其中一个监狱营的情况：

1946 年 7 月 3 日

主题：被释放的党卫队囚犯反动组织"敖德萨"（Odessa）
1. 这里收到的信息表明，存在一个由党卫队释放人员组

第 14 章　幸存下来！

成的地下组织。这些人员来自奥尔巴赫（Auerbach）释放营（Entlassungslager），这个营地的囚犯全部是高级别的党卫队军官。据推测，只能暂住那里的低级别的党卫队人员受到了他们的影响。

2. 据线报，在火车站对面的奥格斯堡红十字会（Augsburger Roten Kreuz），只要说出口令"敖德萨"，就能享受食品特权和其他优惠待遇。1946年6月8日上午9点，一名红十字会的护士在听到"敖德萨"这一暗号后，给士兵们提供了面包和咖啡。而此前不久，她刚刚拒绝了其他获释战俘的要求。

……

4. 建议由反情报队下属区域分队对这些人进行仔细调查，同时，为了获得有关敖德萨的信息，应对格拉芬沃尔（Grafenwöhr）附近的奥尔巴赫党卫队释放营进行内部调查。

特工奥托·R.乌尔巴赫[15]

这份报告纯粹是一份例行的常规报告，是反情报队特工日常撰写的数百份报告之一。这时奥托还把敖德萨称为一个地下组织的"口令"。但在接下来的几周里，新的信息传来。在被英国占领的汉堡出现了一个敖德萨组织，而在巴伐利亚，反情报队将一名线人安插进了达豪监狱营。过去达豪集中营的囚犯被解放了，现在被囚禁在那里的是党卫队成员。达豪的线人了解到，有传言称一个名为敖德萨的逃亡组织正在筹备文件，准备前往阿根廷。[16]

"敖德萨"这个名字本身就是一个谜。奥托认为它代表着"前

277

党卫队成员组织"（Organisation der ehemaligen SS-Angehorigen，首字母缩写为 Odessa），但由于党卫队成员恐怖的黑色幽默是出了名的，敖德萨对他们来说可能有另一种含义。1941 年秋天，罗马尼亚军队在德国人的指挥下，在敖德萨杀害了大约 25000 名犹太人——党卫队圈子里对这一行为极为自豪。无论命名的原因是什么，其目的似乎都是相当务实的：帮助志同道合的人并组织逃跑路线。早在 1946 年底，反情报队就发现前党卫队人员的反应极其灵敏；与此同时，还出现了名称完全不同的新网络[17]。他们的行动方式也在那些年中逐渐完善。已知的最后一个党卫队援助组织名叫"无声援助"（Stille Hilfe）。该机构由海因里希·希姆莱的女儿古德伦（Gudrun）支持，直到她 2018 年去世。"无声援助"为党卫队罪犯提供法律援助，并为其提供在养老院中舒适养老的机会。[18]

*

奥托 1946 年写下的反情报队报告，一直到 2000 年都处于保密状态。而"敖德萨"这个名字却早在 20 世纪 60 年代就已为人所知。这要归功于"纳粹猎人"西蒙·维森塔尔（Simon Wiesenthal）的书《我追查艾希曼》（Ich jagte Eichmann）和《凶手还活着》（Doch die Mörder leben）。在经历了毛特豪森集中营（KZ Mauthausen）的监禁生活后，维森塔尔曾发誓要追查纳粹战犯及其网络。他追查过的战犯之一是阿道夫·艾希曼，他于 1945 年 5 月先是藏身于奥地利的阿尔陶塞（Altaussee），然后在德国躲藏了 5 年，于 20 世纪 50 年代初逃到了阿根廷。这样的地下生存，只有依靠支持者和资助者构成的庞大网络才可能实现。维森塔尔追查过这样的网络,在调查过程中他也听说了敖德萨。他将自己的信息传递给路透社记者弗雷德里克·福赛斯,后者对信息进行了润色,并在1972年将其写成小说出版,名为《敖德萨档案》。[19]

当然,不断有人问维森塔尔,他是如何得知敖德萨的。他从未透露过消息来源,只说信息来自一位成功的德国实业家。[20]事实上,有几位反情报队成员有充分的理由告诉维森塔尔有关敖德萨的情况。自1949年以来一直在奥地利工作的奥托可能就是其中之一。就像维森塔尔一样,他不希望对战犯的搜寻被叫停。但情报队的上级似乎早就决定要终止这项工作了。维克多·布隆伯特描述了他早在1945年底所经历的情况:当时他追踪并逮捕了一些当地有名的纳粹分子,但这些人在很短时间内就被释放了。他的上级认为,他们需要这些人"来维持社会运转"[21]。这是一个原因。另一个不那么务实的原因是,美国的特工部门从来都不是一个完全志同道合的团体,其中有一些雇员并不太抗拒与纳粹合作。不是每个人都有着与考狄利娅·多德森一样的道德标准。

布隆伯特甚至认为他的几个上司是彻头彻尾的反犹太主义者。此外还有第三个原因:一个新的敌人出现了,因此对纳粹战犯的追捕工作也失去了优先级。冷战已经开始,新的敌人是苏联,这时需要的是妥协。[22]布隆伯特得出了这样的结论,因此他回归了平民生活,后来成为普林斯顿大学的法国文学教授。奥托则与他相反,留在了反情报队。这一选择有很多弊端。为了继续在德国工作,他现在需要一个永久的伪装。当初逃亡出国的移民此时被视为叛徒,甚

CONFIDENTIAL

**HEADQUARTERS
COUNTER INTELLIGENCE CORPS
UNITED STATES FORCES EUROPEAN THEATER**
Region I (Stuttgart)
APO 154

Sub-Reg. Stuttgart
3 July 1946

MEMORANDUM TO THE OFFICER IN CHARGE:

SUBJECT: Subversive Organization of Released SS Prisoners "ODESSA"

1. Information received at this office indicates that there exists an underground organisation of released SS prisoners who have passed through the Auerbach Entlassungslager. The permanent staff of this camp consists entirely of higher SS personnel, and it is believed that the lower SS ranks passing through this installation are influenced by that permanent party of SS officers. Ev. F-6

2. It is reported that upon mentioning the code word "ODESSA" special food privileges and special consideration can be had in the Augsburg German Red Cross, diagonally across from the Main Railway Station at Augsburg. A particular Red Cross helper, who was on duty at 0900 hours on 5 June 1946, upon being told that the men who approached her knew the cover name "ODESSA", gave them extra bread and coffee although she had turned down other released PWs only a few moments before. Ev. F-6

3. Discription of this Red Cross worker is as follows:

Name: unknown
Age: 28 - 30
Height: 168 cm.

4. It is suggested that this personality be carefully investigated by the CIC Sub-Region concerned and that information about this "ODESSA" movement be obtained by inside investigation of the SS Entlassungslager, Auerbach, near Grafenwoehr. Ev. F-6

OTTO R. URBACH
Special Agent CIC

APPROVED:
CLAYTON L. ROLOSON
Special Agent in Charge
Sub-Region Stuttgart

DECLASSIFIED
Authority 911081
By SM NARA Date

CONFIDENTIAL

奥托关于前党卫队成员组织（敖德萨）的报告，该报告为弗雷德里克·福赛斯的全球畅销书《敖德萨档案》提供了素材至一度比"正宗的"美国人或英国人更受鄙视。1954年,盖世太保的第一任头目鲁道夫·迪尔斯(Rudolf Diels)将移民描述为给纽伦堡审判"提供线报的人"。他称这些人在国外进行反对祖国的宣传并"呼吁德国战俘出卖军事机密"。[23]迪尔斯的说法在今天看来完全是谎言,因为他本人还曾向反情报队毛遂自荐过。但他的文章表达了一些人的想法。在战后的德国,像鲁道夫·迪尔斯这样的人物数不胜数,也许正是因为如此,奥托在斯图加特第一次使用了化名"E.W. 斯通先生"(Mr. E. W. Stone)[24],斯通这个名字的英文是"石头",这与他当时的状况不谋而合:在他认识了那些罪犯之后,他只想变成石头,不想再为任何事情而产生情绪波动。

但事实并没有如此简单。他从未完全石化,原因是一个叫维拉的女人。除了她的美貌之外,还有很多原因使他爱上这个20岁的女演员维拉·弗里德伯格(Wera Friedberg)。维拉自己认为这是机缘巧合。她回忆的版本是这样的:

1946年,我第一次获得在斯图加特国家剧院演出的机会。那天我很饿,实际上我们一直都很饿。斯图加特有一个黑市[25],我带着一些家里的银器去了那里。在我第二次尝试交易时,我遇到了反情报队,并被带到了检查站。那里的美国军官斯通先生对我发表了长篇大论,讲黑市的危险性。他说我不知道黑市背后的事情,让我永远不要再去那里。我发誓将彻底悔改,才勉强赶上了夜场演出。两天后我收到了第一批包裹。有人将这些包裹交给了我的房东,是很棒的几大包食物。我们简直不敢相信，兴奋地吃了起来。但包裹里没有任何纸条，也没有发件人，什么都没有。我当然知道这些包裹只能来自斯通先生，当我终于找到他表达谢意时，他只说："并没有什么意思。我会为任何饥饿的人这样做。"他似乎对我不太感兴趣，我也只是送给他一张剧院演出票。[26]

维拉比奥托小 13 岁，她已订婚并全身心投入在自己的工作中。在卷入这个毫无希望的故事之前，奥托检查了她的家人是否加入了纳粹党，以防万一。他这样做是有充分理由的。每天他都以斯通先生的身份审问纳粹分子。那段时间里，他已经见识了无数种"失忆症患者"，他不想和其中任何一个产生任何私人关系。爱上一个来自纳粹家庭的女孩会让他夜里的噩梦加倍（当然也会让爱丽丝非常不安）。

奥托在第一次见到维拉时就注意到了她的姓氏弗里德伯格。这个姓听起来让人充满希望。弗里德伯格不仅是几个小镇的名字，也是一个常见的犹太姓氏。尽管奥托对历史课只剩下了模糊的记忆，但他知道德意志帝国总理俾斯麦（Bismarck）手下曾有一位犹太部长：司法部长海因里希·冯·弗里德伯格（Heinrich von Friedberg）。这非同寻常的一点留在了他的记忆中。这个弗里德伯格一路高升，跻身普鲁士政府的最高层。令奥托高兴的是，维拉正是这位弗里德伯格的后代。海因里希·冯·弗里德伯格的父亲是一位名叫伊斯拉埃尔·弗里德伯格（Israel Friedberg）的商人，他的孩子们尽管有犹太血统，却获得了惊人的成就。[27] 海因里希成了普鲁士司法部长，他的兄弟爱德华（Eduard）成为成功的柏林工厂主。维拉出身于爱德华这个家族分支。他的后代只称他为"螺丝爱德华"，因为据称他发明了一种特殊的螺丝。至于这种螺丝究竟有何特殊之处，在后来的弗里德伯格家族中很快就被遗忘了。在"螺丝爱德华"死后，没有其他家庭成员有任何手工技能。弗里德伯格一家努力转变为一个中产阶级的新教家庭。然而，这对他们没有多大帮助。纽伦堡种族法颁布后，维拉的父亲被定为"混血二级"（Mischling zweiten Grades），不得继续行医。[28]

维拉在舞台上展现的正是她父亲的经历。她给这位可爱的斯通先生的演出票并不是随意的一张。作为符腾堡州（Württemberg）的斯图加特国家剧院最年轻的演员，她出演了很多部戏，但其中一个角色对她具有特殊的意义：她在反纳粹剧《马姆洛克教授》（*Professor Mamlock*）中扮演女儿露特。该剧讲述了一位犹太医生在1933年被纳粹分子赶出诊所的故事。他的老朋友一个接一个地离开他，女儿露特在学校受到羞辱，而马姆洛克教授也落入了纳粹冲锋队的手中。他们撕烂他的衣服，在他脖子上挂上写有"犹太人"的牌子，最后将他逼上了绝路。弗里德里希·沃尔夫（Friedrich Wolf）的这部戏剧在20世纪30年代的苏联和美国取得了巨大成功。战争一结束，该剧就被搬上了德国多地的舞台。对维拉来说，露特的角色之所以重要，是出于非常个人的原因。1946年7月，《斯图加特报》（*Stuttgarter Zeitung*）写道，她所扮演的"马姆洛克的女儿感情真挚,惹人怜爱"。但同时也有评论家认为,该剧已经"过时"了：

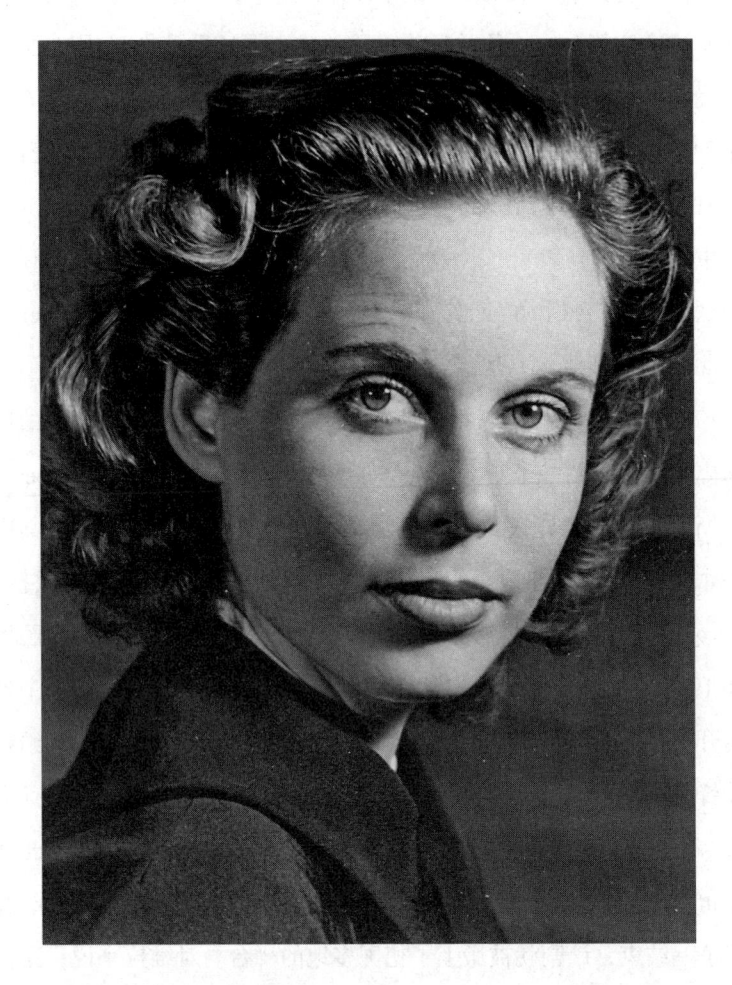

演员维拉·弗里德伯格（Wera Friedberg，后改姓 Frydtberg），约摄于 1947/48 年

将恶魔统治时期的一段悲惨故事再次如实呈现在我们面前倒也无妨。然而，斯图加特的首演未免给人一些悲喜交加的讽刺感：演出过程中现场多次响起了热烈的掌声，就像一场政治集会。而鼓掌的人可能就是当初那些保持沉默的人，因为那时他们知道抵抗会带来危险。[29]

在这一点上，评论当然是有道理的。不过，在热烈鼓掌的观众中，可能还有一位斯通先生。奥托爱上了维拉，因为很难不爱她。但也许他坠入爱河的另一个原因是，她即是露特·马姆洛克。

在弗里德里希·沃尔夫的戏剧《马姆洛克教授》中,维拉扮演露特,赫伯特·赫伯(Herbert Herbe)扮演马姆洛克教授。1946年,斯图加特国家剧院

第15章
返回维也纳

> 我必须对这座城市
> 做出一个完全否定的评判——
> 维也纳还是那个维也纳。
> ——阿尔弗雷德·波尔加
> 在20世纪40年代末访问维也纳后[1]

爱丽丝穿着崭新的美国衣服,从维也纳的人群中脱颖而出。但在1949年,引人注目的不仅仅是她的衣服。[2] 她身上有一种每个当地人都会立即注意到的东西。尽管她说话依然带着迷人的维也纳口音,但以前那种土生土长的维也纳气质已经消失,她现在带有一种移民的气息。奥地利人恩斯特·洛塔尔(Ernst Lothar)也是一位这样的移民,他在其近乎直白的小说《回归》(*Die Rückkehr*)中描述了他在战后对维也纳和维也纳人的感受:"在战后残留的建筑之间,瓦砾堆积如山……窗户用纸板盖着,商店的橱窗也用木头封住了。

街上几乎没有人,能见到的零星几个人面颊凹陷,透露出无法形容的落魄凄凉。"[3]

环城路上那些曾经富丽堂皇的宫殿现在只剩下破旧的躯壳。在洛塔尔的小说中,来自美国的移民们震惊地站在被摧毁的国家歌剧院前,他们听到一个路人议论说:"看看美国人都干了些什么!"没有一丝自我反思,维也纳人似乎和他们的房子一样坏掉了。对于那些曾经流亡国外,如今突然出现在这座城市的白白胖胖的人,他们充满了憎恨:"既然你们不喜欢这里,为什么要从英国来到这里?"重返家乡的人们遭遇了这样的质问。[4]

人们对移民的厌恶仅次于对苏联人的憎恨。奥地利和德国一样,被分为四个区,维也纳在苏维埃区,进出的通道和火车站由苏联占领军控制。而维也纳本身是一个岛屿,被分成了五个区:英国区、法国区、美国区、苏联区和国际区,国际区即维也纳的内城。战胜国每月轮流管理内城。然而,这种方式常常会导致口头和肢体冲突。[5]

1949 年,维也纳深陷冷战之中。爱丽丝偏偏在这座城市看望她的儿子奥托,这并非巧合。当时维也纳处于一场谍战的中心,而奥托和考狄利娅在这场战争中扮演了新的角色。[6] 两人组成了一个配合很好的团队,尽管这时他们在私人生活中已有各自的伴侣。奥托于 1947 年 11 月与维拉结婚,考狄利娅与她在战略情报局的同事威廉·胡德订婚。像所有美国人一样,他们现在住在维也纳的美国区,即第 7 至 9 区和第 17 至 19 区。而奥托在这些区中偏偏选择了第 19 区——德布灵,并在哈森瑙尔大街(Hasenauerstraße)30 号租了一栋黄色的别墅,这也不会是巧合。[7] 30 号的房子与他童年记

第 15 章 返回维也纳

忆中的一栋楼很相似：就在 450 米外的林内广场（Linnéplatz）5 号，儿时的奥托曾经拜访过他富有的外祖父母，欣赏过西格蒙德·迈尔的大型图书馆。

爱丽丝到达维也纳后立即注意到了这个地址的含义。1949 年夏天，她在时隔 11 年后第一次回到祖国。她是来看望奥托和维拉的，但这并不是她此行的唯一目的。

爱丽丝在寻找什么，但她无法准确地描述自己寻找的东西。她已经在芝加哥工作了近三年，她对英国和美国怀有深深的感激之情，因为她和她的两个儿子在那里得到了庇护。尽管心怀感激，这些国家对她来说仍然是陌生的。许多移民都体会过这种陌生和感激交织的感情。当作家安妮特·科尔布（Annette Kolb）被问及移民生活的感受时，她回答说："感激但不快乐。"[8] 爱丽丝完全理解这句话。

对她来说，要彻底摆脱自己的维也纳出身是很困难的。她走过这个城市，看着她曾经待过的地方。她独自一人穿行在城市中；她的儿媳维拉正在约瑟夫斯塔特剧院（Josefstädter Theater）排练新剧，而奥托则在另一种危险的"戏剧"中扮演着自己的角色。[9] 陪伴爱丽丝的只有她的回忆。她寻找着犹太教堂，但只有位于赛腾施泰特路（Seitenstettengasse）的一座犹太会堂幸免于难。在 1938 年大屠杀的夜晚，纳粹没有在这里放火，因为会殃及窄巷里邻近的房子。"当我站在它面前时，"爱丽丝说，"我哭了，因为我想到了那里曾举办过的那些婚礼和所有因希特勒而丧生的人。"[10]

她继续往前走，经过她最喜欢的兰德曼咖啡馆和宝拉位于施雷夫格路 3 号的旧公寓。现在她觉得这栋建筑似乎比以前更加灰暗了。

就在几米开外的 8 号,刚刚结束了电影《第三人》(*The Third Man*,1949)的拍摄。爱丽丝并不知道,编剧格雷厄姆·格林(Graham Greene)对这座城市的看法与她几乎相同——一个充满机会主义者的、没落的黑暗之地。

爱丽丝在维也纳漫游时,还经过了一家书店。在 1949 年,奥地利商店橱窗里摆的东西仍然稀疏,一本书的标题立即引起了她的注意。她走进店里,打开那本书。那不就是她的菜谱、她的文字、她的照片吗?只是封面上有一个陌生的名字——鲁道夫·罗什。那一刻,她的脑海中一定闪过很多个场景:1935 年,她第一次拿着那本又大又厚的书,和她所有的朋友一起庆祝它的出版。此后的三年时间里,这部作品成为畅销书,读者甚至会在街上跟她打招呼。后来在 1938 年,一夜之间,她不能再做这本书的作者了。在移民生活中,她一直随身携带一本,温德米尔的孩子们已经用它学会了做饭。

爱丽丝在封面上看到罗什的名字后,她的脑子里只有一个想法:至少这本书必须还给她。她在大屠杀中失去了三个姐妹,相比之下,失去一本烹饪书简直不值一提。然而,对于她来说,这件事突然代表了这些年来所有的不公和屈辱。她想通过要回这本书来重新掌控自己的生活。

但她的烹饪书到底发生了什么?为什么它以罗什的名义在奥地利出版?爱丽丝知道,曾经负责出版此书的恩斯特·莱因哈特已于 1937 年去世,但她不知道出版社在纳粹时期的情况如何。

事实上,关于出版社的信息在今天仍然是矛盾的:恩斯特·莱

第 15 章 返回维也纳

因哈特出版社声称该社在纳粹时代饱受苦难。在 1999 年出版社成立 100 周年之际，该社在慕尼黑文学馆（Literaturhaus München）组织了一场展览，其中展示了"尚存的 20 世纪 30 至 40 年代的大量信件"，希望人们能对"纳粹政权压迫下的出版工作"有所了解。展览强调，"1944 年（实施了）最终的关闭令，出版社在此期间流亡至巴塞尔"。[11]

该描述中有几处是具有误导性的。出版社确实有几本书被纳粹没收，但赫尔曼·荣克显然很快就调整业务，适应了新环境。总之，工商会（Industrie- und Handelskammer）在 1938 年 6 月 28 日得出这样的结论："根据我们的调查，慕尼黑图书出版商、独资经营者赫尔曼·荣克是瑞士国民，具有德国同宗血统。根据我们的了解，慕尼黑恩斯特·莱因哈特出版社没有犹太资本参与。"[12]

莱因哈特出版社"流亡"的说法是不正确的。"流亡"一词用于政治和"种族"迫害的情况。而出版社在纳粹体制下生意做得很成功。荣克之所以在 1944 年搬到安全的瑞士，一个主要原因应该是他希望躲开对慕尼黑的轰炸。与其他人不同，去瑞士对他来说并不困难。他的瑞士护照和外汇资产让他可以随时前往瑞士——这在战争期间通常是纳粹高级官员才能享有的奢侈权利。

搬到巴塞尔的另一个原因是 1944 年的"关闭令"。这个词听起来非常戏剧化，但这里必须解释一下背景。1944 年，所有出版社都接到命令关闭。在戈培尔的全面战争中，纸张资源变得稀缺，不应再"浪费"在印刷书籍上。日耳曼学学者克里斯蒂安·亚当（Christian Adam）曾经指出，战后许多出版商利用这一关闭令将自己描绘成纳粹的受害者。[13] 他们声称他们的出版活动"在纳粹时代被迫中断"。这一表述暗示了一种抵抗，并确保自己不再被质疑。

当然，在纳粹时期，出版社的行为与其他企业并没有什么不同，这一点不足为奇。他们要在经济上生存，因此要做出调整以适应这个政权。因此，当赫尔曼·荣克在1937至1938年用"稻草人"作为保罗·韦塞尔和爱丽丝·乌尔巴赫的替身时，他可以理直气壮地声称自己根本没有其他选择。当时不可能出版带有犹太作者名字的书，而将这些书完全撤出市场又会对出版社造成经济上的损失。因此——荣克本可以在战后这样为自己辩护——他不得不使用稻草人的方法。但他没有这样辩解。相反，他只是将稻草人的方法继续用了下去。

正是由于这个原因，赫尔曼·荣克的真正罪责是在1945年之后才开始的。他是拉尔夫·乔达诺（Ralph Giordano）所说的战后"第二罪"的一个典型例子。到目前为止，没有人调查过有多少书籍被雅利安化并在战后归还其作者（或出版商）。

1945年，荣克一定以为爱丽丝和韦塞尔已经死了。两人都没有资金储备，怎么可能在六年的贫困、疾病和轰炸中幸存下来呢？

但随后保罗·韦塞尔突然再次出现了。在赫尔曼·荣克1974年的纪念刊文章中，字里行间都能感受到此事对他造成的困扰："我突然收到韦塞尔博士从英国寄来的一封50页的手写信件，他在信中讲述了自己的命运，并宣布自己是《自然科学纲要》丛书的唯一版权所有者,他说三方合同是无效的,因为那是在胁迫下签订的。"[14]

这封信对荣克来说不合时宜，这有几个原因。当时他刚刚在巴塞尔成立了恩斯特·莱因哈特出版社。他的长远计划是,在巴塞尔和慕尼黑两个城市继续经营这家出版社。要实现这一计划离不开一些畅销书带来的资金保障,其中包括韦塞尔的物理学著作的重印本。正如荣克自己所写的那样,这本书被学生"疯狂抢购"。

而现在保罗·韦塞尔想要回他所有的权利,包括他所设计的整个系列丛书的版权。他解释说,每一册的结构都是他的创意:"基本内容,要点复习,测试题和答案。"而里德勒·冯·帕尔女士只是一个"稻草人"替身。实际情况的确如他所说。

然而,荣克并不想与他争论这一点。他做出的反击是想方设法将韦塞尔描绘成一个无能的人。这也是他对爱丽丝使用的方法:他声称韦塞尔书中的关键思想只是他"借来"的——据说有一部分是挪用前人的,但又无法确定是哪些人。荣克还说,这套丛书已经被合作编著者进行了完全的现代改造。此外,韦塞尔在20世纪30年代的工作就已经非常懒散,这使出版社付出了高昂的审校修订成本。荣克还对韦塞尔的信表现出愤慨和道德谴责。[15] 他称里德勒·冯·帕尔女士的声誉因此受到了损害:"尽管她在纳粹时期为他挺身而出。他这种态度非常不正派,所以我拒绝与他继续合作。"

但事情还不止于此。荣克下面的叙述显得很混乱,他声称已将《自然科学纲要》系列的出版权还给了韦塞尔,但随后该系列却以另一种形式在莱因哈特出版社出版。[16]

荣克在这里没有提到韦塞尔的物理书有西班牙文译本,而他本应该让作者参与其中的。战后,他对"不正派的"韦塞尔的愤怒似乎极为强烈,荣克甚至描述了他曾建议其他出版商不要为这位穷困

293

潦倒的作者出版作品：

有一次，卢塞恩的一位出版商打电话给我，说韦塞尔博士希望能出版这本物理书。出版商从作者那里听说这本书卖得很好，因此他想问我为什么要放弃出版权呢？我找了一些借口搪塞过去。"这样啊，那他是一位不太好相处的先生吧？"我无法否认。后来，那家出版商显然没有接手这本书。

目前尚不清楚这次谈话的确切时间，因为韦塞尔在与无情无义的出版商吵架后不久就心脏病发作了。荣克似乎并没有受到太大影响。1974 年，他简略地写道："另外，韦塞尔不久后在瑞士去世了……他遭遇了一场暴风雪，用最后的力气挣扎到了旅馆。然后他死于由此引发的心脏衰竭。"[17]

*

1974 年，赫尔曼·荣克也对爱丽丝的书做出了详细解释。他写道："由于战后我无法在奥地利继续销售这本烹饪书，而在德国的销售前景也很渺茫，所以我授权了一家奥地利出版商来出版此书，乌尔巴赫女士到访维也纳时发现了这个版本。"[18] 尽管判断"销售前景不佳"，但荣克还是通过慕尼黑的莱因哈特出版社继续出版了这本书，还将其授权给了一家奥地利出版商。1954 年，《在维也纳是这样做饭的！》一书以"精美礼品装"的形式在德国销售，售价 22 马克。

后来荣克在 1974 年的纪念文章中这样描写了与爱丽丝的会面：

第15章　返回维也纳

大约在1948年，那是出版社经济最困难的时期之一……乌尔巴赫女士出乎意料地出现在巴塞尔的出版社，要和我谈谈。她说她得知自己的烹饪书被署上别人的名字继续出版，并声称她由此遭受了损失，要求赔偿。

这次会面可能根本没有发生过，因为爱丽丝在1953年4月给荣克写信说："我非常希望能借此机会在瑞士见您，并最终有幸与您结识。请告知我见面地址及如何安排。"[19]

*

最终会面并没有实现。然而，在荣克的回忆中他们却在40年代末有过一次"会面"。在这次会面中，他向乌尔巴赫女士解释说，她对这本书不再有任何权利，因为"出版社已向她承诺并支付了一次性费用，因此她没有受到经济上的损失；此外，她自己也承认，书名来自我的叔叔"。[20]

正如本书"盗书贼"一章所提到的，爱丽丝确实收到了一次性费用，并在1938年签署了一份声明，宣布她放弃为莱因哈特出版社撰写的全部三份手稿。[21]

在荣克眼中，这种"安排"——正如韦塞尔案中一样——似乎仍然具有法律约束力。令人惊讶的是，尽管如此他还提出了另一条理由：爱丽丝承认书名是荣克的叔叔想出来的。爱丽丝是否承认过这一点已经无从查证，但在出版业这是普遍的做法，即作者只有建议书名的权利,最终决定权在出版商手中。然而,荣克似乎是在暗示,爱丽丝这本书的成功主要是由于最初选择的标题。这完全有可能是事实。为什么获得成功的是这本书而不是另一本书?要判断这种事并不总是那么容易。成功的主要因素是标题、内容还是作者?写作与绘画不同,写作不可能像"数字填色游戏一样",可以依据数字把画成功画出来,没有人能够真正提前计划好一本畅销书。时代潮流、大众口碑和许多其他因素都能起到作用,爱丽丝的书似乎也是如此。

荣克在他的叙述版本中也没有提到,爱丽丝的烹饪书在1935年成了畅销书,并在1938年初刚刚出版了第三版,印数25000册。相反,他只介绍了罗什的版本是成功的,并只给出了这一版的发行数字:1938年12月第一版10000册(这个数字是错误的,因为罗什的版本1939年才出版[22]),1939年6月第二版16500册,1940年6月第三版11300册,1941年3月第四版12000册。

在1974年的纪念刊中,荣克出人意料地用很大篇幅讲了关于这本书的故事。他尽量削弱了爱丽丝的贡献,最后他还描写了在他声称的"会面"中,双方谈判的后续情况:

> 这时她声称受到了人格伤害:她说菜谱主要出自她手,但她的名字却没有被提及。我表示这是可以补救的;我愿意将以后的版本以乌尔巴赫/罗什两个作者名字出版。但她(当然)听不进去,最后她愤愤不平地离开了。[23]

第 15 章 返回维也纳

荣克是否真的提出过这个建议？在爱丽丝的故事于 2020 年曝光之后，莱因哈特出版社在其档案中找到了爱丽丝在 1950 年到 1954 年写给荣克的 18 封信。这些信件勾勒出一个完全不同的故事。1950 年 7 月，爱丽丝第一次联系荣克：

敬爱的荣克先生，

我们已经很久没有联系了，不是吗？我很想知道您的近况——包括工作和个人生活！一段时间以前，您好心地表示愿意给我寄来关于素食菜谱和维也纳糕点的两本书的底稿。它们都是我心血的结晶，这两本书的印刷版本我还未曾见过。[24]

作为回应，荣克首先寄出了一份莱因哈特出版社的目录。爱丽丝回复道：

对于你们将出版的新书和新版本，我非常感兴趣，尽管《在维也纳是这样做饭的！》一书让我感觉很怪异。我现在可以要回我的署名权吗？[25]

荣克的回答没有保留下来，但他似乎没有回答这个问题，因为两年后爱丽丝又问了一遍："您不能做点什么来恢复我的署名吗？这是_我的_作品！"[26]

荣克一定辩解说当时的纳粹法律让他别无选择。爱丽丝对此表示理解并回信：

谢谢您的来信。我早就知道为什么我的原书当时不能继续出版，但我认为，现在理应署上我的名字……修改后的书（署名罗什的书）并没有您所说的那么不同……如果您能寄给我一本，我有兴趣通读一下，看看新版本是否有更多变化。另外，素食书和糕点书我也从未见到过。[27]

这时荣克似乎玩起了拖延时间的把戏，爱丽丝当时已经66岁了。经过了几番周折终于拿到了素食菜谱书后，她才发现，这本书上的作者署名也是罗什。爱丽丝立即写信给荣克："我多么希望书上能注明，该书是以我的作品为基础的！！"[28]

*

那段时间，爱丽丝随时随地都能看到罗什的名字。1953年她再次回到维也纳，给荣克发送了一份报告：

这本书的雅利安化版本在每个书店的橱窗里都有。你可以想象，这让我很伤心，尤其是在每个销售人员都说：这是最畅销的菜谱，其他的同类书根本无人问津。我还去了辛格路，那里的负责人以一种奇怪的打趣态度对我说，"原来真的有一个乌尔巴赫博士。"他原本认为我只是一个名字或一个虚构人物。[29]

辛格路是中央图书和版画贸易协会的所在地。在1938年的"德

第15章 返回维也纳

奥合并"之前，该协会在奥地利为赫尔曼·荣克发行了爱丽丝的书。新的协会负责人似乎听说了这本书的雅利安化，但不觉得有什么责任。荣克也仍然是铁板一块。他说他曾向爱丽丝提出以"罗什/乌尔巴赫合著"的署名方式出版这本书，这和他编造的他们在40年代的会面一样不真实。在目前找到的爱丽丝写给荣克的最后一封信中可以看出，荣格提出过一个条件低得多的建议，爱丽丝说："关于在新版序言中提及我名字的建议，我今天绝不能开这个先例。"[30]

*

这时爱丽丝终于明白，荣克永远也不会将她署名为作者。1954年起，他们的通信中断了。但在爱丽丝的遗物中，有一封1980年的信件，重提她争夺烹饪书版权的斗争。爱丽丝已了解到，格拉赫和韦德林出版社（Verlag Gerlach und Wiedling）在20世纪50年代从赫尔曼·荣克那里获得授权，出版了鲁道夫·罗什的《在维也纳是这样做饭的！》。爱丽丝请儿媳帮忙找到格拉赫出版社，并将以下信件交给了那里的负责人：

爱丽丝·乌尔巴赫女士　　　　　　　　1980年4月4日
卡米诺奥图（Camino Alto）40号
米尔谷（Mill Valley），加利福尼亚州 94941

致慕尼黑格拉赫和韦德林出版社

我是烹饪书《在维也纳是这样做饭的！》的作者，该书于 1934 年由慕尼黑莱因哈特出版社［地址：伊莎贝拉大街（Isabellastr.）11 号］出版。[31]

同样的书在 1938 年以鲁道夫·罗什的名义出版。恩斯特·莱因哈特的侄子、出版社继承人荣克先生答应以我的名义再次出版这部作品，但他没有履行承诺。我对您的请求是，你是否还有一到两本（原版书）？我很愿意付钱买下！

我的儿媳维拉·乌尔巴赫－弗里德伯格女士会与您联系——如果贵社还存在的话！

顺致敬意，

爱丽丝·乌尔巴赫

事实上，当爱丽丝在 1980 年写这封信时，格拉赫和韦德林出版社已经不存在了。该公司已于 1976 年倒闭清算。[32] 因此，爱丽丝的请求来晚了四年。

*

荣克当时一定已经预感到，这个话题还会再次被提及。在 20 世纪 70 年代，德国对纳粹罪行的认识慢慢发生了变化。又过了 20 年，历史学家才开始研究雅利安化问题，并且第一次开始讨论出版商在第三帝国期间的表现。[33] 在 1974 年的纪念刊中，荣克"对叙事方向进行了把控"，他确实成功了，并将成果保持到去世。而他的继承人在 1999 年出版新的纪念刊时，他们干脆进行了删减，新版本对

1980年，爱丽丝向格拉赫和韦德林出版社解释说，她是畅销书《在维也纳是这样做饭的！》的真正作者爱丽丝的故事只字未提。他们在没有给出解释的情况下，在第二本纪念刊的出版物目录中列出了以下条目："爱丽丝·乌尔巴赫著《在维也纳是这样做饭的！》，后期版本见鲁道夫·罗什版"。[34] 在罗什的名字下面可以看到这本烹饪书1939年以后版本。

但1999年的纪念刊文字中有一条信息值得关注。荣克曾在1974年声称，当爱丽丝突然出现在他的办公室时，出版社正在经历"经济上最困难"的时期。但根据新的纪念刊，该出版社在货币改革后已经重新获得了德国的出版许可证，并获得了很好的资金保障。[35] 所以他原本完全有经济能力让爱丽丝重新成为自己图书的作者。荣克就像查尔斯·狄更斯（Charles Dickens）《圣诞颂歌》（A Christmas Carol）中的埃比尼泽·斯克鲁奇[①]一样，遇到了自己过去的鬼魂，但他拒绝被净化。1966年，他给出了最后一次授权，这次获得出版权的是论坛出版社（Forum Verlag）。这一版的封面做出了调整，以符合战后的繁荣气息。改版后的封面图片是多汁的烤肉和五颜六色的水果沙拉。这一版本的书籍简介中写着：

> 非"罗什"莫属，他的维也纳炸肉排酥脆可口，色泽金黄——每个优秀的家庭主妇都知道。就是那个"罗什"——每个优秀的家庭主妇都知道指的是谁，因为她们早已熟知这本权威之作，

[①] 在狄更斯的故事中，埃比尼泽·斯克鲁奇（Ebenezer Scrooge）是一个自私的守财奴，在圣诞夜，"过去""现在""未来"三个圣诞幽灵前来造访，让他对自己的生活进行了反思，变成了一个乐善好施的人。如今"Scrooge"一词已成为英语中吝啬鬼、守财奴的代名词。——编者注

它有 2000 多种菜谱，几乎没有同类作品可以匹敌。超过 90000 册的销量是对扎实内容的最好证明，比任何赞美更有力。鲁道夫·罗什多年来一直在维也纳担任主厨，这本菜谱展示了他全面的专业知识和丰富的经验。[36]

英国语言文学家克里斯蒂安·恩岑斯贝格（Christian Enzensberger）在提到世界文学中最著名的爱丽丝时这样写道："在爱丽丝走过的国家，人们死于困窘和被迫缄默；人们不是被谋杀，而是被封口；被切断的不是喉咙，而是答案。"[37]

就像《爱丽丝梦游仙境》一样，爱丽丝·乌尔巴赫也有许多荒谬的经历。荣克在其中扮演了重要角色。他在 1938 年封住了爱丽丝的嘴，1949 年再次切断了答案。爱丽丝是否有机会与他抗衡呢？

爱丽丝似乎想过请一个律师，[38] 但即使律师介入，这个过程对她来说也是漫长的，是一种情感折磨。在荣克的纪念刊中，他将爱丽丝描绘成一个无能的作家和厨师，称她的书需要现代化改造。在法庭上他大概也会这样争辩。

这类诽谤当时每天都在发生。20 世纪 50 年代初，时任德古意特出版社负责人的赫伯特·克拉姆（Herbert Cram）在一个类似案件中的表现尤为背信弃义。他为自己辩护，拒绝乔治·斯蒂尔克（Georg Stilke）提出的偿还要求，后者是斯蒂尔克法律出版社（Verlags Stilkes Rechtsbibliothek）以前的所有者。作为半个犹太人，斯蒂尔克曾因无法提供雅利安人身份证明而在 1938 年被帝国文化院开除。然后他不得不卖掉他的出版社，克拉姆在一周内以便宜的价格收购

Eine vorzügliche Ergänzung zur „Fleischlosen Kost" bildet:

RUDOLF RÖSCH

Wiener Mehlspeisen

Über 700 Rezepte, mit 64 Abbildungen auf 32 Kunstdrucktafeln
Kartoniert DM 6.50, Leinen DM 8.50

Unter „Mehlspeisen" versteht der Wiener ebenso warme Mehlspeisen (Palatschinken, Rohrnudeln, Aufläufe, Puddings), also eigentliche Nachtischgerichte, wie auch Kaffeegebäck, Torten, Kuchen und Konfekt. Schließlich gehören auch alle Sorten Cremes, Süßspeisen, Eisbomben usw. dazu. Mit Recht gelten die „Mehlspeisen" als das Vorzüglichste, was die Wiener Küche zu bieten vermag. Der Wohlgeschmack und die Bekömmlichkeit dieser Gerichte haben sie zu einer Berühmtheit gemacht, und sie werden von der Kochkunst keines anderen Landes übertroffen.
Das Buch bringt die Rezepte in klarer und leicht verständlicher Darstellung. Es stellt eine vorzügliche Ergänzung zur „Fleischlosen Kost" dar, denn ein fleischloses Gericht findet in der Nachspeise erst seine Vollendung und Rundung. Die Rezepte sind von hübschen Abbildungen begleitet. Ein Buch mithin, das der Hausfrau vielseitige Anregung gibt und sich auch besonders gut zu Geschenkzwecken eignet.

Die vollständige Wiener Küche in prächtigem Geschenkband

RUDOLF RÖSCH

So kocht man in Wien!

Ein Koch= und Haushaltungsbuch der bürgerlichen Küche
2165 Rezepte auf 560 Seiten mit 212 zum Teil farbigen Abbildungen
In Leinen DM 22.—

Die Wiener Küche genießt Weltruf. Sie ist ungemein abwechslungsreich, denn sie hat aus dem bunten Völkergemisch der ehemaligen Donaumonarchie wie aus einem reichen Reservoir schöpfen können und hat auch sonst im weiteren Umkreise Entlehnungen gemacht. Dem Verfasser ist es gelungen, unter Wahrung der alten ruhmreichen Tradition die Rezepte den heutigen Verhältnissen anzupassen, ohne daß sie dadurch an Wohlgeschmack etwas eingebüßt hätten.
Man darf wohl sagen, daß das vorliegende Buch einzig in seiner Art ist. Es ist erfüllt von der alten Wiener Lebensfreude, die sich im Wiener Walzer und im Lied äußert. Es trägt das Gute der alten Zeit hinüber in die neue, die sparen muß, aber nicht verzichten will auf eine Kunst, die eifrig bemüht ist, aus dem, was die Natur so reichlich spendet, mit Hilfe von Phantasie und Geschmack das Beste und Schönste herauszuholen. Das Buch wird den alten Ruf der Wiener Küche im In= und Ausland neu befestigen.

Ernst Reinhardt Verlag München/Basel

战后，恩斯特·莱因哈特出版社为"多年来一直担任主厨的"鲁道夫·罗什的书所做的广告了这家出版社。1949 年，斯蒂尔克起诉要求赔偿，激怒了克拉姆。他辩解称，在当时，雅利安化是一项正常的商业交易，他已经向斯蒂尔克支付了高价。[39] 他还对原告是否受到了严重迫害表示怀疑。克拉姆的律师不仅质疑斯蒂尔克作为半犹太人所受到的迫害，甚至还提出了反诉。[40] 又过了四年——对斯蒂尔克个人来说是痛苦的四年时间——双方于 1953 年达成了和解。[41]

爱丽丝可能并不知道这个案子，但从 1938 年起，她对法律的保障作用已完全失去信心。她也怀疑，此时德国和奥地利的大多数法官和检察官与纳粹时期是同一批人。这些人为什么要帮助一个无足轻重的犹太作家争取权利呢？[42]

在奥地利尤为如此，人们对公正审判的期待似乎是徒劳的。爱丽丝在维也纳有一个旧相识名叫艾尔莎·波拉克（Elsa Pollak），她是犹太出版商莫里兹·佩尔斯的女儿。1925 年时爱丽丝曾在佩尔斯出版社出版过她的第一本烹饪书。该出版社在 1938 年被雅利安化，佩尔斯的多位家人在集中营丧生。艾尔莎·波拉克在美国幸存下来，并希望在战后要回出版社。但结果事与愿违："继承人……在法庭审判中反而被判处向财政机关支付罚款。"[43]

尽管纳粹时代已经结束，但爱丽丝知道，她仍然生活在一个颠倒的世界里。

第 16 章
新的开始

我喜欢待在美国

我在美国过得很好

美国一切都是自由的

当然要付出一点小小代价！

——《西区故事》[1]

"里维埃拉"（The Riviera）是纽约一栋 13 层高的公寓楼。它建于 1911 年，采用布杂艺术（Beaux-Arts）风格，包含 199 套住房，通信地址为：纽约州纽约市河滨大道（Riverside Drive）790 号，邮编 10032。

---

[1] 《西区故事》（West Side Story）是一部音乐剧，最早于 1957 年在纽约百老汇上演，1961 年被改编成电影，并获得奥斯卡最佳影片、最佳导演等 10 项大奖，成为影史最著名的歌舞片之一。——编者注

第 16 章 新的开始

"里维埃拉"听起来像是一栋河畔公寓,但这个名字具有误导性,因为该建筑离可爱的棕榈树沙滩还很远,它位于一片多石的荒地中。纽约的气候并非全年温和,这里的冬天严寒难耐。只有公寓的价格让人联想到法国地中海沿岸。例如,2020 年 5b 号公寓以 132.5 万美元的价格挂牌出售[1]。爱丽丝在 20 世纪 50 年代和 60 年代住在与之相邻的 5c 公寓,当时租金只有每月大约 60 美元。后来价格上涨的原因是住房稀缺,但也可能与伍迪·艾伦的纽约浪漫影片或电影《耻辱》(*Shame*,2011)有关,其中迈克尔·法斯宾德(Michael Fassbender)饰演的布兰登正是在里维埃拉尽情享受着他的性幻想。

无论是这些幻想还是公寓的价格,如果爱丽丝当时知道,她一定会感到惊讶的。爱丽丝搬到 5c 时,里维埃拉既算不上时髦,也不算破旧。每套公寓大小不一,最受欢迎的房子可以看到哈得孙河(Hudson River)的景观。[2] 楼里很多居民都是犹太人。里维埃拉位于纽约的华盛顿高地(Washington Heights),这是一片以外国移民为主的区域,其中法兰克福人尤其多,以至于该地区有时被称为"哈得孙河畔法兰克福"①,或者"第四帝国"——尽管这个名字让人想起纳粹。

爱丽丝已经习惯于迅速适应新环境了,毕竟 60 年来她不断在搬家,有自愿的,也有非自愿的,而且并非都伴随着社会地位的上升:19 世纪 90 年代她从维也纳的利奥波德施塔特搬到德布灵,这对她

---

① 在德国本土有两个法兰克福,一个是美因河畔法兰克福(Frankfurt am Main,也就是广为人知的法兰克福)。另一个是奥得河畔法兰克福(Frankfurt an der Oder),位于奥得河西岸,河的东岸就是波兰。——编者注

的家庭来说算是个巨大成功,但没过多久爱丽丝就结婚并搬到了穷苦的奥塔克灵。后来,她在整洁的格戴克路开办了烹饪学校,这象征着她的再次崛起——尽管只是昙花一现。随后她的居住条件甚至比奥塔克灵还要简陋:在伦敦格兰瑟姆城堡的阁楼里当女佣,以及在纽卡斯尔一间冰冷的房间里过着俭朴的生活。直到搬进湖区魔幻般的别墅中,条件才再次得到改善。在芝加哥,爱丽丝见过了没有灵魂的美国公寓,她很高兴能够来到色彩缤纷的纽约。在华盛顿高地这样的地区,有趣的人比中西部要多,而且这里许多人都和她受过一样的苦。她的医生、她所认识的书商和杂货商都有过相似的人生经历。在英国,爱丽丝不得不经常给别人拼写自己的名字,但在华盛顿高地则没有必要:"当美国的移民妇女听到我的名字时,很多人还会说:'哦,乌尔巴赫夫人,我以前没有见过您,但我逃到美国的时候带了您的烹饪书,您的菜谱对我来说意义重大。'"[3]

由于这个粉丝群体,爱丽丝在该地区小有名气。华盛顿高地的移民中,既有事业成功的,也有不太成功的。人们在餐厅见面,互相会意地点头。例如,每个人都知道罗森菲尔德老先生在战前是维也纳的著名律师。[4] 现在他不得不做些临时工的工作,但这里有条不成文的规矩,人们依然用1938年以前的态度,对他以礼相待。

老一辈的学者很少能在美国延续他们的职业成就,但他们尽一切努力让孩子们能够上大学。学历仍然很重要。爱丽丝告诉华盛顿高地的每个人,她的儿子卡尔拥有化学博士学位和医学博士学位,而她的大儿子奥托曾作为中尉参加过战争,现在也有个"非常好的职位"。[5]

爱丽丝和奥托，1948/49 年

*

自从抵达美国，爱丽丝就希望能将她的烹饪书翻译成英语。她找到了最好的文学经纪人之一——弗朗茨·霍希（Franz Horch）。霍希在美国代理过许多移民作家，包括弗朗茨·韦尔弗、埃里希·玛丽亚·雷马克（Erich Maria Remarque）和托马斯·曼（Thomas Mann）。和爱丽丝一样，霍希也来自维也纳，对饮食有所了解。[6]他很有兴趣代理一位烹饪书作者，但有两大障碍：首先，赫尔曼·荣克并没有让出该书的翻译权；[7]其次，这本书有一个竞品：另一位奥地利女作家奥尔加·赫斯(Olga Hess)的作品《维也纳菜肴》(Wiener Küche)也将被翻译成英文出版。1913年，奥尔加·赫斯与丈夫阿道夫一起出版了《维也纳菜肴》，并在奥地利享有很高的荣誉，直到她1965年去世。[8]在美国，赫斯也同样赢得了竞争。1951年，爱丽丝的图书出版计划还没有完成，霍希就突然意外去世了。一年后，奥尔加·赫斯《维也纳菜肴》的英文版（Viennese Cooking）面世，这本书使得奥地利菜谱在美国市场上长期处于饱和状态。"雅利安人"奥尔加·赫斯在美国大获成功，而移民爱丽丝却没有，这是命运的讽刺。爱丽丝对这次出版颇为介怀，尽管她并没有表现出来。在这样的时刻，她一定问过自己：为什么我总是在失去？我的祖国、我的姐妹们、我的书和我的事业？

许多流亡国外的移民都问过自己类似的问题，每个人的回答各有不同。有些人绝望，有些人认命，有些人回避或发誓要终生复仇。对大多数人来说，所有这些情绪随岁月过往此起彼伏。爱丽丝的标

第 16 章 新的开始

准态度是回避。至少从她在 20 世纪 70 年代接受采访的录音带中可以听出这一点。在采访中，她试图回避所有令人不快的话题，包括大屠杀和逃亡。她努力用逸事、谜题和诗歌来转移话题，绕开自己的真实经历，以至于显得有些过度亢奋。她只是顺便提了一下纳粹时期的事件，但也是匆匆带过，只为了引出勒纳-贝达的一首诗而已。她和托贝格的乔列什姑妈一样有趣，你可能认为她不想让谈话对象做噩梦。但实际上，没有什么能震惊到与爱丽丝交谈的两个女人。她们本身就是犹太移民，最多比爱丽丝年轻十岁，所有这些噩梦她们都已从家庭往事或是自己的亲身经历中了解了。尽管如此，爱丽丝还是没有说出关键的事情，也许是因为她预设听众都了解这些背景，也许是出于一种自我保护。不去想它，不去谈论它，就意味着尽可能地远离痛苦。在很长一段时间内，爱丽丝做到了。

她的方法之一是始终与很多人待在一起。在纽约，她与维也纳熟人玛格丽特（格雷特）·克莱姆佩勒［Margarete（Grete）Klemperer］合住一间公寓，并开始举办派对。[9] 最好的派对总是在她的生日办的，即 2 月 5 日。那时候她会把客厅变成著名的德梅尔甜品店的样子——一个充满色彩和香甜气味的天堂。所有的桌子和餐具柜上都摆满了五颜六色的甜点、多层生日蛋糕和诱人的维也纳特色美食。小公寓里挤满了客人，大家久久不想离去。这些聚会都很成功，让爱丽丝想起了她曾经在维也纳组织的大型烹饪展览。她在这些庆祝活动上花了很多钱，而她实际上并没有什么钱。她从 70 岁生日起就没有工作过。1956 年 11 月，她在申请奥地利救济金时将自己的财务状况总结如下：

我是寡妇，今年 70 岁，已没有工作能力。我每月领取 61 美元的社会保障（美国社会保险）、维也纳的少量寡妇养老金，大约每月 8 美元、英格兰的小额养老金（每月 14 美元）……我的两个儿子给我一些力所能及的帮助。我认为我不属于"贫困"这一类，而是属于"丧失工作能力的老年人"。[10]

83 美元大致相当于今天的 754 美元。爱丽丝能够组织这么多派对，都是因为有奥托和卡尔在经济上支持她。但她想要独立，并考虑重拾自己的工作。产生这个想法的原因之一是一位美国美食作家的走红。在 20 世纪 60 年代，一位女性出现在电视上，她做的那些事，爱丽丝认为自己可以做得更好。这位"竞争对手"名叫茱莉亚·柴尔德（Julia Child）。柴尔德是一个有点古怪的中年厨师，她向美国人解释了一种全新的东西——法国烹饪艺术。她在电视节目中一边轻松自在地摆弄锅碗瓢盆，一边跟数百万观众聊她在巴黎接受的烹饪教育。直到今天，美国人还把柴尔德当作烹饪艺术的偶像来崇拜。爱丽丝并不理解美国人对柴尔德的热情，她非常仔细地研究了柴尔德的节目《法国厨师》(*The French Chef*) [11]，不明白为什么观众会欣赏一个如此简化法国菜的人。这有什么值得称道的地方？在爱丽丝的眼里，茱莉亚·柴尔德显然被高估了，必须予以反驳。[12] 然而，与柴尔德不同的是，爱丽丝没有具有社会影响力的朋友来支持她的烹饪事业，所以她必须想其他办法。她花了很长时间才想出了一个主意。

第 16 章 新的开始

在此期间，卡尔与来自柏林的移民莉莉·门德尔松结了婚（Lilly Mendelsohn），并且在旧金山管理一家医院。1969 年，爱丽丝跟着他来到旧金山，并在 83 岁时搬进了一家风景如画的养老院，但她觉得那里的生活无聊得要命。于是她每周在一个为智障人士服务的慈善机构做一次饭，这让她有了新的想法。[13] 她想重新开班授课。她的职业生涯从烹饪学校开始，也应该以烹饪学校结束。旧金山最有名的学校是朱迪思·埃茨-霍金烹饪学院（Judith Ets-Hokin Culinary Institute）。爱丽丝走到老板面前，自我介绍说："我可能看起来很老，但我很风趣。这里有很多烹饪课程，但没有奥地利的……我不仅可以教烹饪，还能教饮食历史。您有兴趣吗？"[14]

她立即被录用，并全身心地投入工作中。[15] 爱丽丝一直很喜欢与学生交流，她可以在热气腾腾的厨房里待上几个小时而不觉疲惫。此外，她还有一项使命。她在接受《旧金山观察报》（*San Francisco Examiner*）采访时，用一句话解释了这一使命："你们美国的食物很奇怪。"在她看来，这种情况必须改变。同一时期，她给温德米尔的孩子伊尔莎·卡米斯（Ilse Camis）写信说："好菜里有诗的味道。当你遇到这样的菜肴时，希望你能想起我，一个美味佳肴的代言人。"[16]

*

爱丽丝的使命非常具有感染力。她的烹饪风格成功地吸引了旧金山新一代的学生，包括许多年轻女性。除了菜谱之外，她们还喜欢听爱丽丝的人生故事。由于她的烹饪课程有了名气，越来越多的记者来采访她，他们认为一个流亡的移民在 90 多岁的时候还在教课，这很有意思。在每次采访中，爱丽丝都会提到"她的第三个孩子"，即那本被鲁道夫·罗什夺走的烹饪书。尽管所有这些采访都被发表了，而且维拉在 1980 年联系了莱因哈特出版社，但依然没有任何结果。出版社仍然保持沉默。即使爱丽丝出现在美国电视上，一切也没有任何改变。爱丽丝的一位年轻朋友建议她一定要在电视上做饭。她给公共广播公司（Public Broadcasting Service，缩写为 PBS）写了一封长信，介绍这位"95 岁还在教人做饭的、优秀而风趣的女性"。[17]

20 世纪 70 年代末，公共广播公司为老年观众开发了娱乐性新闻节目《轻松一刻》(Over Easy)，爱丽丝与这个节目完美契合。艾萨·凯特（Eartha Kitt）、格洛丽亚·斯旺森（Gloria Swanson）和奥马·沙里夫（Omar Sharif）等明星曾在这里谈过他们的职业和成长经历。爱丽丝受邀作为美国最年长的厨师登上《轻松一刻》节目，并大放异彩。该节目是在旧金山录制的，这使她很方便地参与了多期节目。上电视并没有使爱丽丝成为第二个茱莉亚·柴尔德，但她的工作还是得到了一些认可。这很重要，因为在她生命的最后阶段，即 97 岁时，她的记忆重新涌现出来。在过去的四十年中，她使自己忘掉了姐妹们的命运，但现在，她突然间不停地想到她们。她沉浸在回忆中的时间越来越长，就连她烹饪课上最优秀的学生也无法转移她的注意力。

1983 年 7 月 26 日，医生在填写爱丽丝的死亡证明时，将"全身动脉硬化"作为死因，并在"其他非致死性因素"一栏中写了"抑

维也纳的面包丸子出现在旧金山：92岁的爱丽丝和她的学生们

郁症"。[18] 尽管患有抑郁症，但爱丽丝仍希望能将自己的作用发挥到最后一刻：她将自己的遗体遗赠给了医学院。

*

有一种主要发生在儿童身上的神经系统现象被医学界称为"爱丽丝梦游综合征"。患者会突然看到周围的环境被严重缩小或放大，他们会出现幻觉，对时间的感知出现异常，对光线和噪声的反应强烈。其中一些症状类似于偏头痛发作，人们认为《爱丽丝梦游仙境》的作者刘易斯·卡罗尔本人也曾有过这种症状（当然，也可能他在书中描述改变意识的蘑菇时，正处于吸毒后的幻觉中）。

就像患有爱丽丝梦游综合征的病人一样，爱丽丝的经历既可以被视为微小的，也可以是巨大的。对她自己来说，她的书被雅利安化是一件很大的事。这一事件代表了她所失去的一切，由于荣克在战后也没有归还这本书，因此他剥夺了爱丽丝在家乡重新成为一名成功菜谱作者的机会。然而，爱丽丝的故事也是一个小故事，因为她只是数百万因战争和迫害而失去生计的女性中的一员。她被盗走的"只是"一个作者身份，虽然"图书的雅利安化"至今尚未被研究，但我们可以说，图书剽窃并不像侵占一家大型犹太公司那样引人注目。然而，无论这些侵占案是大是小，令人恐惧的是，这些盗贼中不仅有党内高官，还有一夜之间获益的普通人。出版商荣克做了许多人做过的事，这些人中既有纳粹也有非纳粹。直到2000年初，税务部门才开始公布雅利安化档案，其中列出了无数像荣克这样的获益者的名字。相关经办人的名字现在也已公开。在一些案

第 16 章　新的开始

件中，当初办理侵占手续的官员与战后处理归还申请的官员是同一批人（归还申请的处理通常会拖延）。

*

在 1980 年的一次采访中，爱丽丝说："我的书有它自己的命运。"[19] 爱丽丝如果得知，在她去世几十年后这本书的命运出现了转折，她一定会很惊喜。在 2020 年秋天，《奶奶的菜谱》一书出版之后①，《明镜周刊》(*Der Spiegel*) 的记者伊娃-玛丽亚·施努尔（Eva-Maria Schnurr）报道了爱丽丝的故事。[20] 随后恩斯特·莱因哈特出版社的负责人出面公开道歉："爱丽丝·乌尔巴赫的原版作品在战后未能以她的名义出版，对作者造成了伤害。我们认为出版社当时的做法在道义上是不可接受的。"[21]

爱丽丝的孙女们并不想向出版社索要经济赔偿，但她们实现了一些更重要的目标。短短几周之内，她们就收回了《在维也纳是这样做饭的！》一书的版权。恩斯特·莱因哈特出版社再次重印了 1935/36 年的版本。图书馆和对此感兴趣的历史学家免费得到了赠书。

在爱丽丝去世近四十年之后，她重新成为《在维也纳是这样做饭的！》一书的作者。

---

① 本书德语初版于 2020 年 9 月面世。——编者注

后　记

卡尔·乌尔巴赫与画家莉莉·门德尔松结婚，并有了两个孩子——卡特琳娜和丹尼尔。他以丹尼尔·多德森的名字为儿子命名。卡特琳娜成了一名儿科医生，这让爱丽丝非常高兴。

卡尔于2003年在旧金山去世。

考狄利娅·多德森于1950年与她战略情报局的同事威廉·胡德结婚。两人在维也纳、柏林和瑞士工作，有时会与奥托共事。由于中情局的档案限制政策，我们永远不会知道考狄利娅在战后到底做了什么。她于2011年在缅因州（Maine）去世。

奥托·乌尔巴赫的档案也一直处于封存状态，关于他在1948年之后的情报工作，只有他同事的回忆提供了一些线索。

因为他最喜欢的名字卡特琳娜已经有家人取了，所以奥托给他的女儿取名为卡琳娜，这让全家人经常混淆。

奥托于1976年在布鲁塞尔去世。他的妻子维拉·弗里德伯格后来又经历了很长的电影和戏剧职业生涯。爱丽丝最喜欢维拉的电影

后 记

《神奇的我们》，她在其中扮演一个名叫薇拉的移民。影片在 1960 年获得了金球奖。

1955 年，**菲利克斯·迈尔**与他的妻子海伦妮一起来到维也纳，对这座城市，他在战争期间曾写下"我只能在那里呼吸"。但在那里待了两个星期后，他改变了想法。他于 1960 年在纽约去世，不久后海伦妮也去世了。他们的儿子托马斯·迈尔（Thomas Mayer，1927—2015）成了美国著名经济学家。

爱丽丝在温德米尔照看过的孩子之一**丽斯**还在世。在德国电视二台（ZDF）与德法公共电视台（Arte）拍摄的一部纪录片中，丽斯说她从爱丽丝身上学到了三样重要的东西：自立、尊重他人以及非常棒的酵母蛋糕的制作方法。

宝拉·希伯在战后成为英国人，但她经常和爱丽丝一起去奥地利过暑假。这两个女人努力使自己忘记一个事实：在这个度假胜地曾竖立着"不欢迎犹太人"的牌子。

宝拉一直住在伦敦，就在离她儿子彼得·希伯一家人的不远的地方，直到 1978 年去世。

出版商**赫尔曼·荣克**于 1988 年去世，此时，距维拉再次就爱丽丝的书联系出版社已经过去了八年。

爱丽丝被纳粹杀害的姐妹**西多妮**和**卡罗琳娜**的照片已经不在了。但在 2020 年 9 月,她们的名字与**海伦妮**和她的丈夫乔治·艾斯勒的名字一起,被刻在一块"纪念石"上,这块石头位于海伦妮在第一区的老公寓前,地址是艾本多夫大街 10/12 号。

致　谢

　　小时候，我有幸认识了本书中出现的一些移民，其中包括剧团负责人恩斯特·豪瑟曼和弗朗茨·玛里施卡。他们是两种完全不同的人，前者不苟言笑，后者玩世不恭。直到长大后，我才明白我父母的其他一些朋友也是移民，比如吉泽拉·费舍尔－布劳恩（Gisela Fischer-Braun）、伊娃·哈斯（Eva Haas）、库尔特·里斯（Curt Riess）、弗里德里希·托贝格和彼得·维托尔。他们都在 20 世纪 50 年代回到了欧洲，因为他们的生活离不开咖啡馆。

　　我只有机会问了他们中的几个人一些关键问题，但在美国我得到了第二次机会：在这里我遇到了 97 岁的维克多·布隆伯特，他是普林斯顿大学法国文学教授、曾经的"里奇男孩"。他住在离我只有几条街的地方。同样在美国给予我帮助的还有住在纽约的心理学家多丽特·惠特曼，爱丽丝是她的姨姥姥。惠特曼曾在 20 世纪 90 年代采访过英国的犹太难民儿童，并在《背井离乡》（*Die Entwurzelten*，1995）一书中分析了他们的故事。如今 90 多岁的多丽特依然思维敏捷，正如与她同龄的移民莉莉·门德尔松－乌尔巴赫（Lilly Mendelsohn-Urbach）和雷娜塔·雷纳（Renata Rainer）一样。

对本书起到决定性作用的是我的堂妹卡特琳娜·乌尔巴赫的发现。2014年，她将我父亲奥托在20世纪30年代的信和爱丽丝70年代的录音带交给了我。如果没有卡特琳娜，我永远不会开始这个项目，如果没有我的审稿人克里斯汀·洛特（Kristin Rotter）在新冠疫情中坚持工作，这个项目也永远不会完成。如果爱丽丝还活着，她可能会想收养克里斯汀。我还要感谢汉娜·舒勒（Hanna Schuler），她的精心编辑和巧妙的问题使文本内容得到了极大的丰富。我要感谢我的代理人、霍夫曼图书代理机构（Agence Hoffman）的安德里亚·维尔格鲁伯（Andrea Wildgruber）女士，感谢她的付出和她为本书贡献的想法。（与本书契合的是，这家代理机构也是由一位移民建立的。）

没有人比米夏埃尔·利夫尼（Michael Livni）更了解西格蒙德·迈尔和迈尔家族，他目前正在为西格蒙德的回忆录做新的英文版本。发现一位像他这样的亲戚是一个巨大的收获。

萨拉·费舍尔（Sarah Fisher）热心地向我提供了她姨妈考狄利娅·多德森的来信和照片，克拉拉·冯塔纳（Clara Fontana）向我讲述了考狄利娅最精彩的逸事。

特别感谢爱丽丝的三个"温德米尔孩子"：丽斯·谢尔泽（现用名阿丽莎·特南鲍姆）多次给我发电子邮件，《国土报》（*Haaretz*）记者迪娜·克拉夫特（Dina Kraft）为我录制了谢尔泽口述的故事录音。苏·卡米斯（Sue Camis）促成了我与她的母亲伊尔莎·卡米斯（于2020年夏去世）在佛罗里达州（Florida）的谈话。保罗·希伯的孙女薇薇安·希伯（Vivien Sieber）在伯明翰（Birmingham）采访了

致　谢

埃尔菲·赖纳特（Elfi Reinert）。薇薇安的父亲彼得·希伯的私人遗物和他关于儿童之家的情况记载也为本书提供了巨大帮助，这些记载目前保存在维纳大屠杀图书馆（The Wiener Holocaust Library）内。关于被转移的孩子们的档案在 2018 年才对外公开，他们的名字在本书中进行了匿名处理，为此我要感谢世界犹太人救济基金会（World Jewish Relief）档案馆的志愿档案管理员黛博拉·康托尔（Deborah Cantor），在她的鼎力相助下我才得以看到这些资料。

此外，还有许多朋友、历史学家和档案工作者也帮助了我。首先是特别慷慨的保罗·霍瑟（Paul Hoser），他会为我解答每一个疑问；睿智的朋友兼儿童心理学家伊娃·克莱斯（Eva Klesse）女士向我解释了安娜·弗洛伊德；克里斯蒂安·博马利乌斯（Christian Bommarius）一如既往地思维活跃，他提示我去找律师马克斯·弗里德兰；哈拉尔德·斯托尔岑贝格（Harald Stolzenberg）带我游览了他生活的维也纳。黑宫广昭（Hiroaki Kuromiya）分析了奥托在中国拍摄的照片，并向我解释了为什么风景照片比成堆的尸体更能说明问题。2018 年，来自维也纳以色列民族社区的无所畏惧的伊娃·霍尔普弗女士试图和我一起突破恩斯特·莱因哈特出版社的防线。托马斯·博格哈特（Thomas Boghardt）、海登·皮克（Hayden Peake）和希瑟·斯蒂尔（Heather Steele）帮助我突破了另一重障碍——看到了华盛顿国家档案馆中反情报队的材料。作家弗雷德里克·福赛斯和维也纳维森塔尔大屠杀研究所（Wiener Wiesenthal Institut für Holocaust-Studien）的勒内·比纳特（René Bienert）给了我关于敖德萨故事的重要线索。在奥地利也有许多同行帮助了我：

因斯布鲁克大学（Universität Innsbruck）的沃尔夫冈·韦伯（Wolfgang Weber）给我介绍了很多联系人，包括维也纳城市和国家档案馆（Wiener Stadt- und Landesarchivs）馆长布里吉特·里格勒（Brigitte Rigele）女士和奥地利国家档案馆（Österreichischen Staatsarchiv）的胡伯特·施泰纳（Hubert Steiner）。爱丽丝的"粉丝"苏珊娜·贝洛瓦里（Susanne Belovari）在兰德曼咖啡馆向我解释了奥地利犹太美食的历史。维也纳经济与商业大学（Wirtschaftsuniversität Wien）文化来源研究所的雷吉娜·佐德尔（Regina Zodl）找到了一本来自西格蒙德和菲利克斯·迈尔的图书馆的书，该图书馆已被雅利安化。罗斯维塔·哈默（Roswitha Hammer）和达利亚·欣德勒（Daliah Hindler）在 2020 年 9 月为爱丽丝被害的姐妹们制作了"纪念石"。奥地利纳粹受害者基金会（Nationalfonds der Republik Österreich für Opfer des Nationalsozialismus）的汉娜·莱辛（Hannah Lessing）和多丽丝·马赫特（Doris Macht）耐心地回答了我的许多问题。

我在德国也得到了最有力的支持：罗伯特·路德（Robert Luther）帮助我在位于柏林利希特费尔德（Lichterfelde）的德国联邦档案馆（Bundesarchiv）查找了许多名为鲁道夫·罗什的人；从事档案历史研究的科妮莉亚·马茨（Cornelia Matz）投入了很多个人精力在巴登-符腾堡州（Baden-Württemberg）查找弗里德伯格的相关信息。此外，杰出的律师马塞勒斯·普勒曼（Marcellus Puhlemann）使我不至于掉入法律陷阱。

现在德国电视二和德法公共电视联合制作了一部关于爱丽丝和知识产权剽窃的纪录片。这部片子出自一个与众不同的团队：导演安德里亚·奥斯特（Andrea Oster）、制片人安娜·施瓦茨（Anna Schwarz）和英国摄影师蒂姆·韦伯斯特（Tim Webster）。

*

这本书是在普林斯顿高等研究院（Institute for Advanced Study）诞生的，在那里我得到了慷慨的研究资金，遇到了更加慷慨的同事。我要特别感谢安杰洛斯·查尼奥蒂斯（Angelos Chaniotis）、乌塔·尼奇克－约瑟夫（Uta Nitschke-Joseph）、萨宾·施密特克（Sabine Schmidtke）、玛西娅·塔克（Marcia Tucker）以及伟大的"叛逆科学家"弗里曼·戴森（Freeman Dyson），他已于2020年2月去世。

写下爱丽丝的故事是一次令人振奋的经历，只是其中一些较黑暗的章节令我感到痛苦。但我没有因此而做噩梦，这要感谢乔纳森（Jonathan）和我们的儿子蒂莫西（Timothy），在我的时间之旅中，他们一直陪伴在我身边。

注 释

前言 一个陌生女人的书

1. 出自奥托(Otto)给卡尔·乌尔巴赫(Karl Urbach)的信,1938年6月5日。奥托·乌尔巴赫的遗物。

第1章 维也纳歌剧院,1938年

1. 出自考狄利娅·多德森给卡尔·乌尔巴赫的信,2003年10月2日。考狄利娅·多德森的遗物。
2. 摘自2011年里德学院为考狄利娅·多德森所发的讣告。详见网址:https://www.reed.edu/reed-magazine/in-memoriam/obituaries/december2011/cordelia-dodsonhood-1936.html
3. 威廉·D.B.多德森(William D. B. Dodson,1871—1950)曾担任波特兰商会负责人,在任36年。详见他的讣告。《俄勒冈人》1950年6月29日刊登。
4. 引述于《间谍的姐妹情谊——战略情报局的女特工》(*Sisterhood of Spies：The Women of the OSS*),作者伊丽莎白·P.麦金托什(Elizabeth P.

McIntosh），马里兰州，1998 年，第 176 页。

第 2 章　盲人父亲和糟糕的赌徒

1. 这些诗句由作家赫尔曼·布洛赫（Hermann Broch）提供，他与爱因斯坦一样生活在普林斯顿。另见：弗里德里希·托贝格的《乔列什姑妈或关于西方衰落的轶事》(*Die Tante Jolesch : oder der Untergang des Abendlandes in Anekdoten*)，1986 年维也纳出版，第 1、2 部分（1975 年首次出版），第 288 页。然而，爱因斯坦工作的普林斯顿高等研究院没有这方面的书面记录。在此感谢该研究院档案员马西娅·塔克(Marcia Tucker）的大力支持，她为本书寻找许多其他资料来源提供了帮助。

2. 出自菲利克斯·迈尔所写的《迈尔家族：从普莱斯堡到维也纳》(*The Mayer Family : from Pressburg to Vienna*)，纽约，1960 年，十页的机打手稿，迈尔家族遗物。

3. 或者她后来在某一幅画中看到了这匹马，有许多绘画作品都把它描绘成了白马。

4. 出自菲利克斯·迈尔的《迈尔家族》。另见乔治·高古什（Georg Gaugusch）的《历史人物记:1800—1938 年维也纳的犹太上层中产阶级》(*Wer einmal war : Das jüdische Großbürgertum Wiens 1800—1938*)[《阿德勒纹章学及家谱学协会年鉴》第 17 卷（*Jahrbuch der Heraldisch-Genealogischen Gesellschaft Adler*，Vol. 17)]，第二卷 L-R，2016 年维也纳出版，2254 页起。

5. 爱丽丝后来认识了她的祖母托尼（安东尼娅），并将她描述为"真正特立独行的人"。另见：爱丽丝·乌尔巴赫的《迈尔家族的一些成员：

1789—1957 年》(Some Members of the Mayer Family, 1789–1957)。出自《迈尔家族回忆录》机打手稿,1957 年由爱丽丝·乌尔巴赫口述,查尔斯·兰德斯通(Charles Landstone)撰写,伦敦,1957 年,迈尔家族遗物。

6. 另见阿德尔海德·迈尔(Adelheid Mayer)和艾尔玛·萨姆辛格(Elmar Samsinger)著《好似天方夜谭:欧洲与东方之间的犹太纺织品商迈尔》(Fast wie Geschichten aus 1001 Nacht. Die jüdischen Textilkaufleute Mayer zwischen Europa und dem Orient),维也纳,2015 年,第 13 页。

7. 出自西格蒙德·迈尔所写的《维也纳犹太人:商业、文化、政治,1700—1900》(Die Wiener Juden: Kommerz, Kultur, Politik 1700–1900)。1917 年维也纳出版,第 5 页。更多细节见他的回忆录:《一个犹太商人,1831—1911》(Ein jüdischer Kaufmann 1831–1911),柏林/维也纳,1926 年。令西格蒙德引以为豪的是,由于他对犹太区的描写,他获得了卡尔·兰普雷希特(Karl Lamprecht)、维尔纳·桑巴特(Werner Sombart)和卢约·布伦塔诺(Lujo Brentano)等作家的祝贺。另见西格蒙德·迈尔给阿图尔·施尼茨勒的信,日期不详,约 1914 年。阿图尔·施尼茨勒的遗物,马尔巴赫文学档案馆(Literaturarchiv Marbach)。

8. 西格蒙德·迈尔,《维也纳犹太人》,第 4 页。

9. 出处同上,第 10 页。

10. 西格蒙德对此写道:"根据法律,犹太人不允许拥有房地产。如果想买一栋房子,就必须让一个基督徒作为买主,并通过不可终止的用益物权合同及后续的抵押担保来保障自己的权利,这种担保通常是通过质押或其他秘密方式进行的。但即使有这些手续,犹太人当时也不可能在犹太区外的市区合法购买房子,不会有人产生这种想法,因为那里

注 释

不允许犹太人居住！"出处同上，第6页。

11. 出处同上，第4页。

12. 西格蒙德对犹太区的描述遭遇了强烈的批评，尤其是来自犹太教正统派的批评："（西格蒙德·迈尔）是典型的同化论者，从他对普莱斯堡犹太区的描述中可以明显看出，他对那里的犹太生活的感受是冷冰冰的，尽管书中其他部分的描写引人入胜。"引述于《犹太报：为正统派犹太人利益发声》（*Jüdische Presse*：*Organ für die Interessen des orthodoxen Judentums*）。第17/33期，1920年11月，第5页。

13. 西格蒙德·迈尔，《维也纳犹太人》，第3页。

14. 出自爱丽丝·乌尔巴赫的《旧世界与新世界：爱丽丝·乌尔巴赫太太的个人生活故事》（*Old World–New World*：*The Personal Life Story of Mrs. Alice Urbach*），25页的机打手稿，1977年，第2页，爱丽丝·乌尔巴赫的遗物。

15. 埃里克·霍布斯鲍姆（Eric Hobsbawm）认为他的母亲奈莉（Nelly）与迈尔一家有亲属关系，因为她称西格蒙德的弟弟阿尔伯特为"舅舅"。见埃里克·霍布斯鲍姆所写的《危险时代：20世纪的一段生活》（*Gefährliche Zeiten*：*Ein Leben im 20. Jahrhundert*），慕尼黑，2006年（英文第一版于2002年出版），第19页。然而，阿尔伯特似乎只是一个名义上的舅舅（信息来源：米夏埃尔·利夫尼）。

16. 出自鲁道夫·阿格斯特纳（Rudolf Agstner）撰写的《埃及的三家维也纳百货公司的故事：迈尔、施泰因和蒂灵的东方冒险》（*A Tale of Three Viennese Department Stores in Egypt*：*The Oriental Adventures of Mayer*，*Stein and Tiring*）见：《建设报》（*Aufbau*），第9期，1999年4月30日，第12页。

329

17. 迈尔公司排名第 828 位，但其联合创始人西格蒙德在一年前已退出。名单上排名靠前的是"皇室、高级贵族、退休人员、银行家"，此句见罗曼·桑德鲁伯（Roman Sandgruber）著《百万富翁的梦幻时光：1910 年最富有的 929 名维也纳人》(*Traumzeit für Millionäre: Die 929 reichsten Wienerinnen und Wiener im Jahr 1910*)，第 11 页。关于迈尔家族的部分见 400 页。

18. 引述于迈尔和萨姆辛格合著《好似天方夜谭》，第 99 页起。

19. 他为《新自由报》写稿 40 年，与卡尔·克劳斯等人为敌。1903 年，《新自由报》刊登了西格蒙德的演讲《维也纳犹太人的财富》(*Der Reichtum der Juden in Wien*)，他在演讲中驳斥了关于"犹太人占有的国家财富多于基督徒"的说法。犹太记者卡尔·克劳斯尖锐地反驳说，富有的西格蒙德·迈尔却大肆宣扬这种理论，这特别荒唐。出自卡尔·克劳斯主办的杂志《火炬》(*Die Fackel*)，第 131 期，1903 年 2 月，第 22 页。

20. 出自爱丽丝·乌尔巴赫的《旧世界与新世界》，第 5 页。

21. 1897 年 8 月 28 日，《时代》(*Die Zeit*)，第 12 卷。(《时代》是奥地利的一份报纸，从 1894 年到 1904 年每星期六发行。)

22. 赫茨尔（Herzl）于 1904 年去世，他的遗体在 1949 年从德布灵转移到以色列。而西格蒙德则留在了德布灵公墓。

23. 爱丽丝同父异母的哥哥和姐姐有：阿诺德·迈尔博士（1862—1926）、西多妮·罗森伯格（1865—1942）和卡罗琳娜·洛维特 [后改姓为弗莱施纳（Fleischner, 1866—1942）]、西格弗里德·迈尔（Siegfried Mayer, 1869—1923）。此外还有一个加布里乐·迈尔（1872—1876）。

24. 她生于 1850 年 8 月 12 日，死于 1921 年 4 月 17 日。

25. 出自爱丽丝·乌尔巴赫的《旧世界与新世界》，第 4 页。

26. 出自爱丽丝·乌尔巴赫70年代的采访录音,爱丽丝·乌尔巴赫的遗物。

27. 出自爱丽丝·乌尔巴赫的《旧世界与新世界》,第4页。

28. 出处同上,第16页。

29. 出自爱丽丝·乌尔巴赫的《旧世界与新世界》,第14页。

30. 弗里德里希·托贝格说,一个"经营得当的家"有助于改善丈夫的职业前景。出自托贝格的《乔列什姑妈》,第64页。

31. 同上,第25页。

32. 爱丽丝·乌尔巴赫,《旧世界与新世界》,第3页。

33. 斯蒂芬·茨威格,《昨日的世界:一个欧洲人的回忆》(*The World of Yesterday: Erinnerungen eines Europäers*),1978年法兰克福出版(1942年第一版),第88页。

34. "有一本日记被发现了,正好是最后一本[关于埃米莉(Emilie)的]。父亲大发雷霆。"1879年3月18日,阿图尔·施尼茨勒16岁时的日记。引述于彼得·盖伊(Peter Gay)的《阿图尔·施尼茨勒博士的时代——19世纪的内部视角》(*Das Zeitalter des Doktor Arthur Schnitzler. Innenansichten des 19. Jahrhunderts*),美因河畔法兰克福,2012年,第21页。

35. 爱丽丝·乌尔巴赫,《旧世界与新世界》,第3页。

36. 托贝格,《乔列什姑妈》,第17页起。

37. 路德维希·赫施菲尔德,《维也纳:导游手册没有告诉你的事》(*Wien: Was nicht im Baedeker steht*),慕尼黑,1927年,第241页。

38. 西多妮19岁时嫁给了尤利乌斯·罗森伯格,后者于1849年11月13日出生于特梅斯瓦尔(Temesvár),1938年8月去世。1910年,他们住在第九区的塞尔维滕路(Servitengasse)13号。见维也纳犹太人社区的登记簿（有一些日期错误）以及网站：https://www.geni.com/people/Sidonie-Rosenberg/6000000024633195072

39. 虽然洛维特于1883年自己创办了书店、旧书店和出版社，但得到西格蒙德的支持后，业务才得以蓬勃发展。

40. 卡罗琳娜于1887年与理查德·洛维特结婚。在这第一段婚姻中，他们的儿子弗里茨·洛维特（Fritz Löwit）于1890年出生了。他在很小的时候就摆脱了资产阶级的背景，成为一名热血的共产主义者。家人最后听到他的消息是他1942年为布加勒斯特（Bukarest）的一家共产主义报纸工作。卡罗琳娜的丈夫理查德·洛维特早在1908年就去世了，于是卡罗琳娜卖掉了出版社，出版社继续以"R.洛维特"为名，但此时它属于新的犹太主人迈尔·普拉格（Mayer Präger）博士。1938年9月，"功勋卓著的国家社会主义者"埃里希·兰德格雷布（Erich Landgrebe）接管了公司。迈尔·普拉格在"德奥合并"之后不久被捕。关于这一点，见默里·霍尔（Murray G. Hall）与克里斯蒂娜·科斯特纳（Christina Köstner）合著的《"……国家图书馆要掌握的各种东西……"：纳粹时期的奥地利制度》("...allerlei für die Nationalbibliothek zu ergattern...": Eine österreichische Institution in der NS-Zeit，维也纳，2006年，第111页）。迈尔·普拉格于1942年被驱逐到奥斯维辛集中营，于1942年11月3日被杀害。另见伊丽斯·帕夫利琴科（Iris Pawlitschko）撰写的《维也纳的犹太书店：1938年到1945年间的雅利安化和清算》（Jüdische Buchhandlungen in Wien：Arisierung und Liquidierung in den Jahren 1938—1945，维也纳大学硕士论文，第97页起）。1913年，卡罗琳娜嫁给了她的第二任丈夫，金属制品生产商马克斯·弗莱施纳（Max Fleischner），他是皮克与弗雷施纳公司（Pick und Fleischner）的合伙人。

注 释

关于这一点见菲利克斯·迈尔所写的《迈尔家族》。

41. 这段叙述的另一个有趣之处在于，就连西格蒙德的家里也庆祝圣诞节。爱丽丝·乌尔巴赫，《旧世界与新世界》，第17页起。

42. 《布拉格日报》(*Prager Tageblatt*)，1908年7月3日，第4页。

43. 爱丽丝·乌尔巴赫的非正式回忆录，由卡特琳娜·乌尔巴赫保管的爱丽丝·乌尔巴赫遗物。

44. 见罗曼·桑德鲁伯著《百万富翁的梦幻时光》，第16页。

45. 正式版本的标题是《旧世界与新世界》(*Old world–New world*)，非正式版本只有十页。

46. 爱丽丝·乌尔巴赫，《旧世界与新世界》，第5页。

47. 爱丽丝·乌尔巴赫的非正式回忆录。

48. 在接下来的几年里，西格蒙德·迈尔与其家人在德布灵区内搬了三次家。他的地址先后是：卡尔-路德维希大街（Carl-Ludwig-Straße）77号，兰纳大街（Lannerstraße）12号和林内广场（Linnéplatz）5号。

49. 出自萨尔腾给卡尔的信："亲爱的卡里（即卡尔）·乌尔巴赫，我写这封信并用特快专递寄出，是为了你们的小兔子。它必须有新鲜的生菜叶，新鲜的卷心菜，新鲜的小的或大的胡萝卜……所有的食物都得是新鲜的，没有经过人手加工，没有经过清洗，完全自然生长出来的。重要的是：每天都有新鲜的、新的食物，尽可能变换不同的品种。除了喝水之外，最重要的是：不要打扰小兔子，少去抓它、抱它或带着它到处跑，确保它能自由活动。如果你们成功地把这个小家伙养活了，我就做了一件好事。菲利克斯·萨尔腾向你致以亲切的问候……"出自卡尔·乌尔巴赫的遗物。

50. 爱丽丝·乌尔巴赫，《旧世界与新世界》，第6页起。

333

51. 爱丽丝·乌尔巴赫的非正式回忆录。

52. 同上。

53. 引述于弗里德里希·托贝格《乔列什姑妈》，第 92 页。

54. 1909 年，马克斯在服兵役前的体检中被列为"不适合服役"，但在 1917 年被列为"适合服役"。在档案中，他被称为儿科医生。见奥地利国家档案中的战时后备军花名册：马克斯·乌尔巴赫，索引号 AT-OeStA/KA Pers GB，维也纳第九卫生队。

55. 爱丽丝·乌尔巴赫的非正式回忆录。

56. 关于这些努力，可以参见卡琳娜·乌尔巴赫的《希特勒的秘密帮手：为权力服务的贵族》（Hitlers heimliche Helfer：Der Adel im Dienst der Macht），达姆施塔特（Darmstadt），2016 年，第 153 页起。

57. 莉莉安·巴德（Lillian M. Bader，即爱丽丝的外甥女莉莉·巴德）《一次生命是不够的：一个维也纳犹太女人的回忆录》（Ein Leben ist nicht genug：Memoiren einer Wiener Jüdin），2011 年维也纳出版，第 189 页。

58. 托贝格，《乔列什姑妈》，第 29 页。

59. 赤卫队强行出版过一期特刊，然后又撤出了报社。弗朗茨·恩德勒（Franz Endler）是质疑这段历史的人之一。来源：弗朗茨·恩德勒所著《两次战争之间的维也纳》（Wien zwischen den Kriegen），1983 年维也纳出版，第 20 页。

60. 爱丽丝·乌尔巴赫，《旧世界》，第 1、5 页。

61. 莱昂·阿斯金，《平静与探寻：戏剧中的主角与反派，透过莱昂·阿斯金的眼睛观察舞台上下》（Quietude and Quest. Protagonists and Antagonists in the Theatre, on and off Stage as Seen Through the Eyes of Leon Askin），莱昂·阿斯金，里弗赛德（Riverside），1989 年，第 41 页。

62. 同上。

63. 爱丽丝·乌尔巴赫，《旧世界与新世界》，第15页。

64. 爱丽丝·乌尔巴赫的非官方回忆录。在她的官方回忆录中她为她的孩子们美化了他的死亡："我的丈夫身体并不强壮。他日以继夜地医治那些贫穷、营养不良的人，压力和忧虑导致了他的早逝。"爱丽丝·乌尔巴赫，《旧世界与新世界》，第1页。

第3章 饥饿岁月

1. 1958年的《神奇的我们》是库尔特·霍夫曼（Kurt Hoffmann）导演的一部反纳粹电影。爱丽丝的儿媳维拉·弗里德伯格在影片中扮演移民薇拉（Vera）。

2. 财产清点记录，1920年8月22日。马克西米利安·乌尔巴赫博士的遗嘱档案，维也纳档案馆。在爱丽丝的官方回忆录中，她有意淡化了1920年的财务状况，称情况是后来才恶化的。爱丽丝·乌尔巴赫，《旧世界与新世界》，第1页。

3. 爱丽丝·乌尔巴赫的非官方回忆录。

4. 弗朗茨·玛里施卡，《永远微笑：戏剧和电影中的故事与传说》（*Immer nur lächeln: Geschichten und Anekdoten von Theater und Film*），慕尼黑，2001年，第34页。

5. 德布灵公墓，2号门2组17号墓。

6. 1920年10月30日，《新自由报》。

7. 另见迈尔和萨姆辛格合著《好似天方夜谭》，第111页起。据估计，初版书图书馆已经被卖掉了，但菲利克斯·迈尔似乎保留了其中的大部分书。维也纳档案馆，德布灵地方法院 A4/1，西格蒙德·迈尔遗嘱编号 827/1920，保利娜·迈尔（Pauline Mayer）遗嘱编号 259/1921。

8. 西格蒙德·迈尔的遗嘱，第 2 页。在第三条第一款（IIIA）下，列出了价值 5000 克朗的遗产，大部分赠予保利娜。

9. 在家族回忆录《迈尔家族的一些成员》中，对阿诺德生平往事的描述并不十分准确。阿诺德在出生时没有接受洗礼，但他与西格蒙德·迈尔的所有其他孩子一样，出现在犹太社区的登记簿上。他后来改变了信仰，全身心投入工作。他与历史学家海因里希·里奇［Heinrich Rietsch，圭多·阿德勒（Guido Adler）的学生］一起出版了一本关于 15 世纪蒙德塞（Mondsee）和维也纳地区歌曲手稿的书：F. 阿诺德·迈尔／海因里希·里奇，《蒙德塞和维也纳地区歌曲手稿以及萨尔茨堡的修道士——对文学和音乐史的研究以及手稿中的文本与注释》（*Die Mondse-Wiener Liederhandschrift und der Mönch von Salzburg. Eine Untersuchung von Literatur- und Musikgeschichte nebst den zugehörigen Texten aus der Handschrift mit Anmerkungen*），第 2 卷，柏林，1894—1896 年。在家庭回忆录中，阿诺德的死亡日期也被错误地写成了 1910 年。实际上他于 1926 年在卡塞尔去世。

10. 西格蒙德·迈尔的遗嘱，第 4 页。

11. 见迈尔和萨姆辛格合著《好似天方夜谭》，第 112 页。

12. 爱丽丝·乌尔巴赫，《旧世界与新世界》，第 1 页。

13. 同上，第 7 页。

14. 每年他们都会一起去维也纳附近的巴登疗养。在"疗养宾客名单"中出现了"商人"伊格纳茨·乌尔巴赫与八个家庭成员"及仆从"。参见奥地利国家图书馆（Österreichische Nationalbibliothek）的奥地利报纸在线项目（ANNO），1901 年 5 月 29 日的巴登疗养宾客名单。

15. 这家银行位于绍弗勒街（Schauflergasse）2 号。像伊格纳茨这样的小型私人银行在当时被称为"兑换所"，听起来不太起眼。实际上，他们不仅受理货币兑换，还擅长各种证券交易。见厄兰·洛尔（Eran Laor）的《逝去与磨灭：对斯洛伐克－匈牙利犹太人的回忆》（*Vergangen und ausgelöscht : Erinnerungen an das slowakisch-ungarische Judentum*），斯图加特，1972 年，第 72 页。

16. 《银行家乌尔巴赫之死》（*Der Tod des Bankiers Urbach*），《日报》1924年 7 月 6 日，第 5 页。

17. 《被干预委员会抛弃》（*Vom Interventionskomitee im Stich gelassen*），《克朗画报》（*Illustrierte Kronenzeitung*，即《克朗报》，"Illustrierte Kronenzeitung"是该报在大约 1905 年至 1941 年间使用的名称），1924年 7 月 5 日，第 1 页起。

18. 同上。

19. 《银行家乌尔巴赫之死》，第 5 页。

20. 《克朗报》在其刊登的故事中演绎了一个不同的场景："警方调查组不仅注意到尸体的特殊位置，即靠近蔡瑟尔博士门前，与楼梯的栏杆平行，而且还证实死者的受伤有点奇怪，即后脑勺遭到撞击。据医生说，这与自杀不大相符。法庭顾问里恩博士（Dr. Rien）倾向于认为，患有糖尿病的乌尔巴赫可能有从四楼跳下的打算，但在那一刻，他突然感到一阵不适，放弃了自己的打算，下到三楼，准备去蔡瑟尔博士的办公室寻求帮助。在门前，突如其来的一阵眩晕，他摔倒在地，后脑勺砸在石砖上。在死者身边，发现有三支在一起的雪茄，所以他死前似乎手里正拿着雪茄。"伊格纳茨打算自杀，这一点仍然是无可争议的。他最后出现在那两个不肯为其银行提供帮助的人的门口，似乎也并非巧合。

21. 《被干预委员会抛弃》，第 2 页。 关于布洛赫公司，又见彼得·艾格纳（Peter Eigner）、赫尔穆特·法尔施莱纳（Helmut Falschlehner）、安德烈亚斯·雷施（Andreas Resch）合编的《奥地利私人银行的历史：从罗斯柴尔德到斯潘格勒》(Geschichte der österreichischen Privatbanken: Von Rothschild bis Spängler)，维也纳，2017 年。

22. 马克斯·乌尔巴赫博士的遗嘱文件：爱丽丝在 1925 年 1 月 24 日通知说，共同监护人伊格纳茨·乌尔巴赫已去世，已经找到了新的共同监护人，即工厂主莱昂哈德·布赫瓦尔（Leonhard Buchwahr），联系地址：第六区，玛利亚希尔夫大街（Mariahilferstr.）95 号，承担共同监护责任。

23. 爱丽丝·乌尔巴赫，《旧世界与新世界》，第 2 页。

24. 赫施菲尔德，《维也纳》，第 3 页。

25. 同上，第 65 页。

26. 同上，第 243 页。

27. 爱丽丝·乌尔巴赫，《旧世界与新世界》，第 7 页。

28. 奥地利建筑师玛格丽特·舒特-里奥茨基（Margarete Schütte-Lihotzky）对厨房进行了最重要的革新。见莫娜·霍恩卡斯尔（Mona Horncastle）著《玛格丽特·舒特-里奥茨基：建筑师、抵抗运动斗士、活动家》(Margarete Schütte-Lihotzky: Architektin, Widerstandskämpferin, Aktivistin)，维也纳，2019 年。

29. 爱丽丝的外甥女莉莉·巴德这样写道："在 20 年代中期，货币似乎趋于稳定，随后出现了一个相对繁荣的时期……维也纳市的住房计划令人鼓舞。社区保障性住房以前所未有的规模建立起来……有集中供暖、有自来水、带洗衣机和烘干机的洗衣房、美丽的庭院、儿童戏水池和

注 释

幼儿园。"出自巴德所写的《一次生命是不够的》,第 190 页起。

30. 1927 年,赫施菲尔德估计维也纳的桥牌室数量约为 70 家。"每家桥牌室都位于市中心附近的某个所谓的高级会所……通常由两三位女士联合开办一家,一方面是为了方便白班和夜班接替,另一方面是为了增加运营所需的人脉资本"。赫施菲尔德著《维也纳》,第 248 页。

31. 《新闻报》,2019 年 2 月 17 日的生活版,印刷本。爱丽丝的菜谱在这里以鲁道夫·罗什的名字转载。该报后来在网上对此进行了更正。

32. 爱丽丝·乌尔巴赫,《旧世界与新世界》,第 8 页起。

33. 关于她学生们的情况,见爱丽丝·乌尔巴赫,《旧世界与新世界》,第 19 页。爱丽丝没有提到王子的名字。这里说的可能是弗朗茨·约瑟夫二世(Franz Joseph II)王子,后来列支敦士登公国的大公(1906—1989)。他于 1925 年在维也纳高中毕业,然后在维也纳农业大学学习。提到的其他学生还有:美国女作家阿梅利·路易斯·里夫(Amélie Louise Rives),她在第二次婚姻中嫁给了俄罗斯王子皮埃尔·特鲁贝兹科伊(Pierre Troubetzkoy);芭蕾舞演员格雷特·维森塔尔(Grete Wiesenthal),本名玛格丽特·维森塔尔(Margarethe Wiesenthal),古斯塔夫·马勒(Gustav Mahler)于 1902 年在宫廷歌剧院发现了她,除了成功的个人事业外,她还在柏林与马克斯·莱因哈特(Max Reinhardt)一起担任编舞。1919 年,她在德布灵创办了一所舞蹈学校,1934 年在维也纳音乐和表演艺术学院任教;大使的"漂亮女儿"是多萝西·薇拉·塞尔比(Dorothy Vera Selby,1912—1982),她是沃尔福·塞尔比爵士(Sir Walford Selby)的女儿。

34. 出自菲利克斯·迈尔著《迈尔家族》。

35. 见爱丽丝·乌尔巴赫著《迈尔家族的一些成员》。

36. 1926 年,西多妮和她的合著者艾玛·施莱伯(Emma Schreiber)在同一出版社出版了《单身汉菜谱》(*Kochbuch des Junggesellen*)，1928年又出版了《周末菜谱》(*Weekend-Kochbuch*)，其中有"周末度假小屋的实用菜谱"。

37. 爱丽丝每年都会多次刊登广告宣传新的课程安排："爱丽丝·乌尔巴赫夫人的现代烹饪课堂讲授开胃菜、甜品和特色肉菜的烹饪方法。授课地址：第四区，格戴克路7号（新的现代化房间）。今年的下午课程将邀请一位优秀的厨师参与。全新课程（也适合以前的学生来完善厨艺）。分为上午班、下午班和晚班。"《新自由报》，1933年10月1日，第15页。

38. 爱丽丝·乌尔巴赫，《旧世界与新世界》第10页。例如，《维也纳日报》(*Wiener Tag*)报道说："爱丽丝·乌尔巴赫夫人是现代烹饪课程当之无愧的成功创办者，我们要感谢这次令人愉快的展览，这些最精致的美味再次向我们展示了'维也纳人是不会倒下的！'……遗憾的是，展览不得不提前结束，原因完全可以想象——菜品很快就售罄了。"每次展览都有不同的主题口号，1930年12月1日的口号是"请上桌！"。

39. 《新维也纳报》，1928年11月22日，第12页。

40. 《新自由报》引用爱丽丝的话说："我承担了一个光荣任务，拯救灶台前的女孩……经验告诉我们：女孩——或已经是年轻的女人——有学习的愿望，她们会兴致勃勃地学，就连有工作的女孩，或是正在上大学的女孩，都会来学习做饭。"《新自由报》，1929年11月27日，第7页。

41. "上层社会的女士们以一种相当民主的方式聆听了实用的烹饪讲座，其中有些人也许是由于职业的改变或由于晚婚，直到现在才开始关注烹饪，她们与许多可爱的家庭女佣一起学习厨艺。相同的学习目标将她们连接在一起，这个目标超越了社会差异。"《新维也纳报》，1930年11月30日。

42. 1932年1月,爱丽丝在《新自由报》上做了广告:"爱丽丝·乌尔巴赫女士的第一个维也纳'美食到家服务'。只需2先令,就能将您预订的每日完整套餐送到家中或办公室。热气腾腾,可立即食用!营养丰富,美味可口!"爱丽丝为此申请了一个额外的营业执照。1932年1月30日,营业税登记簿上有如下记录:"爱丽丝·乌尔巴赫,销售和配送即食菜肴,不包括任何与特许权有关的活动。注册地址:第四区,格戴克路1号。"维也纳档案馆,税务登记簿,核心业务登记簿K2/1,爱丽丝·乌尔巴赫;烹饪学校,第四区,格戴克路7号。

43. 里兹·雷莫夫(Riz Remorf)的文章《现代女性的现代美食》(*Neuzeitliche Küche für die moderne Frau*),《新维也纳报》,1932年1月31日,第23页。

44. 1929年,爱丽丝的营业执照上加上了奥托的名字,现在他有资格提供家庭烹饪课程了。感谢塞巴斯蒂安·达林格(Sebastian Dallinger)为我找到了营业执照。税务登记册,核心业务登记簿K2/1,爱丽丝·乌尔巴赫;烹饪学校位于第四区,格戴克路7号,维也纳档案馆。

45. 维也纳巴勒斯坦办事处于1934年11月16日确认:"上述人员于1934年8月3日向我们提交了一份巴勒斯坦入境证的申请,编号为1910。"奥托·乌尔巴赫的遗物。

46. 爱丽丝·乌尔巴赫:《我的儿子们》(*My Sons*)。四页的手写稿,爱丽丝·乌尔巴赫的遗物。

第4章 终于成功了!

1. 一些文艺作品再现了乔布斯在里德学院的学生时代,包括2013年的电影《乔布斯》(*Jobs*),阿什顿·库彻(Ashton Kutcher)在影片中扮演史蒂夫·乔布斯。

2. 基泽另一个有趣的侧面体现在他与摩根索过从甚密。这位里德学院的校长极有可能是摩根索信息网络的一部分。摩根索早在20世纪30年代就在其财政部建立了这一网络，它是一个专门处理腐败案件的高效情报机构，可与胡佛（Hoover）创办的联邦调查局（FBI）相媲美。然而，摩根索的"信息网络"不仅在美国运作，而且还在欧洲和亚洲收集情报。这使得摩根索不仅仅是罗斯福的财政部长，还是其外交政策方面的重要顾问。

3. 《你不能只靠智力生活》（*You don't live on intellect alone*）。见德克斯特·基泽的讣告，《里德杂志》（*Reed Magazine*）。网址：https://www.reed.edu/reed_magazine/june2012/articles/features/comrades/comrades4.html

4. 出自理查德·肖尔茨（Richard Scholz）所写的文章《双重难民，奥地利滑雪专家返回美国》（*Twice Refugee, Austrian Ski Expert Returns to US*），《俄勒冈人》，1937年9月17日。

5. 奥托给爱丽丝的信，1935年11月18日，奥托·乌尔巴赫的遗物。

6. 奥托给爱丽丝的信，1935年9月23日，奥托·乌尔巴赫的遗物。在另一封信中，他附上了《时代》（*Time*）杂志中关于基泽先生的文章。"《时代》是阅读量最大的知识分子杂志，出现在这本杂志中对里德来说是极好的宣传。不过，他（基泽先生）真的很有魅力。我真的非常担心你们的物质状况，我知道你现在非常艰辛。如果你需要的话，我会给你寄一些钱……送上最真诚的问候和亲吻，奥托。"奥托·乌尔巴赫的遗物。

7. 奥托给卡尔的信，1935年12月3日，奥托·乌尔巴赫的遗物。

8. 奥托给爱丽丝的信，1935年11月25日，奥托·乌尔巴赫的遗物。

9. 1938年1月28日，提交给学院院长的关于成立滑雪队的报告："1934/35

年没有队伍……1935/36 年：由奥托·乌尔巴赫组织滑雪队有 70 名女生、30 名男生和 12 名校外成员。在滑雪道上有很多广告。5 名成员组成的团队参加了由冬季运动协会主办的公开赛。球队还去参加了在优胜美地举行的校际比赛，赢得了第四名。"在此感谢俄勒冈州波特兰市里德学院特藏档案馆（Special Collections and Archives）的卡罗琳·鲁尔（Caroline Reul）找到了这些资料。奥托的滑雪照片见："里德数字档案"（Reed Digital Collections）中的《里德学院报》（Reed College Bulletin）1936 年第 15 卷（1），考狄利娅·多德森的照片见：《里德学院报》1937 年第 16 卷（1）。

10. 文章标题分别是："里德教练员计划开办滑雪学校：在圣诞假期期间，里德学院的滑雪学生教员奥托·罗伯特·乌尔巴赫将在胡德山的斜坡上开办滑雪学校"，"里德滑雪导师计划举办展览：乌尔巴赫将组织特别的'飞跃一英里'活动"，"为什么要等待冬天？里德滑雪爱好者这样说。在维也纳滑雪专家奥托·乌尔巴赫的指导下，这个木制滑雪道已于上周安装完毕"。1987 年，里德学院校报《里德学院探索》（Reed College Quest）报道了奥托创办滑雪学校的情况，以及他和他的学生在优胜美地的第一次比赛中发生的许多事故。奥托髋部等处受伤。见 J.J. 哈帕拉（J.J. Haapala）所写的《里德学院滑雪队的起源》（Origin of the Reed College Ski Team），见：《里德学院探索》，1987 年 2 月 23 日，第 7 页。作者以为奥托是德国人。

11. 作者与克拉拉·冯塔纳（Clara Fontana）关于其姨祖母考狄利娅·多德森的谈话，伦敦，2019 年。

12. 引述于麦金托什，《姐妹》（Sisterhood），第 176 页。麦金托什本人曾是战略情报局（OSS）的一名工作人员。

13. 从中国寄给卡尔的信，未注明日期，1936 年或 1937 年。奥托·乌尔巴赫的遗物。

14. 关于普奇在里德学院的那些年，见网站：https://www.reed.edu/reedmagazine/articles/2014/emilio-pucci.html

15. 普奇在里德学院的演讲：https://soundcloud.com/reedcollege/pucci-emilio-talk-on-design-at-reed-college-1962

16. 里德学院后来收集了对普奇的回忆。凯瑟琳·卡希尔·道格尔（Kathleen Cahill Dougall）记得他"非常英俊，以探戈闻名"。伊丽莎白·麦克拉肯（Elizabeth McCracken）曾与他一起跳舞，此前普奇教了她和一些女学生跳维也纳华尔兹。见：https://www.reed.edu/reed-magazine/articles/2014/emilio-pucci.html

17. 1935—1936 年，他还在乔治亚大学学习农业。见他在战略情报局的履历表。普奇在战后写了两份报告。第一份是日期 1945 年 5 月 24 日，是考狄利娅·多德森用打字机打的，里面有很多错误（这一直是她的弱项，她还在 2003 年给卡尔的一封信中为自己的错字道歉），第二份日期是 1945 年 6 月 20 日。这里使用的引文来自第二份较为详细的报告（以下简称"普奇报告"），收藏于华盛顿国家档案馆（RG 226，Entry 190C，Box 11①）。

18. 德克斯特·基泽校长档案，1938 年 1 月 28 日，里德学院特藏档案馆，里德学院，波特兰，俄勒冈州。

---

① 该档案编号中，"RG"指"档案群集"（Record Group），美国国家档案馆根据政府部门及文件性质对档案作一般归类，RG226 是战略情报局档案（Records of the Office of Strategic Services）；"Entry"是 RG 下一级的主题分类，Entry 190C 是情报站文件（Field Station Files）；"Box"是档案盒。——编者注

19. 埃德的父亲于 1921 年至 1948 年期间在里德学院任比较文学教授并指导剧团工作。今天的里德露天剧场以他的名字命名。
20. 奥托给爱丽丝的信，1935 年，无日期，奥托·乌尔巴赫的遗物。
21. 根据维也纳的城市登记文件，爱丽丝从 1920 年 5 月 3 日至 1935 年 8 月 6 日的登记地址是第 16 区的基尔希施泰腾路（Kirchstetterngasse）22/16 号（同时登记了两个孩子：奥托，1913 年 9 月 28 日出生；卡尔，1917 年 11 月 9 日出生）。从 1935 年 8 月起的登记地址为格戴克路 7/4（共同登记的孩子卡尔，生于 1917 年 11 月 9 日）。
22. 见丹妮拉·庞克尔（Daniela Punkl）2002 年所写的维也纳大学硕士毕业论文《莫里兹·佩尔斯出版社》（*Verlag Moritz Perles*），其中第 161 页列出了该出版社在外国的代理出版机构。
23. 赫尔曼·荣克，《75 年历史的恩斯特·莱因哈特出版社：从慕尼黑到巴塞尔的出版历程》（*75 Jahre Ernst Reinhardt Verlag München Basel：Verlagsgeschichte*），慕尼黑，1974 年，第 53 页。
24. 奥托给爱丽丝的信"第二本菜谱进展如何？"，出自奥托来自中国的信，无日期，1936 年，奥托·乌尔巴赫遗物。2020 年，莱因哈特出版社通知她，确实还有两份爱丽丝为该出版社写的手稿。在逃亡前不久，她放弃了《无肉饮食》和《维也纳糕点》两本书的所有权利。见 1938 年 9 月 5 日的声明，慕尼黑恩斯特·莱因哈特出版社档案。
25. 爱丽丝·乌尔巴赫，《旧世界与新世界》，第 19 页。在她的回忆录中，爱丽丝没有提到她与西多妮此前出版的烹饪书。爱丽丝在她姐姐西多妮被杀害后试图忘掉关于她的一切。
26. 同上。除了爱丽丝外，奥托没有告诉任何人剧本的内容。这可能与电影《敌人的律师》（*Anwalt des Feindes*）（原名"*The Incident*"）有关，讲述了科罗拉多州的一个战俘营的故事，但这纯属猜测。

27. 中央图书和版画贸易协会在奥地利代理了几家德国出版商，包括C.H.贝克出版社和古斯塔夫·奇本霍尔出版社（Gustav Kiepenheuer Verlag）。该协会后来并入书刊发行公司Mohr-ZG，现在是莫尔·莫拉瓦（Mohr Morawa）公司。

28. 荣克《75年历史的恩斯特·莱因哈特出版社》，第54页起。

29. 《舞台》（*Die Bühne*），1935年12月，第414期，第53页。就连奥托在美国也看到了该杂志，尽管有所延迟："我在《舞台》杂志上看到一篇文章……对这本书非常赞许。"奥托给爱丽丝的信，1936年7月13日，奥托·乌尔巴赫的遗物。

30. 《帝国邮报》，1935年12月1日。

31. 托尼·蒂普顿-马丁（Toni Tipton-Martin）著《杰米玛密码：两个世纪中的美国黑人烹饪书》（*The Jemima Code*：*Two Centuries of African American Cookbooks*），奥斯汀（Austin），2015年。

第5章　上海往事，或美国的儿子

1. 托贝格，《乔列什姑妈》，第111页。

2. 奥托给爱丽丝的信，1937年9月，奥托·乌尔巴赫的遗物。

3. 华懋饭店（Cathay Hotel），就是今天的和平饭店。许多街道在1945年后也被重新命名。南京路现在被称为"南京东路"。外滩现在是"中山东一路"。1937年的另一条重要街道，爱德华七世大道，改名为"延安东路"。而奥托的第一个地址——泡泡井路，现在是"南京西路"。

4. 奥托给爱丽丝的信，无日期，1936年夏天，奥托·乌尔巴赫的遗物。

5. 奥托给爱丽丝的信，1936 年 8 月 11 日，奥托·乌尔巴赫的遗物。

6. 奥托给爱丽丝的信，1936 年 6 月 18—20 日，奥托·乌尔巴赫的遗物。

7. 奥托给爱丽丝的信，1936 年 8 月 20—28 日，奥托·乌尔巴赫的遗物。

8. 奥托给爱丽丝的信，奥托·乌尔巴赫的遗物。

9. 奥托给爱丽丝的信，1936 年 8 月 31 日，奥托·乌尔巴赫的遗物。这些推荐信是写给摩根索在中国的一个亲戚的。

10. 奥托给爱丽丝的信，1936 年 8 月 31 日，奥托·乌尔巴赫的遗物。

11. 奥托给卡尔的信，1936 年 8 月 21 日，奥托·乌尔巴赫的遗物。

12. 奥托给爱丽丝的信，无日期，奥托·乌尔巴赫的遗物。

13. 乔·莱德尔，《风中的叶子》，慕尼黑，1951 年（维也纳 1936 年第一版），第 25 页。

14. 奥托给爱丽丝的信，1936 年 10 月 11 日，奥托·乌尔巴赫的遗物。

15. 自 1935 年开始，国民政府有一个为期六年的禁烟计划，以减少鸦片成瘾。爱国青年支持"新生活运动"，他们认为消费鸦片是一种"不爱国行为"，并怀疑日本人在支持中国的海洛因和吗啡贸易，以"打击中国人的士气，使他们变得愚蠢"。这种怀疑可能是正确的。出自魏斐德（Federic Wakeman Jr.）著《上海警察（1927—1937）》(*Policing Shanghai, 1927—1937*)，伯克利，1995 年，第 268 页。

16. 奥托给卡尔的信，1937 年 4 月 3 日，奥托·乌尔巴赫的遗物。

17. 乔·莱德尔，《风中的叶子》，第 24 页起。

18. 约翰·R. 瓦特（John R. Watt，中文名"华璋"），《在战时的中国拯救生命：医学改革者如何建立应对战争和流行病的现代医疗体系，1928—1945（中国研究）》[*Saving Lives in Wartime China: How Medical Reformers Built Modern Healthcare Systems Amid War and Epidemics, 1928—1945*

(*China Studies*)], 莱顿（Leiden），2014年，第220页。

19. 奥托给卡尔的信，1937年3月31日至4月20日，奥托·乌尔巴赫的遗物。
20. 奥托给爱丽丝的信，1936年10月21日，奥托·乌尔巴赫的遗物。
21. 奥托给卡尔的信，1937年3月8日，奥托·乌尔巴赫的遗物。
22. 奥托给卡尔的信，1937年1月30日，奥托·乌尔巴赫的遗物。
23. 奥托给卡尔的信，1937年3月4日，奥托·乌尔巴赫的遗物。
24. 奥托给卡尔的信，1937年1月30日，奥托·乌尔巴赫的遗物。
25. 在此感谢黑宫广昭在分析奥托的中国照片和信件时给予的慷慨帮助。
26. 1936年12月，德意志帝国和日本缔结了针对苏联的《反共产国际协定》。日本希望增加反华内容，但纳粹的外交政策有不同的优先事项。1938年之前，德国在军事层面上与中国有密切联系。
27. 在此感谢尼娜·普莱斯（Nina Price）提供了奥托在1939年发给雷娜塔·乌尔巴赫和她的父母罗伯特和罗拉·乌尔巴赫（Lola Urbach）的担保书。罗伯特·乌尔巴赫的遗物。
28. 奥托给卡尔的信，1937年1月30日，奥托·乌尔巴赫的遗物。
29. 奥托给卡尔的信，1936年12月29日，以及奥托写给爱丽丝的信，1937年1月18日，奥托·乌尔巴赫的遗物。奥托告知他将于3月前往横滨参加福特公司的会议。后来是否成行，现在已经不得而知。
30. 奥托给爱丽丝的信，1936年9月20日，奥托·乌尔巴赫的遗物。
31. 见1935年1月25日的出版合同，恩斯特·莱因哈特出版社档案，慕尼黑。
32. 见奥托给爱丽丝的信件，1936年8月11日，奥托·乌尔巴赫庄园："亲爱的妈妈，刚刚收到你的信，我希望你这段时间有了更多客人，这样你的日子至少会好过一些。不要太劳累了。"
33. 见乔纳森·哈斯拉姆（Jonathan Haslam），《战争幽灵》(*The Spectre of*

War），普林斯顿，2021年。

34. 引述于伊丽莎白·扬-布鲁尔（Elisabeth Young-Bruehl）著《安娜·弗洛伊德：维也纳的岁月》（Anna Freud：Die Wiener Jahre），第一部分，维也纳，1995年，第295页。

35. 奥托给爱丽丝的信，1936年12月20日。1937年1月18日，他写道："我相信，你已经在期待着早日离开维也纳了。"奥托·乌尔巴赫的遗物。

36. 爱丽丝·乌尔巴赫的维也纳市登记文件，1937年2月10日注销，迁往英国霍夫。

37. 奥托给卡尔的信，1937年3月8日。在《风中的叶子》启发下，他甚至产生了将自己的中国经历写成长篇小说的想法："我已经开始写一部长篇小说，但进展非常缓慢。"奥托给卡尔的信，1937年4月21日，奥托·乌尔巴赫的遗物。

38. 奥托给卡尔的信，1937年4月21日，奥托·乌尔巴赫的遗物。

39. 奥托给卡尔的信，1937年5月14日，奥托·乌尔巴赫的遗物。

40. 奥托给爱丽丝的信，1937年7月25日，奥托·乌尔巴赫的遗物。

41. 有人认为，日本人在1937年8月被激怒，从而正中蒋介石下怀。蒋介石有意将冲突范围从中国北部扩大到国际金融中心上海。在此我要感谢黑宫广昭与我对这一章进行讨论。

42. 奥托给爱丽丝和卡尔的信，1937年9月14—26日，奥托·乌尔巴赫的遗物。

43. 安德鲁·迈耶（Andrew Meier），《失踪的间谍：斯大林情报机构中的一个美国人》（The Lost Spy：An American in Stalin's Secret Service），纽约，2008年，第217页。

44. "然后是定居点上空的空袭。日本人和中国人进行了野蛮的空战……炸弹、被击落的飞机等从空中坠落。结局：2小时内约有3000人死亡。

中国人在空战中表现得非常好，总体上实现了令人惊讶的抵抗。"出自奥托给爱丽丝和卡尔的信，1937年9月14—26日，奥托·乌尔巴赫的遗物。

45. 奥托给卡尔的信，1937年8月23日至9月1日，奥托·乌尔巴赫的遗物。

46. 保罗·法兰奇（Paul French），《血腥星期六：上海最黑暗的一天》(*Bloody Saturday：Shanghai's Darkest Day*)，伦敦，2017年，第17页。

47. 同上，第51页。

48. 奥托·乌尔巴赫的相册，奥托·乌尔巴赫的遗物。

49. 奥托给爱丽丝和卡尔的信，1937年9月14—26日，奥托·乌尔巴赫的遗物。

50. 《讲述上海南站轰炸事件》(*South Station Bombing at Shanghai described*)，出自奥托·乌尔巴赫相册中的剪报文章。现在无法确定这篇文章刊登在哪家报纸上。奥托·乌尔巴赫的遗物。

51. 考狄利娅给卡尔的信，1937年9月9日，考狄利娅·多德森的遗物。

52. 出自肖尔茨文章《双重难民》。

53. 奥托给爱丽丝的信，1937年9月14—26日。奥托一定是在船上开始写这封信，抵达美国后才完成。他的船，"麦金利总统"号，于1937年9月15日到达西雅图。奥托·乌尔巴赫的遗物。

54. 考狄利娅给卡尔的信，1937年10月1日，考狄利娅·多德森的遗物。

55. 考狄利娅给卡尔的信，1937年10月11日，考狄利娅·多德森的遗物。卡尔和爱丽丝非常感谢多德森一家，卡尔起草了一封回信："我们也收到了奥托关于手术的来信。最初我觉得非常难受……他还写道，你的母亲对他很好……她是如此善良。因为我还不认识你家的任何人，所以我必须特别感谢你们的善意。我希望奥托很快就会好起来。"

56. "里德学院的前滑雪教练奥托·罗伯特·乌尔巴赫于9月14日抵达西雅图，带着……记录中国苦难的照片。乌尔巴赫自己的悲惨故事始于两年前……有一年时间，他能够在里德学院安心学习，在胡德山滑雪。但随后他的麻烦开始了。他的签证只有一年的有效期。他两次试图延长签证，一次在墨西哥边境，一次在加拿大边境，但均未成功。他在里德学习期间，他的祖国发生了很多事，陶尔斐斯在一次血腥的暴动中被杀害……乌尔巴赫被视为不受欢迎的人，会被征召入伍。"出自肖尔茨的文章《双重难民》。这里可以明显看出，该记者对奥地利政治的了解有限。在奥托离开的前一年，即1934年，陶尔斐斯已经被暗杀了。奥托似乎对纠正这一错误并无兴趣。事实上，他不返回维也纳当然是出于多种理由。

57. 出自理查德·肖尔茨所写文章《上海战役宣战：里德学院前教练断言日本在愚弄世界》(*Shanghai Battle declared screen: Ex-Reed Instructor asserts Japan Fooling World*)，1937年9月20日发表在《俄勒冈人》上。

58. 奥托给卡尔的信，无日期，1937年底，奥托·乌尔巴赫的遗物。维克多·波利策（生于1892年）是罗伯特·波利策博士的兄弟，也是奥托的表哥。

59. 奥托·乌尔巴赫遗物中的一篇报纸文章错误地称这是一枚"中国奖章"。从红白相间的丝带图案来看，这是由义勇队的犹太部门颁发的奖章。

第6章 1937年：一位年轻女士的来访

1. 他们的通信地址是"第四区，维德纳古特尔48/12号，卡尔·乌尔巴赫和维利·舒尔特斯"，又见考狄利娅·多德森遗物中给他们的明信片和信件。

2. 皇宫影院位于约瑟夫史塔特大街43—45号，官方登记的所有者是宝拉的父亲阿尔弗雷德·蒂科（Alfred Ticho），但电影院由他的女儿贝塔·蒂科（Bertha Ticho）、塞尔玛·哈斯（Selma Haas）和宝拉·希伯经营。

3. 1914年时维也纳已经有150家电影院，尽管第一次世界大战期间外国电影被禁止，但奥地利的国产影片很快填补了这一空白。

4. 宝拉第一次婚姻所生的儿子是埃里希（Erich），即后来的埃里克·斯托伊斯勒（Eric Stoessler），他于1938年逃到英国，与宝拉和他同母异父的兄弟彼得会合。

5. 奥托给卡尔的信，1936年12月29日和1937年1月18日，奥托·乌尔巴赫的遗物。

6. 考狄利娅给卡尔的信，1937年4月4日，考狄利娅·多德森的遗物。

7. 卡尔·乌尔巴赫的回忆录，1937年用英语写成，作为一种练习。卡尔·乌尔巴赫的遗物。

8. 考狄利娅给卡尔的信，2003年10月，考狄利娅·多德森的遗物。

9. 卡尔·乌尔巴赫的回忆录。

10. 考狄利娅给卡尔的信，2003年，考狄利娅·多德森的遗物。考狄利娅与埃德的妹妹芭芭拉·瑟夫（Barbara Cerf）是朋友。

11. 绅士街大楼于1932年建成，许多著名艺术家住在这里。16楼的舞厅如今已不复存在，现在那里是顶层公寓。

12. 卡尔·乌尔巴赫的回忆录。

13. 同上。

14. 波尔迪·舒克（Poldi Schück）是马克斯·乌尔巴赫的姐姐罗莎的儿子。罗莎的丈夫埃米·舒克（Emil Schück）在亚诺维茨经营一家杜酒厂。波尔迪·舒克生于1897年，与妻子奥尔加（Olga）有三个孩子：汉卡（Hanka）、米莱娜（Milena）和詹达·舒克（Jenda Schück）。

15. 卡尔的回忆录，卡尔·乌尔巴赫的遗物。奥托于1937年5月14日写信给卡尔："我非常感谢你对考狄利娅的精心照顾。她似乎非常喜欢维也纳,我相信她和你在一起的时候很开心。"奥托·乌尔巴赫的遗物。

16. 今天,这座建筑属于斯佩辛骨科医院(Orthopädischen Spital Speising)。至今尚不确定它是否在"德奥合并"之后被雅利安化。见网址：https://www.oss.at/ueber-uns/

17.《新自由报》,1937年9月26日,第38页。

18. 出自塔玛拉·艾斯(Tamara Ehs)文章《奥地利法西斯主义时期的大学营(1935—1937)》,(*Hochschullager im Austrofaschismus 1935—1937*),见网址：https://geschichte.univie.ac.at/de/artikel/hochschullager-imaustrofaschismus

19. 卡尔没有提到营地的名称,可能是奥西亚赫(Ossiach),因为那里曾有一座修道院和奥西亚赫湖,或者是位于魏森湖(Weißensee)附近的克罗依茨贝格(Kreuzberg)营地。

20. 但训练并没有那么有趣,如每日日程表所示：

6:00：起床号

6:15—6:45：晨练,有时是在湖中游泳

7:00：早餐

7:10—7:40：整理内务

7:45—8:00：升旗,宣布每日日程,把病人带走,营地报告

8:05—10:00：训练、上课,必要时10:00有加餐

10:30—12:30：射击训练、体育锻炼

13:30—14:30：午休

14:30—15:00：教导员讲座

15:00—16:00：湖岸体育锻炼;必要时4:00有小吃

16:30—18:30：训练或教导员讲座，发布命令、点名

19:00—19:20：晚餐

20:00—21:15：休闲活动

22:00：归营号

22:30 起：禁止说话，全楼静默

出自艾斯著《奥地利法西斯主义时期的大学营》。

21. 统一的"制服"包括一条训练营长裤和灰绿色的防风外套。出处同上。
22. 考狄利娅给卡尔的信，1937 年 6 月 8 日，考狄利娅·多德森的遗物。
23. 考狄利娅给卡尔的信，1937 年 9 月 9 日，考狄利娅·多德森的遗物。
24. 奥托给卡尔的信，无日期，1937 年秋。同时，他更有希望获得美国公民身份了："几天前我拿到了'第一份文件'，所以我正在慢慢变成美国公民。感觉好极了。在奥地利，人们是否有感觉到一场欧洲战争已无法避免？我这里的报纸全是关于战争的传言。"奥托给卡尔的信，1937 年 10 月 24 日，奥托·乌尔巴赫的遗物。
25. 考狄利娅给卡尔的信，2003 年，考狄利娅·多德森的遗物。

第 7 章　被迫逃亡

1. 爱丽丝·乌尔巴赫向救济基金会提出的申请保存在奥地利国家档案馆。索引号：VA. 13480，AHF. 5529 NHF. 5003 和 NHF 16759。位于艾本多夫大街的这栋房子后来成为犹太人的集体宿舍，23 人被安置在这里。在此我要感谢达利娅·辛德勒（Daliah Hindler）提供的信息。见：奥地利抵抗运动文献中心数据库和网址 https://www.memento.wien/address/74/。

2. 根据维也纳居民登记处的档案，爱丽丝一直住在施佩辛格路 111 号，直到 1938 年 2 月 22 日，当时疗养院的犹太老板肯定已经逃走了。从 1938 年 2 月 22 日至 4 月 10 日，爱丽丝又住在施雷夫格路 3 号的宝拉·希伯家里。1938 年 4 月 11 日至 4 月 29 日，她住在阿尔塞大街（Alser Strasse）的克斯默普莱特（Cosmopolite）8 号旅馆。接下来的六个月里，她又和宝拉·希伯一起住在施雷夫格路。10 月 24 日至 28 日，也就是逃离奥地利之前的最后几天，她确实是住在艾本多夫大街 10—12 号的妹妹海伦妮家里。以后爱丽丝再也没有在维也纳填过登记卡。

3. 爱丽丝·乌尔巴赫的非官方回忆录，爱丽丝·乌尔巴赫的遗物。

4. 奥托给卡尔的信，1938 年 2 月 10 日，奥托·乌尔巴赫的遗物。

5. 见卡尔·乌尔巴赫的回忆录。

6. 奥托给卡尔的信，无日期，1937 年底/1938 年初，奥托·乌尔巴赫遗物。

7. 全文见网址：https://www.diepresse.com/1348149/kurt-schuschnigg-warnt-die-osterreichischennationalsozialisten

8. 考狄利娅给卡尔的信，2003 年，考狄利娅·多德森的遗物。

9. 音频文件见网址：https://www.mediathek.at/atom/015C6FC2-2C9-0036F-00000D00-015B7F64

10. 考狄利娅给卡尔的信，1938 年 6 月 22 日，考狄利娅·多德森的遗物。

11. 一位维也纳女性的私人信件，1938 年 3 月 13 日，见网址：https://www.derstandard.at/2000075776312/Ein-Brief-ueberden-Anschluss-1938-Und-dann-kam-ER

12. 在现实生活中，莫泽尔与一位犹太女子结婚，他在 1938 年并没有抛弃她。

13. 恩斯特·豪瑟曼著《我的朋友亨利》（*Mein Freund Henry*），1983 年于维也纳出版，第 46 页。

14. 作者是赫尔穆特·夸尔廷格和卡尔·默茨（Carl Merz）。夸尔廷格扮演卡尔先生。

15. https://www.youtube.com/watch?v=2G4uj7Mcyr0

16. 奥托给卡尔的信，1938年3月13日，奥托·乌尔巴赫的遗物。

17. 奥托给爱丽丝的信，1938年3月28日，奥托·乌尔巴赫的遗物。

18. 奥托给卡尔的信，1938年4月10日，奥托·乌尔巴赫的遗物。

19. 托贝格，《乔列什姑妈》，第524页。

20. 同上，第524页起。

21. 见第11章。在他的小说草稿《使命》（The Mission）中，菲利克斯描述了一个移民无法破译他妻子的信息，而他的妻子仍然被困在维也纳。这个故事是基于菲利克斯自己的经历。出自菲利克斯·迈尔，《使命》，利奥·拜克研究所（Leo Baeck Institute）档案馆，手稿集 MS 102c，纽约/柏林。

22. 考狄利娅给卡尔的信，2003年，考狄利娅·多德森的遗物。

23. 同上。

24. 考狄利娅给卡尔的信，1938年4月，考狄利娅·多德森的遗物。

25. 考狄利娅给卡尔的信，1938年5月6日，考狄利娅·多德森的遗物。

26. 格奥尔格·克莱斯勒于2003年2月28日在巴伐利亚广播电视台（BR）"论坛"（Forum）节目中所讲。见网址：https://www.br.de/fernsehen/ard-alpha/sendungen/alpha-forum/georg-kreisler-gespraech100.html

27. 多丽特·惠特曼的后记，载于：巴德著，《一次生命是不够的》，第228页起。

28. 同上，第229页。多丽特的母亲通过"坚持不懈、守口如瓶甚至行贿，成功获得了必要的文件"。

29. 见维也纳犹太社区关于尤利乌斯·罗森伯格的登记。

30. 奥托给爱丽丝的信，1938年4月24日，奥托·乌尔巴赫的遗物。

31. 见卡琳娜·乌尔巴赫文章《英格兰是亲希特勒的：1938年捷克斯洛伐克危机期间的德国舆论》(*England is pro-Hitler：German opinion during the Czechoslovakian Crisis 1938*)。收录于：《慕尼黑危机、政治与人民》(*The Munich Crisis, Politics and the People*)，朱莉·戈特利布（Julie Gottlieb）、丹尼尔·哈克（Daniel Hucker）、理查德·托伊（Richard Toye）主编，曼彻斯特，2021年。

32. 奥托给卡尔的信，1937年5月8日（在兴奋之余，奥托把这封信的日期错标为1937年，内容表明它写于1938年），奥托·乌尔巴赫的遗物。

33. 奥托给卡尔的信，1938年6月5日，奥托·乌尔巴赫的遗物。

34. 奥托·乌尔巴赫的担保书，1938年6月16日，奥托·乌尔巴赫的遗物。然而，在接下来的几周里，兄弟俩信中的语气却变得更加急躁。卡尔开始因紧张而犯错。他现在才发现他的申请需要一份来自华盛顿的575号表格，奥托在6月底给他写信："这意味着相当长的延误，我无法想象你为什么不早点给我写信说清楚。现在你应该已经从多德森一家那里得到了消息，多德森先生已经写信给我，他将给你一份担保书。因此，你很有可能获得签证。"奥托给卡尔的信，1938年6月25日，奥托·乌尔巴赫的遗物。

35. 贝塞·艾伦·克鲁姆·多德森（Besse Ellen Krumm Dodson，1875—1940）是一位不寻常的女性，她在美国开设了最早的摄影工作室之一。她与威廉·多德森有三个孩子：考狄利娅·贝塞·多德森（Cordelia Besse Dodson，1913—2011，嫁给了胡德）、伊丽莎白·莱拉·多德森〔Elizabeth Leila Dodson，1916—2013，嫁给了费舍尔（Fisher）〕和丹尼尔·多德森（1918—1991），后者曾与几个女人结婚。

36. 考狄利娅给卡尔的信，1938年6月22日，考狄利娅·多德森的遗物。

37. 引述于：安雅·萨列夫斯基（Anja Salewsky）著《"可恶的希特勒应该去死！"：关于向英国运送犹太儿童的回忆》（*Der olle Hitler soll sterben！*：*Erinnerungen an den jüdischen Kindertransport nach England*），慕尼黑，2000年，第16页。

38. 海因茨·博贝拉赫（Heinz Boberach）主编《来自帝国的报告——1938年到1945年间党卫队安全部门的秘密情况报告》（*Meldungen aus dem Reich. Die geheimen Lageberichte des Sicherheitsdienstes der SS 1938—1945*），第二卷，1984年于黑尔兴（Herrsching）出版，第23页。

39. "我可以想象，被困在维也纳一定很可怕，但这意味着要有一些耐心。母亲在这里（找不到）工作。所有的家政工人都在一个工会里，完全没有希望。在经济上，我在这里不可能照顾你们两个人。相反，让母亲留在欧洲，我就可以赡养她，就算你过来也可以。我可以省吃俭用，这样我们就不用再多花钱了……现在你集中精力解决你的入境问题，等你来了，我们再看接下来怎么办……究竟发生了什么事，母亲为什么现在突然要过来？"奥托给卡尔的信，1938年7月23日，奥托·乌尔巴赫的遗物。

40. 卡尔给奥托的信，1938年8月3日，奥托·乌尔巴赫的遗物。阿瑟·霍洛维茨后来为奥托和卡尔的表哥罗伯特·乌尔巴赫出具了一份担保书。尽管如此，家族中没有人记得见过霍洛维茨。有一个叫阿瑟·霍洛维茨的人，1914年出生于波兰，1990年在纽约皇后区去世。这个人是否是卡尔的朋友，仍然没有定论。

41. 考狄利娅给卡尔的信，1939年8月8日，考狄利娅·多德森的遗物。

42. 奥托给卡尔的信，1938年8月8日—16日，奥托·乌尔巴赫的遗物。

注　释

43. 奥托给卡尔的信，无日期，约1938年9月，奥托·乌尔巴赫的遗物。

44. 爱丽丝的侄子，11岁的托马斯·迈尔是第一个在罗斯帮助下成功离开这个国家的人。1938年9月，罗斯为他找到了一所英国学校。

45. 查尔斯·兰德斯通著，《我不请自来》，1976年于伦敦出版，第157页。另见：洛尔（Laor）著《逝去与磨灭》，第60页起。

46. 查尔斯·兰德斯通，1891年出生于维也纳，在英国长大，被授予大英帝国勋章，是一位戏剧制作人，写过书和剧本。

47. 奥托给卡尔的信，1938年9月17日，奥托·乌尔巴赫的遗物。

48. 奥托给卡尔的信，1938年9月26日，奥托·乌尔巴赫的遗物。

49. 莉斯贝思·多德森与卡尔和维利一样激动："张伯伦、墨索里尼和达拉第（Daladier）所取得的成就太精彩了。作为与同时代的人真的值得自豪。"莉斯贝思也想在担保书的事情上帮忙："今天早上我收到了你的信，你可以想象我和考狄利娅是多么遗憾。我不知道爸爸寄给你的担保书发生了什么，但我们会马上写信给他了解情况，我们一到家就会尽一切力量帮助你。在那之前，卡里，要保持勇敢。"莉斯贝思给卡尔的信，1938年9月30日，考狄利娅·多德森的遗物。

50. 波尔迪有三个孩子，关于他们的死亡情况一无所知。他的妻子奥尔加死于一个集中营里，可能是独自一人，也可能是与他们一起。

51. 考狄利娅和莉斯贝思给卡尔的信，无日期，1938年10月，考狄利娅·多德森遗物。奥托同时写信给卡尔："如果担保书和维也纳的美国签证不成功，你无论如何也得离开。我正期待着你关于（申请）新西兰（签证）的消息。我可以为你筹集最多500美元。我想你必须出示一定数量的保证金……无论如何，我希望你尽快离开欧洲，在下一次骚乱爆发之前……你资金情况如何？母亲呢？我希望能很快收到她从英国来的消

359

息。"奥托·乌尔巴赫的遗物。

52. 奥托给卡尔的信，1938 年 11 月 16 日，奥托·乌尔巴赫的遗物。

第 8 章 盗 书 贼

1. 埃贡·埃尔温·基施撰写的《抹大拉收容所》，收录于《轰动事件集市广场》(Marktplatz der Sensationen)，1947 年柏林（2019 年版），第 331 页。又见卡琳娜·乌尔巴赫文章《被盗的书》(Geraubte Bücher)，发表于奥地利报纸《时代》，2020 年 12 月 10 日，第 21 页。

2. 见托马斯·杨（Thomas Jahn）的文章《在巴伐利亚国家图书馆藏书中寻找"被雅利安化"的书：研究状况、方法和结果》(Suche nach "arisierten" Büchern in den Beständen der Bayerischen Staatsbibliothek : Forschungsstand–Methoden–Ergebnisse) 见网址：http://archiv.ub.uniheidelberg.de/artdok/volltexte/2007/398

3. 见沃尔克·达姆（Volker Dahm）著《第三帝国的犹太图书》(Das jüdische Buch im Dritten Reich)，慕尼黑，1993 年，第 17 页。"在 1935 年 4 月至 7 月（含）又有 10% 的'非雅利安人'作者被'淘汰'后，1935 年夏天，帝国德国作家协会（Reichsverband deutscher Schriftsteller）的'去犹太化'可以说近乎完成，剔除/淘汰率达到 96%。"达姆，第 50 页。

4. 安格莉卡·柯尼希斯埃德（Angelika Königseder）著《瓦尔特·德古意特：纳粹时期的学术出版社》(Walter de Gruyter : Ein Wissenschaftsverlag im Nationalsozialismus)，图宾根，2016 年，第 71 页。

5. 包括：（1）戈培尔的帝国大众启蒙和宣传部；（2）帝国文学院；

（3）帝国科学、教育和人民教育部；（4）对外事务办公室；（5）罗森贝格办公室下设的文献处；（6）纳粹文献作品保护审核办公室；（7）元首副手的工作组。更不用说盖世太保、安全部门甚至国防军了。见柯尼希斯埃德著《瓦尔特·德古意特》，第18页。

6. 荣克认为，这也不是一个很大的障碍。"虽然可以继续提出和设想自己想要的东西，但有时可能得不到所需的纸张。然而，大多数出版商都是以所谓的定制方式购买纸张，即从造纸厂预订2000公斤或更多的某种格式的纸张……直到战争最后阶段，只要出版商能够备好自己的纸张，实际上没有任何申请被拒绝。"荣克，《75年历史的恩斯特·莱因哈特出版社》，第68页。

7. 关于这一点，见莱因哈特·维特曼（Reinhard Wittmann）的文章《第三帝国时期的一家保守出版社：以奥尔登堡为例》（*Ein konservativer Verlag im Dritten Reich：Das Beispiel Oldenbourg*），收录于：克劳斯·G.绍尔编著《第三帝国的出版社》（*Verlage im Dritten Reich*），美因河畔法兰克福，2013年，第39页。

8. 达姆，第29页。

9. 同上，第43页。

10. "1933年已经有大约100家出版社被禁止、被关闭，或被雅利安化。"见绍尔《第三帝国的出版社》第7页。

11. 同上，第9页。

12. 克里斯蒂安·亚当（Christian Adam），《在希特勒统治下读书：第三帝国的作者、畅销书、读者》，（*Lesen unter Hitler. Autoren, Bestseller, Leser im Dritten Reich*），柏林，2010年，第109页。

13. 克劳斯-皮特·霍恩（Klaus-Peter Horn），《纳粹时期的教育杂志：自我肯定、调整与功能化》(*Pädagogische Zeitschriften im Nationalsozialismus：Selbstbehauptung, Anpassung, Funktionalisierung*)，出版地未知，1995年，第3卷，第16页，注释19。到1999年，C. H.贝克出版社、卡尔·海曼出版社（Carl Heymann，科隆）和W.科哈默出版社（W. Kohlhammer，斯图加特）还解释说，他们的档案在第二次世界大战期间被毁。然而，在此期间，贝克出版社已经找到了自己的档案。见洛塔尔·贝克（Lothar Becker）所写《走在陡峭之路上：第三帝国的公法档案》(*Schritte auf einer abschüssigen Bahn：Das Archiv des öffentlichen Rechts [AöR] im Dritten Reich*)，图宾根（Tübingen），1999年，第7页。

14. 恩斯特·莱因哈特出版社于2018年7月26日发给作者的电子邮件。几周后，另一封措辞几乎相同的回绝邮件也发给了维也纳犹太社区（Israelitische Kultusgemeinde）归还部门（Restitutionsabteilung）的伊娃·霍尔普费尔（Eva Holpfer）。

15. "在这种情况下，管理层欣然接受了犹太裔作家以及政治上不受欢迎的作家提出的终止合同建议。"引述于柯尼希斯埃德著《瓦尔特·德古意特》第177页。

16. 同上，第59、300页。在此我要感谢安格莉卡·柯尼希斯埃德提供的信息以及对我问题的详细回答。又见她在德国电台文化栏目中的撰文评价：https://www.deutschlandfunkkultur.de/der-mildeblick-wie-deutsche-verlage-mit-ihrer-ns.976.de.html?dram:article_id=386423

17. 柯尼希斯埃德著《瓦尔特·德古意特》，第71页。

18. 克恩在战争中幸存下来，后来被允许在莱因哈特出版社再次出版作品。其他作者就没那么幸运了，他们都被隐去。然而，在爱丽丝案曝光后，该出版社在2021年更改了其网站。

19. 达姆，第 44 页，脚注 52。
20. 例如：荣克的《75 年历史的恩斯特·莱因哈特出版社》，第 48 页。
21. 同上，第 49 页。
22. 大卫·马梅特，《虐待他们，剥削他们》(Missbraucht sie, beutet sie aus)，发表于奥地利报纸《时代》，2019 年 6 月 29 日。
23. 引述于：马克斯·弗里德兰德的文章《马克斯·弗里德兰德律师的回忆录》(Die Lebenserinnerungen des Rechtsanwalts Max Friedlaender)，见网址：https://brak.de/w/files/01_ueber_die_brak/friedlaender.pdf.，第 152 页。
24. 约有 1750 名律师受此影响，见米夏埃尔·勒费尔森德（Michael Löffelsender）著《纳粹时期的科隆律师》(Kölner Rechtsanwälte im Nationalsozialismus)，图宾根，2015 年，第 43 页。
25. 弗里德兰德的文章《马克斯·弗里德兰德律师的回忆录》，第 152 页起。
26. 同上，第 152 页。
27. 史蒂芬·雷贝尼奇著《文化科学出版社 C.H.贝克及其历史（1763—2013）》(C. H. Beck 1763—2013: Der kulturwissenschaftliche Verlag und seine Geschichte)，慕尼黑，2013 年；乌韦·韦塞尔等人著《法学出版社 C.H.贝克的 250 年历史（1763—2013）》(250 Jahre rechtswissenschaftlicher Verlag C. H. Beck. 1763—2013)，慕尼黑，2013 年。
28. 扬威廉·范德卢(Janwillem van de Loo)的文章《评注中的千年腐朽之气？帕兰特、马恩茨、纳粹政权与二次加工》(Auf den Kommentaren der Muff von 1000 Jahren? Palandt, Maunz, das NS-Regime und die zweite Aufarbeitung)，收录于塞巴斯蒂安·布雷索（Sebastian Bretthauer）等人合编《公法变迁》(Wandlungen im Öffentlichen Recht)，巴登巴登（Baden Baden），2020 年。关于更名请见"明镜在线"（SPIEGEL Online）

2021年7月27日。

29. 史蒂芬·雷贝尼奇《文化科学出版社C.H.贝克及其历史（1763—2013）》第375页起，李卜曼出版社的一些作者也被抹去。1932年，在李卜曼的短评系列中出版了一本关于土地登记簿条例的评注。根据种族法，该书编者维克多·霍尼格（Viktor Hoeniger）和弗里德里希·魏斯勒（Friedrich Weißler）被认定为犹太人。因此，贝克出版社决定让雅利安律师汉斯·伯格曼（Hans Bergmann）博士成为该书主编。另见：阿明·霍兰德（Armin Höland）著《帝国法院法官、法学博士维克多·霍尼格：一位德国法官的一生》（Dr. jur. Viktor Hoeniger, Reichsgerichtsrat: Aus einem deutschen Richterleben），哈勒（Halle），2020年。

30. 马丁·多里（Martin Doerry）文章《强力雅利安化》（Kräftig arisiert），发表于《明镜周刊》，第17期，2019年4月20日，第114页。

31. 彼得·沃斯温克尔（Peter Voswinckel）著《约瑟夫·勒贝尔博士：德国医学科普大使在维也纳、柏林、布拉格》（Dr. Josef Löbel: Botschafter eines heiteren deutschen Medizin-Feuilletons in Wien-Berlin-Prag），2018年柏林出版。《健康百科》的雅利安化直到2017年才被公之于众。参见：君特·费策尔（Günther Fetzer）著《德罗默·克瑙尔：1846—2017年的出版社历史》（Droemer Knaur: Die Verlagsgeschichte 1846—2017），慕尼黑，2017年，第230页。

32. 彼得·沃斯温克尔的文章《毕生之作被骗：瓦尔特·古特曼（1873—1941）和他的医学术语》[Um das Lebenswerk betrogen: Walter Guttmann (1873—1941) und seine Medizinische Terminologie]，载于《医学历史期刊》（Medizinhistorisches Journal）第32期（1997年），第321—354页。

33. 她的讣告称："她从1930年夏季学期到1935年夏季学期就读于慕尼黑

路德维希马克西米利安大学（Ludwig-Maximilians-Universität），并于1936年以一项名为'关于1935年慕尼黑佝偻病'的研究获得医学博士学位……1992年，她住进位于埃根费尔登（Eggenfelden）的圣尼古拉斯明爱疗养院（Caritas-Altenheim St. Nikolaus），1996年4月9日在该院去世。"参见休伯特·科林（Hubert Kolling）所写文章《维奥拉·里德勒·冯·帕尔》(*Riederer von Paar, Viola*)，发表于《护理科学与护理实践期刊》(*Journal für Pflegewissenschaft und Pflegepraxis*) 2004年，第三卷，第237页起。

34. 维奥拉·里德勒·冯·帕尔，《大学遗传学自学教程：基本内容、要点复习、测试题和答案（莱因哈特自然科学纲要第9卷）》(*Vererbungslehre für Studierende und zum Selbstunterricht: Grundriß, Kurzes Repetitorium, Prüfungsfragen und Antworten, Reinhardts naturwissenschaftliche Kompendien*, Vol. 9)，慕尼黑，1937年（1945年第5版）。

35. 荣克，《75年历史的恩斯特·莱因哈特出版社》，第94页。

36. 同上，第78页。

37. 克里斯托夫·荣克《100年历史的恩斯特·莱因哈特出版社》(*100 Jahre Ernst Reinhardt Verlag*)，1999年，慕尼黑，第32页。

38. 同上，第33页。

39. 同上，第37页。

40. 荣克，《75年历史的恩斯特·莱因哈特出版社》，第55页。

41. 同上，第56页。

42. 爱丽丝·乌尔巴赫，《旧世界与新世界》第19页。

43. 9月5日的声明于1938年9月15日由慕尼黑企业税务局（Münchner Finanzamt für Körperschaften）盖章确认。在本书首次出版后，该文件于 2020 年在恩斯特·莱因哈特出版社的档案中被发现。

44. 保罗·佩尔斯引述于：默里·霍尔著《维也纳莫里兹·佩尔斯出版社的墓志铭（1869—1938）》（*Epitaph auf den Verlag Moritz Perles in Wien, 1869–1938*），在线出版物：http://www.murrayhall.com/

45. 荣克，《75 年历史的恩斯特·莱因哈特出版社》，第 56 页。1939 年罗什版本的前言标注日期为："1938 年秋"。荣克在 1974 年的纪念刊中提到，鲁道夫·罗什在 20 世纪 30 年代接管了非常成功的插图版烹饪日历。事实上，1938 年烹饪日历的广告中还没有提及该日历作者是罗什。

46. 在此要感谢瓦尔特·舒伯勒的宝贵信息。另见瓦尔特·舒伯勒撰写的文章《雅法蛋糕不适合收入德国菜谱》（*Eine Jaffa-Torte passte nicht ins deutsche Kochbuch*），发表于：《法兰克福汇报》（*Frankfurter Allgemeine Zeitung*），2020 年 10 月 24 日。

47. 爱丽丝·乌尔巴赫，《在维也纳是这样做饭的！》，慕尼黑，1935 年，第 6 页。

48. 署名为鲁道夫·罗什的《在维也纳是这样做饭的！》，慕尼黑，1939 年，第 6 页。

49. 爱丽丝·乌尔巴赫，《在维也纳是这样做饭的！》，第 458 页。

50. 同上，第 450 页。

51. 来自柏林-利希特费尔德联邦档案馆（Bundesarchiv Berlin-Lichterfelde）的信息："根据您列出的个人文件，没有查到名为鲁道夫·罗什的人员与维也纳市或写作活动有关联。"在此感谢利希特费尔德联邦档案馆的罗伯特·路德为寻找鲁道夫·罗什所提供的帮助。

52. 萨尔茨堡市档案馆（Stadtarchiv Salzburg）主任彼得·克拉姆（Peter Kramml）2019 年提供的信息："我只查询了同名的情况。您所调查的商科硕士鲁道夫·罗什出生在萨尔茨堡，也一直生活在萨尔茨堡……

1977年10月21日在萨尔茨堡去世。他一直被称为商人，并于1939年至1945年被征召入伍。"

53. 2020年10月13日，作者与恩斯特·莱因哈特的社长在本书首次出版后的电话交谈。

54. 见巴伐利亚电台（Bayerischer Rundfunk），历史档案，编号PER.BR.96。在此感谢巴伐利亚电台档案馆的贝蒂娜·哈塞尔布林（Bettina Hasselbring）和萨比娜·里特纳（Sabine Rittner）提供有关鲁道夫·罗什在慕尼黑广播节目中的信息。

第9章 抵达城堡

1. 当时的地址是：伦敦西中区1号，上沃本广场，沃本之家，德国犹太人救助委员会（The German Jewish Aid Committee, Woburn House, Upper Woburn Place, London, W.C.1）。同样在沃本之家的还有英国犹太人代表委员会（Board of Deputies of British Jews）。1939年3月，这些慈善机构从沃本搬到了布鲁姆斯伯里大楼（Bloomsbury House）。

2. 1939年的视频片段，见 https://www.youtube.com/watch?v=gYJXdW7PHFM

3. 《英国逗留期指南：为每个难民提供的有用信息和指导》（*While You Are in England : Helpful Information and Guidance for Every Refugee*），由德国犹太人救助委员会及犹太人代表委员会出版，伦敦，约1938年。此处引用的德文版本可在维也纳大屠杀图书馆找到，索引号S3b 081，维也纳大屠杀图书馆。在此感谢档案管理员霍华德·福尔克松（Howard Falksohn）的协助。

4. 爱丽丝·乌尔巴赫,《旧世界与新世界》,第 21 页。

5. 托贝格,《乔列什姑妈》,第 71 页。

6. 查尔斯·尼尔森·盖蒂（Charles Neilson Gattey）,《不可思议的范德埃尔斯特夫人》(*The Incredible Mrs. Van der Elst*),伦敦,1972 年。

7. 同上,第 159 页。感谢哈拉克斯顿庄园档案馆（Archiv Harlaxton Manor）的档案管理员琳达·道斯（Linda Dawes）提供了关于 20 世纪 30 年代房屋及其员工的信息。

8. 关于范德埃尔斯特夫人、她的乡间别墅以及秘书的情况也可以在 1939 年的影片剪辑中看到：https://www.youtube.com/watch?v=8sqtef_StsE。由英国百代新闻社（British Pathe）出品。

9. 托贝格,《乔列什姑妈》,第 264 页。

10. 盖蒂,《不可思议的范德埃尔斯特夫人》,第 99 页。

11. 托尼·库什纳（Tony Kushner）,《政治与种族、性别与阶级：1933—1940 年英国的难民、法西斯分子和家庭服务》(*Politics and Race, Gender and Class : Refugees, Fascists and Domestic Service in Britain, 1933–40*)。收录于托尼·库什纳、肯尼斯·伦恩（Kenneth Lunn）,《边缘政治：20 世纪英国的种族、激进右翼和少数族裔》(*The Politics of Marginality. Race, the Radical Right and Minorities in 20th Century Britain*),牛津,1990 年,第 49 页起。

12. 司机是来自伦敦的珠宝商温斯顿（Winston）先生。他是犹太人。关于他和雷的情况,请参阅:《克兰先生的回忆录》(*Erinnerungen von Mr. Crane*),记录于 2003 年 6 月 5 日,克兰夫妇和他们的儿子史蒂芬·克兰（Stephen Crane）参观哈拉克斯顿学院（Harlaxton College）。哈拉克斯顿档案馆。

13. 《纳粹把我送进集中营》(*The Nazis sent me to a Concentration Camp*)，发表于《星期日俄勒冈人》(*The Sunday Oregonian*)，1939 年 5 月 21 日，弗朗西斯·墨菲根据对卡尔·乌尔巴赫的匿名采访而撰写的文章。

14. 一定是肯永路 2 号的学校或卡拉延路 14 号的学校。

15. 见菲利克斯·迈尔的救济基金文件，1956 年 7 月 17 日，出自奥地利国家档案馆财产交易处和政治迫害援助基金的档案馆藏（Archivbestände der Vermögensverkehrsstelle und Hilfsfonds für politisch Verfolgte），索引号 VA39 035 和 VA 39 036。爱丽丝后来才听说她父亲西格蒙德的大图书馆和菲利克斯自己写的所有猜谜书籍都被洗劫一空。目前尚不清楚这是否发生在 1938 年 11 月他被捕时或菲利克斯的公寓被雅利安化时。

16. 克赖斯基很幸运，他在承诺移民的前提下被释放，他去了瑞典。

17. 弗兰齐丝卡·陶西格，《上海船票：流亡隔都》(*Shanghai Passage: Emigration ins Ghetto*)，维也纳，2007 年，第 57 页。

18. 菲利克斯·迈尔的救济基金文件。

19. 维利是否也通知了美国的多德森一家，现在已不得而知。考狄利娅在 2003 年写信给卡尔："你在 11 月被捕……我们是怎么知道的呢？是维利还是奥托给我们写信了？我想是奥托。"出自考狄利娅·多德森的遗物。

20. 玛丽·乌尔巴赫是银行家伊格纳茨·乌尔巴赫的遗孀，伊格纳茨于 1924 年自杀。玛丽是"雅利安人"，因此她的孩子是半个犹太人。她的儿子罗伯特·乌尔巴赫随家人移居美国，女儿安妮留在了维也纳。罗伯特娶了罗拉·芬克尔斯坦（Lola Finkelstein）。罗拉成为爱丽丝最好的朋友之一。

21. 奥托给他的伯母玛丽的信，1938 年 11 月 27 日，奥托·乌尔巴赫的遗物。奥托在 1938 年 11 月 28 日给玛丽的儿子罗伯特·乌尔巴赫写了一封类

369

似的信："其次，我已经间接地告诉卡里的朋友，给卡里的钱已经准备好了。但我还是想把这些钱交给我们家的某个人。卡里的朋友维利我没有见过，我甚至不知道他的姓氏。我希望他已经与你联系了。"奥托·乌尔巴赫的遗物。

22. 参见《维也纳用幽默自卫！ 1938—1945 年秘密流传的政治笑话》(*Wien wehrt sich mit Witz! Flüsterwitze aus den Jahren 1938—1945*)，格蒙登（Gmunden），1946 年，第 11 页。

23. 4 月 1 日，第一批 151 人被送往达豪集中营，包括高级别政治家、公务员和官员。

24. 他们运动的内容之一是出版了一本反对死刑的书：维奥莱特·范德埃尔斯特，《在绞刑架上》(*On the Gallows*)，伦敦，1937 年。

25. 1938 年 11 月 15 日入狱，囚犯编号 28194，1939 年 1 月 18 日释放，拘留类别：犹太人，保护性监禁。另见达豪集中营纪念馆（KZ-Gedenkstätte Dachau），巴伐利亚纪念馆基金会（Stift ung Bayerische Gedenkstätten），卡尔·乌尔巴赫，美国国家档案馆，查阅书目编号 105/28186。

26. 见伊娃·霍尔普弗（Eva Holpfer）《诺瓦克事件：艾希曼的运输官员——最后的有罪判决》(*Der Fall Novak. Eichmanns Transportoffizier—der letzte Schuldspruch*)，2005 年 12 月 1 日在维也纳地区刑事法院的讲座，见网址：http://www.kreuzstadl.net/downloads/novak_referat_dezember05_holpfer.pdf

27. 玛里施卡，《永远微笑》，第 134 页。

28. 1938 年 6 月 5 日的信，引述于弗里德里希·托贝格《很棒很棒的时光：从 1938 年到 1941 年逃亡期间的信件和文件》(*Eine tolle, tolle Zeit:*

Briefe und Dokumente aus den Jahren der Flucht 1938 bis 1941），慕尼黑，1989 年，第 24 页起。

29. 两人之间的争吵还与以下事实有关：在 20 世纪 50 年代，他们争夺的女人，即奥托的妻子维拉，多次借钱给托贝格，以满足他对赌博的热情（而且没有要求归还）。

30. 格伦鲍姆于 1941 年在达豪去世，他的妻子被驱逐出境。他的席勒收藏品长期以来被认为已经丢失，但后来部分归还给了他的继承人。

31. 卡尔给爱丽丝的信，无日期，1939 年 1 月，爱丽丝·乌尔巴赫的遗物。

32. 查尔斯·林扎·麦克纳里（Charles Linza McNary，1874—1944）是共和党人，俄勒冈州的参议员。

33. 奥托给卡尔的信，无日期，1939 年 1 月或 2 月，奥托·乌尔巴赫的遗物。

34. 考狄利娅给奥托的信，1939 年 1 月 23 日，卡尔·乌尔巴赫的遗物。考狄利娅的信之所以被保留下来，是因为奥托把它转发给了卡尔。奥托与卡尔不同，他没有保留任何一封信。奥托写的所有信件只有在卡尔那里才得以保存下来（感谢卡特琳娜，它们后来没有被扔掉）。

35. 达豪集中营纪念馆的档案管理员阿尔伯特·克诺尔（Albert Knoll）提供的信息："我们不知道你叔叔是如何从集中营中被释放的。那些文件在已被销毁的囚犯档案中。但无论如何，肯定要有移民许可证。"

36. 释放日期为 1939 年 1 月 18 日。

37. 爱丽丝在她的回忆录中写道："他被扔进达豪的地狱，只因为他没有雅利安人的血统。由于我大儿子的拼命努力，他活着出来了。"爱丽丝·乌尔巴赫，《旧世界与新世界》，第 20 页。

38. 奥托给卡尔的信，无日期，1939 年 2 月初，奥托·乌尔巴赫的遗物。

39. 主管人员埃米尔·恩格（Emil Engel）的通知，赴美船票补贴：250 马克。

维也纳犹太社区。

40.《纳粹把我送进集中营》，弗朗西斯·墨菲的文章。

41. 卡尔给爱丽丝的信，1939 年 2 月 25 日，卡尔·乌尔巴赫的遗物。

42. 卡尔给爱丽丝的信，1939 年 3 月 6 日，卡尔·乌尔巴赫的遗物。

43. 哈得孙河中的这个小岛直到 1954 年仍是美国移民局的所在地。

44. 阿斯金，《平静与探寻》，第 212 页。阿斯金当时不可能知道的是，几十年后他会因为在电视剧《霍根英雄》（Hogan's Heroes）中扮演一个纳粹分子而成名。这个角色将给他带来他所渴望的经济保障。

45. 他后来在给孙女艾琳（Erin）的信中提道："俄勒冈州的朋友在家里接待了我，我乘车过去——穿越整个美国。一次伟大的冒险……我可以说一些英语，也能听懂，但不能很好地用英语读写。经历了达豪之后，我的心理状态不是很好。"卡尔给他的孙女艾琳的信，2002 年，卡尔·乌尔巴赫的遗物。

46. 参见黛博拉·E. 利普施塔特（Deborah E. Lipstadt），《超越信仰：1933—1945 年的美国新闻界和大屠杀的到来》（Beyond Belief: The American Press and the Coming of the Holocaust 1933—1945），纽约，1986 年。

47.《王储否认德国虐待犹太人》（Crown Prince denies Germany is abusing Jews），见《芝加哥论坛报》（Chicago Tribune），1933 年 3 月 28 日；《前王储否认暴行》（Ex-Crown Prince denies Atrocities），见《纽约时报》（New York Times），1933 年 3 月 28 日；《前王储称集中营故事为"谎言的宣传"》（Former Crown Prince calls stories "Propaganda of Lies"），见《巴尔的摩太阳报》（The Baltimore Sun），1933 年 3 月 28 日。《纽约先驱论坛报》，1933 年 8 月 27 日。关于霍亨索伦家族的辩论

（Hohenzollerndebatte），见：S. 马林诺夫斯基（S. Malinowski）文章《自我沉没》（*Die Selbstversenkung*），发表于《法兰克福汇报》，2019 年 7 月 22 日。

第 10 章　温德米尔的孩子们

1. 乔治·迈克斯，《如何做一个英国人》，伦敦，1984 年。
2. 维罗尼卡·茨威尔格（Veronika Zwerger）、乌苏拉·塞伯（Ursula Seeber），《回忆的厨房：食物与流亡》（*Küche der Erinnerung：Essen und Exil*），维也纳，2018 年，第 163 页。
3. 爱丽丝这时在伦敦的地址是吉尔福德街（Guilford Street）38 号，WC1。她的雇主有可能在附近的大奥蒙德街儿童医院（Great Ormond Street Hospital）工作。
4. 茨威尔格、塞伯，《回忆的厨房》，第 152 页。
5. 她另外两个同父异母的哥哥阿诺德和西格弗里德·迈尔已经在 20 世纪 20 年代去世。
6. 来自纽约利奥·拜克研究所的收藏，2019 年"儿童转移行动"展览（Kindertransport exhibition）。关于儿童转移计划，另见：伊娃·哈斯（Eva Haas）的文章《脖子上的姓名号码牌》（*Ein Schild mit Namen und Nummer um den Hals*），收录于：马丁·多尔里（Martin Doerry），《"无家可归，四处漂泊"：与犹太大屠杀幸存者的对话》（*"Nirgendwo und überall zu Haus"：Gespräche mit Überlebenden des Holocaust*），慕尼黑，2006 年，第 68 页。
7. 见丽贝卡·格普费尔特（Rebekka Göpfert），《1938/39 年从德国到英

国的犹太儿童运输：历史和记忆》(Der jüdische Kindertransport von Deutschland nach England 1938/39：Geschichte und Erinnerung)，美因河畔法兰克福，1999年；萨列夫斯基著《可恶的希特勒应该去死》；以及埃拉·卡茨马尔斯卡（Ela Kaczmarska）的文章《儿童转移：英国的救援计划》(Kindertransport：Britain's rescue)，见网址：https://media.nationalarchives.gov.uk/index.php/kindertransport-britains-rescue-plan/

8. 彼得·希伯，《泰恩河畔纽卡斯尔的犹太难民女孩宿舍：获得发起和管理该宿舍的委员会认可和纽卡斯尔犹太社区的支持》(The Newcastle-upon-Tyne Hostel for Jewish Refugee Girls：In recognition of the Hostel Committee who initiated the Hostel and managed it，and of the Newcastle Jewish Community who supported it)，未发表的手稿4184，2000年3月。维纳大屠杀图书馆，见网址：https://wiener.soutron.net/Portal/Default/en-GB/RecordView/Index/66383

9. 同上。

10. http://www.kinthetop.at/forschung/kinthetop_chronik.html

11. 在2020年初仍然在世的有丽斯·谢尔泽（婚后名为阿丽莎·特南鲍姆），伊尔莎·格罗斯（Ilse Gross）（婚后改姓卡米斯，2020年8月去世）和埃尔菲·赖纳特。其余的人不能再接受采访，因此在本书中使用了匿名化处理，她们包括：来自布雷斯劳（Breslau）的英格·A.（Inge A.）和她的妹妹露特，来自布拉格的达莎，来自奥格斯堡的安妮（Anni），来自柯尼斯堡的罗尔，来自朗根塞尔堡（Langenselbold）的索菲（Sophie），来自杜塞尔多夫的埃迪特·G.，来自法兰克福的玛格特·H.，来自柏林的保拉·K.（Paula K.）、伊娃·L.（Eva L.）和马里昂·M.，来自法兰克福的露特·O.，来自捷克斯洛伐克的薇拉（Vera）和丽斯·R.姐妹以及来自科隆的希尔德（Hilde）、弗雷达（Freda）和丽雅·R.（Lea R.）。

12. 与丽斯·谢尔泽的访谈。

13. 作者与丽斯·谢尔泽在2018年12月的通信。感谢迪娜·克拉夫特记录了这次采访。

14. 希伯，《泰恩河畔纽卡斯尔的犹太难民女孩宿舍》。

15. 同上。

16. 同上。

17. 乌尔巴赫，《在维也纳是这样做饭的！》，第467页起。

18. 采访丽斯·谢尔泽。

19. 希伯，《泰恩河畔纽卡斯尔的犹太难民女孩宿舍》。

20. "爱丽丝·乌尔巴赫，女性敌侨——免于拘禁——难民，

　　正常职业：烹饪专家

　　目前职业：厨师

　　法庭决定：免于拘禁，日期：1939年11月6日

　　决定理由：难民，反纳粹，两个儿子在美国。寡妇。"

　　国家档案馆，克佑区（Kew），HO 396/94。

21. 采访丽斯·谢尔泽。

22. 引自茨威尔格、塞伯，《回忆的厨房》，第167页。

23. 采访丽斯·谢尔泽。

24. 在另一本小册子中，所有移民再次被提醒："难民该做和不该做的事：要尽可能地安静和谦虚。如果你不使自己引人注目，其他人就不会理会你。"引述于：安妮·约瑟夫（编），《来自世界的边缘：信件和故事中的犹太难民经历》（*From the Edge of the World：The Jewish Refugee Experience through Letters and Stories*），伦敦，2003年，第155页。

375

25. 特别感谢犹太救济组织的黛博拉·坎托（Deborah Cantor）提供这些档案。经与她协商，所有儿童的档案都进行了匿名化处理。

26. 露特·大卫（Ruth David），《我们时代的孩子》（Child of Our Time），伦敦，2003年，第78页起。露特·大卫未能参考犹太难民委员会的文件，这些文件在她的书出版后很久才被公开的。

27. 乌尔巴赫，《在维也纳是这样做饭的！》，第474页。

28. 作者与伊尔莎·卡米斯的访谈，2019年。

29. 爱丽丝·乌尔巴赫，采访录音带，爱丽丝·乌尔巴赫的遗物。

30. 1944年，她和多萝西·伯林翰（Dorothy Burlingham）发表了他们的研究报告《没有家的婴儿：支持和反对寄宿式托儿所的案例》（Infants Without Families: The Case For and Against Residential Nurseries），纽约，1944年。

31. 安娜·弗洛伊德的遗物，国会图书馆，关于疏散行动的档案盒，编号114，以及弗洛伊德、伯林翰，《没有家的婴儿》。

32. 关于食物的内容参见大卫著《我们时代的孩子》，第57页。

33. 乌尔巴赫，《在维也纳是这样做饭的！》，第460页。

34. 见大卫，《我们时代的孩子》，第58页。

35. 乌尔巴赫，《在维也纳是这样做饭的！》，第453、455页。

36. 扬–布鲁尔，《伦敦岁月》（Die Londoner Jahre），第39页。

37. 采访丽斯·谢尔泽。

38. 大卫，《我们时代的孩子》，第74页。

39. 感谢伊尔莎·卡米丝对爱丽丝的许多回忆（以及关于山德·吉德一家的有趣逸事）。

40. 采访丽斯·谢尔泽。

41. 同上。

42.《英国逗留期指南》，第 23 页。

43. 爱丽丝·乌尔巴赫，采访录音带，爱丽丝·乌尔巴赫的遗物。

44. 另见爱丽丝·乌尔巴赫，《旧世界与新世界》，第 24 页。

45. 安娜·弗洛伊德笔记：《战争环境影响下的儿童发展》(*Child development under the impact of war conditions*)，国会图书馆，安娜·弗洛伊德文件，文件盒 127 号。

46. "我清楚地记得，我经常发脾气，然后被领到床上睡觉，我哭着入睡。我会因为最轻微的挑衅而哭泣。有时，我会与我最喜欢的娃娃一起躲进到一个人的游戏世界中去寻找安慰。"罗尔·F. 的回忆录，由她的家人保管。另见爱丽丝·乌尔巴赫，《旧世界与新世界》，第 24 页，以及 1977 年的采访录音："罗尔写道，她有一个朋友，她将和她的朋友一起过周末。于是我给她写道：'罗尔，我一直记挂着你。如果你能睡在别人家里，你一定已经没事了。'在下一封信的结尾，她写道：'顺便说一句，我现在完全好了。'"

47. 爱丽丝·乌尔巴赫，采访录音带，爱丽丝·乌尔巴赫的遗物。

48. 这张照片的副本也在埃尔菲·赖纳特（伯明翰）的相册中。

49. 1940 年，爱丽丝的英语语法还不太熟练："In the hope, you shall remember me – as I will do always and ever, yours Alice Urbach."（希望你能记住我——正如我将永远记住你一样，你的爱丽丝·乌尔巴赫。）四年后，宝拉在埃尔菲生日时送给她一张照片，并用英语写道："我永远祝福你的未来，埃尔菲，祝你幸运、快乐和健康！不要忘记我们一起度过的时光。它很艰难，以后你会认识到：我们已经做到了最好。爱你的宝拉·希伯。"埃尔菲·赖纳特的相册。

50. 宝拉·希伯的报告，见网址：https://wiener.soutron.net/Portal/Default/en-GB/RecordView/Index/66383

51. 多丽特·惠特曼，《背井离乡：1933年至1942年犹太流亡难民的新起点》(*Die Entwurzelten*：*Neuanfang jüdischer Flüchtlinge im Exil 1933 bis 1942*)，维也纳／科隆／魏玛，1995年，第203页。

第11章　不幸的菲利克斯

1. 引述于托贝格，《乔列什姑妈》，第269页。
2. 根据他的拘留档案，菲利克斯居住在布莱克希尔区的奥克伍德78号。今天那所房子已经不存在了。菲利克斯拘留卡上的姓名仍然带有纳粹给犹太人加的后缀"伊斯拉埃尔"(Israel)。菲利克斯·伊斯拉埃尔·迈尔。国家档案馆，克佑区，档案编号 HO 396/113。
3. 菲利克斯的手稿是虚构情节和现实生活的混合体。但关于他被关押在马恩岛的章节是基于他真实的拘禁经历而写的，他只能以第三人称讲述。
4. 他的儿子形容他是一个"腼腆、谦逊"的人，热爱语言，没有经商头脑。托马斯·迈尔的话，记录于：罗格尔·贝克豪斯（Roger Backhouse）主编的《模范经济学家（北美卷）》(*Exemplary Economists*：*North America*)，第1辑，奥尔德肖特（Aldershot），2000年，第101页。
5. 菲利克斯在1927年之前是迈尔公司维也纳第二分公司的负责人，后来成为自由贸易代理商。
6. 爱丽丝·乌尔巴赫，采访录音带，爱丽丝·乌尔巴赫的遗物。
7. 在此感谢维也纳经济大学物源研究所档案管理处的雷吉娜·佐德尔

注 释

（Regina Zodl）帮我找到了这本书。

8. 托马斯描述了他的父亲如何为他找到一所非常好的学校：什罗普郡（Shropshire）的邦斯考特（Bunce Court）学校是由移民管理的。迈尔，记录于：贝克豪斯主编的《模范经济学家》第101页。

9. 菲利克斯没有翻译英语对话，例如这里原文是："You are under detention."

10. 菲利克斯·迈尔，《使命》，利奥·拜克研究所档案，手稿集 MS 102c，纽约/柏林（后面引言也出自这里）。被拘留的画家弗雷德·乌尔曼还描述了他不得不在警察局交出剃须刀片的经历。有关乌尔曼对拘禁经历的回忆，请参阅弗雷德·乌尔曼，《变成英国人：一个德国犹太人回忆录》（The Making of an Englishman: Erinnerungen eines deutschen Juden），苏黎世，1998年，第281页。

11. 彼得被驱逐到加拿大生活了两年。1942年，他得以返回英国，并自愿承担了英国军队中最危险的工作之一，即排雷。我感谢薇薇安·希伯对她父亲的回忆。

12. 弗朗茨·玛里施卡，《永远微笑》，第101页。

13. 弗雷德·乌尔曼描述了类似的情况："但有两点使拘禁特别难以忍受。一种是不公平的感觉以及对资源的浪费，这些资源本来是可以很好地利用的。（如果希特勒拥有成千上万的英国难民，他将取得怎样的成功！）另一种是被称为'释放'的特殊折磨……你是不是一个对'战争胜利有重要作用的人'？这由某个政府官员来判断。当然，他正如人们想象中的英国人一样，认为商人、技术人员等职业很重要，而艺术家、音乐家、大学教授、反纳粹领袖等并不重要。"乌尔曼，《变成英国人》，第284页。

14. 关于《每日邮报》宣传活动 "Intern the lot"，请参阅：罗伯特·麦凯（Robert Mackay），《战争的考验：在英国》（*The Test of War: Inside Britain*），伦敦，1998 年，第 104 页。

15. 并非所有英国人都屈服于大众的歇斯底里："有一天，贵格会的一些女士来看望他们的门徒，鲍尔当时就被感动了。"菲利克斯·迈尔，《使命》。

16. "在我看来，这座建筑比任何一个集中营都要糟糕、破败、肮脏，几乎所有的窗户都被打破了，地板上满是垃圾。指挥官跟喜鹊一样喜欢偷东西：钱、打字机，以及他能拿到的所有东西（菲利克斯也写过这一点）。"乌尔曼还从营地里患有癌症和糖尿病的重病患者那里听到："那些德国医生没有注射针头，也没有药物。三百八十一人睡在一个房间里，地上都是排泄物。只能使用锅具、保温瓶和帽子来接小便。精神崩溃和随之而来暴力司空见惯。"乌尔曼，《变成英国人》，第 286 页。

17. 见康纳利·查普尔（Connery Chappell），《铁丝网岛：第二次世界大战期间马恩岛拘留营的奇特故事》（*Island of Barbed Wire. The Remarkable Story of World War Two Internment on the Isle of Man*），伦敦，1984 年，第 37 页。

18. 可能是维也纳人菲利克斯·佩尔格（Felix Perger，生于 1887 年 7 月 20 日）。

19. "海上之旅是漫长而单调生活中的一个愉快插曲，看到与铁丝网不同的东西，看到世界、大海、自然，它们依然平静、安全、永恒地存在，这让人治愈。他们到达道格拉斯，下船后沿着大海向码头行进，队伍很长很长。右边是大海，左边是长廊，旅馆一家挨着一家。很快，他们又在一个围着铁丝网的大门前停了下来……"菲利克斯·迈尔，《使命》。在此感谢马恩岛博物馆的档案管理员金·霍尔顿（Kim Holden）提供的信息。另见：查普尔，《铁丝网岛》，第 36 页。

20. 同上，第 30 页。

21. 菲利克斯写了其内部组织和医院的情况："每所房子选一名宿舍长，所有被拘禁者选举一名营地代表。最后大家选择了一位和蔼可亲的新教牧师，他曾追随尼默勒（Niemöller）。营地还建立了一家医院，很多被囚禁的医生在那里值班。医院……总是住满了病人。"

22. 乌尔曼，《变成英国人》，第 287 页。

23. 玛里施卡，《永远微笑》，第 102 页。

24. 对于菲利克斯和弗雷德·乌尔曼来说，东方犹太人的信仰是陌生的。乌尔曼描述了空袭警报在安息日响起的情形，当时所有房屋都立即关了灯，除了正统派犹太人的房子："据说，指挥官试图打电话但没有成功，因为正统派的犹太人在安息日从不接听电话。然后指挥官派了一个人过去传话，命令他们关掉该死的灯。信使回来说他试图关灯，但被制止了。因为他自己也是犹太人，其他人阻止他犯下这样的罪行。愤怒的指挥官试图在营地中找到一名非犹太人，但该营地百分之九十的人都是犹太囚犯。幸好，他还没有找到，警报就结束了。"乌尔曼，《变成英国人》，第 299 页起。

25. 为了打击被拘禁者中的纳粹分子散布的谣言，营地很快就允许报纸进入了。参见查普尔，《铁丝网岛》，第 61 页。菲利克斯认为英国人不知道集中营中谁是纳粹分子，但弗雷德·乌尔曼不同意他的观点。乌尔曼认为："无论如何，我确信我们的情报人员知道营地里发生的一切。线人和营地特务会给他们提供最新情况。"乌尔曼，《变成英国人》，第 301 页。

26. 查普尔描写信件审查情况时称，道格拉斯的审查员对营地发出的邮件审阅得较快，但寄到营地的邮件会在利物浦接受检查，那里的邮件袋堆积如山，等待时间很长。查普尔，《铁丝网岛》，第 61 页。

27. 乌尔曼，《变成英国人》，第 290 页。

28. 同上，第 295 页。

29. 事实上，1941 年 7 月，在鲍尔 / 菲利克斯尝试后几个月，美国驻维也纳领事馆就关闭了。

30. 爱丽丝后来讲述了一家人因分离而痛苦不堪，拼命想在美国团聚。海伦妮似乎成功地引起了埃莉诺·罗斯福（Eleanor Roosevelt）的关注，并在公开听证会上阅读了她儿子托马斯的信。当时她崩溃大哭。但她的努力获得了成功。菲利克斯和托马斯于 1944 年成功移民，一家人在纽约团聚。

31. 菲利克斯本人对自己诗歌评价不高，他这样描写他的"另一个自我"乔治·鲍尔："他经常写诗，有好有坏，但多少都有些业余。"

32. 1942 年写于伦敦。利奥·拜克研究所档案，菲利克斯·迈尔，诗歌，索引号 LBI MS 102a，纽约 / 柏林。在 70 年代的采访录音带中，爱丽丝还背诵了这首诗。

第 12 章　一个美国人出现

1. 爱丽丝·乌尔巴赫，《我的儿子们》。

2. 史蒂夫·卡拉斯（Steve Karras）的纪录片《向后转：盟军中的犹太难民》（*About Face: Jewish Refugees in the Allied Forces*）中的证人采访。美国，2005 年。

3. 布隆伯特（Brombert）在穿越海峡的航行途中充满了战斗激情，但一个同志对他说："你中毒了。"出自维克多·布隆伯特《思想的列车：从巴黎到奥马哈海滩，一个无国籍青年的回忆》(*Trains of Thought. Paris to Omaha Beach, Memories of a Stateless Youth*)，纽约，2002年，第265页。

4. 布隆伯特写道："我根本不信教。相反，我拒绝任何形式的宗教教义。"同上。第254页。此外，他认为必须用"狗牌"表明自己的宗教信仰是非常危险的。

5. 玛里施卡，《永远微笑》，第103页。

6. 在他1947年11月的结婚证书上，登记的也是"天主教徒"。奥托·乌尔巴赫的遗物。

7. 赫尔曼·邦迪的父母是爱丽丝的朋友，年轻的邦迪曾与菲利克斯一起被关押在马恩岛。

8. 爱丽丝非常喜欢邦迪，她在采访录音中讲述道："第二次世界大战期间，托马斯·戈尔德（Thomas Gold）和赫尔曼·邦迪住在英国一个非常偏远的小屋里，他们甚至不允许女性进去打扫卫生，这是一项非常机密的工作。"（爱丽丝所说的"机密"是指为政府进行的秘密工作。）她很高兴邦迪在20世纪70年代仍在给她写信。在此我也感谢彼得·戈达德（Peter Goddard）对赫尔曼·邦迪和他在剑桥大学期间生活的回忆。

9. 鲁道夫·莫里兹·西奥多·乌尔巴赫（Rudolf Moritz Theodor Urbach），1908年2月16日出生于杜伊斯堡，见杜伊斯堡市的出生证明。1928年12月10日抵达纽约。他在里奇营20号训练班。然而，这里有一个时间上的重叠。特立尼达营地是在1943年5月建立的，而鲁道夫·乌尔巴赫在1944年8月才通过里奇营的情报培训。那么在这次培训之前，他就已经是特立尼达营地的负责人了吗？还是在此之前是奥托？在此感谢丹尼尔·格罗斯（Daniel Gross）和希瑟·斯蒂尔，在我调研鲁道夫·乌尔巴赫及其在里奇营的经历的过程中，他们为我提供了帮助。

10. 吕迪格·冯·韦希马尔著《包厢里的参与者：世俗的记忆》(*Akteur in der Loge：Weltläufige Erinnerungen*)，慕尼黑，2000 年，第 77 页。奥托的妻子维拉·弗里德伯格回忆了奥托与冯·韦希马尔的对话。

11. 移民库尔特·兰茨伯格（Kurt Landsberger）在他的回忆录中只提到了鲁道夫·乌尔巴赫，见库尔特·兰茨伯格著《1943—1946 年科罗拉多州特立尼达营的战俘：拘禁、恐吓、无能和乡村俱乐部生活》(*Prisoners of War at Camp Trinidad, Colorado 1943—1946：Internment, Intimidation, Incompetence and Country Club Living*)，威斯康辛州，2007 年。

12. 格奥尔格·克莱斯勒于 2003 年 2 月 28 日在巴伐利亚广播电台"论坛"节目中的发言。一些维也纳的移民后来也像克莱斯勒一样从事了创作：马塞尔·普拉维、汉斯·哈贝、彼得·博韦（Peter Beauvais）以及维也纳剧团负责人恩斯特·豪瑟曼。但并不是所有的人都愿意或能够在战后奥地利谈论他们生命中的这段经历。奥托完全有理由保持沉默。他后来只是告诉妻子维拉，他曾与女作家维基·鲍姆（Vicky Baum）的儿子彼得·勒特（Peter Lert）同乘一条船。勒特也是一名"里奇男孩"：彼得·J. 勒特中尉，13 班。他在第七军团的战俘审讯者（IPW）第 44 小组。

13. 汉斯·哈贝，《零年》(*Im Jahre Null*)，慕尼黑，1977 年，第 8 页起。类似内容见布隆伯特《思想的列车》第 259 页。关于里奇营的记录，见克里斯蒂安·鲍尔（Christian Bauer）和雷贝卡·戈普弗特（Rebekka Göpfert）的优秀文献以及图书《里奇男孩：美国情报机构中的德国移民》(*Die Ritchie Boys：Deutsche Emigranten beim US-Geheimdienst*)，汉堡，2005 年。

14. 移民兰茨伯格对乌尔巴赫的"优秀的德语"印象深刻。见兰茨伯格

《1943—1946 年科罗拉多州特立尼达营的战俘》，第 18 页。

15. 引述于菲利克斯·罗梅尔（Felix Römer），《同志：从内部看国防军》（*Kameraden：Die Wehrmacht von innen*），慕尼黑，2014 年，第 47 页。

16. 在这里发生的囚犯之间的权力斗争后来成为一部故事片的素材基础，沃尔特·马修（Walter Matthau）在其中扮演一名律师。1990 年的《敌人的律师》以科罗拉多州的一个虚构营地为背景，在许多细节上与特立尼达营地相似。编剧显然从内部人士那里充分了解了信息。

17. 安娜·弗洛伊德在 1946 年 3 月才得知，她的几位姑妈，即西格蒙德·弗洛伊德的姐妹们，已经在 1942 年被杀害。见扬-布鲁尔，《伦敦岁月》，第 82 页起。

18. 位于巴德阿罗尔森（Bad Arolsen）的国际寻人服务局（International Tracing Service，ITS）提供的信息。在此感谢 ITS 的萨宾·范德霍斯特（Sabine van der Horst），她多次帮助查询了爱丽丝亲属的下落。

19. 他的母亲是美国人艾玛·米德尔顿·冯·席拉赫（1872—1944）。她是美国《独立宣言》的共同签署者亚瑟·米德尔顿（Arthur Middleton）的后代。1941 年 4 月 27 日，艾玛·席拉赫给波尔特尼·毕格罗（Poultney Bigelow）的信，毕格罗文件，纽约公共图书馆（New York Public Library），文件盒编号 9。

20. 西多妮和卡罗琳娜于 1942 年 7 月 14 日从维也纳的穆尔纳路 6/6 号被一起遣送到特雷津，并在两个月后的 1942 年 9 月 21 日，即西多妮的生日当天被带到特雷布林卡。

21. 可能是他们试图离开这个国家时已经太晚了。也许乔治·艾斯勒认为他是安全的，因为他在 25 岁时就已经皈依了天主教，并曾在第一次世界大战中服役。他的生平资料：乔治·亚历山大·艾斯勒（Georg

Alexander Eissler），1885年4月22日出生，维也纳1区，绍腾巴斯泰路（Schottenbastei）11号，受洗于1910年10月23日，罗马天主教徒，赫尔曼·艾斯勒（Hermann Eissler）和奥古斯特·阿贝勒斯（Auguste Abeles）之子。参见：高古什，《历史人物记》，第2256页。

22. 《沃尔夫冈·特雷珀——在现场！》（Wolfgang Trepper—live!），德国电视一台从2019年2月1日起播出。

23. 在君特·施瓦伯格（Günther Schwarberg）的贝达传记中准确再现了事件过程：刑事犯约瑟夫·温德克（Josef Windeck）将法本公司负责人的评论理解为上级要求，他打死了贝达。见君特·施瓦伯格著《你就是我心中所有：最美歌曲作者弗里茨·勒纳–贝达的故事以及希特勒为什么杀害他》（Dein ist mein ganzes Herz : Die Geschichte von Fritz Löhner-Beda, der die schönsten Lieder der Welt schrieb, und warum Hitler ihn ermorden ließ），哥廷根（Göttingen），2000年，第167页。爱丽丝最喜欢的贝达诗作是《犹太人、基督徒和其他反犹主义者》（Juden, Christen und andere Antisemiten），她在20世纪70年代的录音磁带中背诵了这首诗。

24. 在她的回忆录中，爱丽丝写道："我想纪念这些慷慨的女性，我无法探访她们的墓地，她们在集中营毒气室可怕的最后时刻紧紧相拥。"爱丽丝·乌尔巴赫，《旧世界与新世界》，第2页。

第13章 考狄利娅的战争

1. 引自里德学院的考狄利娅·多德森讣告，2011年（https://www.reed.edu/reed-magazine/in-memoriam/obituaries/december2011/cordelia-dodson-

hood-1936.html)。

2. 麦金托什,《间谍的姐妹情谊》,第 176 页。

3. 丹尼尔·多德森在大学学习了法国文学,并在战争期间驾驶 B-24 飞越中国。战后,他成为哥伦比亚大学的教授。他写了几部小说。另见 1991 年 1 月 12 日《纽约时报》上的丹尼尔·多德森的讣告。

4. 战略情报局考狄利娅·多德森档案,华盛顿国家档案馆,编号:RG 226,Entry A1224, Box 191。

5. 在这里工作的人都看到了宝贵的"终极"材料,其中包括来自纳粹国防军的无线电信息,这些信息已被英国人解码并提供了重大战略优势。据今天的推测,它将战争缩短了两年。

6. 战略情报局考狄利娅·多德森档案,其中还包括她的简历:1932—1936 年在里德学院,1936 年获得学士学位,1936—1937 年在法国格勒诺布尔大学,1937—1938 年在维也纳大学,1937—1938 年在维也纳美国研究所,1939—1941 年在里德学院读硕士(学习德语、法语、文学、心理学)。推荐人:华盛顿战略情报局心理学家巴恩哈特博士;战争劳工委员会经济学家基泽博士;波特兰里德学院德语系主任皮特斯博士;华盛顿特区五角大楼 G-2 军事情报局勒罗伊(勒罗伊为军事情报部门工作,曾是考狄利娅的前任上司)。

7. 同上。

8. 同上。

9. 对他最尖锐的批评来自斯蒂芬·金泽(Stephen Kinzer)《兄弟:约翰·福斯特·杜勒斯与艾伦·杜勒斯以及他们的秘密世界大战》(*The Brothers: John Foster Dulles, Allen Dulles, and Their Secret World War*),纽约,2013 年。

10. 然而，他最糟糕的战略情报局特工却恰恰相反。八卦记者德鲁·皮尔森（Drew Pearson）将他们描述为"一群由一知半解的外交官、华尔街银行家和业余侦探组成的奇特团队"。同上，第66页。

11. 英国人在美国人之前就使用过这种方法。另见战略情报局彼得·维托尔档案：剧院服务记录，主要平民经验，剧作家，1945年8月："在德国教育工作仍处于起步阶段的时候，维托尔中尉竭尽全力解决问题。他以极高的热情和判断力招募和培训特工，这些人随后受雇于他的组织。"战略情报局彼得·维托尔文件，华盛顿国家档案馆，文编号Box 802。

12. 英文原标题为"Decision before Dawn"（《黎明前的决定》），是根据乔治·豪（George Howe）的小说《称之为叛国罪》（Call It Treason）改编。乔治·豪与维托尔在同一个部门工作。维托尔在谈到豪的小说时写道："这是对一次敌后特工行动的虚构记述，这次行动任务由我招募的一名年轻德国士兵执行。任务以失败告终，那位德国年轻人悲惨地牺牲。这些小型战术行动被称为'旅游任务'，我们代表第7军执行这些任务。"出自彼得·维托尔《危险的朋友：50年代与休斯敦和海明威在路上》（Dangerous Friends: At Large with Huston and Hemingway in the Fifties），伦敦，1992年，第68页。

13. 正如考狄利娅在20世纪90年代所说："这是一次非常棘手的旅程。他们运送机器零件，还有被称为'过境者'的德国战俘，这些战俘已同意回国收集情报……我们最终在暴风雪中抵达里昂。"引述于：罗伯特·S.格林（Robert S. Greene），《布鲁姆先生！学者、士兵、绅士、间谍：保罗·布鲁姆的多面人生》（Blum-San! Scholar, Soldier, Gentleman, Spy. The Many Lives of Paul Blum），纽约，1998年，第107页。

14. 麦金托什，《间谍的姐妹情谊》，第174页。

15. 格林,《布鲁姆先生!》,第 198 页。考狄利娅对保罗·布鲁姆关于日本和中国的故事特别着迷,此前,奥托已经引起了她对这些地方的兴趣。有传言说考狄利娅和比她年长二十岁的布鲁姆相爱了,但在 1950 年,经过一段时间的犹豫和摇摆,考狄利娅嫁给了比她年轻的威廉·胡德。

16. 同上,第 202 页。

17. 她的名字叫黛安(Diane),比起布鲁姆,她更信任考狄利娅。同上,第 204 页。

18. 麦金托什,《间谍的姐妹情谊》,第 176 页。

19. 格林,《布鲁姆先生!》,第 238 页。

20. 胡德后来只强调了布鲁姆在行动中的作用,参见同上,第 237 页起,关于晋升参见战略情报局考狄利娅·多德森档案。

21. 普奇报告。

22. 引述于:麦金托什,《间谍的姐妹情谊》,第 177 页。

23. 参见里德学院档案中的学生回忆:https://www.reed.edu/reed-magazine/articles/2014/emiliopucci.html

24. 埃米里奥·普奇的《法西斯主义:解释与辩护》(*Fascism: An Explanation and Justification*)在里德自 2018 年以来一直处于借出状态,直到 2020 年 5 月作者才看到。

25. 普奇报告(见第 4 章,注释 17)。

26. 普奇在他的第二份战略情报局报告(普奇报告)中没有说明这次见面的日期。见面应该是在 1943 年 7 月 9—10 日英国人和美国人在西西里岛登陆之前。

27. "柏飞丁"被认为是一种"飞行员药物",但也有其他士兵服用。参见普奇报告,第 9 页。关于柏飞丁的信息参见:诺曼·奥勒(Norman

Ohler)《彻底沉迷：第三帝国的毒品》(Der totale Rausch：Drogen im Dritten Reich，简体中文版名为《亢奋战：纳粹嗑药史》)，科隆，2015年。

28. 麦金托什，《间谍的姐妹情谊》，第177页。
29. 她的儿子法布里齐奥（Fabrizio）后来用这句话作为他自传的标题：法布里齐奥·齐亚诺，《爷爷让人击毙了爸爸》(Quando Il Nonno Fece Fucilare Papà)，米兰，1991。
30. 普奇报告。
31. 麦金托什，《间谍的姐妹情谊》，第177页。
32. 洛瑞·查尔斯沃思（Lorie Charlesworth）、迈克尔·索尔特（Michael Salter）的文章《让齐亚诺日记再生：艾伦·杜勒斯提供的纽伦堡审判证据》(Ensuring the after-life of the Ciano diaries：Allen Dulles' provision of Nuremberg trial evidence)，出自《情报与国家安全》(Intelligence and National Security)，第21卷，第4期，2006年8月，第570页。这些妥协造成的后果之一就是纳粹战犯逃往南美洲的"老鼠路线"(ratlines)。由于普奇背叛了法西斯，也没有得到意大利反对派的同情，战略情报局给予了他帮助。见他的战略情报局文件："他想要一本南美护照……如果有人能帮助我们，我们将不胜感激。"1945年11月22日，主题：埃米里奥·普奇·迪·巴森托侯爵，罗马关于普奇的会谈，华盛顿国家档案馆，编号：RG 226, Entry 211, Box 38。

第14章　幸存下来！

1. 丽斯忘记了赫尔佳的父亲也在英国工作。采访丽斯·谢尔泽。
2. 希伯，《泰恩河畔纽卡斯尔的犹太难民女孩宿舍》。

3. 后来确实查明玛格特的父母阿尔弗雷德和贝拉·H. 于 1941 年在罗兹被杀害。

4. 世界犹太人救济基金会的档案，关于"儿童转移行动"中儿童的历史记录（匿名文件）。

5. 希伯，《泰恩河畔纽卡斯尔的犹太难民女孩宿舍》。

6. 她的故事于 2020 年改编为电影，名为《温德米尔儿童》(*The Windermere Children*)。今天在温德米尔，特雷弗·艾弗里（Trevor Avery）负责湖区大屠杀纪念项目（The Lake District Holocaust Project）。

7. 提到财物仓库的资料还有：BBC 4 台电视节目《中毒的天使：阿尔玛·罗斯的故事》(*Poisoned Angel：The Story of Alma Rose*)，2004 年播出。

8. 原文为"aggressive（好斗）"。在战后的语境中，这个词有积极的含义。

9. 威廉·多德森的担保书，未注明日期，卡尔·乌尔巴赫的遗物。

10. 那时他是卡帕西亚号（Carpathia）的船员之一，该船曾赴事故现场救援。

11. 乌尔巴赫，磁带采访，爱丽丝·乌尔巴赫的遗物。

12. 她在阿尔伯特·皮克连锁酒店（Albert-Pick-Hotelkette）工作，该连锁酒店在 19 世纪由一位犹太移民创建，参见 https://matchpro.org/Archives/2004/alpick.pdf

13. 哈贝，《零年》，第 21 页。

14. 奥托 1944 年在泰丁顿的工作与他在德国的出现之间再次出现了一段空缺。1946 年，他在反情报队 1 区斯图加特工作，他可以找到的第一份报告是从 1946 年 4 月开始的。

15. 调查记录库（Investigative Records Repository，缩写为 IRR），个人档案，68 号档案盒，文件夹"敖德萨组织（Odessa Organization）ZF

015116"。国家档案和记录管理局（NARA），编号：RG 319，Entry A1134－A。感谢托马斯·博格哈特帮我找到该文档。盖伊·沃尔特斯（Guy Walters）也引用了它，但没有提到奥托的名字。见盖伊·沃尔特斯著《狩猎邪恶：逃亡的纳粹战犯以及将他们绳之以法的努力》(*Hunting Evil：The Nazi War Criminals Who Escaped and the Quest to Bring Them to Justice*)，伦敦，2010年，第140页。

16. 根据这些信息，敖德萨在达豪更名为"斯科尔兹内"（Skorzeny）。但反情报队怀疑这个名字只是借助了奥托·斯科尔兹内（Otto Skorzenys）的声望而已，而他本人并没有担任头目。参见华盛顿国家档案馆，白兰地行动(Operation Brandy)，斯科尔兹内组织(Skorzeny Group)，编号：RG 319，Entry A1134－A。

17. 同上。另见：沃尔特斯《狩猎邪恶》，第141页。

18. 数十年来，希姆莱的女儿古德伦一直支持"对战俘和被拘禁者的无声援助"(Stille Hilfe für Kriegsgefangene und Internierte)组织。当她还是个孩子的时候，她父亲就带她去工作，例如，1941年，两人一起参观了达豪集中营。古德伦很喜欢。

19. 出自弗雷德里克·福赛斯于2018年8月30日发给作者的电子邮件，邮件中讲述了其敖德萨小说的诞生过程。1963年，在东柏林担任路透社记者时，福赛斯联系了投诚者约翰·皮特（John Peet），后者告诉了他关于敖德萨的事。福赛斯后来与西蒙·维森塔尔谈及敖德萨，后者证实了部分故事。

20. 汤姆·塞格夫（Tom Segev）《西蒙·维森塔尔传记》(*Simon Wiesenthal：Die Biographie*)，慕尼黑，2010年，第135页。

21. "我们被告知要逮捕分区党部领导人和纳粹官员。我全身心投入工作，我们设法找到并逮捕了一些人。但问题是，在 48 小时内，他们不仅被释放，甚至被安置到行政部门的领导地位。美国军政府坚持认为需要纳粹官员来维持现状。那就是一场笑话。我们在抓捕纳粹，而我们的上级更关心法律和秩序，而不是这些纳粹理论者的罪行。他们恢复了这些'有才能的德国人'的地位，甚至感谢我们找到了这些人的藏身之处，把他们找了回来。"布隆伯特《思想的列车》，第 312 页起。

22. 这些妥协包括"老鼠路线"。参见詹姆斯·米兰诺（James V. Milano）、帕特里克·布罗根（Patrick Brogan），《士兵、间谍和老鼠路线：美国对苏联的隐秘战争》(*Soldiers，Spies，and the Rat Line：Soldiers，Spies，and the Rat Line：America's Undeclared War Against the Soviets*)，华盛顿特区，2000 年。

23. 鲁道夫·迪尔斯，《奥托·约翰案：背景和教训》(*Der Fall Otto John：Hintergründe und Lehren*)，哥廷根，1954 年，第 18 页。

24. 维拉的个人档案中也提到了未婚夫斯通先生，参见：斯图加特符腾堡国家剧院（Württembergisches Staatstheater Stuttgart），路德维希堡国家档案馆（Staatsarchiv Ludwigsburg），维拉·弗里德伯格的个人档案，编号 EL221/6，Bü 467。

25. 关于斯图加特黑市交易和反情报队，请参阅：斯图加特市立档案馆（Stadtarchiv Stuttgart）资料：14 — 主要文件组 0，编号 49（14 - Hauptkartei Gruppe 0，Nr. 49），1945 年 11 月至 1946 年 12 月。

26. 维拉·弗里德伯格在 20 世纪 90 年代与作者的对话。

27. 伊斯拉埃尔·弗里德伯格（1780—1822），爱德华·弗里德伯格（1811—1891）。

28. 赫伯特·弗里德伯格（Herbert Friedberg）于 1934 年获得行医执照，但他不能去领取证书。根据纽伦堡种族法，他被禁止行医。后来他在于柏林根（Überlingen）的一家医院"打黑工"。只有在战争期间医生短缺时，他才被委托在华沙经营一家军事医院。另见弗莱堡州档案馆（Staatsarchiv Freiburg）的战后赔偿文件：赫伯特·弗里德伯格博士，F 196/2，编号 1957。在此感谢科妮莉亚·马茨为我的巴登－符腾堡州调研工作提供帮助。

29.《斯图加特报》，1946 年 7 月 17 日。

第 15 章　返回维也纳

1. 波尔加战后住在苏黎世，偶尔会去维也纳看望弗里德里希·托贝格："当他再次离开时，我陪他去车站，我问他究竟喜欢维也纳吗？波尔加说：'我必须对这个城市做出一个毁灭性的评判。维也纳仍然是维也纳。'"引述于托贝格，《乔列什姑妈》，第 265 页。关于德国的类似氛围，见克里斯蒂安·波马里乌斯（Christian Bommarius）著《1949：在德国的漫长一年》(*1949：Das lange deutsche Jahr*)，慕尼黑，2018 年。

2. 根据埃利斯岛档案馆（Ellis Island Archive）的乘客数据，爱丽丝于 1949 年 8 月 27 日从南安普敦离开欧洲前往纽约。由于没有抵达欧洲的数据，所以已经不可能查证她在欧洲停留了多长时间。

3. 恩斯特·洛塔尔，《回归》，小说，维也纳，2018 年（1949 年首次出版），第 100 页。

4. 同上，第 101 页起。

5. 与绑架事件相比，这些算是相对小的问题。当时有科学家和工程师被绑架，但也有普通奥地利人被当成间谍而遭绑架，这些人是被邻居向苏联当局告发的。一名英国女大学生被绑架，因为被她抛弃的情人让苏联士兵相信这个女孩在领导一个英国间谍团伙。这样的告发很少被核实，当局更愿意直接行动。然而，人们在维也纳突然拖走的事情对爱丽丝来说并不是第一次经历。见戈登·科雷拉（Gordon Corera）著《背叛的艺术：英国情报机构中的生与死》（*The Art of Betrayal : Life and Death in the British Secret Service*），伦敦，2011年。

6. 奥托之所以被调到维也纳，可能是因为他对捷克斯洛伐克很了解。见希伦科特（Hillenkoetter）少将日记中的记载："1948年2月26日：奥托·R.乌尔巴赫中尉，反情报部队，马里兰州巴尔的摩——目前是反情报部队培训学校的教官。他刚从东欧回来，他在那里的970分队服役，他有信息希望传递给有关当局。"出自R.H.希伦科特少将的日记，国家档案和记录管理局，线上可查阅：https://www.cia.gov/readingroom/docs/1947-11-03.pdf

7. 维也纳居民登记处记录了奥托和维拉于1949年5月抵达。

8. 引述于托贝格《乔列什姑妈》，第264页。

9. 奥托在维也纳以商人的身份进行卧底工作：公司名为交奥托·R.乌尔巴赫与外国分销公司（Mr. Otto R.Urbach & Foreign Distribution Associates）。他给了家人一个邮政地址以备不时之需，但该地址与公司业务无关：维也纳第四区，波尔茨曼路（Boltzmanngasse），美国公使馆转交奥托·R.乌尔巴赫先生。作为一个"商人"，奥托引起了其他美国公司的注意，他们不理解他在维也纳做什么。1951年，美国驻奥地利司令部（United States Command, Austria，缩写为：USCOA）收到了联邦供应公司的问询函，询问奥托·R.乌尔巴赫的公司到底是什么情况。见USCOA经济处，1951年2月，分类：机密。不久之后，奥托解散了这家公司。从 1952 年起，他被列为美国国务院的雇员，住址登记为柏林。

10. 乌尔巴赫，采访录音带，爱丽丝·乌尔巴赫的遗物。

11. https://www.literaturhaus-muenchen.de/ausstellung/100-jahreernst-reinhardt-verlag/

12. 见巴伐利亚经济档案，慕尼黑和上巴伐利亚工商会（IHK für München und Oberbayern）档案中的文件说明（BWA K1，XXI 16，91 号文件，案例 20），慕尼黑。在此感谢理查德·温克勒（Richard Winkler）发现这份笔记。

13. 克里斯蒂安·亚当在德国广播电台文化台（Deutschlandfunks Kultur）中提供的资料：https://www.deutschlandfunkkultur.de/der-milde-blick-wiedeutsche-verlage-mit-ihrer-ns.976.de.html?dram:article_id=386423 另见：克里斯蒂安·亚当，《零年之梦：作者、畅销书、读者：1945 年后东部和西部图书世界的新秩序》（*Der Traum vom Jahre Null：Autoren, Bestseller, Leser. Die Neuordnung der Bücherwelt in Ost und West nach 1945*），柏林，2016 年。

14. 荣克此时已知道韦塞尔和他的父母的遭遇和命运；他们生活在"悲惨的环境中"。荣克，《75 年历史的恩斯特·莱因哈特出版社》，第 79 页。

15. 同上，第 78 页起。

16. 据称，他的代理人违背他的意愿与韦塞尔签订了一份关于系列图书和物理书的合同。同上，第 80 页。

17. 同上。

18. 同上，第 56 页。

19. 爱丽丝·乌尔巴赫给赫尔曼·荣克的信，1953 年 4 月 26 日，恩斯特·莱

注　释

因哈特出版社档案，慕尼黑。

20. 荣克，《75年历史的恩斯特·莱因哈特出版社》，第56页。

21. 见"盗书贼"一章中提到过的1938年的"声明"，恩斯特·莱因哈特出版社档案，慕尼黑。

22. 1938年，爱丽丝的菜谱出版了，第三版印刷25000册。然而，荣克在他的纪念刊中称，"罗什的书"于1938年12月出版了第一版，共10000册。见荣克，《75年历史的恩斯特·莱因哈特出版社》，第56页。荣克在这里可能直接把罗什版本的出版日期"提前"了。

23. 荣克，《75年历史的恩斯特·莱因哈特出版社》，第56页起。

24. 爱丽丝给赫尔曼·荣克的信，1950年7月10日，密苏里酒店（Hotel Missouri），杰斐逊市（Jefferson City），密苏里州，来自恩斯特·莱因哈特出版档案中的信件，慕尼黑。

25. 爱丽丝给赫尔曼·荣克的信，1950年9月7日，恩斯特·莱因哈特出版社档案。

26. 芝加哥，1952年7月29日，爱丽丝·乌尔巴赫给赫尔曼·荣克的信，恩斯特·莱因哈特出版社。

27. 爱丽丝给荣克的信，1952年8月31日。

28. 爱丽丝给荣克的信，1954年3月21日。

29. 在奥地利，战后很长一段时间内，将丈夫的博士学位转给妻子仍然是一种惯例。爱丽丝给荣克的信，1953年8月6日。

30. 爱丽丝给荣克的信，1954年5月15日。

31. 爱丽丝在这里搞错了。她很可能是在1934年交了手稿，但书1935年才出版。在下文中，她把罗什的名字"Rudolf Rösch"错写成了"Rudolf Rauh"，在抄本中已做了纠正。

32. 见网址：https://www.geschichtewiki.wien.gv.at/Gerlach_%26_Wiedling 1980 年，在爱丽丝拜托她的儿媳积极参与烹饪书的事宜之后，维拉亦与莱因哈特出版社取得了联系。她住在慕尼黑，出版社离她不远。当时出版社对她说了什么，已经无法确定。但爱丽丝在另一封信中感谢维拉至少做出了努力。

33. 其原因之一是档案的状况。历史学家和犹太人在获取雅利安化相关的档案时会遇到很多困难。2008 年迈克尔·弗霍温（Michael Verhoeven）的纪录片《人为错误》(*Menschliches Versagen*)生动地揭示了这一问题。

34. 荣克，《100 年历史的恩斯特·莱因哈特出版社》，第 126 页。

35. 同上，第 43 页。

36. 鲁道夫·罗什的简介，论坛出版社版本《在维也纳是这样做饭的！》，维也纳，1966 年。

37. 克里斯蒂安·恩岑斯贝格（Christian Enzensberger）的文章《规则的骚乱》(*Der Aufruhr der Regeln*)。出自他翻译的刘易斯·卡罗尔《爱丽丝梦游仙境》的后记，美因河畔法兰克福，1963 年。

38. 爱丽丝给荣克的最后一封信，1954 年 5 月 15 日。

39. 柯尼希斯埃德，《瓦尔特·德古意特》，第 129 页。

40. 同上，第 130 页以下。

41. 同上，第 132 页。

42. 直到 1990 年以后，纳粹时代产生的强制销售的法律基础才有所改变。1935 年 9 月 15 日纽伦堡法律生效后发生的强制出售行为，现在根据《纳粹迫害受害者赔偿法》进行处理（见"盗书贼"一章）。此外，1998 年的《关于纳粹没收艺术品的华盛顿原则》[*Washington Principles on Nazi-Confiscated Art*，有时也称《华盛顿宣言》(*Washington*

Declaration）] 则适用于艺术品。1935 年后与犹太人进行的交易，举证责任倒置。也就是说，必须证明这些交易是合法的。

43. 庞克尔，《莫里兹·佩尔斯出版社》，第 122 页起。

第 16 章　新的开始

1. 对于曼哈顿来说，这些是"中间价格"。今天，像许多纽约的公寓楼一样，"里维埃拉"是一个"合作公寓"，即人们购买合作股份的共有住房建筑。
2. 自 2010 年成立 100 周年以来，该建筑就有了自己的纪念网站：http://www.790rsd100.org/people.html，网站还包含了 20 世纪 50 年代和 60 年代的租户的回忆。
3. 爱丽丝·乌尔巴赫，《旧世界与新世界》，第 20 页。
4. 感谢多丽特·惠特曼对此次见面的回忆。
5. 爱丽丝·乌尔巴赫，《旧世界与新世界》，第 20 页。
6. 霍希感兴趣的另一个原因可能是他的妻子姓古特曼（与爱丽丝的母亲一样）。
7. 荣克的信件没有保存下来，但他在这里肯定又提到了 1938 年的合同，其中也包括翻译权。爱丽丝反驳了很多次，她写信给荣克说："（您的叔叔）莱因哈特把翻译权给了我。后来，在他去世后很久，我去英国时，收到您的委托，您让我在伦敦找一家英语翻译公司，如果他们有兴趣，您会把《在维也纳是这样做饭的！》这本书寄给他们，请他们做翻译。（由于政治局势的原因，此事不了了之。）后来，我收到了您的一封信（现在还保留着），您在信中的原话是这样说的：'我知道（我）叔叔把《在维也纳是这样做饭的！》一书的翻译权交给了您，我也准备把它交给你，而且这也是我本人的意见。'亲爱的荣克先生，也许您现在对情况更清楚了。我希望您度过了一个非常愉快的假期。"出自爱丽丝写给荣克的信，1953年2月22日。几周后爱丽丝又写道："当然，在翻译尚未提上日程的时候就主张翻译权为时过早。但我现在有您1938年9月7日的信，里面清楚地写了我是整本烹饪书翻译权的唯一所有者，我可以在任何时候给您寄一份复印件。"爱丽丝写给荣克的信，1953年3月12日。荣克似乎在争辩中说过，这样的书不会卖得出去。爱丽丝就这一点写道："但我想再次强调。只要我的书在英国和美国的书店有售，它就会被卖掉。在美国的书店里，它本来是可以销售的。公众对我的印象不错——而'罗什'却不为人知。我很想知道您对一本新的、小得多的英国烹饪书的出版计划有何看法——及您是否愿意出版这样一本我的烹饪书。我觉得自己完全有能力写这样一本书——而且我的英语很好——我对英国和美国的情况了解也很多。但如果要翻译这本大书——为什么不翻译原版的'乌尔巴赫版本'呢？毕竟，（信中字迹难以辨认）是不能用的！亲爱的荣克先生，难道您不认为我应该为这一切不公正待遇得到赔偿吗？当然，这些不公正并非您的责任。而罗什的书与我的原版相比只有很小的改动，如果您翻译罗什的书，您就触及了我的翻译权——我知道您不想对我不公平。"1954年3月12日。在1954年5月，荣克似乎终于确认他收到了复印件（1954年5月15日，恩斯特·莱因哈特出版档案中的信件）。

8. 奥尔加·赫斯（1881—1965）的书由克拉拉·施莱辛格（Clara Schlesinger）翻译成了英文。到1916年，赫斯已经出版了多本菜谱：奥尔加·赫斯的《现代烹饪技术："谷神星"大奖赛最佳菜谱汇编，另附维也纳烹饪教师培训研讨会的菜谱》（*Die moderne Kochkunst：Kochbuch zusammengestellt*

aus den vorzüglichsten Rezepten der Großen Ceres-Preiskonkurrenz ergänzt durch Rezepte des Wiener Seminars zur Ausbildung von Kochlehrerinnen），维也纳，1908 年；奥尔加·赫斯、阿道夫·弗朗茨·赫斯（Adolf Franz Hess）合著《维也纳菜肴：烹饪和家政教师教育学院的菜谱集》（Wiener Küche Sammlung von Kochrezepten der Bildungsanstalt für Koch- und Haushaltungsschullehrinnen），维也纳，1913 年；奥尔加和阿道夫·赫斯合著《家庭主妇的记录：关于家政簿记教学》（Die Aufschreibungen der Hausfrau. Ein Beitrag zum Unterrichte in der hauswirtschaftlichen Buchführung），维也纳，1916 年。

9. 玛格丽特·克莱姆佩勒（1890 年生于维也纳，1966 年去世于纽约），嫁给了雨果·克莱佩勒博士（Dr.Hugo Klemperer）。这对夫妇有一个儿子，名叫汉斯·克伦佩尔（Hans Klemperer）。

10. 援助基金和资产交易处（Hilfsfonds und Vermögensverkehrsstelle），档案编号：VA 13 480，AHF 5529，奥地利国家档案馆，维也纳。如果没有她的儿子们的帮助，爱丽丝将无法负担她的多次欧洲旅行。根据乘客名单，她于 1949 年、1954 年和 1956 年乘船离开南安普敦。后来她又乘飞机去过欧洲。

11. 如果她知道茱莉亚·柴尔德和考狄利娅·多德森一样，在战争期间为战略情报局工作并为对抗纳粹做出了贡献，也许她会更加印象深刻。

12. 当伊尔莎·卡米斯的女儿苏珊（Susan）在 20 世纪 70 年代问爱丽丝如何看待著名的电视厨师茱莉亚·柴尔德时，她坚定地回答："完全被高估了。"苏珊无言以对，因为茱莉亚·柴尔德被认为是美国最伟大的厨师。作者与苏珊·卡米斯的对话，2019 年。

13. 1980 年 12 月 30 日，帕特·托维（Pat Tovey）给《轻松一刻》节目的信，

爱丽丝·乌尔巴赫的遗产。感谢旧金山的帕特里夏（Patricia）和西斯卡·托维（Siska Tovey），感谢他们对爱丽丝的回忆和那个时期的信件。

14. 见哈维·斯蒂曼（Harvey Steiman），《92岁的厨师》（In the kitchen at 92），载于《旧金山观察报》，1978年11月1日；金克斯·摩根（Jinx Morgan），《维也纳餐桌》（Viennese Table），载于《美国之路》（American Way），1981年4月，第22页；拉娜·塞文（Lana Severn），《爱丽丝·乌尔巴赫：94岁再次执教》（Alice Urbach: teaching again at 94），载于《马林独立报》（Marin Independent Journal），1980年；《爱丽丝·乌尔巴赫讣告》，载于《建设报》（Aufbau）第49卷，第31期，1983年8月。

15. 根据学校的招生简章，她从1977年开始在那里教课。1981年，她在星期五上午10点和星期一下午6点半各开设了一门课程。

16. 感谢伊尔莎·卡米斯提供了她与爱丽丝的通信。另见下面卡尔·乌尔巴赫在1983年9月15日给伊尔莎·卡米斯的信："（爱丽丝）将她的遗体捐赠给医学系。我们在她喜欢去的金门公园为她买了一块纪念牌。在她去世前我告诉她，她已经当了曾祖母。"

17. PBS是美国的国有广播公司，人们觉得它的节目比其商业竞争对手更有文化内涵。该节目主持人是玛丽·马丁（Mary Martin）。她为美国观众所熟知有两个原因：一是她曾是音乐剧明星，二是她是演员拉里·哈格曼（Larry Hagman）的母亲，也就是电视剧《朱门恩怨》（Dallas）中J.R.尤因（J.R.Ewing）的扮演者。

18. 死亡证明，爱丽丝·乌尔巴赫的遗物。

19. 拉娜·塞文的文章《爱丽丝·乌尔巴赫：94岁再次执教》中所引用的爱丽丝的话。载于《马林独立报》，1980年。

20. 伊娃－玛丽亚·施努尔（Eva-Maria Schnurr）文章《但我的犹太人的手

留在了照片中》(*Aber meine jüdischen Hände auf den Fotos blieben drin*)，"明镜在线"，2020年10月8日，https://www.spiegel.de/geschichte/alice-urbach-wie-nazis-einer-juedin-ihren-kochbuch-bestseller-raubten-a-3c9d3c5f-443f-4a9e-97f2-0832c8d8ba8d；又见安德烈亚斯·法尼扎德（Andreas Fanizadeh）文章《被盗取的畅销书》(*Der geraubte Bestseller*)，载于2020年10月《日报》(*Taz*)；关于版权的恢复见马丁·多尔里（Martin Doerry）文章《雅利安化的奶酪卷饼》(*Arisierter Topfenstrudel*)，载于《明镜周刊》2020年10月24日；莱昂尼·费尔巴哈（Leonie Feuerbach）文章《纳粹如何偷走了一本菜谱》(*Wie die Nazis ein Kochbuch stahlen*)，载于《法兰克福汇报杂志》(*FAZ Magazin*)，2020年11月刊，第60—61页；苏珊娜·基彭伯格（Susanne Kippenberger）文章《维也纳卷饼》(*Wiener Strudel*)，载于《每日镜报》(*Der Tagesspiegel*)，2020年10月28日；萨拉·托尔（Sara Tor）文章《为被纳粹"雅利安化"的菜谱而战的一家人》(*Family's fight for cookbook "aryanised" by the Nazis*)，载于《泰晤士报》(*The Times*)，2021年1月11日。

21. 恩斯特·莱因哈特出版社的声明，2020年10月。另见克里斯蒂安·劳迪奇（Christiane Laudage）文章《犹太菜谱作家爱丽丝·乌尔巴赫迟到的正义："雅利安化"80年之后重获版权》(*Späte Gerechtigkeit für jüdische Kochbuch-Autorin Alice Urbach：80 Jahre nach "Arisierung" wieder als Urheberin anerkannt*)，天主教通讯社（Katholische Nachrichtenagentur，缩写为KNA）消息，2020年12月21日。恩斯特·莱因哈特出版社的网站现已更新，在出版社的历史介绍中，爱丽丝·乌尔巴赫已被添加为作者之一。

档案和出处

私人家庭遗物

爱丽丝·乌尔巴赫的遗物（所有者：卡琳娜·乌尔巴赫，剑桥；卡特琳娜·乌尔巴赫，旧金山）

卡尔·乌尔巴赫的遗物（所有者：卡特琳娜·乌尔巴赫，旧金山）

奥托·乌尔巴赫的遗物（所有者：卡琳娜·乌尔巴赫，剑桥）

罗伯特和罗拉·乌尔巴赫的遗物（所有者：尼娜·普莱斯，旧金山）

迈尔家族的遗物（所有者：米夏埃尔·利夫尼，耶路撒冷）

考狄利娅·多德森的遗物（所有者：萨拉·费舍尔，缅因州）

宝拉和彼得·希伯的遗物（所有者：薇薇安·希伯，牛津）

作者对见证人的采访

莉莉·门德尔松－乌尔巴赫（卡尔·乌尔巴赫博士的妻子）
雷娜塔·雷纳（罗伯特·乌尔巴赫的女儿），2019/2020年
克拉拉·冯塔纳（考狄利娅·多德森的甥孙女），2019年
多丽特·惠特曼博士，2019/2020年

伊尔莎·卡米斯（原姓格罗斯）和她的女儿苏·卡米斯，2019/2020 年

阿丽莎·特南鲍姆（原名丽斯·谢尔泽），2018/2021 年

埃尔菲·赖纳特（由薇薇安·希伯采访），2019 年

德国和奥地利的档案

巴伐利亚经济档案馆，慕尼黑（Bayerisches Wirtschaftsarchiv，München）

工商联合会关于恩斯特·莱因哈特出版社的档案说明

BWA K1，XXI 16，档案，案例 20

联邦档案馆，柏林 - 利希特费尔德（Bundesarchiv，Berlin-Lichterfelde）

帝国农业协会档案（R/16/44 和 R/16/58）

柏林文献中心（BDC）收藏，纳粹党（NSDAP）中央成员（所有名字为鲁道夫·罗什的纳粹党成员）

马尔巴赫德国文学档案馆（Deutsches Literaturarchiv Marbach）

阿图尔·施尼茨勒遗产，西格蒙德·迈尔给阿图尔·施尼茨勒的信，无日期（查询编号 HS.NZ85.0001.04041）

恩斯特·莱因哈特出版社档案馆，慕尼黑（Verlagsarchiv des Ernst Reinhardt Verlags，München）

1935 年 1 月 25 日，恩斯特·莱因哈特出版社与爱丽丝·乌尔巴赫签订的出版合同及 1938 年 9 月 5 日的声明

1938 年 9 月爱丽丝·乌尔巴赫给赫尔曼·荣克的 18 封信，1950—1954 年

国际寻人服务局，巴德阿罗尔森（Internationaler Suchdienst, Bad Arolsen）

关于卡罗琳娜·弗莱施纳、西多妮·罗森伯格、海伦妮·艾斯勒博士、乔治·艾斯勒博士、利奥波德·舒克和卡尔·乌尔巴赫的信息

维也纳犹太社区，户口登记处（Israelitische Kultusgemeinde Wien, Matrikelamt）

迈尔家族的出生和死亡登记册

达豪集中营纪念馆，巴伐利亚纪念馆基金会（KZ-Gedenkstätte Dachau, Stiftung Bayerische Gedenkstätten）

囚犯卡尔·乌尔巴赫（登记册编号：105/28186）

纪念网站，奥地利抵抗运动文献中心的在线数据库，维也纳（Memento, Online-Datenbank des Dokumentationsarchivs des österreichischen Widerstandes, Wien）

维也纳艾本多夫大街10号集体公寓（https://www.memento.wien/address/74/）

奥地利国家档案馆（Österreichisches Staatsarchiv）

战时预备役人员记录，马克西米利安·乌尔巴赫博士（AT-OeStA/KA Pers GB Evidenzen LSt MilKdo Wien Sanität 9）

财产交易办公室和政治迫害者援助基金档案记录，爱丽丝·乌尔巴赫、

菲利克斯和海伦·迈尔、罗伯特和罗拉·乌尔巴赫

弗莱堡州档案馆（Staatsarchiv Freiburg）
赫伯特·弗里德伯格博士，1957年战后赔偿档案（F 196/2）

路德维希堡国家档案馆（Staatsarchiv Ludwigsburg）
斯图加特符腾堡国家剧院，人事档案，维拉·弗里德伯格（StA Ludw EL221/6，Bü 467）

慕尼黑市档案馆（Stadtarchiv München）
居民登记卡 EWK78 I/J/Y225，赫尔曼·荣克

斯图加特市档案馆（Stadtarchiv Stuttgart）
关于斯图加特黑市的意见报告，1945年11月至1946年12月（StadtA Stgt，14 – 主要档案组0，Nr.49）

维也纳档案馆（Wiener Stadt- und Landesarchiv）
登记文件，爱丽丝·乌尔巴赫和奥托·乌尔巴赫
税务登记，K2/1—核心业务登记，爱丽丝·乌尔巴赫；第4区，格戴克路7号的烹饪学校
遗嘱文件，马克西米利安·乌尔巴赫博士
遗嘱档案，西格蒙德·迈尔
遗嘱档案，保利娜·迈尔

美国档案

中情局，电子阅览室（CIA，Electronic Reading Room）
西伦克特（R.H.Hillenkoetter）少将的日记，
https://www.cia.gov/readingroom/docs/1947-11-03.pdf

埃利斯岛基金会，纽约（Ellis Island Foundation，New York）
爱丽丝·乌尔巴赫、卡尔·乌尔巴赫、奥托·乌尔巴赫、维拉·乌尔巴赫的乘客登记和到达记录

犹太人大屠杀纪念博物馆，图书及档案区，华盛顿（Holocaust Memorial Museum, Library and Archives, Washington）
阿丽莎·特南鲍姆照片集
多丽特·惠特曼收藏，儿童转移计划

利奥·拜克研究所档案，纽约/柏林（Leo Baeck Institute Archives, New York/Berlin）
菲利克斯·迈尔，诗集（LBI MS 102a）
菲利克斯·迈尔，《使命》（LBI MS 102c）

利奥·拜克研究所，数字收藏（Leo Baeck Institute, Digital Collections）
布拉迪斯拉收藏，迈尔家族（LBI AR 370）

国会图书馆，手稿部，华盛顿（Library of Congress, Manuscript Division, Washington）

安娜·弗洛伊德的遗物（MSS49700），相关信件，内容涉及汉普斯特德托儿所（Hampstead Nurseries）和汉普斯特德儿童治疗诊所（Hampstead Child Therapy Clinic，1941年）、疏散行动（1941年）以及研究报告"没有家的婴儿：支持和反对寄宿托儿所的案例"

国家档案馆，华盛顿（National Archives, Washington）

战略事务办公室1940—1947年的记录

RG 226，Entry 211：埃米里奥·普奇的报告，又见 Entry 190C，Box 11。

RG 243：美国战略轰炸调查记录

RG 226，Entry 224：OSS（战略情报局）档案考狄利娅·多德森，Box 191；OSS档案威廉·胡德，Box 346；OSS档案彼得·维托尔，Box 804

RG 319，Entry A1134-A：调查记录库（IRR），非个人文件，Box 68，文件夹"敖德萨组织" ZF 015116

CIC（反情报队）档案：RG 59，RG 65，RG 92，RG 107，RG 111，RG 153，RG 159，RG 160，RG 165，RG 226，RG 238，RG 242，RG 260及其他

纽约公共图书馆（New York Public Library）

毕格罗文件，档案盒9（与艾玛·冯·席拉赫的通信）

里德学院，波特兰，俄勒冈州，特别收藏和档案馆（Reed College,

Portland，Oregon，Special Collections and Archives）

《里德学院学报》，期号 15（1），1936 年 1 月

《里德学院学报》，期号 16（1），1937 年 1 月

德克斯特·基泽档案，1938 年 1 月 28 日

《里德学院探索》1987 年

里德数字收藏（https://rdc.reed.edu/c/reedhisttxt/s?p=1&pp=20&ft=subject&fv=Athletics）

埃米里奥·普奇的谈话，1962 年（https://soundcloud.com/reedcollege/pucci-emilio-talk-on-design-at-reed-college-1962）

普林斯顿大学图书馆，西利·穆德手稿馆（Seeley G. Mudd Manuscript Library，Princeton University Library）

艾伦·杜勒斯馆藏文件，档案盒 12，文件夹 21

英国档案

学院图书馆，哈拉克斯顿学院，格兰瑟姆（College Library，Harlaxton College，Grantham）

范德埃尔斯特夫人的亲戚和格兰瑟姆城堡工作人员的回忆录（未编目）

马恩岛博物馆、图书馆和档案馆，道格拉斯，马恩岛（Manx Museum，Library & Archives，Douglas，Isle of Man）

菲力克斯·迈尔，贺卡，约 1940 年

国家档案馆，克佑区（National Archives, Kew）

内政部文件：HO 396/94 爱丽丝·乌尔巴赫。女性敌乔。豁免拘禁难民；HO 396/113 菲利克斯·伊斯拉埃尔·迈尔

维纳大屠杀图书馆，伦敦（Wiener Holocaust Library, London）

彼得·希伯，《泰恩河畔纽卡斯尔的犹太难民女孩宿舍：获得发起和管理该宿舍的委员会认可及纽卡斯尔犹太社区支持》(未发表的手稿，4184)

犹太人代表委员会，《英国逗留期指南：为每个难民提供的有用信息和指导》，德国犹太援助委员会出版，伦敦，大约1938年。参考：S3b081

难民中央办公室（Central Office for Refugees），《难民的注意事项》(*Do's and Don't's for Refugees*)，伦敦，约1940年

文献集1368（儿童转移报告）

世界犹太人救济基金会档案馆，伦敦（World Jewish Relief's Archives, London）

纽卡斯尔／温德米尔儿童的索引卡和详细档案（匿名）

报纸和杂志

《美国之路》(*American Way*)

ANNO（AustriaN Newspapers Online，数字化报纸和杂志，奥地利国家图书馆）

《建设报》(*Aufbau*)

《巴登疗养宾客名单》(*Badener Curliste*)

《舞台》(Die Bühne)

《火炬》(Die Fackel)

《先驱论坛报》(Herald Tribune)

《克朗画报》(Illustrierte Kronenzeitung)

《犹太月刊——政治、经济、文学杂志》(Jüdische Monatshefte, Zeitschrift für Politik, Wirtschaft und Literatur)

《克朗报》(Kronenzeitung)

《新自由报》(Neue Freie Presse)

《新维也纳报》(Neues Wiener Journal)

《纽约时报》(New York Times)

《俄勒冈人》(The Oregonian)

《布拉格日报》(Prager Tageblatt)

《新闻报》(Die Presse)

《帝国邮报》(Die Reichspost)

《旧金山观察报》(San Francisco Examiner)

《明镜周刊》(Der Spiegel)

《标准报》(Der Standard)

《斯图加特报》(Stuttgarter Zeitung)

《日报》(Der Tag)

《时代》(Die Zeit,1894—1904年间的奥地利周报)

工具书

《莱曼的帝国首都维也纳通用住宅及商贸地址簿》(Lehmann's

Allgemeiner Wohnungs-Anzeiger nebst Handels- und Gewerbe-Adressbuch für die k. k. Reichs-Haupt- und Residenzstadt Wien），1925—1940 年版

影视资料

与爱丽丝·乌尔巴赫合作的美国电视节目《轻松一刻》（Over Easy）：第 5040 集（1981 年），第 6065 集（1982 年）

故 事 片

《第三人》（The Third Man），英国，1949
《神奇的我们》（Wir Wunderkinder），联邦德国，1958
《马姆洛克教授》（Professor Mamlock），民主德国，1961
《卡尔先生》（Der Herr Karl），奥地利，1961
《敖德萨档案》（The Odessa File），英国/联邦德国/美国，1974
《敌人的律师》（The Incident），美国 1990
《温德米尔儿童》（The Windermere Children），英国，2020

纪录片（部分）

《里奇男孩》（The Ritchie Boys），加拿大/德国，2004
《关于面子：盟军中的犹太难民》（About Face : Jewish refugees in the Allied Forces），美国，2005
《人为错误》（Menschliches Versagen），德国，2008

广播节目（部分）

电影制片人弗朗茨·玛里施卡与巴伐利亚电台《alpha 论坛》(*alpha-Forum*) 栏目的库尔特·冯·达克（Kurt von Daak）的访谈，2002 年 1 月 2 日

作家、作曲家和歌手格奥尔格·克莱斯勒与克里斯托夫·林登迈耶（Christoph Lindenmeyer）在巴伐利亚电台《alpha 论坛》栏目的对话，2003 年 2 月 28 日

《中毒的天使：阿尔玛·罗斯的故事》，BBC 4 台播出，2004 年

菲利普·盖斯勒（Philipp Gessler），《德国出版商如何对待他们的纳粹历史》(*Wie deutsche Verlage mit ihrer NS-Geschichte umgehen*)，德国广播电台文化栏目，2017 年 5 月 19 日（https://www.deutschlandfunkkultur.de/der-milde-blick-wie-deutscheverlage-mit-ihrer-ns.976.de.html?dram:article_id=386423）

未发表的手稿

米夏埃尔·利夫尼[曾用名：马克斯·朗格（Max Langer）]，《青少年亚文化》(*An Adolescent Subculture*)，1959 年博士论文，包含一份写于 2019 年的自传式前言，耶路撒冷，2019 年

菲利克斯·迈尔，《迈尔家族：从普莱斯堡到维也纳》，纽约，1960 年，迈尔家族的遗物

爱丽丝·乌尔巴赫，《旧世界与新世界：爱丽丝·乌尔巴赫夫人的个人

生活故事》，1977年，爱丽丝·乌尔巴赫的遗物

　　爱丽丝·乌尔巴赫，《迈尔家族的一些成员：1789—1957年》，由爱丽丝·乌尔巴赫口述，查尔斯·兰德斯通记录，伦敦1957年，迈尔家族的遗物

文 献

Christian Adam, Lesen unter Hitler. Autoren, Bestseller, Leser im Dritten Reich, Berlin 2010

Ders., Der Traum vom Jahre Null. Autoren, Bestseller, Leser : Die Neuordnung der Bücherwelt in Ost und West nach 1945, Berlin 2016

Rudolf Agstner, A Tale of Three Viennese Department Stores in Egypt. The Oriental Adventures of Mayer, Stein and Tiring, in : Aufbau, Nr. 9, 30.4.1999

Götz Aly/Michael Sontheimer, Fromms. Wie der jüdische Kondomfabrikant Julius F. unter die Räuber fiel, Frankfurt a. M. 2007

Leon Askin, Quietude and Quest. Protagonists and Antagonists in the Theatre, on and off Stage as Seen Through the Eyes of Leon Askin, Riverside 1989

David Axmann, Friedrich Torberg. Die Biographie, München 2008

Lillian M. Bader. Ein Leben ist nicht genug. Memoiren einer Wiener Jüdin, Wien 2011

Jan-Pieter Barbian, Die vollendete Ohnmacht? Schriftsteller, Ver- leger und Buchhändler im NS-Staat, Ausgewählte Aufsätze, Essen 2008

Ders., Literaturpolitik im NS-Staat. Von der《Gleichschaltung》bis zum Ruin, Frankfurt a. M. 2010

Christian Bauer/Rebekka Göpfert, Die Ritchie Boys. Deutsche Emigranten beim US-Geheimdienst, Hamburg 2005

Susanne Belovari, Wiener Juden und die Wiener Küche vor 1938 (https:// experts.illinois.edu/ws/portalfiles/portal/271343480/Wiener_Juden_und_die_ Wiener_Kueche_vor_1938.pdf)

Hugo Bettauer, Die Stadt ohne Juden. Ein Roman von übermorgen, Wien 1922

Heinz Boberach (Hg.), Meldungen aus dem Reich. Die geheimen Lageberichte des Sicherheitsdienstes der SS 1938—1945, Bd. 2, Herrsching 1984

Traude Bollauf, Dienstmädchen – Emigration. Die Flucht jüdischer Frauen aus Österreich und Deutschland nach England 1938/39, Wien 2010

Christian Bommarius, 1949. Das lange deutsche Jahr, München 2018

Frédéric Bonnesoeur u. a. (Hg.), Geschlossene Grenzen. Die Internationale Flüchtlingskonferenz von Évian 1938. Katalog zur Ausstellung des Zentrums für Antisemitismusforschung der Technischen Universität Berlin und der Gedenkstätte Deut- scher Widerstand, Berlin 2018

Thomas Boghardt, America's Secret Vanguard: US Army Intelligence Operations in Germany, 1944–47, in: Studies in Intelligence 2013, Bd. 57 (2)

Victor Brombert, Trains of Thought. Paris to Omaha Beach, Memories of a Stateless Youth, New York 2002

Ralph W. Brown III, Removing »Nasty Nazi Habits« : The CIC and the Denazification of Heidelberg University, 1945—1946, in : Journal of Intelligence History 2004, Bd. 4(1), S. 25–56

Lewis Carroll, Alice im Wunderland (Übersetzung und Nachwort von Christian Enzensberger), Frankfurt am Main 1963

Ders., Alice im Spiegelland (Übersetzung von Benjamin Lacombe), Berlin 2017

David Cesarani/Tony Kushner (Hg.), The Internment of Aliens in Twentieth Century Britain, London 1993

Connery Chappell, Island of Barbed Wire. The Remarkable Story of World War Two Internment on the Isle of Man, London 1984

Lorie Charlesworth/Michael Salter, Ensuring the after-life of the Ciano diaries : Allen Dulles' provision of Nuremberg trial evidence, in : Intelligence and National Security 2006, Bd. 21(4)

Fabrizio Ciano, Quando Il Nonno Fece Fucilare Papà, Mailand 1991

Gordon Corera, The Art of Betrayal. Life and Death in the British Secret Service, London 2011

Volker Dahm, Das jüdische Buch im Dritten Reich, München 1993

Ruth David, Child of Our Time : A Young Girl's Flight from the Holocaust, London 2003

Rudolf Diels, Der Fall Otto John. Hintergründe und Lehren, Göttingen

文 献

1954

Daniel B. Dodson, The man who ran away, Roman, London 1961

Martin Doerry, »Mein verwundetes Herz«. Das Leben der Lilli Jahn 1900—1944, München 2002

Ders., Kräftig arisiert, in : Der Spiegel, Nr. 17, 20. 4. 2019

Wolfgang Dreßen (Hg.), Betrifft : »Aktion 3« : Deutsche verwerten jüdische Nachbarn – Dokumente zur Arisierung. Katalog zur gleichnamigen Ausstellung im Stadtmuseum Düsseldorf, 29. 10. 1998—10. 1. 1999, Berlin 1998

Tamara Ehs, Hochschullager im Austrofaschismus 1935—1937 (https://geschichte.univie.ac.at/de/artikel/hochschullager-im-austrofaschismus)

Violet Van der Elst, On the Gallows, London 1937

Franz Endler, Wien zwischen den Kriegen, Wien 1983

Günther Fetzer, Droemer Knaur. Die Verlagsgeschichte 1846—2017, München 2017

Frederick Forsyth, Die Akte Odessa, München 2013 (Roman, Erstveröffentlichung 1972)

Norbert Frei/Jose Brunner/Constantin Goschler (Hg.), Die Praxis der Wiedergutmachung. Geschichte, Erfahrung und Wirkung in Deutschland und Israel, Göttingen 2009

Paul French, Bloody Saturday. Shanghai's Darkest Day, London 2018

Anna Freud, Die Schriften der Anna Freud, Bd. 2,1939—1945.

Kriegskinder; Berichte aus den Kriegskinderheimen »Hampstead Nurseries«, Frankfurt am Main 1987

Max Friedlaender, Lebenserinnerungen des Anwalts Dr. Max Friedlaender (https://brak.de/w/files/01_ueber_die_brak/friedlaender.pdf)

Charles Neilson Gattey, The Incredible Mrs. Van der Elst, London 1972

Georg Gaugusch, Wer einmal war. Das jüdische Großbürgertum Wiens 1800—1938 (Jahrbuch der Heraldisch-Genealogischen Gesellschaft Adler, Bd. 17), Bd. 2, L-R, Wien 2016

Peter Gay, Das Zeitalter des Doktor Arthur Schnitzler. Innenansichten des 19. Jahrhunderts, Frankfurt a. M. 2012

Michael Geyer, The Prague Cookbook of Ruth Bratu, or : How a Historian Came to Feel the Past, in : Central European History 2020 (53), S. 2—22

Rebekka Göpfert, Der jüdische Kindertransport von Deutschland nach England 1938/39. Geschichte und Erinnerung, Frankfurt a. M. 1999

Christian Göschel, Mussolini and Hitler : The Forging of the Fascist Alliance, Yale 2018

Constantin Goschler/Philipp Ther (Hg.) : Raub und Restitution. ›Arisierung‹ und Rückerstattung des jüdischen Eigentums in Europa, Frankfurt a. M. 2003

Graham Greene, Der dritte Mann, München 2017 (Roman, Erstveröffentlichung 1950)

Robert S. Greene, Blum San! Scholar, Soldier, Gentleman, Spy. The

文 献

many lives of Paul Blum, New York 1998

Eva Haas,»Ein Schild mit Namen und Nummer um den Hals«, in : Martin Doerry,»Nirgendwo und überall zu Haus«. Gespräche mit Überlebenden des Holocaust, München 2006

Hans Habe, Im Jahre Null, München 1977

Ernst Haeusserman, Mein Freund Henry, Wien/Hamburg 1983

Murray G. Hall, Österreichische Verlagsgeschichte 1918—1938.Band 1 : Geschichte des österreichischen Verlagswesens, Wien/ Köln/Graz 1985

Murray G. Hall/Christina Köstner,»... allerlei für die Nationalbibliothek zu ergattern ...«. Eine österreichische Institution in der NS-Zeit, Wien/Köln/ Weimar 2006

Jonathan Haslam, The Spectre of War, Princeton 2021

Bruce Henderson, Sons and Soldiers. The Untold Story of the Jews who escaped the Nazis and returned with the US Army to fight Hitler, New York 2017

Georg Hermann, Jettchen Geberts Geschichte/Henriette Jacoby (Roman in zwei Bänden), Berlin 1919

Raul Hilberg, Die Vernichtung der europäischen Juden, Frankfurt 1990

Ludwig Hirschfeld, Wien. Was nicht im Baedeker steht, München 1927 (2020 erschien eine Neuausgabe im Milena Verlag, Wien)

Eric Hobsbawm,Das imperiale Zeitalter 1875—1915,Frankfurt a. M.1995 (englische Erstveröffentlichung 1987)

Ders., Gefährliche Zeiten. Ein Leben im 20. Jahrhundert, München 2006

421

(englische Erstveröffentlichung 2002)

Eva Holpfer, Der Fall Novak. Eichmanns Transportoffizier – der letzte Schuldspruch. Vortrag vom 1.12.2005 am Landgericht für Strafsachen Wien (http://www.kreuzstadl.net/downloads/ novak_referat_dezember05_holpfer.pdf)

Klaus-Peter Horn, Pädagogische Zeitschriften im Nationalsozialismus. Selbstbehauptung, Anpassung, Funktionalisierung, o. O. 1995, Bd. 3

Arnim Höland, Dr. jur. Viktor Horniger, Reichsgerichtsrat. Aus einem deutschen Richterleben, Halle 2020

Jonas Höltig, Wer war eigentlich Otto Liebmann?, in : Legal Tribune Online (LTO), 18.12.2017

William Hood, Mole. The true story of the first Russian intelligence officer recruited by the CIA, London 1982

Andrea Hopp/Katja Gosdek, Die Flüchtlingskonferenz von Évian 1938. Nach dem Roman »Die Mission« von Hans Habe, Leipzig 2019

Mona Horncastle, Margarete Schütte-Lihotzky. Architektin, Widerstandskämpferin, Aktivistin, Wien 2019

Paul Hoser, Thierschstraße 41. Der Untermieter Hitler, sein jüdischer Hausherr und ein Restitutionsproblem, in : Vierteljahrshefte für Zeitgeschichte 2017(2)

Ders., Die politischen, wirtschaftlichen und sozialen Hintergründe der Münchner Tagespresse zwischen 1914 und 1934 : Methoden der Pressebeeinflussung, 2 Bände, Frankfurt a. M. 1990

文 献

Thomas Jahn, Suche nach »arisierten« Büchern in den Beständen der Bayerischen Staatsbibliothek. Forschungsstand - Methoden - Ergebnisse (https://journals.ub.uni-heidelberg.de/index. php/akmb-news/article/view/198/183)

Anne Joseph (Hg.), From the Edge of the World. The Jewish Refugee Experience through letters and stories, London 2003

Christoph Jungck u. a., 100 Jahre Ernst-Reinhardt-Verlag, München 1999

Hermann Jungck, 75 Jahre Ernst Reinhardt Verlag München Basel. Verlagsgeschichte, München 1974

Ela Kaczmarska, Kindertransport : Britain's rescue plan (https:// media. nationalarchives.gov.uk/index.php/kindertransport-britains-rescue-plan/)

Stephen Kinzer, The Brothers. John Foster Dulles, Allen Dulles and their secret World War, New York 2013

Egon Erwin Kisch, Marktplatz der Sensationen (Neuauflage von 33 Reportagen, E-Book 2019)

Victor Klemperer, Ich will Zeugnis ablegen bis zum letzten. Tagebücher 1933—1941, Bd. 1, Berlin 1995

Marie Kolkenbrock, Stereotype and Destiny in Arthur Schnitzler's Prose, London 2018

Hubert Kolling, Riederer von Paar, Viola, in : Journal für Pflegewissenschaft und Pflegepraxis 2004, Bd. 3

Angelika Königseder, Walter de Gruyter. Ein Wissenschaftsverlag im

423

Nationalsozialismus, Tübingen 2016

Karl Kraus, Reaktion auf Sigmund Mayers Vortrag vom 5. Februar 1903 über »Die Schaffung großer Vermögen und die ökonomische Wissenschaft«, in : Die Fackel, Nr. 131, Februar 1903, S. 15—16

Hiroaki Kuromiya, Stalin's Great Terror and the Asian Nexus, in : Europe-Asia Studies 2014, Bd. 66 (5), S. 775—793

Tony Kushner, Politics and Race, Gender and Class : Refugees, Fascists and Domestic Service in Britain, 1933-40, in : Tony

Kushner/Kenneth Lunn, The Politics of Marginality. Race, the Radical Right and Minorities in 20th century Britain, Oxford 1990

Kurt Landsberger, Prisoners of War at Camp Trinidad, Colorado 1943—1946. Internment, Intimidation, Incompetence and Country Club Living, Wisconsin 2007

Charles Landstone, I Gate-Crashed, London 1976

Eran Laor, Vergangen und ausgelöscht. Erinnerungen an das slowakisch-ungarische Judentum, Stuttgart 1972

Joe Lederer, Blatt im Wind. Roman, München 1951 (Erstausgabe Wien 1936)

Deborah E. Lipstadt, Beyond Belief. The American Press and the Coming of the Holocaust 1933—1945, New York 1986

Michael Löffelsender, Kölner Rechtsanwälte im Nationalsozialismus. Eine Berufsgruppe zwischen Gleichschaltung und Kriegseinsatz, Tübingen 2015

Ernst Lothar, Die Rückkehr. Roman, Wien 2018 (Erstveröffentlichung 1949)

Janwillem van de Loo, Auf den Kommentaren der Muff von 1000 Jahren? Palandt, Maunz, das NS-Regime und die zweite Aufarbeitung, in : Sebastian Bretthauer, Christina Henrich u. a. (Hrsg.), Wandlungen im Öffentlichen Recht, Baden Baden 2020

Robert Mackay, The Test of War. Inside Britain 1939–45, London 1999

Kurt Salomon Maier, Unerwünscht. Kindheits- und Jugenderinnerungen eines jüdischen Kippenheimers, Heidelberg 2018

Stephan Malinowski, Vom König zum Führer. Sozialer Niedergang und politische Radikalisierung im deutschen Adel zwischen Kaiserreich und NS-Staat, Berlin 2003

Julian Marcuse/Bernardine Woerner, Die fleischlose Küche, München 1909

Franz Marischka, Immer nur lächeln. Geschichten und Anekdoten von Theater und Film, München 2001

Christof Mauch, Schattenkrieg gegen Hitler. Das Dritte Reich im Visier der amerikanischen Geheimdienste 1941—1945, Stuttgart 1999

Adelheid Mayer/Elmar Samsinger, Fast wie Geschichten aus 1001 Nacht. Die jüdischen Textilkaufleute Mayer zwischen Europa und dem Orient, Wien 2015

F. Arnold Mayer/Heinrich Rietsch, Die Mondsee-Wiener Liederhandschrift und der Mönch von Salzburg. Eine Untersuchung von Literatur- und

Musikgeschichte nebst den zugehörigen Texten aus der Handschrift mit Anmerkungen, 2 Bde, Berlin 1894—1896

Sigmund Mayer, Ein jüdischer Kaufmann 1831—1911. Lebenserinnerungen, Berlin/Wien 1926 (Die engl. Übersetzung von Karl Urbach erscheint 2021 in erweiterter und aktualisierter Form in einer Neubearbeitung von Michael Livni)

Ders., Die Wiener Juden 1700—1900, Wien/Berlin 1917

Ders., Die soziale Frage in Wien. Studie eines Arbeitgebers, Wien 1871

Ders., Die Aufhebung der Gewerbefreiheit, in : Neue Freie Presse, 8.—10. Februar 1882

Ders., Der Reichtum der Juden, in : Die Neuzeit, 2. April 1886

Ders., Die Aufhebung der Gewerbefreiheit. Streit- und Fehdeschrift gegen die Wiederherstellung der Zunft in Österreich, Wien 1883

Thomas Mayer, My Background, in : Roger Backhouse (Hg.), Exemplary Economists. North America, Band 1, Aldershot 2000

Elizabeth P. McIntosh, Sisterhood of Spies. The Women of the OSS, Maryland 1998

Andrew Meier, The Lost Spy. An American in Stalin's Secret Service, New York 2008

Ib Melchior, Case by Case. A U. S. Army Counterintelligence Agent in World War II, Novato 1993

George Mikes, How to be a Brit, London 1984

James V. Milano/Patrick Brogan, Soldiers, Spies, and the Rat Line. America's Undeclared War Against the Soviets, Washington 2000

Norman Ohler, Der totale Rausch. Drogen im Dritten Reich, Köln 2015

Sandra Oster, Das Autorenfoto in Buch und Buchwerbung. Autorinszenierung und Kanonisierung mit Bildern, Berlin 2014

Eugen Felix Pagast/Viola Riederer von Paar, Zoologie für Studierende und zum Selbstunterricht, München 1938

Dies, Botanik für Studierende und zum Selbstunterricht, München 1938

Iris Pawlitschko, Jüdische Buchhandlungen in Wien. Arisierung und Liquidierung in den Jahren 1938—1945, Diplomarbeit Universität Wien 1996

Hella Pick, Simon Wiesenthal. A Life in Search of Justice, London 1996

Alfred Polgar, Im Lauf der Zeit, Hamburg 1954

Daniela Punkl, Verlag Moritz Perles, Diplomarbeit Universität Wien 2002

Emma Quenzer, Das süddeutsche Koch- und Haushaltsbuch. Mit Beiträgen von Prof. Rud. Hecker und Dr. Julian Marcuse, München 1933

Stefan Rebenich, C. H. Beck 1763—2013. Der kulturwissenschaftliche Verlag und seine Geschichte, München 2013

Heidi Reuschel, Tradition oder Plagiat? Die ›Stilkunst‹ von Ludwig Reiners und die ›Stilkunst‹ von Eduard Engel im Vergleich, Bamberg 2014

Viola Riederer von Paar, Vererbungslehre für Studierende und zum Selbstunterricht. Grundriß, Kurzes Repertorium, Prüfungsfragen und

Antworten (= Reinhardts naturwissenschaftliche Kompendien, Bd. 9), München 1937 (Auflagen bis 1946)

 Curt Riess, The Nazis Go underground, New York 1944

 Ders., Total espionage. Germany's Information and Disinformation Apparatus 1932—40, New York 1941

 Ders., Das war ein Leben! Erinnerungen, München 1977

 Felix Römer, Kameraden. Die Wehrmacht von innen, München 2014

 Rudolf Rösch, So kocht man in Wien! (Deutsche und österreichische Ausgaben von 1939—1966)

 Rudolf Rösch, Wiener Mehlspeisen, München 1954

 Rudolf Rösch, Fleischlose Kost. Bewährte Rezepte für die fleisch- lose Küche, München 1939 und 1954

 Sidonie Rosenberg/Emma Schreiber, Das Kochbuch des Junggesellen, Wien/Leipzig 1926

 Anders Rydell, The Book Thieves. The Nazi Looting of Europe's Libraries and the Race to Return a Literary Inheritance, London 2017

 Anja Salewsky, »Der olle Hitler soll sterben!« Erinnerungen an den jüdischen Kindertransport nach England, München 2001

 Roman Sandgruber, Traumzeit für Millionäre. Die 929 reichsten Wienerinnen und Wiener im Jahr 1910, Wien/Graz/Klagenfurt 2013

 Klaus G. Saur (Hg.), Verlage im »Dritten Reich«, Frankfurt a. M. 2013

 Ian Sayer/Douglas Botting, America's Secret Army. The Untold Story of the Counter Intelligence Corps, New York 1989

Frederik Steven Louis Schouten, Ernst Toller. An Intellectual Youth Biography, 1893—1918, European University Institute, PhD Florenz 2007

Günther Schwarberg, Dein ist mein ganzes Herz : Die Geschichte von Fritz Löhner-Beda, der die schönsten Lieder der Welt schrieb, und warum Hitler ihn ermorden ließ, Göttingen 2000

Tom Segev, Simon Wiesenthal. Die Biographie, München 2010

Peter M. F. Sichel, The Secrets of My Life. Vintner, Prisoner, Soldier, Spy, Bloomington 2016

Stefan Stirnemann, Das gestohlene Buch, in : Schweizer Monat 2003, Ausgabe 927

Franziska Tausig, Shanghai Passage. Emigration ins Ghetto, Wien 2007

Toni Tipton-Martin, The Jemima Code : Two Centuries of African American Cookbooks, Austin 2015

Friedrich Torberg, Die Tante Jolesch oder der Untergang des Abendlandes in Anekdoten, Teil 1 und 2, Wien 1986 (Erstveröffentlichung 1975)

Ders., Eine tolle, tolle Zeit. Briefe und Dokumente aus den Jahren der Flucht 1938 bis 1941, München 1989

Florian Traussnig, Militärischer Widerstand von außen. Österreicher in US-Armee und Kriegsgeheimdienst im Zweiten Weltkrieg, Wien 2016

Fred Uhlman, The Making of an Englishman. Erinnerungen eines deutschen Juden, Zürich 1998

Alice Urbach, So kocht man in Wien! (verschiedene Auflagen 1935—

1938)

Dies./Sidonie Rosenberg, Das Kochbuch für Feinschmecker, Wien/Leipzig 1925

Karina Urbach, Hitlers heimliche Helfer. Der Adel im Dienst der Macht, Darmstadt 2016

Dies., Nützliche Idioten. Die Hohenzollern und Hitler, in: Thomas Biskup/Jürgen Luh/Truc Vu Minh (Hg.), Preußendämmerung. Die Abdankung der Hohenzollern und das Ende Preußens, Heidelberg 2019

Dies., »England is pro-Hitler«. German opinion during the Czechoslovakian Crisis 1938, in: Julie Gottlieb/Daniel Hucker/Richard Toye (Hg.), The Munich Crisis, politics and the people, Manchester 2021

Dies., Geraubte Bücher, in: Die Zeit, Nr. 52, 10. Dezember 2020, S. 21

Peter Viertel, Dangerous Friends. At Large with Huston and Hemingway in the Fifties, London 1992

Peter Voswinckel, Um das Lebenswerk betrogen: Walter Guttmann (1873—1941) und seine Medizinische Terminologie, in: Medizinhistorisches Journal 32 (1997), S. 321—354

Ders., Dr. Josef Löbel. Botschafter eines heiteren deutschen Medizin-Feuilletons in Wien-Berlin-Prag, Berlin 2018

Frederic Wakeman, Policing Shanghai 1927—1937, Berkeley 1995

Guy Walters, Hunting Evil. The Nazi War Criminals Who Escaped and the Quest to Bring Them to Justice, London 2010

John R. Watt, Saving Lives in Wartime China : How Medical Reformers Built Modern Healthcare Systems Amid War and Epidemics, 1928—1945 (China Studies), Leiden 2014

Rüdiger von Wechmar, Akteur in der Loge. Weltläufige Erinnerungen, München 2000

Uwe Wesel u. a., 250 Jahre rechtswissenschaftlicher Verlag C. H. Beck. 1763—2013, München 2013

Pablo Wessel/Viola Riederer von Paar, Curso general di Fisica, Madrid 1942

Paul Wessel, Physik, Teil I, Mechanik, Wellenlehre, Akustik, Kalorik, Optik, Physik, Teil II, Magnetik, Elektrik, Elektronik, Atomistik. Atomistik, Teil III, Kurzes Repertorium und Formel- sammlung, Prüfungsfragen und Antworten, Tabellen und Zahlenwerte, München 1937

Ders./Viola Riederer von Paar, Physik für das Studium an technischen Hochschulen und zum Gebrauch in der Praxis. München 1938—1946

Dorit B. Whiteman, Die Entwurzelten : Neuanfang jüdischer Flüchtlinge im Exil 1933 bis 1942, Wien/Köln/Weimar 1995

Simon Wiesenthal, Ich jagte Eichmann, Gütersloh 1961

Ders., Doch die Mörder leben, München 1967

Elisabeth Young-Bruehl, Anna Freud, Teil 1, Die Wiener Jahre, Wien 1995

Dies., Anna Freud, Teil 2, Die Londoner Jahre, Wien 1995

Stefan Zweig, Die Welt von gestern. Erinnerungen eines Europäers, Frankfurt 1978(Erstveröffentlichung 1942)

Veronika Zwerger/Ursula Seeber, Küche der Erinnerung. Essen und Exil, Wien 2018

照片资料

第 19 页：爱丽丝和她的妹妹，法学博士海伦妮·艾斯勒博士（卡特琳娜·乌尔巴赫的私人物品）

第 28 页：儿时的奥托（卡琳娜·乌尔巴赫的私人物品）

第 64 页：1934/1935 年，卡尔毕业于维也纳布赖滕塞寄宿高中（卡特琳娜·乌尔巴赫的私人物品）

第 69 页："努力学习"——《在维也纳是这样做饭的！》书中插图

第 87 页：1937 年 8 月 23 日奥托给卡尔的信，信纸抬头是上海义勇队（卡琳娜·乌尔巴赫的私人物品）

第 90 页：奥托相册中的两张照片（卡琳娜·乌尔巴赫的私人物品）

第 94 页：1937 年奥托为媒体撰写的新闻稿剪报（卡琳娜·乌尔巴赫的私人物品）

第 116 页：考狄利娅和莉斯贝思，1939 年前后（爱丽丝·乌尔巴赫摄 卡特琳娜·乌尔巴赫所有）

第 183 页：奥托写给"雅利安"伯母玛丽·乌尔巴赫的信，1938 年 11 月 27 日（卡琳娜·乌尔巴赫的私人物品）

第 216 页：温德米尔的难民儿童（阿丽莎·特南鲍姆的照片收藏，犹太人大屠杀纪念博物馆，图书及档案区，华盛顿）

第 222 页：爱丽丝·乌尔巴赫和宝拉·希伯（阿丽莎·特南鲍姆的照片收藏，犹太人大屠杀纪念博物馆，图书及档案区，华盛顿）

第 256 页：1941 年，考狄利娅·多德森在里德学院毕业典礼上（萨拉·费舍尔的私人物品）

第 275 页：奥托·乌尔巴赫，1946/47 年（卡琳娜·乌尔巴赫的私人物品）

第 280 页：敖德萨报告［华盛顿国家档案馆调查记录库（IPR），非个人档案，Box 68，文件夹"敖德萨组织"，ZF015116］

第 284 页：演员维拉·弗里德伯格（Wera Friedberg，后改姓 Frydtberg），约摄于 1947/48 年（卡琳娜·乌尔巴赫的私人物品）

第 286 页：在弗里德里希·沃尔夫的戏剧《马姆洛克教授》中，维拉扮演露特，赫伯特·赫伯扮演马姆洛克教授。1946 年，斯图加特国家剧院（卡琳娜·乌尔巴赫的私人物品）

第 301 页：1980 年 4 月 4 日，爱丽丝给格拉赫和韦德林出版社写的信（卡琳娜·乌尔巴赫的私人物品）

第 304 页：战后，恩斯特·莱因哈特出版社为鲁道夫·罗什的书所做的广告。

第 309 页：爱丽丝和奥托，1948/49 年（卡琳娜·乌尔巴赫的私人物品）

第 315 页：1978 年《旧金山观察报》节选（加州大学伯克利分校班，克罗夫特图书馆）

本书章节开头的照片展示的是爱丽丝·乌尔巴赫的"犹太人的手"，选自其《在维也纳是这样做饭的！》一书。

人名索引

阿道夫·艾希曼 Adolf Eichmann
阿道夫·鲍姆巴赫 Adolf Baumbach
阿道夫·兰德斯通（兰德斯坦）Adolf Landstone（Landstein）
阿道夫·希特勒 Adolf Hitler
阿尔伯特·爱因斯坦 Albert Einstein
阿尔伯特·迈尔 Albert Mayer
阿尔伯特·施佩尔 Albert Speer
阿尔弗雷德·阿德勒 Alfred Adler
阿尔弗雷德·波尔加 Alfred Polgar
阿丽莎·特南鲍姆 Alisa Tennenbaum（即丽莎·谢尔泽）
阿瑟·霍洛维茨 Arthur Horowitz
阿图尔·马塞尔·韦劳 Artur Marcel Werau
阿图尔·赛斯－英夸特 Arthur Seyß-Inquart
阿图尔·施尼茨勒 Arthur Schnitzler
埃达·齐亚诺（原姓墨索里尼）Edda Ciano（geb. Mussolini）
埃德·瑟夫 Ed Cerf
埃迪特 Edith
埃尔菲·赖纳特 Elfi Reinert
埃尔弗里德·高尔 Elfriede Goll
埃尔加·克恩 Elga Kern
埃尔温·隆美尔 Erwin Rommel
埃尔温·诺亚克 Erwin Noack
埃贡·埃尔温·基施 Egon Erwin Kisch
埃贡·韦尔斯岑 Egon Welleszens
埃贡·席勒 Egon Schiele
埃里希·玛丽亚·雷马克 Erich Maria Remarque
埃米里奥·普奇·迪·巴森托 Emilio

435

Pucci di Barsento

埃内斯蒂娜·基施 Ernestine Kisch

艾尔莎·波拉克 Elsa Pollak

艾卡特·冯·希施豪森 Eckart von Hirschhausen

艾克·柯林斯 Ike Collins

艾伦·杜勒斯 Allen Dulles

艾伦塔尔 Aehrenthal

艾玛·米德尔顿·冯·席拉赫 Emma Middleton von Schirach

艾米莉·里夫斯·特鲁贝茨科伊 Amelié Rives Troubetzkoy

艾萨·凯特 Eartha Kitt

爱德华·恩格 Eduard Engel

爱德华·弗里德伯格 Eduard Friedberg

爱丽丝·乌尔巴赫 Alice Urbach

安德里亚·维尔格鲁伯 Andrea Wildgruber

安东尼·艾登 Anthony Eden

安东尼娅·迈尔（托尼，原姓弗兰克尔）Antonia Mayer（Tony, geb. Frankl）

安格莉卡·柯尼希斯埃德 Angelika Königseder

安娜·弗洛伊德 Anna Freud

安娜·萨赫 Anna Sacher

安妮特·科尔布 Annette Kolb

奥尔加·赫斯 Olga Hess

奥马·沙里夫 Omar Sharif

奥斯瓦尔德·莫斯利 Oswald Mosley

奥托·弗里施 Otto Frisch

奥托·李卜曼 Otto Liebmann

奥托·帕兰特 Otto Palandt

奥托·乌尔巴赫 Otto Urbach

巴恩哈特 Edward Norton Barnhart

巴尔杜尔·冯·席拉赫 Baldur Benedikt von Schirach

宝拉·希伯 Paula Sieber

保利娜·迈尔（原姓古特曼）PaulineMayer（geb. Gutmann）

保罗·C.布鲁姆 Paul C. Blum

保罗·邓格勒 Paul Dengler

保罗·基施 Paul Kisch

保罗·韦塞尔 Paul Wessel

鲍里斯·伊奥凡 Boris Iofan

贝拉·H. Bela H.

比尔·麦金泰尔 Bill McIntyre

人名索引

彼得·维托尔 Peter Viertel
彼得·沃斯温克尔 Peter Voswinckel
彼得·希伯 Peter Sieber
彼得·希伦 Peter Hiron
波尔迪 Poldi [利奥波德（Leopold）]
布鲁诺·克赖斯基 Bruno Kreisky
蔡瑟尔 Zeisl
查尔斯·兰德斯通（兰德斯坦） Charles Landstone（Landstein）
查尔斯·林德伯格 Charles Lindbergh
达莎 Dasha
大卫·马梅特 David Mamet
大卫·尼文 David Niven
戴安娜·米特福德 Diana Mitford
丹尼尔·乌尔巴赫 Daniel Urbach
德克斯特·基泽 Dexter M. Keezer
迪特·托马斯·黑克 Dieter Thomas Heck
丢勒（全名：阿尔布雷希特·丢勒） Albrecht Dürer
多丽特·惠特曼 Dorit Whiteman
多萝西·薇拉·塞尔比 Dorothy Vera Selby
恩斯特·豪瑟曼 Ernst Haeussermann
恩斯特·莱因哈特 Ernst Reinhardt
恩斯特·洛塔尔 Ernst Lothar
菲利克斯·迈尔 Felix Mayer
菲利普·舍尔茨 Philipp Scherz
菲利克斯·萨尔腾 Felix Salten
斐迪南·拉萨尔 Ferdinand Lassalle
冯·拉特（全名：恩斯特·爱德华·冯·拉特） Ernst Eduard vom Rath
弗兰齐丝卡·陶西格 Franziska Tausig
弗朗茨·霍希 Franz Horch
弗朗茨·玛里施卡 Franz Marischka
弗朗茨·诺瓦克 Franz Novak
弗朗茨·韦尔弗 Franz Werfel
弗朗茨·约瑟夫一世 Franz Joseph I.（奥匈帝国）
弗朗西斯·马什 Frances Marsh
弗朗西斯·墨菲 Frances Murphy
弗雷德·阿斯泰尔 Fred Astaire
弗雷德·乌尔曼 Fred Uhlman
弗雷德里克·福赛斯 Frederick Forsyth
弗里茨·格伦鲍姆 Fritz Grünbaum
弗里茨·勒纳-贝达 Fritz Löhner-

437

Beda
弗里德里希·托贝格 Friedrich Torberg
弗里德里希·沃尔夫 Friedrich Wolf
弗里登塔尔（全名：理查德·弗里登塔尔）Richard Friedenthal
富兰克林·罗斯福 Franklin D. Roosevelt
戈培尔（全名：约瑟夫·戈培尔）Joseph Goebbel
格奥尔格·克莱斯勒 Georg Kreisler
格雷厄姆·格林 Graham Greene
格雷特·维森塔尔 Grete Wiesenthal
格洛丽亚·斯旺森 Gloria Swanson
古德伦·希姆莱 Gudrun Himmler
古斯塔夫·克林姆特 Gustav Klimt
哈特 Hardt
哈伊姆·魏茨曼 Chaim Weizmann
海蒂·拉玛 Hedy Lamarr
海伦妮·迈尔（原姓波拉夏克）Helene Mayer（geb. Pollatschek）
海伦妮·艾斯勒 Helene Eissler
海因里希·冯·弗里德伯格 Heinrich von Friedberg
海因里希·海涅 Heinrich Heine
海因里希·施佩尔 Heinrich Speyer
海因里希·希姆莱 Heinrich Himmler
汉斯·哈贝 Hans Habe
汉斯·雷默·史蒂芬 Hans Reimer Steffen
汉斯·莫泽尔 Hans Moser
汉斯·施佩伯 Hans Sperber
汉斯·乌特·哈姆 Hanns ut Hamm
赫伯特·赫伯 Herbert Herbe
赫伯特·克拉姆 Herbert Cram
赫伯特·沃尔克曼 Herbert Volkmann
赫尔佳 Helga
赫尔曼·邦迪 Hermann Bondi
赫尔曼·戈林 Hermann Göring
赫尔曼·荣克 Hermann Jungck
赫尔曼·希伯 Hermann Sieber
赫尔穆特·夸尔廷格 Helmut Qualtinger
亨丽埃特·迈尔 Henriette Mayer
亨利·F. 皮特斯 Henry F. Peters
亨利·福特 Henry Ford
亨利·基辛格 Henry Kissinger

人名索引

亨利·摩根索 Henry Morgenthau
亨利·内森 Henry Nathan
华莱士·弗里德曼 Wallace Freedman
霍斯特·韦塞尔 Horst Wessel
加布里乐·迈尔 Gabriele Mayer
杰奎琳·肯尼迪 Jackie Kennedy
居斯塔夫·福楼拜 Gustave Flaubert
卡尔·阿尔文 Karl Alwin
卡尔·克劳斯 Karl Kraus
卡尔·卢埃格尔 Karl Lueger
卡尔·马克思 Karl Marx
卡尔·施密特 Carl Schmitt
卡尔·乌尔巴赫 Karl Urbach
卡罗琳娜·洛维特（卡拉，原姓迈尔）Karoline Löwit（Karla, geb. Mayer）
卡特琳娜·乌尔巴赫 Katrina Urbach
坎托尔 Kantor
考狄利娅·多德森 Cordelia Dodson
克劳斯·绍尔 Klaus G. Saur
克里斯蒂安·恩岑斯贝格 Christian Enzensberger
克里斯蒂安·亚当 Christian Adam
克里斯托夫·荣克 Christoph Jungck
库尔特·施维特斯 Kurt Schwitters
库尔特·乌尔巴赫 Kurt Urbach
库尔特·许士尼格 Kurt Schuschnigg
拉尔夫·乔达诺 Ralph Giordano
莱昂·阿斯金 Leon Askin
勒罗伊 E.R.Le Roy
雷吉娜·斯奎尼纳（原姓迈尔）Regine Squarenina（geb. Mayer）
里卡达·胡赫 Ricarda Huch
理查德·霍利内克 Richard Hollinek
丽斯·谢尔泽 Lisl Scherzer（即阿丽莎·特南鲍姆）
丽塔·弗里德曼 Rita Freedman
丽塔·杰克逊 Rita Jackson
利奥·拉普 Leo Rapp
莉莉·巴德 Lily Bader
莉莉·门德尔松-乌尔巴赫 Lilly Mendelsohn-Urbach
莉泽·迈特纳 Lise Meitner
列夫·托尔斯泰 Leo Tolstoy
刘易斯·卡罗尔 Lewis Carroll
鲁道夫·迪尔斯 Rudolf Diels
鲁道夫·罗什 Rudolf Rösch
鲁道夫·乌尔巴赫 Rudolf Urbach
路德维希·伯恩 Ludwig Börne

路德维希·赫施菲尔德 Ludwig Hirschfeld

路德维希·莱纳斯 Ludwig Reiners

露特 Ruth

露西娅 Lucia

罗伯特·波利策 Robert Pollitzer

罗伯特·乌尔巴赫 Robert Urbach

罗兰·弗赖斯勒（Roland Freisler）

罗森菲尔德 Rosenfeld

罗斯·兰德斯通（兰德斯坦）Rose Landstone（Landstein）

吕迪格·冯·韦希马尔 Rüdiger von Wechmar

马克斯·奥特 Max Ott

马克斯·弗里德兰德 Max Friedlaender

马克西米利安·乌尔巴赫（马克斯）Maximilian Urbach（Max）

马里昂 Marion

马姆洛克 Mamlock

马塞尔·普拉维 Marcel Prawy

玛格丽特·克莱姆佩勒（格雷特）Margarete Klemperer（Grete）

玛格特 Margot

玛丽·乌尔巴赫 Marie Urbach

玛丽莲·梦露 Marilyn Monroe

玛丽亚·格哈特 Maria Gerhardt

迈克尔·法斯宾德 Michael Fassbender

麦克纳里 McNary

梅丽尔·斯特里普 Meryl Streep

摩西·谢尔泽 Moshe Scherzer

莫里兹·佩尔斯 Moritz Perles

墨索里尼（全名：贝尼托·墨索里尼）Benito Mussolini

内维尔·张伯伦 Neville Chamberlain

诺尔道 Nordau

诺莉·柯林斯 Nolly Collins

菲利克斯·帕加斯特 Felix Pagast

佩尔格 Perger

齐塔（奥地利皇后）Zita（von Bourbon-Parma）

乔·莱德尔 Joe Lederer

乔纳森·西尔伯曼 Jonathan Silbermann

乔治·艾斯勒 Georg Eissler

乔治·迈克斯 George Mikes

乔治·斯蒂尔克 Georg Stilke

萨洛蒙·迈尔 Salomon Mayer

萨默菲尔德 Summerfield

人名索引

塞尔玛·哈斯（原姓蒂科）Selma Haas（geb. Ticho）
塞林格 J. D. Salinger
塞缪尔·泰勒·柯勒律治 Samuel Taylor Coleridge
塞普·布鲁克纳 Sepp Bruckner
山德·吉德 Shand Kydd
史蒂芬·茨威格 Stefan Zweig
史蒂芬·雷贝尼奇 Stefan Rebenich
史蒂夫·乔布斯 Steve Jobs
斯波克 Spork
塔列朗（全名：夏尔·莫里斯·塔列朗）Charles-Maurice Talleyrand
特奥多尔·冯塔内 Theodor Fontane
托马斯·曼 Thomas Mann
瓦尔特·古特曼 Walter Guttmann
瓦尔特·舒伯勒 Walter Schübler
威尔克斯 Wilkes
威廉·D.B.多德森 William D. B. Dodson
威廉·胡德 William Hood
威廉·华兹华斯 William Wordsworth
威廉·科恩 William Cohn
威廉·唐诺文 William Donovan
薇薇安·希伯 Vivien Sieber
维奥拉·里德勒·冯·帕尔 Viola Riederer von Paar
维奥莱特·范德埃尔斯特 Violet Van der Elst
维基·莱恩德罗斯 Vicky Leandros
维克多·波利策 Victor Pollitzer
维克多·布隆伯特 Victor Brombert
维克多·莱昂 Victor Léon
维拉·弗里德伯格 Wera Friedberg（Wera Frydtberg）
维利·舒尔特斯 Willy Schultes
温斯顿·丘吉尔 Winston Churchill
沃尔夫冈·米勒 Wolfgang Müller
沃尔夫冈·诺伊斯 Wolfgang Neuss
沃尔夫冈·特雷珀 Wolfgang Trepper
沃尔福德·塞尔比 Walford Selby
沃尔克·达姆 Volker Dahm
乌韦·韦塞尔 Uwe Wesel
伍迪·艾伦 Woody Allen
西奥多·赫茨尔 Theodor Herzl
西多妮·罗森伯格（西达，原姓迈尔）Sidonie Rosenberg（Sida, geb. Mayer）

西格蒙德·弗洛伊德 Sigmund Freud

西格蒙德·迈尔 Sigmund Mayer

西蒙·维森塔尔 Simon Wiesenthal

雅米拉·诺沃特纳 Jarmila Nowotna

亚瑟·潘 Arthur Pan

伊尔莎·卡米斯（原姓格罗斯）Ilse Camis（geb. Gross）

伊格纳茨·乌尔巴赫 Ignaz Urbach

伊丽莎白·费舍尔（莉斯贝思，原姓多德森）Elizabeth Fisher（Lisbeth，geb. Dodson）

伊斯拉埃尔·弗里德伯格 Israel Friedberg

伊娃·霍尔普弗 Eva Holpfer

伊娃-玛丽亚·施努尔 Eva-Maria Schnurr

英加 Inga

尤利乌斯·施尼茨勒 Julius Schnitzler

尤利乌斯·罗森伯格 Julius Rosenberg

雨果·贝陶尔 Hugo Bettauer

约阿希姆·里宾特洛甫 Joachim Ribbentrop

约翰·范德埃尔斯特 John Violet Van der Elst

约翰·内斯特罗伊 Johann Nestroy

约翰·约瑟夫 Johann Joseph

约翰内斯·勃拉姆斯 Johannes Brahms

约瑟夫·罗特 Joseph Roth

詹姆斯·比塞特 James Bisset

朱迪斯·克尔 Judith Kerr

朱利叶斯·迈尔 Julius L. Meier

茱莉亚·柴尔德 Julia Child

尊茨（全名：君特·尊茨）Günther Zuntz